# Der Preis des Überlebens

**Ein Apokalyptischer LitRPG-Roman**

**Buch 3 der System-Apokalypse**

**Von**

Tao Wong

# Copyright



Der Preis des Überlebens



Übersetzung: Frank Dietz

Lektorat: Olivia Brechbühl

E-Buch ISBN: 9781989994054

Taschenbuch ISBN: 9781989994061

Gebundenes Buch ISBN: 9781989994078

# Bücher im System-Apokalypse-Universum

## Haupthandlung

Das Leben im Norden

Erlöser der Toten

Der Preis des Überlebens

Städte in Ketten

Die brennende Küste

Die befreite Welt

Stars Awoken

Rebel Star

Stars Asunder

Broken Council

Forbidden Zone

System Finale

### Anthologien

System-Apokalpyse Kurzgeschichten-Anthologie Band 1

### Comic-Serie

Die System-Apokalypse

# Inhalt

# Was bisher geschah

Vor zehn Monaten kam das System zur Erde und brachte Monster, Aliens und leuchtend blaue Bildschirme voller Benachrichtigungen über das Leben in diesem neuen galaktischen System mit sich. Die Menschen wurden gezwungen, sich weiter zu entwickeln. Ihre Leben wurden nun von Statistik-Bildschirmen, Klassen und Skills beherrscht, die ihnen ungewöhnliche Stärken und Fähigkeiten verliehen und dadurch eine reelle Überlebenschance boten. Dennoch führte die Apokalypse zum Tod von beinahe 90 % der Menschheit, dem Ausfall sämtlicher elektronischen Geräte und einer neuen, blutigen Existenz.

John Lee zeltete im Yukon-Gebiet, als sich alles veränderte. Nach dem Erhalt von Fähigkeiten, die weit über das Normale hinausgingen, reiste er nach Whitehorse und half beim Aufbau der Siedlung mit, die unter der Herrschaft des außerirdischen Truinnar Lord Graxin Roxley stand. Durch die Mitarbeit anderer Überlebender wurde das Dorf Whitehorse bald zu einer stabilen Umgebung, die Wachstum ermöglichte.

Aber das System hielt für seine Bewohner noch einige Überraschungen bereit, und eine zunehmende Zahl von Monstern und das Erscheinen von „Dungeons“ auf der Erde zeigten die wahre Bedeutung des galaktischen Begriffs der „Dungeonwelt“. Gemeinsam gelang es den Überlebenden aus Whitehorse und anderswo, einen infizierten Dungeon zu zerstören, was das Dorf und einen Großteil des Yukon-Territoriums vor weiteren Gefahren bewahrte. Allerdings hatte diese Mission ihren Preis, und zahlreiche Freunde kamen dabei ums Leben.

Nun ziehen sich die Überlebenden nach Whitehorse zurück und erwarten die nächste vom System erzeugte Krise.

# Kapitel 1

Die Reue ist ein Teil des Lebens, und alle von uns gehen auf unterschiedliche Weise damit um. Worte, die niemals ausgesprochen werden sollten, Hiebe, die man besser nicht ausgeteilt hätte. Zorn, den man nicht unterdrücken sollte. Man kann das Handeln oder die Passivität bereuen, so dass sich die Welt mit Schmerz und Enttäuschung füllt, weil man bestimmte Dinge getan oder nicht getan hat.

Momentan bereue ich, dass ich aufgestanden bin, um an diesem Treffen teilzunehmen.

„Helft ihr mir?“, knurre ich, während ich nach einem seltsamen Schlangen-Kuh-Hybridwesen trete und dem nächsten in den Bauch schieße. Ich stehe inmitten eines Monsterschwarms bei der Abzweigung nach Carcross, umgeben von Hakarta, die kaum einen Finger rühren. Was mich alles andere als glücklich macht. Wirklich nicht. Wenn ich gewusst hätte, dass während unseres Gesprächs ein Schwarm auftaucht, wäre ich natürlich nicht hergekommen. Aber manche Dinge lassen sich nun einmal nicht steuern.

Major Labashi Ruka, der Raumsöldner-Orc und mein früherer Quasi-Arbeitgeber, grinst mich zur Antwort nur an. Labashi schleudert mit seiner Schildhand einen Stein mit derartiger Wucht, dass das improvisierte Projektil den Kopf eines Schnee-Karibus durchschlägt, woraufhin dieses sofort zu Boden stürzt. Der Major und die Mehrheit seiner Soldaten sind dem uns umgebenden Monsterschwarm levelmäßig deutlich überlegen. Es wäre für mich nicht von Nachteil, wenn sie sich endlich dazu aufraffen könnten, mir zu helfen. Stattdessen scheint Labashi darauf zu bestehen, dass ich weitere Informationen liefere.

„Das ist also der fünfte Schwarm?“, sagt Labashi in dem britischen Oberschichtakzent, der ihm vom System verliehen wurde.

Ein weiterer Hirsch weicht ihm aus, statt auf ihn loszustürmen und kommt dadurch direkt auf mich zu. Dahinter traben weitere Monstergruppen über den Schnee. Der Schwarm rennt, springt und fliegt aus alten Zonen in neue, die weniger gefährlich sind. Seit das System die Erde als Dungeonwelt markiert hat, sind Monsterschwärme zu einem alltäglichen Bestandteil unseres Lebens geworden. Mana erzeugt Monster, die um die Kontrolle manareicher Zonen kämpfen. Lässt man die Monster einer Zone zu lange unbehelligt, vertreiben die stärksten Wesen die niedrigstufigeren und lösen dadurch einen enormen Dominoeffekt aus.

Ich weiche dem Hirsch aus, dessen Kopf gegen den Schutzschild von Sabre – meine Kombination aus Mech und Motorrad – stößt, bevor ich einen schnellen Schuss aus dem Inlin-Gewehr auf eine andere Bedrohung abfeuere. „So ungefähr."

„So ungefähr?"

Neben Labashi stehen die restlichen Mitglieder seines Trupps, schließen Wetten ab und kämpfen während des Wartens mühelos mit bloßen Händen, um ihre Stärke zu demonstrieren.

„Ja. Der Fünfte! In letzter Zeit ist es ziemlich hektisch geworden", raunze ich, während ich in rascher Abfolge die nächsten drei Hirsche erschieße. Sprengpatronen aus dem Inlin reißen Löcher in die Monster und schrecken sie davon ab, sich uns weiter zu nähern. „Die Schwärme kommen immer schneller."

„Überrascht mich nicht. Was ist mit euren Abwehrstellungen?"

„Die verbessern sich. Die ersten Wesen waren extrem niedrigstufig. Diese Typen hier ...", fauche ich und packe einen Bärenmarder mit Level 24, bevor er sich in meinen Helm verbeißen kann. Ein durch die Servomotoren der Panzerung unterstützter Wurf schleudert das Monster auf weite Distanz, wo es bei der Landung von anderen aufgespießt wird. „Sind etwas schwieriger als der letzte Schwarm."

„Steigen eure Jäger im Level auf?" Labashi stellt weiterhin Fragen über die Siedlung.

Vor einigen Monaten unterzeichnete ich einen vom System durchgesetzten Vertrag, der mich verpflichtete, dem Major alle gewünschten Informationen über Whitehorse zu liefern. Ich erhalte im Gegenzug Credits, aber obwohl jeder weiß, dass ich für ihn spioniere, fühlt sich all das irgendwie schmutzig an.

Über uns hockt Ali in seinem üblichen orangefarbenen Overall im Schneidersitz, hält eine Schüssel Popcorn und starrt auf einen Systembildschirm, der nur für ihn sichtbar ist. Ich könnte meinen braunhäutigen Systembegleiter ja fragen, was er sich da ansieht, aber vermutlich ist es nur eine alberne Reality-Fernsehserie. Neulich hat er sich für Immobilienkäufe und Renovationen interessiert, aber ich bin mir sicher, dass er inzwischen von anderen Themen fasziniert ist. Eigentlich sollten mir seine Mätzchen auf die Nerven gehen, aber ich habe mich schon verdammt gut an sie gewöhnt. Na ja, nicht ganz. Sie gehen mir immer noch auf die Nerven.

„Ganz gut. Die meisten sind vom Level her Mitte der 30er, und mittlerweile nehmen sie ihr Training wirklich ernst. Diese Verschiebungen haben es deutlich einfacher gemacht, Monster im passenden Level zu finden." Ich ducke mich unter einer Elster, die lichterloh brennt. „Dieser Schwarm bereitet ihnen eventuell ein paar Probleme, aber sie sollten es schon schaffen."

Das erklärt auch, warum ich mein Bestes tue, möglichst viele dieser Wesen zu töten, zu verstümmeln oder zu verscheuchen, bevor sie Whitehorse erreichen. Je weniger dieser Monster übrigbleiben, umso weniger muss die Stadt bekämpfen und desto leichter fällt es ihnen. Und da das verdammte System während der Monsterschwärme unseren Erfahrungszuwachs verringert, steigt dabei auch niemand groß im Level auf. Andererseits könnten die vom System erzeugten Quests zur Sicherung der Stadt diesen Verlust an Erfahrungspunkten wettmachen – wenn ich in der Stadt gewesen wäre.

In den zehn Monaten, seit die Welt sich unter einer Reihe blauer Bildschirme voller Systembenachrichtigungen veränderte, haben wir fast neunzig Prozent der Menschheit und unsere gesamte Elektronik verloren. Auf der Erde herrschen plötzlich wieder Zustände wie zu Beginn des 20. Jahrhundert, da empfindliche elektronische Geräte und hohe Manapegel sich nicht gut vertragen – es sei denn, die Geräte wurden speziell für diesen Zweck konstruiert. Ich habe diese Weiterentwicklung miterlebt, während ich im Kluane National Park zeltete. Zum Glück erhielt ich aufgrund meines Standorts einige zusätzliche Bonusfähigkeiten vom System.

Ohne Elektrizität, ohne den Großteil unserer Maschinerie und mit überall auf der Welt erscheinenden Monstern entwickelte sich das Überleben für alle zu einem wilden Gerangel. Um möglichst viele Menschen am Leben zu erhalten, musste ich leider gewisse Abmachungen mit Personen treffen, von denen ich mich besser ferngehalten hätte.

„Was macht ihr überhaupt hier?“, sage ich und hacke einem Monster mit dem seelengebundenen Schwert, das ich in meiner Hand erscheinen lasse, den Kopf ab. Einer der besten Aspekte meiner Klasse besteht darin, dass ich eine Waffe an mich binden konnte. Sie steigt mit mir im Level auf und wird stärker und schärfer. Zudem erscheint und verschwindet sie auf Befehl, was zu einigen wirklich interessanten Kampftaktiken führt.

„Ich habe keine dieser belgischen Pralinen mehr.“

*Blödsinn.* Da ich meine Schokolade im Shop kaufe, könnte er sich dort welche besorgen. Was mit einer ausreichenden Anzahl Credits kinderleicht ist. Hey, im Shop ist alles käuflich – und ich meine wirklich alles. Geheimnisse, Klassen, Fertigkeiten, Ausrüstung und mehr. Ich habe sogar gehört, dass es im Shop Abteilungen gibt, um intelligente Wesen unter Kontrakt zu nehmen. Eine Art von Knechtschaft, wenn auch keine direkte Sklaverei.

„Was soll der Mist?"

„Ich bin ja kein Yerick", sagt Labashi, womit er die Minotauren meint, die sich in der Stadt angesiedelt haben. „Und eure anderen Besucher?"

„Xev und Sally?" Ich stelle mich dumm, obwohl ich nicht erwarte, damit durchzukommen. Xev ist ein enormes Spinnenwesen, das selbst Erwachsene einschüchtert und Sally eine winzige, fröhliche Gnomfrau mit einer extrem scharfen Zunge. Diese beiden galaktischen Wesen sind Labashi und seinem Arbeitgeber wohlbekannt.

„Nein. Die Kapre."

„Oh. Die." Ich seufze.

Die Kapre sind eine kürzlich erschienene Gruppe von Einwanderern, entrechtete Außerirdische, die unter der Brutalität des Systems gelitten hatten. Im Gegensatz zu den Yerick haben sie nie einen eigenen Planeten besessen – sie waren lediglich eine von vier Rassen auf ihrer Heimatwelt. Nach der Integration ihres Planeten ins System verbreiteten sie sich in einem verzweifelten Rennen über den galaktischen Kern, um relevant zu bleiben und im Level aufzusteigen. Alle Kapre sind groß – etwa zwei Meter zehn – und haben längliche Gesichter sowie eine braune, borkenartige Haut. Seltsamerweise sind sie ausnahmslos bärtig und wirken männlich, zumindest für menschliche Augen. Alle von ihnen.

„Es geht ihnen gut. Glaube ich. Schwer zu sagen. Sie haben die Hügel am Long Lake übernommen, gleich hinter Riverdale, und sind kaum in Kontakt mit uns. Menschen ist das Betreten dieses Gebiets nicht direkt verboten, aber wir sind dort auch nicht gerade willkommen."

„Wir?"

„Die Stadt."

„Also seid ihr jetzt ein wir geworden", murmelt Labashi und packt beiläufig das Gesicht eines tigerähnlichen Monsters, das ihn zu zerfleischen versucht. Messerscharfe Klauen prallen einfach von seiner Panzerung ab, was beeindruckend ist, da die meisten Körperpanzer durch solche Angriffe beschädigt würden. Ich habe das Gefühl, dass hier die Stärke und Robustheit der Panzerung durch eine Art Skill verbessert wird. Das sollte ich mir bei Gelegenheit näher ansehen.

„Ja." Ich schwinge meine Klinge und rufe meine eigene Fertigkeit auf. Eine Energiewelle fließt nach vorn, durchschneidet Monster und schleudert die stärkeren zur Seite. Klingenhieb, meine durch Anime-Filme inspirierte, vom System erzeugte Fertigkeit – oder eher umgekehrt, falls ich die Funktionsweise richtig verstanden habe.

„Interessant. Tja, ich glaube, dass wir nun alles haben, was wir brauchen", sagt Labashi und hebt die Hand. Einen Augenblick lang wird diese von Licht umflossen, dann ruft er den Himmel herab.

Blitze schießen aus dem klarem Himmel und vernichten den Schwarm. Mein Helm flackert automatisch und kompensiert die Lichtüberlastung. Als ich mich wieder gefangen habe, entfernen sich die Hakarta bereits.

„Hey! Junge, die sind immer noch unterwegs", ruft Ali und bringt meine Gedanken in die Gegenwart zurück.

Die Monster in meiner Nähe sind tot, so dass den Hakarta mehr als genug Zeit bleibt, sich unbehelligt abzusetzen. Aber weitere Monster sind im

Anmarsch, und ich weiß, was ich tun werde. Ich lasse mein Schwert in der Hand erscheinen und warte lächelnd, während ich die heranstürmenden Monster betrachte. Zeit, sich wieder an die Arbeit zu machen.

***

Zwei Stunden später ist der Schwarm endlich verschwunden. Ich seufze und gebe im Geiste den Befehl, der dafür sorgt, dass sich der Helm in einen schwarzen Ring um meinen Hals zurückzieht. Als ich mich gegen die hölzerne Wand meines Forts lehne, spüre ich die angenehm kalte Luft. Na ja, eigentlich ist es nicht mehr mein Fort, da der Rat es schließlich übernommen hat. Seltsam – sobald der Erweiterte Rat der Stadt von Lord Roxley ratifiziert wurde, schickte man Leute hierher, die das Fort in die Stadt integrierten. Ich wusste nicht einmal, dass so etwas möglich ist – und diese Leute anscheinend auch nicht. Der Rat machte mir zudem klar, dass ich diese Struktur nicht mehr in meinen Besitz bringen soll, was ich als fair betrachte. Schließlich fehlt es mir an Ressourcen, um das Fort zu dem zu machen, was es sein könnte und müsste.

Es erfordert nur einen telepathischen Befehl, damit Sabre sich öffnet und wieder in den Motorradmodus wechselt. Ich trete einen Schritt zurück und starre den klaren Winterhimmel an, bevor ich die frische Luft tief einatme. Es ist -20° Celsius – kalt genug, um die Kälte zu spüren. Aber das ist nicht der Fall und wird es auch in Zukunft nicht sein. Nur ein weiteres verdammtes Geschenk des Systems. Außerdem habe ich die Fähigkeit, immer wieder zu töten, ohne Bedenken, Zögern oder Reue.

Ich lehne mich zurück, betrachte den Himmel und blicke gelegentlich zu Ali, der die vom System generierte Beute für mich einsammelt und die Leichen dann in meinen transdimensionalen Speicher schiebt. Während ich mich zurücklehne, frage ich mich, seit wann ich beim Töten von Monstern nichts mehr empfinde. Meine Hände bewegen sich, ziehen einen Schokoriegel hervor und stecken ihn in meinen Mund. Ich schmecke die Schokolade kaum, als ich körperlich und seelisch betäubt nach oben blicke. Schweigen senkt sich auf das Fort hinab. Ich weiß, dass dieser Moment des Friedens nicht von Dauer ist, da sich die Lage nach Labashis Auftauchen zuspitzen wird.

# Kapitel 2

„Ist Ihr Boss da?“, frage ich Vir, den Leutnant der Wache. Er starrt mich nur an, während ich mich im blauen, spartanischen Wartezimmer vor Roxleys Büro umsehe.

Der schwarzhäutige und weißhaarige Truinnar in seiner silber-weißen Wachuniform erdolcht mich mit Blicken, und ich frage mich, warum gerade er an der Rezeption arbeiten muss. Oder habe ich ihn nur beim Verlassen des Büros erwischt? Es ist möglich, dass Vir soeben Meldung über den Schwarm erstattet hat.

„*Lord Roxley* ist beschäftigt. Sie können mir sagen, was Sie ihm mitteilen möchten“, antwortet Vir mit eisiger Stimme. Ich habe das Gefühl, dass er mich nicht besonders mag. Schon gar nicht, seit er von meinen Kontakten zu den Hakarta erfahren hat.

„Tja, das könnte ich. Aber dann müsste ich unser Geknutsche detailliert beschreiben“, sage ich mit einem Grinsen.

Vir mustert mich durchdringend, bevor sein Gesicht noch ausdrucksloser wird als sonst. „Abenteurer Lee, haben Sie überhaupt etwas Relevantes zu erzählen?“

„Fie! Fei! Fo! Fam! Ich rieche, rieche Menschenfleisch ...“, sage ich, halte dann aber kopfschüttelnd inne. „Tut mir leid. Ich fühle mich momentan etwas albern. Vielleicht liegt das an dem Schwarm, den ich am Stadtrand bekämpft habe. Oder meinem Gespräch mit Labashi.“

„Sie haben mit Major Ruka gesprochen?“, sagt Vir, wobei trotz seiner gegenteiligen Bemühungen Neugier in seiner Stimme mitschwingt. „Direkt, nehme ich an?“

„Von Angesicht zu Schnauze.“ Ich nicke. „Wollen Sie es sehen?“

„Ich ..." Vir neigt kurz den Kopf, bevor er zur Seite tritt und auf die leere Wand deutet, welche die Tür zu Roxleys Büro verbirgt. „Lord Roxley wird uns jetzt empfangen."

„Typisch", murmelt Ali, der neben mir herfliegt, während wir das Büro von Lord Graxin Roxley betreten – dem jetzigen Bewahrer des Schlüssels von Whitehorse und Baron der Sieben Meere.

VR-Software, schwebende blaue Systembildschirme und die Fähigkeit zur direkten Weitergabe von Informationen führen dazu, dass sein Büro hauptsächlich aus einigen wirklich bequemen Sesseln und einem schwarzen Marmorschreibtisch besteht. Der Mann – Dunkelelf/Truinnar – steht ganz entspannt da und lächelt. Die linke Seite seines Gesichts ist etwas höher, auf diese charmante Art, die er hat, muskelbepackt und gutaussehend und...

*Geistiger Einfluss abgewehrt*

Klar. Ich unterdrücke meine Hormone und lüsternen Gedanken, als das System mich an Roxleys Wirkung auf andere erinnert. Ich würde mich darüber ärgern, aber er tut es schließlich nicht absichtlich. Er hat lediglich eine Reihe von Skills, Werten und Modifikationen, die alle anderen empfänglicher für seinen Charme machen. Glücklicherweise hat meine Klasse extrem hohe Widerstandslevel, so dass ich gegen direkte Wirkungen relativ immun bin. Allerdings möchte ich trotzdem eine Nummer mit ihm schieben, aber das ist eher eine persönliche Angelegenheit.

Glaube ich.

„John", sagt Roxley, und seine Stimme fühlt sich an wie dunkle Schokolade, die über meine Haut gleitet.

„*Aufwachen. Schluss mit dem Sabbern.* Lord Roxley. Möchten Sie sich das hier ansehen?“ Ali schwebt heran, während ich mich wieder beruhige. Er projiziert ein Video unseres Treffens auf eine Reihe blauer Bildschirme.

„Danke“, sagt Roxley.

Vir tritt näher heran und beide schweigen, während sie dem bearbeiteten Video lauschen.

„Waren Sie für die Bearbeitung zuständig?“, fragt Vir mit Blick auf Ali.

„Jawohl. Nur die relevanten Passagen sind noch enthalten. Es bringt nichts, zuzusehen, wie John vermöbelt wird.“

„Ich hätte die Rohdateien gern für mein Archiv“, bemerkt Vir.

„Und ich hätte gerne eine Nymphe“, erwidert Ali.

Ich werfe Ali einen wütenden Blick zu, Aber der Geist prustet nur und wackelt mit einem Finger, wodurch er die Datei vermutlich weiterleitet. Danach schweigen die beiden bis zum Ende des Videos.

„Und so beginnt es“, sagt Roxley schließlich, nachdem er ausgeatmet hat und den Blick auf mich richtet.

„Wäre es nicht an der Zeit, zu erklären, was *es* ist?“, antworte ich.

Vir und Lord Roxley tauschen Blicke aus, bevor Roxley das Wort ergreift. „Ein Großteil davon ist Ihnen bereits bekannt. Herzogin Kangana besitzt viele Ländereien nordwestlich von uns, in dem Gebiet, das sie früher als Alaska bezeichneten. Wir vermuten, dass sie auch Whitehorse kaufen möchte, um in dieser Region ein Monopol zu haben. Wir glauben nicht, dass sie diese Pläne aufgegeben hat.“

„Aber warum? Das verstehe ich einfach nicht.“

„Hochstufige Zonen auf einer Dungeonwelt können bei korrekter Verwaltung extrem lukrativ sein. Sie würden es als einen Standort mit hohem Risiko und hoher Belohnung bezeichnen. Hochstufige Monster liefern Körperteile und Beute mit höherer Manadichte, was die Erzeugung von robusterer, stärkerer und kostspieliger Ausrüstung ermöglicht. Die Kontrolle über einen einzigen Sammelpunkt ist extrem wertvoll, und auf etablierten Dungeonwelten wurden wegen derartiger Territorien Kriege ausgefochten."

Das erklärt den Grund. Vor allem, wenn es ihr gelungen ist, ein Monopol zu errichten und dann auszubauen. Es erklärt auch, warum die Herzogin sich auf die größeren Städte statt auf unsere kleine Gemeinde konzentriert hat. Andererseits ...

„Warum ist sie oder sonst jemand noch nicht hier aufgetaucht? Wenn doch dieser Ort so wertvoll ist."

„Warum sind Ihre großen Konzerne nicht in kleine Entwicklungsländer gegangen?", fragt Roxley rhetorisch. Angesichts meiner verständnislosen Miene fügt er kurz darauf hinzu: „Weil in der ersten Entwicklungsphase das Risiko im Vergleich zum Profit zu hoch ist. Auch bei einer potenziell hohen Gewinnspanne besteht ein hohes Risiko, sein gesamtes Kapital zu verlieren, bevor der Strom der Beute und der Ressourcen ansteigt. Die meisten größeren Konkurrenten haben sich bereits auf andere, besser etablierte Regionen konzentriert. Sobald die Dungeonwelt eingerichtet ist und der Beutestrom ausreichend zugenommen hat, greifen die größten Gruppen ein."

„Und wie wird sie vorgehen?", frage ich, während ich noch die stillschweigende Bestätigung der Tatsache verdaue, dass Roxley im galaktischen Vergleich ein kleiner Fisch ist.

„Unbekannt. Sie hat ausreichende militärische Ressourcen, um uns zu besiegen – aber das würde den Wert der Stadt senken. Eine kampflose Übernahme wäre für sie die bessere Option, aber bisher wissen wir nichts über ihre Pläne. Allerdings glaube ich, dass sie nicht mehr sehr lange zögern wird."

„Nein, das stimmt sicher." Ich atme aus, blicke die beiden an und stelle dann die nächste Frage, die mir Angst macht. „Was kann ich tun?"

Nach einem kurzen Blickwechsel zwischen Roxley und Vir antwortet Roxley. „Bisher noch nichts. Wir werden Sie informieren, wenn Ihre Hilfe benötigt wird."

Ich habe das Gefühl, dass sie mir nicht die volle Wahrheit sagen. Durch meine Taten bin ich wieder einmal zum Außenseiter geworden. Ich mustere die beiden nochmals, nicke dann und drehe mich um. Na schön. Dann werde ich eben auf eigene Faust handeln.

***

Ich starre Aiden an, der in die Hocke geht und mit einem Zauberstab Muster in den Asphalt zeichnet, wobei der für ihn typische Haarknoten hin und her wackelt. Ich knurre verärgert, während ich dem Magier bei der Arbeit zusehe. Ich habe den Hipster besucht, um eine weitere Lektion zu erhalten und wurde stattdessen in ein gemeinnütziges Projekt hineingezogen. Ich muss zugeben, dass ich dabei etwas über das Verzaubern und die Mana-Manipulation lerne, aber das war nicht mein Ziel. Ich hatte mir einen neuen Heilzauber vorgestellt, vielleicht einen Kampfzauber. Nicht, wie man Straßen mit einem permanenten Heizungszauber versieht, um sie schneefrei zu halten.

„Batterie."

Ich überreiche ihm die Manabatterie, die aus einem winzigen Manakristall und der Batterieschnittstelle besteht. Aiden nimmt die komplex gestaltete Batterie entgegen und ich sehe ihm zu, wie er sie in den Boden steckt und die Verzauberung abschließt. Sobald er fertig ist, gleitet Aiden zur Seite, damit ich Platz zum Arbeiten habe. Ich beuge mich nach unten und

Mana fließt aus meiner Hand, aus dem Zentrum meines Körpers. Ich nehme mir diesmal Zeit, es wirklich zu fühlen, die Änderungen in meinem Körper und der Verzauberung zu spüren. Wie die Runen aufleuchten, als das Mana sie durchströmt, wobei es sowohl durch die Schrift als auch die Absicht dahinter konzentriert wird. Ich merke, wie mein Manapegel rapide abfällt, als ich den gesamten Zauber auf einmal auflade und gleichzeitig die Batterie fülle. Ich nutze meine Fertigkeit der Mana-Manipulation und beobachte den sich verändernden Strom der blauen Energie durch meinen Körper, wobei ich mein Bestes tue, etwas daraus zu lernen.

So ist es in dieser verrückten Welt nun einmal bei den Verzauberungen und der Magie – es geht zu hundert Prozent um die Wahrnehmung. Elementaraffinitäten wie jene, die ich mit Ali teile, erfordern einige Arbeit. Dabei muss man wirklich verstehen, warum und wie man die gewünschten Veränderungen durchführt. Mana hingegen ist die Malen-nach-Zahlen-Version der Elementaraffinitäten und das System ist wie der Kunstlehrer, der einem die Hand hält.

Sobald die Batterie endlich aufgeladen ist, hole ich Aiden ein, der bereits zwanzig Meter weiter am Boden arbeitet. Hinter mir schmilzt der Schnee, da die Runen die Erde wärmen. Die Batterie und die von mir bereitgestellte Ladung dürften ungefähr eine Woche lang funktionstüchtig bleiben. Aber da so viele Leute unterwegs sind, wäre es ihnen ein leichtes, sie während des Erledigens ihrer täglichen Aufgaben aufzuladen. Das hoffen wir zumindest.

„Wie viel haben wir bisher erledigt?“, frage ich.

„Wir haben die Innenstadt größtenteils abgedeckt. Wir müssen es noch auf den Industriebezirk ausdehnen, aber die Hauptstraßen nach Riverdale waren unsere höchste Priorität.“

„Das kommt mir ziemlich schnell vor. Wie lange machst du das schon? Zwei Wochen?“

„Zweieinhalb. Sobald die anderen ausgebildet waren, ging alles deutlich schneller“, antwortet Aiden und runzelt die Stirn. „Das größte Problem ist die erste Ladung. Nur wenige Leute haben ausreichende Manavorräte dafür.“

„Die Jäger sollten dazu in der Lage sein.“

„Haha. Die Hälfte von Ihnen hat alles in körperliche Fähigkeiten investiert, die anderen stellen Mischformen dar. Nur eine geringe Anzahl sind wirklich Magier. Und selbst jene mit einer ausreichenden Manamenge haben nicht die nötige Regenerationsrate, so dass wir oft warten müssen“, antwortet Aiden. „Und vergiss nicht, dass wir immer noch Dungeons und Bosse im Umkreis der Stadt neutralisieren müssen. Auch wenn die Yerick einen Großteil dieser Aufgabe übernehmen, sind unsere Jäger fast ständig beschäftigt. Also kann man sie nur schwer überzeugen, Straßen zu säubern, wenn ständig neue Schwärme auftauchen.“

Ich nicke kurz und denke daran, dass die meisten einfachen Klassen pro Level maximal drei oder vielleicht vier Attribute erhöhen, und jeweils nur um ein oder zwei Punkte. Meine Erethra-Ehrengarde ist sowohl selten als auch eine Fortgeschrittene Klasse, so dass ich bei jedem Levelaufstieg eine enorme Verbesserung erlebe. Natürlich steige ich im Vergleich mit den anderen auch doppelt so langsam auf, weshalb es so aussieht, als hätten alle anderen um mich herum höhere Levels.

„Wie läuft‘s bei euch mit den Dungeonmissionen?“, fragt Aiden, während er dort steht und zwischen seinen Fingern eine Flamme erscheinen lässt, um diese zu wärmen.

„Wie üblich. Aber wir könnten einen Magier gebrauchen“, erwidere ich mit einem leichten Lächeln. „Für meinen Geschmack sind wir etwas zu nahkampforientiert.“

„Kommt nicht in Frage. Und Lana? Wie geht es ihr?“

„Sie ist nicht wirklich in der Verfassung dazu. Ausgedrückt mit den Worten von Blue Oyster Cult: „*Goin' Through the Motions*", sagt der über uns schwebende Ali, wobei er die letzten Worte singt.

„Warum hören wir Musik?" sagt Aiden und blickt um sich, als er versucht, die Lautsprecher zu finden.

„Du hörst es also auch?" Ich beäuge Ali missbilligend. Ich habe das in letzter Zeit mehrmals gehört, dachte aber, Ali wolle mich damit nur verwirren. Als das System aktiv wurde, gewährte ich ihm Zugriff auf meine Einstellungen, die Backend-Funktionen für all das hier. Seitdem habe ich erkannt, dass meine Erfahrung des Systems leicht von derjenigen der anderen abweicht.

„Gefällt es dir?" Ali grinst bis über beide Ohren. „Das ist eine neue Fähigkeit."

„Du kannst atmosphärische Musik spielen?", sage ich überrascht. „Wie? Warum? Wann? Wir sind seit Wochen nicht mehr im Level aufgestiegen."

„Wie bitte? Darf sich ein Geist nicht etwas Zeit lassen?" Ali deutet auf seine Kleidung. „Ich habe mir auch ein paar neue Sachen besorgt."

Ich sehe ihn an. Und dann bin ich mir nicht sicher, ob ich meinen Augen traue. „Sind das Schulterpolster? Und ein lila Anzug?"

„Klaro", meint Ali stolz.

Aiden versucht nicht einmal, seine Belustigung zu verbergen und lacht lauthals, während ich die Augen schließe und tief einatme. Aber als ich mich beruhige, erkenne ich, dass es vielleicht keine gute Idee war, uns in Aidens Anwesenheit darüber zu unterhalten – die meisten Begleiter werden mit einem bestimmten Level gekauft oder erworben. Sie verbessern sich nicht, es sei denn, man gibt dafür im Shop zusätzliches Geld aus. Ali hingegen ist ein Verbundener Begleiter, der ungefähr im gleichen Tempo im Level aufsteigt wie ich. Ich schneide eine Grimasse, als ich daran denke und zucke dann nur mit den Achseln. Was soll's, da kann ich jetzt nicht viel daran ändern.

„Lana geht es also immer noch nicht gut?“, sagt Aiden nach dem Ende seines Lachanfalls.

„Nein, eigentlich nicht.“ Ich öffne den Mund, um mehr zu sagen, schließe ihn dann aber wieder. Ich bin mir nicht sicher, ob es angebracht wäre, meine Gedanken und Ängste auszusprechen. „Aber sie wird es irgendwie schaffen.“

„Dann sag ihr, dass wir sie im Stadtrat vermisst haben“, meint Aiden und deutet dann auf die Verzauberung. „Jetzt bist du dran.“

„Natürlich bin ich das.“ Ich beuge mich nach unten.

***

Ein Trio hübscher Frauen läuft die Straße entlang, flankiert von drei ponygroßen Huskys und einem feurigen Fuchs von der Größe eines stattlichen Hundes, dessen bloße Anwesenheit den Schnee in der Nähe schmilzt. Man könnte mich ja als verrückt bezeichnen, aber ich erkenne Ärger, wenn ich welchen sehe. Die Tatsache, dass zwei der drei Mitglieder meiner normalen Jagdgruppe dabei sind, unterstützt meine Vermutung noch. Lana auf der linken Seite ist eine üppige Rothaarige, deren Tiere neben der Gruppe hergehen. Ein Verlust hat ihre einst fröhliche Natur überschattet. Mikito geht in der Mitte, was noch unterstreicht, wie klein die Japanerin ist, die ihre Naginata locker mit einer Hand hält. Amelia passt nicht zu den anderen. Die ehemalige Polizistin ist als einer der wenigen Menschen in der Garde oft zu beschäftigt, in der Stadt für Ruhe zu sorgen.

„Meine Damen“, grüße ich sie und richte den Blick auf Aiden, während ich zu ihm sage: „Ich habe fast kein Mana mehr.“

„Geht in Ordnung. Wir haben sowieso mehr erledigt, als ich erwartet hatte“, antwortet Aiden, bevor er die drei zur Begrüßung anlächelt.

„John. Aiden“, sagt Mikito. Sie hat einen schwachen japanischen Akzent, der vom System fast vollständig überdeckt wird. Akzente sind eine der bizarren kleinen Eigenarten des Kaufs von Skills im System, die Lücken unter den eigenen Fähigkeiten abdecken. Labashi beispielsweise hat einen starken britischen Akzent. „Bist du jetzt fertig?“

„Komplett fertig“, sagt Ali und reibt sich die Hände. „Und nicht einen Moment zu früh.“

„Gut“, sagt Lana. Wie die anderen trägt auch sie die postapokalyptische Jägermode – einen gepanzerten Overall. Allerdings hat sie ihre Farben angepasst, denn anstelle der gemischten Braun- und Gelbtöne, die sie sonst bevorzugt, ist nun alles schwarz. Ich muss zugeben, dass sie sexy aussieht. Wie Catwoman in dieser alten Fernsehserie der 60er Jahre. „Wir haben gerade Informationen über einen neuen Boss erhalten. Eine der Jagdgruppen ist ihm begegnet. Level 48.“

Ich stöhne laut und rufe bereits Sabre über die Neuralverbindung zu mir, die ich mir im Shop implantieren ließ. In letzter Zeit habe ich die Verbindung nur selten genutzt, aber sie erleichtert manche Aufgaben. Shadow knurrt leise, als der Mech geräuschlos vorbeirollt, wobei der Schatten des Huskys das Motorrad auf eigene Faust verfolgt, bis es neben mir anhält.

„Weißt du, das ist einfach unheimlich“, sagt Amelia und deutet auf Sabre. Sie hat einen roten Hut, der an ihre frühere Uniform erinnert, und besitzt zwei niedrig an den Hüften getragene Pistolen.

„Du musst deswegen nicht neidisch sein.“ Ich grinse sie an und gehe zum Motorrad. „Kommst du mit?“

„Nein. Ich will nur Aiden abholen. Noch eine Konferenz“, antwortet Amelia, und Aiden stöhnt leise.

„Das Angebot steht noch“, sage ich.

„Du weißt doch, dass Leute sagen, sie würden eher auf sich schießen lassen, als noch eine Stadtratssitzung auszuhalten? Auf mich trifft das nicht zu. Nimm mich mit, Milady“, sagt Aiden und geht hastig zu Amelia.

Zur Betonung von Aidens letzten Worten lässt Ali einen Trommelwirbel ertönen.

Amelia macht große Augen. „Ist das ...?“

Ich seufze. „Frag besser nicht.“

„Niemand weiß mich hier zu schätzen“, klagt Ali, während Lana Shadow zu sich winkt und Howard zu Mikitos Reittier wird.

Die beiden reiten los, sobald sie auf den Tieren sitzen, und ich bringe Sabre auf Touren und folge ihnen.

Seit der Apokalypse hat sich Whitehorse ein Stück weit verändert. Auf den ersten Blick wirkt das Zentrum von Whitehorse noch genau so wie zuvor – zwei- bis dreistöckige Geschäftsbauten aus den 60er Jahren, vermischt mit Pionierbauten aus den frühen 20ern. Aber das zehnstöckige silberne Bauwerk, in dem Lord Roxley über uns herrscht, dominiert die Main Street. Oberflächlich betrachtet wirkt alles unverändert. Aber früher hatten wir keine Waffengeschäfte, Rüstungsläden oder Alchemisten. Unsere Textilgeschäfte zeigten nicht an, in welchem Maß das jeweilige Kleidungsstück vor Monstern schützte. Und das Sashimi im japanischen Restaurant ... na ja, es ist nicht mehr sehr traditionell und hat nun einen gewissen Beigeschmack von Wild.

Am überraschendsten ist die Veränderung der Menschen selbst. Auch wenn die Stadt nie sonderlich dicht bevölkert war, verhalten sich die wenigen Leute auf den Straßen mit einer Nervosität, die man in Nordamerika nie zuvor erlebt hat. Zumindest nicht in den besseren Bezirken der meisten Städte. Man sieht ihnen eine gewisse Vorsicht an, ein Bewusstsein ihrer Umgebung, da sie sich ständig nach Bedrohungen umsehen und allzu lässig die Waffen überprüfen, während sie ihren Alltagsgeschäften nachgehen. Die dauernde Gefahr und die Notwendigkeit des Tötens haben alle abgehärtet und führen dazu, dass die Gewalt oft als erste Lösungsoption gewählt wird.

Die Fahrt den Two Mile Hill hinauf ist ziemlich flott, da die meisten Fahrzeuge den Jägern gehören, die aktuell unterwegs sind. Vor uns sehen wir das glänzende Metall der Mauern, die die Stadt umgeben, zwei Fahrzeugtore und Geschütztürme. Das sind die sichtbaren Verteidigungssysteme – unsichtbare Kraftfelder und Minen stellen einige der weniger offensichtlichen Sicherheitsmaßnahmen dar. Als wir die Tore erreichen, erkennen wir Menschen mit futuristischen Strahlengewehren und altmodischen Nahkampfwaffen gemeinsam mit dunkelhäutigen, weißhaarigen Truinnar-Wachen mit spitzen Ohren, die nach dem nächsten Schwarm Ausschau halten.

Sobald wir die Tore hinter uns gebracht haben, bewegen sich die Hunde schneller. Nach wenigen Minuten verlassen sie die Straße und ich drücke eine Taste, so dass das Motorrad vom Boden in die Luft springt. Nach einem weiteren telepathischen Befehl reagiert das Motorrad, die Räder drehen sich und ich schwebe nach der Aktivierung der Antigrav-Motoren plötzlich. Eigentlich handelt es sich nicht um Antigrav-Motoren, aber als Ali versuchte, eine Erklärung zu liefern, reichten meine Kenntnisse in Physik und Technik wieder mal nicht aus.

Motorräder machen Spaß, sind aber bei einer Schneehöhe von über neunzig Zentimetern nicht besonders praktisch. Die Fahrt mit den Antigrav-Motoren ist interessant, aber inzwischen habe ich mich daran gewöhnt. Ein paar Minuten später hat sich mein Mana wieder aufgefüllt. Was auch gut ist, denn einen Boss ohne Manavorräte zu bekämpfen wäre eine ausgesprochen dumme Idee. Wir kommen schnell voran, rasen zwischen den Bäumen hindurch und lassen die paar Monster, die unsere Gruppe aufhalten wollen, blutend oder tot hinter uns zurück. Die Füchsin Anna, die mit einer Schlinge an Howard festgezurrt wurde, gähnt meistens und bewegt sich nur, wenn sie einen Feuerblitz schleudern muss.

Unser erstes wirkliches Problem erscheint in der Gestalt einer riesigen, von weißem Fell bedeckten humanoiden Kreatur.

***Alpha-Yeti (Boss) Level 48***

*HP: 7730/7730*

Eine pelzige Pranke hebt sich, und dann trifft uns bereits ein Schneesturm, der das gesamte Gebiet in weiße Farbe taucht. Die in meinen Helm integrierte Sichtverstärkung verrät, was mein Körper mir bereits mitgeteilt hat – die Temperatur fällt rapide ab und erreicht innerhalb von Sekunden -40 Grad. Auf einen telepathischen Befehl hin teilt sich Sabre und die gepanzerten Segmente gleiten über meinen Körper, während der Helm Sichtoptionen durchgeht, um etwas zu identifizieren, das den Blizzard durchdringen könnte. Dieser Prozess führt zu einer verschwommenen, seltsamen Mischung von Wärmebild und visueller Vergrößerung, die mir zeigt, dass der Yeti verschwunden ist.

Ich gehe in die Hocke, knurre und sehe mich um, während Lana und Mikito von den Hunden absteigen. Sobald sie auf dem Boden steht, wirbelt Mikito die Naginata in schwirrenden Mustern durch die Luft. Damit stellt sie sicher, dass sie alles erwischen würde, das sich an sie anschleicht. Lana duckt sich und ihre Haare werden nach hinten geweht, während sie den Kopf gelegentlich in Richtung eines neu aufgetretenen Geräuschs dreht. Ihre Tiere schwärmen aus und bilden um sie eine Abwehrformation.

Es ist alles vergebens. Eisstacheln schießen ohne jede Vorwarnung aus dem Boden, treffen Howards Hinterbein und stechen direkt in Lanas Bauch. Der Stachel bricht aus ihrem Rücken hervor, hebt sie in die Luft und lässt sie aufgespießt hängen, während ihr Schmerzensschrei die Huskys aufheulen lässt.

„*ALI. Wo ist er?*“, schreie ich wutentbrannt.

„*Einen Moment, der Blizzard bringt meine Sensoren durcheinander*“, antwortet der Geist über unsere neurale Verbindung.

Ich schaffe es nicht einmal mit meinen eigenen Fähigkeiten, das Monster zu entdecken. Ich wirble herum und suche, während ich mich der gequälten Lana nähere. Aber ich höre nur das Heulen des Windes und das Knirschen des Eises. Verdammt, ich hätte sofort Seelenschild auf sie wirken sollen.

Rein instinktiv werfe ich mich zur Seite und einen Wimpernschlag später schießen weitere Eisspeere aus dem Boden. Dank übermenschlicher Reflexe und einer enormen Kampferfahrung gelingt es mir, ihnen größtenteils auszuweichen, wobei meine Körperpanzerung die mich streifenden Schläge absorbiert. Ich rolle mich ab und richte mich im flachgepressten Schnee wieder auf. Dabei sehe ich Lana fallen, da der Eisspeer entzwei gehackt wurde. Eine Sekunde später hat sie ihre Schildkröte Elsa aus deren Tragbeutel genommen und ausgerichtet. Elsa speit nun Feuer. Anna, die von Howard gesprungen ist, erhöht ebenfalls ihre Temperatur. Sie löst sich aus der Formation und eilt an Bäumen vorbei, die sie nur schon durch ihre Nähe in Brand steckt.

Ich nehme all das wahr und sehe noch, wie Mikito von einem Schneeball mit einem Durchmesser von mehr als einem Meter getroffen wird, der sie in die Luft und dann den Hang hinunterschleudert. Wie Wil. E. Coyote in den Zeichentrickfilmen. Ich muss beinahe lachen und werde es bestimmt tun, wenn ich mir später die Aufzeichnungen ansehe, aber momentan suche ich immer noch nach unserem Angreifer.

„Hab ich dich!“, faucht Ali.

Plötzlich entdecke ich zu meiner Linken einen gelben Umriss. Ich hebe das Inlin-Gewehr, und der Lauf spuckt bereits tödliche Sprengprojektile und lässt Flammenfontänen aus der Erde schießen. Zu meiner Überraschung dreht sich Lana ebenfalls um und ich frage mich, ob Ali Daten an sie überträgt. Auf jeden Fall spritzt Blut, als Sprengpatronen aufprallen und das Monster zurückwerfen.

Noch im Fallen hebt der Yeti seine Hand und eine Mauer aus Eis erscheint, die uns die Sicht versperrt. Der Fuchs rennt in einem breiten Kreis herum, während Lana Elsa auf die Eismauer ausrichtet und diese schmelzen lässt. Ich stürme vor und springe über die schmelzende Mauer, aber der verdammt Yeti ist verschwunden.

„*Junge! Immer, wenn es kälter wird, verliere ich den Yeti aus den Augen.*“

Na schön. Ich hebe die Hände, deute in zwei unterschiedliche Richtungen und rufe meinen Zauber Feuerball auf. Dieser entspricht so ungefähr dem, was man erwarten würde – einer Flammenkugel, die in einer zuvor festgelegten Entfernung detoniert. Das Feuer schmilzt den Schnee, verbrennt die Bäume und steckt den Yeti in Brand, so dass das Monster für uns alle sichtbar wird. Die Hunde stürzen sich auf das Monster und Lana, die Elsa beiseitegelegt hat, eröffnet mit einer Strahlenpistole das Feuer.

Als Mikito endlich nicht mehr den Hügel hinabrollt und zur Gruppe zurückkehrt, liegt der Yeti in mehreren nicht besonders appetitlichen Stücken am Boden. Obwohl er bereits brannte, ist es ihm noch gelungen, Howard und Anna aufzuspießen. Aber gegen unseren gemeinsamen Angriff hatte der Boss keine Chance. Irgendwie kommt es mir falsch vor, die Überreste in den Schlachthof zu schleppen – was auch immer dieses Wesen gewesen sein mag, so hat es doch zumindest clever gekämpft. Es könnte sogar ein Stück weit intelligent sein – und es widerstrebt mir einfach, ein intelligentes Wesen zu verzehren. Lana entnimmt der Leiche schweigend ihre Beute und kehrt leicht vornüber gebeugt zu mir zurück. Ich sehe mir ihre Wunde an, stelle fest, dass kein Blut mehr fließt und lasse sie in Ruhe. Der Schmerz ist real, aber das System unterstützt unsere Körper bei der beschleunigten Heilung, so dass Verwundungen nur vorübergehender Natur sind. Allerdings trifft dies nicht auf die geistigen Narben zu, die man dadurch erhält, immer wieder zerfetzt zu werden. Deshalb sind alle Tanks etwas durchgedreht.

„Whitehorse?", frage ich.

„Wir sollten jagen gehen, wenn wir schon so weit hier draußen sind. Die Monster dieser Gegend haben einen ziemlich guten Level", sagt Lana sofort.

Es kommt mir vor, als wäre ich mit einer Zeitmaschine in die Vergangenheit gereist und hätte Lana durch Mikito ersetzt. Sie hat denselben Wunsch, in die Wildnis zu gehen und zu töten, töten, töten.

„Okay", stimmt Mikito selbstverständlich zu. Auch wenn sie jetzt etwas ausgeglichener ist, heißt das nicht, dass Mikito jemals eine Chance ablehnen würde, die Rache für ihren verstorbenen Mann weiter zu vertiefen.

„Na gut. Möchtest du die Führung übernehmen?" Ich deute auf Lana. Schließlich bin ich hier in der Minderheit, und ehrlich gesagt möchte ich überhaupt nicht dagegen stimmen, Monster zu töten, wenn sich die Gelegenheit ergibt. Die Erfahrungspunkte und Credits kann ich gut gebrauchen.

Während der nächsten Stunden wird die Jagd ziemlich interessant. Die Monster haben sich nach dem Schwarm noch nicht wieder beruhigt, und obwohl wir weit draußen sind, ist die Mischung und Anzahl für eine neu erzeugte Zone recht eigenartig. Die gute Nachricht ist, dass die niedrigstufigen Monster uns aus dem Weg gehen und umgekehrt. Dadurch wandern eine Menge Monster, deren Levels eher zu unseren passen, umher. Zwischen 30 und 40, die versuchen, ihren Platz in dieser neuen Umgebung zu finden.

Verdammt noch mal – jeder, der einmal auf der Jagd war oder auch nur einen Waldspaziergang gemacht hat, weiß ganz genau, dass man nicht alle paar Meter über ein Tier stolpert. Na ja, ausgenommen Eichhörnchen vielleicht. Aber die Ankunft des Systems hat die Fauna in vielerlei Hinsicht verändert.

Erstens hat sich die Mehrheit der Kreaturen weiterentwickelt, so dass selbst Insekten und Ameisen das Potenzial haben, die Größe eines Hundes zu erreichen. Zählt man dann noch hinzu, dass manche Bäume zu tödlichen Monstern geworden sind, dann ist die Anzahl der „ekligen Dinge, die mich fressen möchten" in der Wildnis deutlich angestiegen.

Zweitens hat der Manaanstieg die Fruchtbarkeit und Wachstumsrate vieler Kreaturen erhöht. Auch wenn die Inkubationszeit von menschlichen Frauen dieselbe blieb, ist die Zahl der Schwangerschaften deutlich angestiegen – auch bei Frauen, die schwören, sie hätten die Pille oder andere Verhütungsmittel eingesetzt. Ich erinnere mich an eine besonders schauerliche Geschichte – aufgeschnappt über mein Lippenlesen – bei der die Krankenschwester ein Intrauterinpessar beim besten Willen nicht mehr auffinden konnte. In Whitehorse gab es zahlreiche Schwangerschaften, von denen viele zu Geburten fast ohne Komplikationen führten. Dieser Effekt scheint bei den außerhalb der Stadt lauernden Tieren und Monstern noch stärker ausgeprägt zu sein.

Drittens reagiert das System auf folgende Weise, wenn in einer Zone ein zu hoher Manapegel entsteht und das überschüssige Mana nicht in ein passendes Monster geleitet werden kann: entweder erzeugt es einen neuen Dungeon oder es „spawnt“ ein neues Monster. Technisch gesehen verwendet das System das angesammelte Mana dazu, neue Monster von einer anderen Stelle innerhalb des Systems – oft einer weiteren Dungeonwelt – in die betroffene Zone zu teleportieren. Auf diese Weise sind einige der seltsamsten Monster, die es hier nun gibt, aufgetaucht.

Und wie jeder fähige Biologe bestätigen würde, wird eine invasive Gattung ohne natürliche Feinde generell ungehemmt wachsen. Dadurch entwickelt sich eine ohnehin explosive Zunahme zum Monster-Tsunami.

Letztlich handelt es sich bei den Bossen oft um Alpha-Monster, deren Anwesenheit die Wachstumsrate und Stärke der von ihnen angeführten Gruppen erhöht. Häufig lösen einige unkontrollierte Bosse einen Schwarm aus, weshalb wir uns bei der Jagd auf sie fokussieren. Natürlich ist all das in gewisser Hinsicht nutzlos – das Töten der Bosse reduziert den Manastrom nicht. Es bedeutet lediglich, dass das System eine andere Methode zur Kontrolle des Manastroms wählen muss.

In voll etablierten Dungeonwelten sind die Manaströme deutlich stabiler. Dort verändern sich die Zonen und die darin lebenden Monster nur selten, da das mit Mana gesättigte Ökosystem sich auf einige dominante Gattungen stabilisiert. Zwar entstehen auch dort Schwärme, aber viel seltener, da Abenteurer und die Lokalbevölkerung häufiger unterwegs sind und entsprechende Level besitzen. Daher begrenzen sie den Monsterzuwachs, bevor sich dieser zum Problem entwickelt.

Ich denke über all das nach, während ich beobachte, wie Mikito, Lana und die Hunde den Großteil des Schadens austeilen. Gelegentlich beteilige ich mich daran, aber mit Ausnahme der Aktivierung von Tausend Schritte –

einem geteilten Bewegungs-Skill – bin ich relativ überflüssig. Bis wir etwas in den 60er-Levels antreffen, kommen diese beiden gut zurecht. Selbst der Einsatz von Tausend Schritte war sinnlos, wenn man davon absieht, dass ich ihn ein Stück weit üben kann. Allerdings muss ich immer noch gelegentlich einige Monster erledigen. Übertriebene Aggressionspegel sind ein weiterer vom System eingeführter Faktor, der die Gefahrenstufe unserer Jagd erhöht.

Während ich mich zu einer Leiche bücke und die von System generierte Beute in mein Inventar werfe, ohne auch nur einen Blick darauf zu werfen, beobachte ich die Levels der beiden Frauen genauer. Es ist schon eine Weile her, seit ich dies getan habe und ich bin etwas überrascht von der Menge der Informationen, die Ali nun anzeigen kann.

***Mikito Sato (Samurai Level 42)***

*HP: 590/590*

*MP: 250/250*

*Zustand: Tausend Schritte, Eile*

***Lana Pearson (Level 40 Tierbändigerin)***

*HP: 280/280*

*MP: 560/560*

*Zustand: Tausend Schritte, Tiersinne, Verbunden x 4*

„Das ist neu“, murmle ich und starre auf die angezeigten Informationen, bevor ich Ali einen Blick zuwerfe.

„Gefällt es dir?“ Der Geist schwebt zu mir, winkt mit der Hand und plötzlich verschwindet alles mit Ausnahme der Trefferpunkte. „Diese Anzeige könnte ich ebenfalls vereinfachen.“

„Wie wäre es mit einer Mischung von beidem? Während eines Gefechts blendest du alles mit Ausnahme der Trefferpunkte aus? Und vielleicht des Manas. Aber wie exakt sind diese Informationen?“ Ich runzle die Stirn.

Ali hebt die Hand und bewegt sie seitwärts. „Teils, teils. Hängt davon ab, ob der Kontrahent Gegenmaßnahmen einsetzt. Auf den höheren Stufen dürfte jeder mindestens ein einfaches Verschleierungspaket erworben haben. Da komme ich noch nicht durch, zumindest nicht auf meinem aktuellen Level. Es ist viel einfacher, Trefferpunkte einzuschätzen.“

„Verstanden, dann nur Trefferpunkte. Der Zustand wäre gut, Widerstände noch besser“, füge ich hinzu.

„Ich könnte die Infos aus unseren Gruppendaten holen, aber nicht für Gegner. Zumindest noch nicht“, antwortet Ali achselzuckend. „Allerdings habe ich jetzt zusätzlichen Zugriff auf allgemeine Monster-Datenbanken, so dass ich diese Informationen liefern kann, falls die Notwendigkeit besteht.“

„Komm schon, wir müssen die anderen einholen“, sage ich und bemerke, dass die anderen beiden tiefer in die Gruppe gepanzerter Kreaturen vorgestoßen sind, die halb Pferden und halb Gottesanbeterinnen ähneln. In diesem Chaos sehe ich sie kaum, wobei die Hunde und Mikito sich bemühen, Lana in der Mitte zu schützen. Ich wirke Polarzone auf die Gruppe und verlangsame alle – einschließlich meiner Freunde. Eigentlich wäre ein Feuerball die bessere Option gewesen, aber irgendwie reagieren die Leute schlecht gelaunt, wenn man sie bei lebendigem Leib röstet.

Immer diese Nörgelei.

***

Mein Schwert glüht rot auf, und eine Sekunde lang wird mein Angriff durch die Fertigkeit Spalten verstärkt. Es durchschneidet das handgroße Monster mühelos, so dass die getrennten Hälften zu Boden fallen. Ich stampfe auf ihnen herum, bevor es ihnen gelingt, wieder aufeinander zuzukriechen. Als die Monstermasse schließlich zu sehr verkleinert ist, um sich neu zu formieren, stirbt das Frazak-Biest. Die Damen und Ali laufen bereits herum und sammeln die vom System generierte Beute ein. Die Leichen lassen wir zurück. Ich bin mir nicht einmal sicher, ob verhungernde Menschen die schleimigen, ektoplasmischen Überreste des Frazak essen würden. Ich bringe sie garantiert nicht in meinem Veränderten Raum zurück.

„Das war echt bizarr", seufze ich kopfschüttelnd.

Ich trete beiseite, als die Wurzel eines benachbarten Baums sich auf den Schleim stürzt, bevor dieser mit erstaunlicher Geschwindigkeit in den Boden fließt. Als ich die Wurzel zu der Esche zurückverfolge, zu der sie gehört, merke ich mir die Stelle für den Fall, dass sie sich als relevant erweist. Vielleicht möchte Sally, unsere Gnomen-Alchemistin, mehr darüber erfahren.

Ich bin ziemlich dankbar für die visuelle Unterstützung meines Helms. Sie ist immer noch nicht so gut wie helles Tageslicht, aber dank der automatischen Bewegungserkennungs-Software, der Restlichtverstärkung und der Infrarot-Beschichtung reicht sie aus, um nach Sonnenuntergang hier draußen zu bleiben. Und das ist gut so, wenn man bedenkt, wie wenig Tageslicht uns kurz vor der Sonnenwende bleibt. Apropos ...

„Wie seht ihr Damen in dieser Dunkelheit?", frage ich.

„Tierherrschaft-Bonus", antwortet Lana, und ich nicke. Wie ihren verbesserten Geruchssinn und ihr Gehör scheint Lana beim Levelaufstieg durch ihre Verbindung mit ihren Tieren bestimmte Eigenschaften zu erhalten. Ich frage mich, ob sie irgendwann das Fliegen erlernen wird. Oder einen Schwanz bekommt?

„Gentherapie", meint Mikito, während sie ihre Panzerplatte in die Luft wirft, wo diese plötzlich verschwindet. Natürlich weiß ich, dass sie ihre Körperpanzerung nur ins Inventar steckt. Trotzdem sieht es wie Magie aus.

Manchmal frage ich mich, wie weit wir noch Menschen sind. Mit unseren Fähigkeiten sowie den Veränderungen an und in unseren Körpern haben wir uns garantiert weit von normalen Menschen entfernt. Fügt man noch Dinge wie Gentherapie, Cyberware und andere Verbesserungen hinzu, stellt sich dann nicht die Frage, ob wir überhaupt noch menschlich sind? Außerdem gehen wir anders mit Schmerzen und Verletzungen um – daher sind die Sicherheitsvorkehrungen heutzutage wesentlich lockerer. Wen kümmert schon ein gebrochener Knochen, wenn dieser innerhalb von Minuten verheilt? Selbst abgehackte Gliedmaßen können nachwachsen oder ersetzt werden.

Per telepathischen Befehl lasse ich meinen Statusmonitor erscheinen und sehe mir wieder einmal mein „neues" Ich an.

| **Statusmonitor** | | | |
|---|---|---|---|
| Name | John Lee | Klasse | Erethra-Ehrengarde |
| Volk | Mensch (M) | Level | 34 |
| **Titel** | | | |
| Monsterschreck, Erlöser der Toten | | | |
| Gesundheit | 1580 | Ausdauer | 1580 |
| Mana | 1220 | Mana-Regeneration | 89 / Minute |

| Attribute | | | |
|---|---|---|---|
| Stärke | 88 | Beweglichkeit | 149 |
| Konstitution | 158 | Wahrnehmung | 55 |
| Intelligenz | 122 | Willenskraft | 124 |
| Charisma | 16 | Glück | 27 |
| **Klassen-Fertigkeiten** | | | |
| Mana-Erfüllung | 1 | Klingenhieb | 2 |
| Tausend Schritte | 1 | Veränderter Raum | 2 |
| Zwei sind Eins | 1 | Entschlossenheit des Körpers | 3 |
| Größere Entdeckung | 1 | Sofort-Inventar* | 1 |
| Seelenschild | 2 | Versetzungsschritt | 2 |
| Spalten* | 2 | Raserei* | 1 |
| Elementarhieb* | 1 (Eis) | Tech-Verbindung* | 2 |
| **Kampfzauber** | | | |
| Verbesserter schwacher Heilzauber (II) | | Größere Regeneration | |
| Größere Heilung | | Manatropfen | |
| Verbesserter Manapfeil (IV) | | Verbesserter Blitzschlag | |
| Feuerball | | Polarzone | |

Seit dem Onlivik-Sporen-Dungeon habe ich mir einige neue Spielzeuge für mein Arsenal besorgt. Vor allem aber habe ich einige meiner Angriffe und Zaubersprüche verbessert; ein Upgrade für Spalten ist der erste Skill außerhalb meiner Klasse. Das Schöne an diesem Upgrade ist, dass es meine normalen Angriffe zwar nur um 25 % verstärkt, die Manakosten jedoch gleich bleiben. Keine enorme Verbesserung, aber dennoch hilfreich.

Elementarhieb eröffnet mir eine weitere Möglichkeit, Schadensarten zu variieren. Wenn Monster im Level aufsteigen, erhöht sich auch ihr Widerstand gegen grundlegende Schadenstypen, so dass es zunehmend wichtig wird, Schadensarten zu wechseln. Feuer ist üblicherweise recht beliebt, aber der verdammte Kollateralschaden ungezügelter Flammen hindert mich daran, es allzu oft einzusetzen. Daneben gibt es noch etwas ungewöhnlichere Elementaroptionen wie Strahlung oder Dunkelheit, aber momentan beschränke ich mich auf die traditionellen Elemente.

Zudem habe ich eine Unterstützungsfertigkeit aus dem grundlegenden Fähigkeitenbaum der Erethra-Garde freigeschaltet. Ich hätte mir die spezialisierten Skills wirklich schon früher durchlesen sollen, um zu sehen, was ich verpasse – stattdessen ließ ich mich von der faszinierenden Vielfalt der anderen Fertigkeiten ablenken. Auch wenn die Mehrheit ihrer Fertigkeiten nicht spürbar besser ist als jene, die anderen Klassen zur Verfügung stehen – in einigen Fällen sogar schlechter – ist die Tech-Verbindung besonders interessant. Für jeden Level kann ich eine bestimmte Technologie wählen und deren Leistung und Verbindung zu mir optimieren. Es ist keine Überraschung, dass ich sowohl meine Neuralverbindung als auch Sabre gewählt habe. Die Leistungssteigerung und die Verbesserung meiner Verbindung zu Sabre waren beeindruckend, und mit genügend Zeit und Levels könnte sich der Unterschied als kampfentscheidend herausstellen. Leider ist der nächsthöhere Level im Shop ziemlich teuer.

Zur Abrundung meiner Käufe und meiner Vielseitigkeit besitze ich jetzt einen stärkeren Heilzauber und einen Mana-Regenerationszauber, die beide in längeren Kämpfen wertvoll sein dürften. Ich könnte noch ein oder zwei weitere Kampfzauber gebrauchen, aber die guten sind extrem kostspielig. Es ist besser, die Credits für etwas wirklich Großartiges aufzusparen, statt einige gute Dinge zu kaufen.

Beim Ausgeben meiner Gratis-Skillpunkte für Klassen-Fertigkeiten habe ich mich ebenfalls zurückgehalten. Ich bin mir immer noch nicht sicher, welchen Weg ich verfolgen soll. Falls möglich möchte ich mir genügend Punkte ansparen, um mir eine Menge Fertigkeiten zu kaufen, sobald die dritte Ebene meines Fähigkeitenbaums auf Level 40 freigeschaltet wird. Portal und Einzelkämpfer-Armee sehen fantastisch aus, während sich Sanktum eines Tages als enormer Vorteil herausstellen könnte. Ein Skill, der im Grunde eine bestimmte Zeit lang jede Art von Angriff blockiert, erscheint mir ziemlich übermächtig. Andererseits habe ich eine Fertigkeit, die Leute teleportiert. So betrachtet muss es eine Reihe von Skills geben, die Angriffe an Barrieren vorbeiteleportieren. Hey, würde ein Zauberspruch auf Sichtline nur einen sichtbaren Gegner voraussetzen, um ihn zu wirken?

Das ist eine der Problemstellungen mit der Methode, wie wir Fähigkeiten und Skills vom System erwerben. Wir erlernen sie instinktiv, so wie wir unser Leben lang wissen, wie wir unsere Herzen schlagen lassen. Ein gekaufter Skill ist genau das – etwas, das sich hinzufügen, aber nicht zwingend verbessern lässt. Den meisten Leuten genügt dies, aber dann gibt es Fälle wie meinen, in denen ein besseres Verständnis eines Zaubers und seiner Funktionsweise hilfreich wären.

So ist es nun einmal mit dem System. Auch wenn ich nicht behaupten würde, es gäbe einen Dungeon-Meister oder etwas in der Art, der das System im Gleichgewicht hält, ist es aufgrund der reinen Anzahl an Leuten, Skills und Fähigkeiten nicht feststellbar, ob es einen Skill, ein Ausrüstungsteil oder eine Klasse gibt, die alle anderen Trumpfkarten übertrumpft. Zumindest ist mir so etwas noch nicht begegnet.

Als die Damen fertig sind und weiteren Spuren folgen, die Lana entdeckt hat, komme ich mit. Das System verwirrt und verärgert mich immer noch. Es funktioniert unglaublich gut als nahtlose Integration, die unsere Körper und unser Leben ständig optimiert. Aber wenn man einmal drinsteckt, ist man darin gefangen. Es wäre unmöglich, die Dungeonwelt ohne die Vorteile des Systems zu überleben. Darüber hinaus werden Klassen, Skills, Zaubersprüche und Sonstiges schwächer, je weiter man sich vom Systemkern entfernt. Am Rand des vom System besetzten Weltraums kann man sich nur noch auf seine existierenden Manapools verlassen.

Deshalb haben uns vor unserer Einführung in das System nie irgendwelche Aliens besucht. Niemand möchte ein Superman sein, der sich in Clark Kent verwandelt. Na ja, mit Ausnahme mieser Schriftsteller, denen nichts anderes einfällt. Wäre das System Apple – branchenführend, aber Teil eines geschlossenen Ökosystems – dann muss man sich Fragen bezüglich der bestehenden Windows- und Linux-Optionen stellen und darüber, wie man diese erwirbt. Solche Versuche wären vielleicht lebensgefährlich.

Auch wenn ich viel über das System erfahren habe, entstehen immer noch weitere Fragen. Jede Antwort erzeugt nur zusätzliche Fragestellungen. Zum Beispiel habe ich nicht die geringste Ahnung, wie das System es schafft, so mühelos gegen die Gesetze der Physik und des gesunden Menschenverstands zu verstoßen. Noch habe ich eine Ahnung, warum das System darauf programmiert wurde, Dungeonwelten auf bewohnten Planeten zu erzeugen. Oder wieso es alle automatisch in diese zwangsverpflichtet. Ja, zusätzliche Leute bedeuten mehr Beute und dadurch mehr Credits und Ausrüstung, aber das wäre ein wirklich prosaischer Grund.

Zumindest, wenn man über etwas spricht, was Auswirkungen auf ganze Galaxien hat. Macht und Kontrolle würden mehr Sinn ergeben. Aber das erklärt nicht die Fähigkeiten und Klassen, die jedem den Levelaufstieg ermöglichen. Man verteilt ja auch nicht Plutonium und einen Bausatz für Atombomben, um die Bevölkerung unter Kontrolle zu halten. All das ist ein Rätsel, und ich habe sogar eine Quest dafür.

***Die System-Quest***

*Du hast begonnen, die Bedeutung des Systems ansatzweise zu verstehen. Allerdings gibt es noch viel zu lernen, und die Belohnung am Ende ist ungewiss. Wirst du diese Reise fortsetzen?*

Die Tatsache, dass Hunderttausende erfolglos versucht haben, die System-Quest abzuschließen, ist ziemlich entmutigend. Unter den Galaktikern ist die System-Quest auch als die Narrenquest bekannt. Hunderte, vielleicht sogar Millionen von Gelehrten, Abenteurern und Forschern haben im Laufe der Jahre vergeblich versucht, sie zu Ende zu bringen. Ali wurde wütend auf mich, als ich begann, darin herumzustochern. Aber mein Bauchgefühl sagt mir, dass die System-Quest den Schlüssel zu allem enthält. Und je besser mein Systemverständnis wird, desto mehr verstehe ich die verrückte Welt, in der ich lebe.

Leider sind all diese Überlegungen für mein Alltagsleben völlig irrelevant. Momentan habe ich mit der Herzogin und ihren Plänen für die Stadt genug Probleme. Ich muss zugeben, dass es mich tierisch aufregt, dass meine Hilfe derart beiläufig ausgeschlagen wurde. Aber in dieser Hinsicht muss ich Roxley vertrauen. Was einem unglücklicherweise nicht gerade leicht fällt, wenn der Mann so verdammt attraktiv aussieht.

„Worüber denkst du nach?", fragt Lana und tappt mit dem Fuß. Ich merke, dass ich wieder einmal hinter den anderen zurückgeblieben bin.

„Ich habe nur an Roxley gedacht", antworte ich automatisch. Sie kneift kurz die Augen zusammen, bevor sie lächelt.

„Freust du dich, dass dein Liebhaber wieder da ist?", fragt Lana.

„Er ist nicht mein Liebhaber. Und nein, das nicht. Ich dachte an die Herzogin und Roxley und ihre Pläne", sage ich.

„Spielt es eine Rolle? Die sind doch alle gleich", erwidert Lana, deren Stimme nun plötzlich verbittert klingt. „Für diese Typen sind wir nur Schachfiguren. Sie spielen mit uns, und wenn wir zerbrechen, werfen sie uns auf den Müll."

„Lana ...", sage ich und verstumme. Ich weiß gar nicht, wo ich anfangen soll. Ehrlich gesagt habe ich gelegentlich meine Zweifel bezüglich der Truinnar, aber ... „Roxley ist den meisten anderen Optionen vorzuziehen."

Sie knurrt, offenbar verärgert über meine Worte, und wendet den Blick ab.

Mikito blickt uns beide einen Moment lang an und schwingt dann ihre Naginata, um eine nach uns greifende Liane abzuhacken. „Es ist spät. Wir sollten einen Platz für die Nacht finden. Carcross wäre näher."

Ich murmle und schiele aus dem Augenwinkel auf die Minikarte. Wir sind eigentlich nicht viel näher an Carcross als an Whitehorse. Carcross ist bekannt als die letzte noch existierende Menschensiedlung mit Ausnahme von Whitehorse. Allerdings gibt es hier nur einige Dutzend Gebäude und ein paar hundert Leute. Andererseits hat die Siedlung gut verteidigte Mauern, und hier leben Freunde, die wir seit einer Weile nicht mehr gesehen haben. Wenn das der Grund dafür ist, dass Mikito mit uns dorthin möchte, dann habe ich nichts dagegen.

„Schon gut“, sagt Lana abschätzig. „Bringen wir die Sache endlich hinter uns. Auf dem Weg dorthin gibt es wahrscheinlich gute Jagdbeute.“

„Folge mir einfach, Schätzchen, ich kümmere mich darum“, sagt Ali und winkt uns weiter.

Dann gehen wir eben nach Carcross.

# Kapitel 3

Seit meinem letzten Besuch in Carcross sind fast eineinhalb Monate vergangen. Ich muss zugeben, dass Lanas Geisteszustand mir Sorgen bereitet. Dann kehrte Roxley zurück, danach erschienen die Kapre und ich beschloss, sie für alle Fälle im Auge zu behalten. Trotzdem – Vertrauen ist gut, Kontrolle ist besser. Und wenn man mit dem Kämpfen und Töten und dem Training beschäftigt ist, verfliegt die Zeit im Nu.

Aber eigentlich ist das keine Rechtfertigung. Ich habe Freunde hier, Überlebende, die Bekannte und Angehörige an das System verloren haben und die in erbitterten Gefechten an meiner Seite kämpften. Andererseits hat so gut wie jeder hier jemanden verloren. Auch wenn ich die Leichen meiner Familie nicht zu Gesicht bekam, habe ich doch im Shop nachgeforscht. Es dauerte eine ganze Weile, bis ich den Mut dazu aufbrachte und manchmal bereue ich, es getan zu haben. Die schwache Hoffnung war für mich so tröstlich gewesen wie eine Babydecke. Als sie mir genommen wurde, wollte ich nur noch schreien und heulen. Glücklicherweise gelang es mir, die Trauer zu einer reiferen, vernünftigeren Reaktion zu kanalisieren und ich begann mit Lana und Mikito einen 48 Stunden langen mörderischen Amoklauf außerhalb der Stadt.

Unsere Gruppe nähert sich der Stadt aus einem schrägen Winkel, daher müssen wir die Mauer entlang zu den Toren gehen. Wir könnten mühelos über die viereinhalb Meter hohe Barriere aus Beton springen – aber das größere Problem wären die automatischen Verteidigungssysteme und das die Stadt umgebende Kraftfeld. Als wir das Glacis vor der Mauer durchqueren, bemerke ich die leicht zerknitterten Gesichter, die auf uns herabblicken, größtenteils mit Bart. Zwerge. Seltsamerweise entsprechen sie ganz den üblichen Klischees – mit Ausnahme der Schmiedekunst. Meines Wissens handelt es sich bei ihnen um einen kleineren Clan, der in Schwierigkeiten geraten ist. Daher sind sie sowohl als Kolonisten als auch als Wächter hier. Auf jeden Fall verstärkt ihre Anwesenheit die Zivilistenwachen von Carcross durch eine erfahrene, professionelle Truppe. Das hatte diese Siedlung auch dringend nötig, als sich die Schwärme zunehmend intensivierten.

Zu meiner Überraschung sind die Tore geöffnet und wir sind nicht die einzigen Ankömmlinge. Eine Fünfergruppe, deren Mitglieder Schwerter, Gewehre und Bogen tragen, geht vor uns her und zieht einen Schlitten voller Leichen mit sich. Keiner der fünf sieht menschlich aus, wobei drei vielleicht als Menschen durchgehen würden, wenn man die Augen zusammenkneift und die Hautfarbe, zusätzlichen Gliedmaßen und sonstigen Auswüchse ignoriert. Einer hat eine extreme Ähnlichkeit mit dem traditionellen Bild eines Klingonen, mit einem seltsamen Auswuchs im Gesicht und derart dicken Armen, dass man sie nur mit beiden Händen umfassen könnte. Der Zweite ist nur einsvierzig groß, kompensiert seine geringe Größe jedoch durch vier weitere Arme in der Mitte seines wulstigen Körpers. Ein zweites Augenpaar blickt uns aus seinem Oberkörper an, während die letzte humanoide Kreatur leuchtend blau und vollständig von Schuppen bedeckt ist. Ich starre allerdings in erster Linie auf das kugelförmige Wesen, das auf zu dünnen Beinen über den anderen schwankt und dessen vier Augen sich wie auf Gleisen über den Körper bewegen. Danach ist mir der humanoide Velociraptor kaum noch einen Blick wert.

Die Zwerge auf Wache winken die Galaktiker routinemäßig durch, bevor sie ihre Unterhaltung fortsetzen. Ihre Sprache ist mir nicht bekannt, bis Ali aktiv wird und ich das Kauderwelsch verstehe. In diesem Fall diskutieren sie hauptsächlich darüber, wie hübsch Mikito doch ist, auch wenn sie für eine echte Zwergenfrau etwas zu groß geraten ist.

„Hey! Hört auf, sie wie Dorfdeppen anzustarren“, ruft Ali, und wir stellen fest, dass wir vor den Toren stehengeblieben sind.

Aus dem Augenwinkel sehe ich, dass einige der Zwerge uns auslachen. Ich knurre leise, aber Mikito legt eine Hand auf meinen Arm und schüttelt den Kopf.

Klar. Wir befinden uns auf heimatlichem Territorium. Ich darf hier keinen Streit anzetteln.

„Was zum Teufel geht hier vor?“, murmle ich, während ich das Motorrad beschleunige und nach innen drifte.

Einer der Zwerge stellt sich mir in den Weg und ich werfe ihm einen bösen Blick zu, so dass er nach seiner Waffe greift. Aber die Vernunft siegt und einer der anderen Zwerge winkt den übereifrigen Rekruten zurück.

Drinnen sehe ich, dass die Stadt gewachsen ist. Früher gab es hier ungefähr ein Dutzend Gebäude, aber mittlerweile wurden mindestens noch einmal genauso viele hinzugefügt, alle davon mindestens vier Stockwerke hoch. Bei ihnen scheint es sich mehrheitlich um Wohn- und Geschäftsgebäude zu handeln, wobei die Neubauten den seltsamen silbrigen Glanz standardmäßiger Systembauwerke aufweisen. Direkt neben der Stadtmitte überragt ein großes sechsstöckiges Gebäude die alten Blockhäuser. Die Galaktiker nähern sich diesem Gebäude und betreten es mit ihren Monsterleichen.

Trotz der Veränderung des Grundrisses der Stadt ist die Mischung der Individuen, die hier umherwandern, eigentlich viel überraschender. Menschen bilden immer noch die Mehrheit, aber man entdeckt mühelos Gruppen von Außerirdischen, die von den Einheimischen keinesfalls missbilligend beäugt werden. Angesichts der Tatsache, dass einer von ihnen einem typischen gehörnten Teufel mit Schwanz gleicht, ist diese Akzeptanz wirklich beeindruckend.

„Aha. Ein offizielles Gildenhaus“, sagt Ali, als sich die Hunde um mich versammeln. Er deutet auf das große Gebäude, das die Gruppe eben betreten hat. „Carcross hat einen Vertrag mit der Rollende-See-Gilde abgeschlossen. Deshalb sind die meisten dieser Galaktiker hier."

„Du weißt schon, dass das momentan bedeutungsloses Gewäsch ist, oder?" Murmle ich kopfschüttelnd. „Kontext, Mann."

„Ja, ja. Du Ignoramus." Ali dreht sich, so dass er mit dem Kopf nach unten schwebt, während er fortfährt. „Gilden sind, na ja, Gilden. Du würdest sie wohl als Genossenschaft bezeichnen. Nur, weißt du, mit einer individuelleren Ausrichtung? Auf jeden Fall kommen mächtige Gilden bezüglich Größe und Anzahl der Mitglieder fast schon Ländern gleich. Die Rollende-See-Gilde ist eine Abenteurer-Gilde der Stufe IV mit circa zweitausend Mitgliedern und einem durchschnittlichen Level von 36,7."

Wir drei starren ihn an und warten darauf, dass er uns mehr erzählt.

Der nervtötende braunhäutige Geist mit den Schulterpolstern schweigt derart lange, dass ich versucht bin, ihn anzuschreien. „Abenteurer-Gilden suchen immer nach noch nicht ausgebeuteten und beanspruchten Level-Zonen. Wenn sie eine finden und das Recht erhalten, dort eine Gildenhalle einzurichten, erhalten sie dadurch einen enormen Vorteil."

„Gibt es Beschränkungen für die Hallen?", fragt Lana sofort, woraufhin Ali nickt.

„Jawohl, durch die Größe und den Rang der sicheren Zone. Deshalb hat Carcross eine, Whitehorse hingegen nicht."

Ich stöhne und nicke langsam. Wir haben keine sichere Zone aus dem Grund, dass wir die Kategorie Dorf noch nicht verlassen haben und unterhalb der Mindestschwelle liegen, die für die Stabilisierung der Manaströme in Whitehorse erforderlich ist. Da Carcross ursprünglich eine kleinere Siedlung war, musste es weniger Gebäude kaufen, was ihm gegenüber Whitehorse einen beträchtlichen Vorteil verlieh.

„Abenteurer-Gilden bauen Gildenhallen. Ich verstehe. Und wozu sind die gut?“, frage ich.

„Eine Reihe von Dingen. Gildenmitglieder bezahlen reduzierte Teleportationskosten zwischen den Gildenhallen. Sie können auf Gildenlager, Trainingsräume für mehr Erfahrungszuwachs und sichere Bereiche zugreifen, um sich auszuruhen. Das wären die wichtigsten Faktoren. Hin und wieder haben Gilden auch Verträge mit kleineren Shops, die Läden in ihren Hallen eröffnen. Dadurch bietet sich eine Möglichkeit, den System-Shop zu umgehen“, antwortet Ali.

„Lass mich das mal klarstellen. Carcross hat eine Abmachung mit dieser Gilde geschlossen, so dass diese die einzige ...?“ Als Ali nickt, rede ich mit gestärkter Zuversicht weiter. „Die einzige verfügbare Gildenhalle nutzen darf. Dafür unterstützt die Gilde die Verteidigung der Stadt und tötet natürlich Monster. Hört sich das korrekt an?“

„So ungefähr, Junge.“

„Ich glaube, die haben sich eine Zielscheibe auf den Rücken gemalt“, murmle ich.

„Das stimmt wohl“, bestätigt Ali.

Mikito wirft mir einen verwirrten Blick zu und Lanas Miene ist ausdruckslos, daher erkläre ich es den beiden. Anscheinend sind sie mit der galaktischen Politik nicht so vertraut wie ich. „Die anderen Gilden werden davon überhaupt nicht begeistert sein, da die Rollers mächtiger werden, solange sie keinen Dämpfer erhalten. Das bedeutet, dass diese Gilden versuchen werden, Carcross und den Rollers zu schaden. Ali, die mussten sich doch bewusst sein, dass es dazu kommen würde.“

„Natürlich. Meine Vermutung? Sie gehen das Risiko ein. Wie Roxley auch. Halten sie lange genug durch, bis die Bevölkerung und die Stadt stärker werden, erreichen sie die nächste Stufe und damit neue Upgrades. Wenn sie diese Upgrades wiederholen, lassen sie alle hinter sich, die Interesse an einem derart kleinen Ort zeigen würden. Und die größeren Fische werden anstelle von Carcross nach Whitehorse schnappen."

„Und wenn sie scheitern?", fragt Lana stirnrunzelnd.

„Dann sterben sie vielleicht. Zumindest verlieren sie eine Menge Prestige und Credits."

„Ich meine die Stadt."

„Das läuft aufs Gleiche hinaus." Ali zuckt desinteressiert mit den Schultern.

„Gefährlich", sage ich, und Mikito nickt. Trotzdem kann ich verstehen, warum der Stadtrat von Carcross diesen Weg eingeschlagen hat. Es war ihnen nicht möglich, die Stadt zu verteidigen – nicht mit den wenigen noch verfügbaren Jägern. Selbst nach der Ankunft des Zwergen-Clans muss die Anzahl der Schwärme sie ganz schön unter Druck gesetzt haben. Und wenn man einen Ort nicht verlassen möchte, ist es besser, zu handeln – egal, wie düster die Zukunft aussehen mag – als tatenlos herumzusitzen.

Dennoch erklärt die Anwesenheit der Gilde, warum die Anzahl der Monster in Stadtnähe deutlich geringer ist als erwartet. Das macht auch klar, warum wir keine subtilen Hinweise von Jason oder der Ältesten erhielten, sie doch wieder zu besuchen. Vielleicht möchte der Stadtrat von Carcross uns überhaupt nicht hier haben – und ich bin mir nicht sicher, ob Roxley bezüglich dieser Entwicklung glücklich sein wird. Allerdings ist es möglich, dass der Truinnar bereits davon weiß.

„Na, begrüßen wir sie oder nicht?", sagt Lana schließlich und deutet nach vorn.

Ich öffne den Mund, schließe ihn dann aber wieder. Sie hat recht. Wir sind hier, also sollten wir die anderen begrüßen und etwas trinken. Was diese

Entscheidungen betrifft, wurden sie ja bereits getroffen. Zeit, alte Freunde zu besuchen.

***

„Jason. Rachel", begrüße ich das Pärchen, als wir die beiden schließlich aufgespürt haben.

Zu meiner Überraschung bewohnen sie eine ziemlich geräumige Eigentumswohnung an der Spitze eines der neuen Gebäude. Drinnen bieten uns vom Boden zur Decke reichende Fenster eine fast vollständige Sicht auf die Mauern. Das ist auch gut so, wenn man bedenkt, dass Jason der mächtigste Magier der Stadt ist und Rachel nur knapp dahinter folgt. Der schlaksige Teenager grinst und legt einen Arm um seine aus den First Nations stammende Freundin, während er wartet, bis wir hereinkommen und unsere Schuhe ausziehen.

Als wir kurz im Stadtzentrum vorbeigeschaut hatten, war Älteste Badger überraschenderweise nicht da, weil sie sich ausruhte. Eigentlich war ich froh darüber. Früher hat sie bis spät in die Nacht gearbeitet, daher sieht man, dass die Neuankömmlinge ihr ein Stück weit die Arbeit abgenommen haben. Selbst mit unserer erhöhten Konstitution benötigen die meisten von uns zumindest einige Stunden Schlaf pro Tag, um unser Gehirn auf Null zu stellen, damit wir nicht völlig durchdrehen.

Da wir die Älteste nicht fanden, bestand unser nächster Schritt darin, Jason und Rachel zu lokalisieren. Was aufgrund seiner extremen Bekanntheit hier nicht besonders schwierig war.

Die Art und Weise, wie Jason sich den Bademantel zuhält, deutet darauf hin, dass wir die beiden bei der Bettgymnastik unterbrochen haben. Oder vielleicht schläft er gerne in Boxershorts. Ich mustere ihn beiläufig. Er hat etwas zugenommen und ist nicht mehr der spindeldürre Teenager von früher. Er ist kein Fitness-Freak, sieht aber auch nicht mehr danach aus, als würde eine steife Brise ihn umpusten.

Rachel hingegen, na ja, sie wirkt älter. Das sechzehnjährige Mädchen hat eine reifere Ausstrahlung und das Gesicht ist etwas rundlicher, mit neuen Ringen unterhalb der Augen. Rachels Schritte sind nicht mehr ganz so energisch, und als sie sich an Jasons Arm klammert, entdecke ich neue Falten in ihrem Gesicht. Nach den Wunden, die erst der Verlust ihres Dorfs und dann eines Großteils ihres Teams geschlagen haben, scheint die einst so zähe junge Frau fragiler zu sein. Als könnte sie jederzeit zerbrechen.

„Ihr wisst schon, dass es fast elf Uhr ist, oder?", knurrt Jason freundlich, während er sich in einen Sessel fallen lässt und Rachel sich sofort in seine Arme schmiegt.

„Ja, ja. Wir können ja wieder gehen, wenn du willst." Ich wende mich ab und er wirft mir eine blau leuchtende Kugel gegen den Kopf, die mir einen kaum merklichen Schock versetzt.

„Damit will John sagen, wir freuen uns auch, euch zu sehen." Lana findet neben den beiden einen Platz auf der Couch und setzt sich. „Wie geht es euch beiden?"

„Nicht schlecht. Seit dem Erscheinen der Gilde läuft hier alles sogar ziemlich gut. Ihr habt sie doch gesehen, oder?" Jason deutet in die ungefähre Richtung der Stadt.

„Kaum zu übersehen", sagt Ali.

„Wie läuft es damit?", frage ich.

„Mike grummelt ein bisschen, aber diese Leute waren wirklich hilfreich, wisst ihr?", antwortet Jason.

Ich nicke nur kurz. Ich bin mir sicher, Gadsbys Kritikpunkte decken sich mit Andreas. Beide waren früher bei der RCMP und beschweren sich oft darüber, dass nun Zivilisten herumwandern, die mit einer Fingerbewegung Häuser zerstören können. Ich weiß, dass die beiden lange Gespräche darüber führen, wie sich das kanadische Recht mit den galaktischen Gesetzen in Übereinstimmung bringen lässt. Ich halte es für eine Zeitverschwendung, aber mich fragt ja keiner.

Während ich mich mit Jason unterhalte, flüstert Lana Rachel etwas zu und diese schüttelt den Kopf.

„Na gut. Zeit für ein Gespräch unter Mädchen. Raus mit euch, Jungs", sagt Lana abrupt und deutet auf uns.

„Häh?"

„Raus", wiederholt Lana.

Jason stößt einen Seufzer aus, löst seine Hand von Rachels, die seine noch einmal drückt und gibt mir dann mit einem Wink zu verstehen, ihm zu folgen. Nach einem kurzen Spaziergang befinden wir uns außerhalb der Mauern und wandern durch den nächtlichen Wald, wobei wir beiläufig nach potenziell auftauchenden Monstern suchen. Jason beschwört eine Reihe heller gelbgrüner Lichter, die um ihn schweben und Bedrohungen ohne Vorwarnung angreifen, während wir weitergehen. Allerdings fehlt in Carcross immer noch eine Bar – die Älteste besteht weiterhin darauf, den Ort trotz der Anwesenheit der Gilde „trocken" zu halten. Die Entscheidung ist nachvollziehbar, nervt aber trotzdem.

Schließlich breche ich das Schweigen, als ich den Gestank einer gerösteten Eule wittere. „Was sollte das eigentlich?"

„Ah. Also. Das. Ich werde Vater", sagt Jason. „Wir dachten eigentlich, wir hätten diese Möglichkeit im wahrsten Sinne des Wortes abgedeckt, aber..."

„Ja, das wussten wir bereits dank Richards ...“ Ich möchte *Exploits* sagen. Aber ich beende den Satz nicht, weil die Erinnerung an unseren verlorenen Freund die Stimmung der Unterhaltung trüben würde.

„Irgendwie widersinnig. Der Shop verkauft Modifikationen, um sich sterilisieren zu lassen, aber die versagen andauernd. Ich habe sogar gehört, dass einige Frauen, ältere Frauen, äh ...“, stottert Jason und wird rot.

„Ältere Frauen ...? Die sexuell aktiv sind?“ Ich möchte ihn ja nur auf den Arm nehmen. „Du weißt schon, dass ältere Leute auch Menschen sind, oder?“

Er starrt mich wütend an, während er noch mehr errötet. „Der Menstruationszyklus kehrt sich um.“

„Du meinst, die Menopause wird zum Menostart?“, sagt Ali kichernd.

Ich werfe dem Geist einen bösen Blick zu. „Zwinge mich nicht dazu, dich zu verbannen.“

„Ja, das meine ich.“ Jason reibt sich übers Gesicht und versucht, seine nicht vorhandene Brille hochzuschieben. Er neigt den Kopf und bewegt die Hand, wobei er als beiläufige Machtdemonstration seinen Angriffszauber erneuert.

„Netter Zauber. Sieht irgendwie aus wie gelenkte Manapfeile.“

Jason nickt. „Ich habe die Formel leicht modifiziert.“ Als ein Blitz in einen nahen Baum einschlägt, dann noch einer und noch ein dritter, seufzt er und wirkt den Zauber erneut. „Ich arbeite noch an den Details.“

„Ach ja. Ich glaube, der Baum ist erledigt.“

Dabei gehen mir seine Worte bezüglich des Shops durch den Kopf. Wie er Menschen regeneriert, sie heilt, selbst die Biologie des Alterns umkehrt. Als wolle der Shop unsere Bevölkerungszahl erhöhen, ob wir damit einverstanden sind oder nicht. Fast wie selbstreplizierende Viren, die dauernd Host-Computer infizieren, nach Schwachstellen im Betriebssystem suchen und sich auf neue Speichermedien kopieren. Allerdings versucht der Shop in diesem Fall, die Computer zu erschaffen, die er benutzen möchte.

***System-Quest-Update (+500 EP)***

*Das System repliziert sich ständig und erzeugt neue Wirtskörper. Warum würde es das tun?*

Im Ernst? Dafür bekomme ich ein Quest-Update? Ich schüttle den Kopf und lasse die Benachrichtigung verschwinden, während ich Ali betrachte, der die Manapfeile mit seinen Fingern anstupst. Warum zum Teufel würde ich diese Benachrichtigung erhalten?

„Übrigens, herzlichen Glückwunsch“, sage ich leicht verspätet.

„Danke“, antwortet Jason, der nun plötzlich ernst wirkt.

Stimmt, er ist ja selbst noch ein halbes Kind. Es kann nicht leicht sein, so jung Vater zu werden. Einen Augenblick lang frage ich mich, wie die Erziehung in dieser Welt aussehen wird. Schließlich ist es im System nicht besonders kostspielig, Skills für Dinge wie Grundkenntnisse der Mathematik, Wissenschaften oder Gesellschaftswissenschaften zu erwerben. Warum also noch eine Schule besuchen? Würden Schulen in der Zukunft Fächer wie Kampftaktik und Anwendung von Fertigkeiten unterrichten anstelle von Klassen in Physik oder Englisch? Oder wir könnten mit dem traditionellen Unterricht fortfahren, da wir dann wüssten, dass wir den Schülern zumindest die Grundlagen vermitteln. Und sie diese auch tatsächlich verstehen.

„Erzähl mir mehr von diesem neuen Zauberspruch. Vielleicht lerne ich dabei etwas“, sage ich.

Jason freut sich offensichtlich und erklärt, wie er den Zauber modifiziert hat. Ablenkungen. Die sind immer nützlich.

Nach einigen Stunden und mehreren Runden um die Stadt zum Fluss und wieder zurück werden zwei zuvor noch getarnte Gestalten vor uns sichtbar. Dies geschieht so langsam und unauffällig, dass ihr Erscheinen keinen automatischen Angriff durch Jasons Zauber oder mich auslöst. Beim ersten Neuankömmling handelt es sich um einen halb transparenten, schwebenden Humanoiden, dessen enge Lederkluft mehr enthüllt, als sie verbirgt. Ich ertappe mich dabei, wie ich seine Leistengegend anstarre, da die beiden vorstehenden Zylinder auf verstörende Weise faszinierend sind. Er (es?), ist schon ziemlich seltsam, aber dann sehe ich, dass sein humanoider Freund vier Arme besitzt, deren Haut einen gelbgrünen, metallischen Glanz aufweist. Anstelle eines Kopfes befindet sich am Ende des Halses eine Reihe von Röhren mit glänzenden Lichtern.

***Eilon Lindrak (Level 7 Unheimlicher Ritter)***
*HP: 1530/1530*
*MP: 320/320*
*Zustand: Substanzlos*

***Ixlimin Ldrik (Level 49 Mekano-Diener)***
*HP: 570/570*
*MP: 740/740*
*Zustand: Keiner*

„Du stehst heute nicht auf der Patrouillenliste, Jason“, sagt Ixlimin. Seine Stimme klingt blechern und etwas zu hoch, was ihr einen nervtötenden Klang verleiht.

„*Junge, der Ritter hat übrigens eine Fortgeschrittene Klasse*“, murmelt Ali.

Ich blinzle und starre die beiden an. Mein Gott, es wäre nett, wenn so etwas leichter feststellbar wäre. Andererseits, Knappe, Ritter ... das funktioniert wohl.

„Ich mache nur mit einem Freund einen Spaziergang“, antwortet Jason, wobei er den Körper ein Stück weit von ihnen abwendet.

„Wer ist dein Freund?“, fragt Ixlimin und ich spüre erneut, wie sich mein Körper verkrampft. Das ist die Art von Stimme, die man in einem schlechten SF-Film aus den 80er Jahren hören würde, in dem es von bösen KIs und Robotern wimmelt.

„Sag nichts. Der wandelnde Standmixer kennt die Antwort schon“, sagt Ali und wirft Ixlimin einen missbilligenden Blick zu.

„Ein Begleitergeist. Wie neuartig“, sagt Ixlimin mit Blick auf Ali.

Ali starrt aus zusammengekniffenen Augen zurück. Während dieses visuellen Duells herrscht ein unangenehmes Schweigen.

„Also ...“, sage ich und setze ein Lächeln auf. „Ich bin John Lee.“

Glücklicherweise beinhalten die im Shop gekauften Sprachpakete auch die Körpersprache, so dass sie die Bedeutung eines Lächelns kennen. Andernfalls, wer weiß, würde ich sie dadurch vielleicht zu einem Esswettbewerb herausfordern.

„Du stammst aus Whitehorse“, sagt Eilon und ich nicke zustimmend. „Hat die Stadt den nächsten Rang schon erreicht?“

„Nein.“ Soweit ich weiß, hält uns nur der Mangel an gekauften Grundstücken zurück. Wir befinden uns nahe der Schwelle, und sobald wir die hinter uns gebracht haben, steigen wir garantiert im Rang auf. Carcross hat es schließlich auch geschafft.

„Aaaah!“, schreit Ali, während er Ixlimin anstarrt und ich zur Seite greife. Jason sieht uns an und seine Hand schließt sich leicht, während Ixlimin lächelnd dasteht. „Du verdammter Mixer!“

„Was ist denn los, Ali?", frage ich nervös. Ich möchte wirklich nicht, dass zwischen den beiden ein Kampf ausbricht. Ich bin mir nicht sicher, ob Jason mir helfen würde, und die beiden hier wären wohl etwas viel für mich.

„Der verdammte Mixer ist ein M453-X. Die Dinger sind fast wie Sporen – geteiltes Zentralbewusstsein durch Daten-Uploads. Ich wollte herausfinden, ob der Computer hier eine Verbindung hat. Er hat mich blockiert. Und Informationen über dich gestohlen", faucht Ali.

„Gestohlen?", knurre ich leise.

„Das ist eine Übertreibung. Dein Geist war nachlässig und hat während seines Angriffs auf meine Datensektoren die eigene Verteidigung deaktiviert. Dabei kamen gewisse Informationen heraus", sagt Ixlimin. „Mein System und ich sind darauf programmiert, Informationen zu erwerben. Alle Arten von Informationen."

„Also hast du dir geschnappt, was du gefunden hast?"

„Ja."

„Und diese Informationen hast du jetzt in diese gemeinsame Datenbank hochgeladen?"

„Nein", sagt Ixlimin, wobei seine Stimme immer noch flach und tonlos klingt. „Ich habe die entsprechenden Upload-Privilegien noch nicht erhalten. Nur, wer mindestens Rang III besitzt, darf Daten direkt hochladen."

„Ihr habt eine Rangordnung?" Ich neige den Kopf, weil ich den Roboter interessant finde. Den Androiden? Den Cyborg? Ich bin mir nicht ganz sicher. Ich werde die Angelegenheit später mit Ali abklären müssen.

„Das Programm hat sich so weit ausgedehnt, dass Individuen einen Rang erhalten müssen. Das ist die einzige logische Option, um den optimalen Zufluss von Informationen sicherzustellen. Ich erstelle immer noch regelmäßig Berichte, aber es wurde beschlossen, dass Individuen unter

Rang III keine ausreichend wichtigen Informationen besitzen, als dass sich eine Direktverbindung lohnen würde“, erwidert Ixlimin.

„Danke. Das war sehr hilfreich“, sage ich mit Blick auf Ali, der immer noch stinksauer ist und einen Gesichtsausdruck hat, als würde er unter Verstopfung leiden. „*Du bist ganz schön leise.*“

„*Ich aktualisiere meine Firewalls. Dieser Gauner hat meine Basis-Firewalls durchgeschnitten wie Butter*“, antwortet mir Ali telepathisch. „*Trau ihm nicht über den Weg. Die Ixlimin sind wie eure Borg. Oder vielleicht wären Mormonen ein besserer Vergleich. Unerbittlich auf die Erweiterung des Programms ausgerichtet. Würde das System ihr Programm nicht behindern, würden sie wahrscheinlich in riesigen Würfeln herumlaufen.*“

„Man hat beschlossen, dass die effizienteste Methode, Bedenken über unsere Ziele auszuräumen darin besteht, klare und präzise Informationen über das Programm zu liefern“, sagt Ixlimin.

„Und an diesem Punkt muss ich nun eingreifen“, sagt Eilon und hebt eine Hand. „Wenn ich es zulasse, redet Ixlimin über das Programm wie ein Wasserfall, aber wir sind immer noch auf Patrouille. Allerdings gab es dabei bisher wenig zu tun.“

„Ist mir aufgefallen. Ihr wurdet nicht so stark vom Schwarm angegriffen, oder?“, frage ich.

„Nein, der ist an uns vorbeigezogen. Wir haben ihn auf den Scannern verfolgt, aber mit Ausnahme einiger Ausreißer ist der Level um Carcross zu hoch, als dass er uns beeinflussen würde. Zumindest bisher“, sagt Eilon und fügt dann hinzu: „Frieden, Leute.“

„*Hat er das wirklich gesagt?*“

„*Übersetzungsfehler. Die Eilon haben eine ähnliche Redewendung, aber ohne die Hippie-Konnotation. Eine korrekte Übersetzung wäre: ‚Mögen die Regen des Friedens fallen und die Winde des Krieges bis zu unserem nächsten Treffen vorbeiziehen*'", erläutert Ali und ich nicke knapp.

„Frieden", wiederhole ich mit einem Lächeln. Na ja, andere Länder, andere Sitten.

Jason starrt mich natürlich an, als die beiden gehen, aber ich grinse nur. Als sie dann weg sind, dränge ich auf eine Fortsetzung des Unterrichts, da er offensichtlich nicht über seine Gefühle reden möchte.

***

Als wir die Mädchen das nächste Mal wach sehen, ist es Morgen und Lana belegt das Badezimmer. Zum Glück reicht uns der Säuberungszauber, daher bereiten Jason und ich das Frühstück zu. Die Menge an Essen, die man für fünf Abenteurer mit verbesserten Metabolismen benötigt, ist überwältigend – da hätten wir auch einige Sumo-Ringer durchfüttern können. Lustigerweise hat Jason eine Fertigkeit, die es ihm erlaubt, unser Frühstück extrem schnell zu kochen, so dass ich nur die Zutaten vorbereiten muss. Aber ich störe mich nicht daran, da man meine Kochkünste als eher dürftig bezeichnen könnte.

Als Lana endlich aus dem Badezimmer tritt, verlässt Mikito den Balkon, wo sie ihre Trainingsroutine hinter sich gebracht hat. Ich bin erstaunt, dass sie es überhaupt schafft, auf dem winzigen Balkon ihre Stangenwaffe zu schwingen, ohne etwas zu zerstören. Andererseits ist sie eine hervorragende Kampfsportlerin und ich nur ein Stümper mit einem spitzen Metallstück. Ich versuche, den Tatsachen ohne Verbitterung ins Auge zu sehen. Schließlich habe ich mich während der vergangenen Monate deutlich verbessert, vor allem für einen blutigen Anfänger. Dank ihrer und Roxleys Lektionen habe ich sogar eine gewisse Fähigkeit erhalten. Es schadet auch nicht, dass das

System mir zunehmend aufzeigt, was ich tun muss – unabhängig davon, ob ich das überhaupt möchte.

Ehrlich gesagt ist die enorme Menge der Veränderungen, die das System auf körperlicher, geistiger und teilweise auch auf gesellschaftlicher Ebene durchführt, furchterregend. Selbst wenn die spezifischen Modifikationen vermutlich nicht so schlecht sind – zumindest nicht laut der Zahlen auf unseren Datenblättern – ist dennoch klar, dass das System in uns greift und täglich Änderungen durchführt. Wäre ich ein frommer Mensch, hätte ich sogar ein wenig Angst um meine Seele. Ich weiß, dass die Kirchen und die übrigen spirituellen Personen der Stadt ihre Probleme hatten, sowohl das System als auch die Apokalypse zu erklären. Was das angeht, beneide ich sie überhaupt nicht. Ich frage mich, wie viele sich in spiritueller Hinsicht aufführen, als würden sie sich die Finger in die Ohren stecken und „na-na-na-nah" sagen?

„Erde an den großen, stummen und nachdenklichen Typen", sagt Ali und schwirrt vor mir herum.

Ich blinzle und mir wird klar, dass ich wieder mal komplett in meinen Gedanken versunken war. Eine besorgniserregende Angewohnheit – etwas, das ich vor der Apokalypse oft getan habe. Vor allem, wenn ich bei der Arbeit unter Stress stand oder nicht an unangenehme Tatsachen denken wollte – wie die langen Telefongespräche meiner damaligen Freundin mit ihrem „Bekannten" in Whitehorse. Ich hatte es schon ewig lange nicht mehr getan, daher ist es etwas beunruhigend, mich dabei zu ertappen.

„Entschuldigung." Ich winke ihm schuldbewusst zu und sehe mich um. „Habe ich etwas verpasst?"

„Nur eine Diskussion darüber, was wir als nächstes unternehmen. Wir könnten unsere Beute und die Monsterleichen in Carcross in der Gildenhalle verkaufen. In den meisten Fällen verlieren wir dadurch ein bisschen, in anderen machen wir einen deutlichen Profit. Wenn wir das tun, könnten wir danach ins nahe Gebirge gehen und etwas jagen, dessen Level eher zu uns passt“, sagt Mikito.

Ich knurre und richte den Blick auf Lana, die energisch nickt. Ich bin nicht gerade begeistert von der Vorstellung, herumzulaufen und einfach so weitere Monster zu töten, aber es ist notwendig und vielleicht stoßen wir dabei auf etwas Interessantes. Etwa einen Dungeon oder zwei.

„Kommst du mit?“, frage ich Jason. Aus unseren Gesprächen letzte Nacht weiß ich, dass er ganz wild auf die Jagd nach Monstern ist, die eine größere Herausforderung darstellen. Ich wollte ja sein Freund sein und Dinge besprechen, die er braucht oder will.

„Ich kann nicht. Ich habe heute mehrere Besprechungen. Andrea möchte die städtischen Bebauungspläne diskutieren und die besten Upgrades festlegen, die wir kaufen sollten“, sagt Jason.

„Aha.“ Ich reibe mir das Kinn und zucke dann mit den Achseln. Das hat er nun davon – warum musste er überhaupt erwähnen, dass er früher ein fanatischer Zocker war? Nachdem unsere Welt nun einigen der alten Computerspiele ähnelt, kann er die Optimierung unserer Entwicklungsoptionen recht gut analysieren. Allerdings muss man ihn gelegentlich daran erinnern, dass seine Entscheidungen Auswirkungen auf die echte Welt haben. Die optimale Route ist vielleicht nicht unbedingt die beste, da es keine Extraleben oder Neustarts des Spiels gibt. „Selber schuld. Wir besuchen die Gildenhalle und gehen dann auf die Jagd.“

Ich wünschte, ich könnte behaupten, die Gildenhalle wäre unglaublich fantastisch … eine Mischung von Harry Potters Straßen und Valerians schwebender Alien-Stadt. Stattdessen ähnelt sie eher einem Besuch in der Pfandleihe. Wir liefern unsere Sachen ab und es gibt ein kurzes Streitgespräch zwischen dem Verkäufer und Ali, dann machen wir uns auf den Weg. Der Shop, den ich beim ersten Mal besuchte, ähnelt mit seinen holographischen Wänden, modernen Möbeln und leuchtenden blauen Bildschirmen eher einem SF-Shoppingerlebnis als das hier.

Als wir wieder unterwegs sind, rennen die Hunde los und ich habe selbst mit Sabre im Mech-Modus Mühe, mit ihnen mitzuhalten. Wir nehmen Kurs auf Tagish, wobei wir zunächst dem Highway folgen, dann aber bald zum Waldrand und in Richtung des Berghangs abbiegen. Lana und Ali unterhalten sich vorne, wobei sie die erweiterten Hundesinne und Alis Direktverbindung zum System-Backend dazu nutzen, für uns Bedrohungen zu lokalisieren.

Diese stellen die übliche Mischung aus bizarr und ekelhaft dar. Mutierte Tiere der Erde wie ein Polarfuchs oder eine Schnee-Eule, die beide eine beeindruckende Kontrolle über das untere Ende des Temperaturspektrums demonstrieren. Ein Eisbär, der damit beschäftigt ist, Bäume einzufrieren und sie wie Eis am Stiel zu verzehren. Und dann gibt es noch die außerirdischen Gattungen. Elementar-Salamander, deren Körper so transparent sind, dass man hellblaue Linien aus gefrorenem Blut sieht, dessen Fluss sich beschleunigt, während sie Eiszapfen auf uns schleudern. Flauschige Schnee-Elementarwesen, die einfach nicht totzukriegen sind, unabhängig davon, wie heftig wir auf sie einhacken. Schließlich finden wir heraus, dass wir ihren Kern zerschlagen müssen. Eine Schar von Kristallvögeln, die sich in Kamikazeangriffen auf uns stürzen. Sie zerschellen an unseren Körpern, formieren sich erneut und wiederholen den Angriff immer wieder. Bis sie so klein geworden sind, dass sie keine Körper mehr bilden können.

Die postapokalyptische Erde ist voller seltsamer und gefährlicher Wesen. Unsere Aufgabe besteht darin, sie allesamt zu töten. Ich schleudere ständig Feuerbälle und Manapfeile und wechsle zwischen diesen beiden Zaubern, weil es einfacher ist, als Kreaturen in Handarbeit zu zerhacken. Ich bereue beinahe, für Sabre keinen verdammten Flammenwerfer gekauft zu haben. Aber dann rufe ich mir in Erinnerung, dass wir unbedingt vermeiden wollen, vor dem Wintereinbruch Wälder abzufackeln.

Dennoch wäre er jetzt nützlich.

Da ich Monster mit Levels von Mitte 40 zu Anfang 50 bekämpfe, wird mir nie langweilig. Ich muss mich konzentrieren, aufpassen und Schaden wirken. Es ist nicht aufregend, kein Kampf, der eine ständige Improvisation erfordert, da der kleinste Fehler tödlich wäre – aber immerhin eine Verbesserung. Ich bin nun wieder wach und voll konzentriert. Irgendwie mache ich mir Sorgen wegen der Tatsache, dass der Überlebenskampf mich derart abgestumpft hat.

Unsere Reise bringt uns höher, den Berggipfeln näher, und mehr aus einem Impuls denn aus praktischer Absicht klettern wir auf einen der Gipfel. Eine derartige Wanderung hätte Stunden erfordern und uns total erschöpfen sollen. Aber nach etwa einer Stunde sind wir da, und das auch nur, weil wir unterwegs anhalten und weitere Monster erledigen mussten. Allerdings gibt es hier oben nicht sehr viele davon, so dass wir die meiste Zeit über aufwärts rennen, springen und hüpfen.

Einen Moment lang stehen wir einfach da und betrachten die Umgebung. Aus der Ferne wirken die schneebedeckten Wälder so unberührt und friedlich. Wir sehen einen Fluss, der sich durch ein Tal schlängelt, Teile davon von Eis bedeckt. Und während wir uns entspannen, sehen wir die unzähligen gefrorenen Seen, die lediglich eine kleine Vertiefung in der Schneelandschaft bilden. Der Himmel ist generell klar, abgesehen von einigen herumfliegenden Greifen und silberfarbenen Vögeln. Oh, und dem Drachen.

„Drache!“, zische ich, ducke mich und fluche.

Er ist extrem weit entfernt, so dass er mir wie ein sich herabstürzender Punkt erscheint. Aber bei diesen Kreaturen kann man gar nicht weit genug auf Distanz sein. Schließlich wollen wir nicht, dass der Drache uns bemerkt und wir ihn zu unserem Heimatort führen. Über der Stadt einen flammenden Tod zu entfesseln wäre nicht gerade optimal. Auch Lana und Mikito lassen sich fallen und ducken sich am Boden, während Ali nicht mehr in der Luft schwebt.

Es gibt unterschiedliche Arten von Drachen – von den Beinahe-Drachen wie Drachlingen und Wyrms hin zu den echten, feuerspeienden Monstern der alten Sagen. Bisher glichen die von uns entdeckten Drachen der Kreuzung eines chinesischen Drachens mit einem typischen westlichen Exemplar, ausgestattet mit einem länglichen schlangenartigen Körper und Riesenflügeln, die diese Kreaturen in die Luft heben. Echte Drachen beginnen bei Level 100 für die Jungtiere, ein alter Drache hingegen überschreitet mühelos Level 300. Ali hat mir einmal die Geschichte von Praxard erzählt. Er war einer der sieben legendären Drachen, die vom Imperium der Kingul angegriffen wurden. Als Vergeltung für den Angriff beschloss Praxard die Vernichtung von Morix IV – eines spärlich besiedelten Planeten, auf dem das Imperium soeben die zweite Stufe des Terraforming abgeschlossen hatte. Praxard benötigte nur vier Stunden für die Erledigung dieser Aufgabe.

Glücklicherweise folgen Drachen anscheinend einem ausgesprochen individualistischen Reptilienkodex und sind Einzelgänger, die sich nicht gegenseitig unterstützen. Das ist wohl der einzige Grund dafür, dass sie nicht alle der anderen Reiche erobert haben und de facto überall herrschen. Manchmal bereue ich, nicht die Drachenritter-Klasse gewählt zu haben, als sich die Gelegenheit bot. Was die Fähigkeiten im Zweikampf betrifft, sind ihre Klassen-Fertigkeiten denen der Erethra-Ehrengardisten deutlich überlegen. Obwohl Drachenritter mehrheitlich die schwächeren Vertreter der Drachenfamilie auf ihrer Heimatwelt bekämpfen, sind sie doch unglaubliche Krieger.

„Was macht er da?“, murmelt Lana und starrt in die Ferne.

Nachdem ich die maximale Vergrößerung eingestellt habe, sehe ich, wie der Drache sich wieder nach unten stürzt und einen weißen Nebel ausatmet, der sich rasch auflöst. Humanoide Gestalten erstarren, nachdem sie vom Nebel berührt wurden.

„Er holt sich was zu essen ...“, murmle ich und beobachte, wie der Drache lässig eine Kurve dreht und zwei der humanoiden Eislutscher hochhebt, bevor er wegfliegt. Während der Drache mit den Flügeln schlägt, fällt mir auf, dass die Bäume den Humanoiden nur bis zur Brust reichen. Brusthohe Bäume, großer Drache ... „Das sind Riesen!“

„Frostriesen. Vermutlich ein Clan, der erst kürzlich hierher gekommen ist. Durchschnittsgröße etwa zwölf Meter“, erklärt Ali.

Mikito verengt die Augen zu Schlitzen und beobachtet das Geschehen vermutlich durch ihre gekauften Kontaktlinsen.

„Trägt er die Riesen in seinen Klauen? Wie ein Rabe ein Erdhörnchen?“, fragt Lana, die diese Details nicht ganz so gut erkennt wie wir. Selbst ihre durch eine Fertigkeit verbesserten Augen reichen nicht an unsere technologischen Werkzeuge heran.

„Ja“, sagt Mikito mit blassem Gesicht.

Wahrscheinlich sehe ich ebenfalls nicht besonders gut aus. Der Drache muss wirklich gewaltige Ausmaße haben.

„Den bekämpfen wir besser nicht“, sage ich und die anderen nicken hastig.

Wir warten ab und sehen dem Drachen beim Wegfliegen zu, wobei er nie in unsere Richtung blickt. Seine Umgebung scheint ihn kaum zu kümmern, als er arrogant zu seinem Nest zurückkehrt. Allerdings kann ich mir nicht vorstellen, dass ihm etwas gefährlich werden würde.

*„Ali, fliegt er nach Kluane zurück?“*

*„Ja. Die Eisfelder dort sind wohl sein Nistplatz. Ich vermute, er lebt auf Mount Seymour. Größte Eisfelder, höchster Berg, stärkster Manazustrom. In der Hinsicht sind Drachen arrogant.“*

*„Ich bin mir nicht sicher, ob man es als Arroganz bezeichnen sollte, wenn er wirklich so mächtig ist.“*

*„Da hast du recht, mein Junge.“*

Als der Drache nur noch ein winziger Punkt ist, eilen wir wie begossene Pudel den Berg hinunter. Im Fall unserer Hunde buchstäblich. Auf der Jagd sind wir nun stiller und konzentrierter, da wir vermutlich alle den gleichen Gedanken nachhängen.

Uns steht ein langer Weg bevor.

# Kapitel 4

Wir einigen uns darauf, die nächsten Tage von Carcross aus in den dort verstreuten höherstufigen Zonen zu jagen. Nach der Sichtung des Drachens in der Ferne verlaufen unsere übrigen Jagdausflüge routinemäßig. Viel Blut und Gewalt, zahlreiche tote Monster und deren Beute. Gelegentlich sogar eine Verletzung, aber nichts Überraschendes. Ich muss zugeben, dass ich mich langweile. Daher teste ich mitten im Kampf neue Taktiken, und das nur, damit es etwas interessanter wird. Ein Schwert zu formen und direkt durch ein Monster zu stoßen ist deutlich schwieriger, als es in Anime-Filmen aussieht.

Schließlich werden Rachel und Jasons subtile Anspielungen, dass sie ihre Wohnung gerne wieder für sich hätten, ziemlich deutlich. Überraschenderweise scheint Lana nicht nach Whitehorse zurückkehren zu wollen und ignoriert das Pärchen auf eine manchmal fast schon unverschämte Weise. Ich muss zugeben, dass ich selbst etwas nervös werde, wenn man bedenkt, was Whitehorse möglicherweise bevorsteht. Dann bringt uns aber eine Nachricht auf Trab, die durch den Stadtrat von Carcross an uns weitergeleitet wurde – ein neuer hochstufiger Dungeon wurde entdeckt.

Sofort nach dem Erhalt dieser Benachrichtigung liefern wir den Großteil der zusätzlichen Beute, die wir für den Shop in Whitehorse aufheben wollten, bei der Gildenhalle ab. Abwarten wäre unsinnig – das eine Monster, das im Dungeon gesichtet wurde, hatte Level 55. Falls wir also überleben, bietet dieser Dungeon uns bessere Beute. Theoretisch gesehen könnten wir zunächst Whitehorse besuchen, aber Lana besteht darauf, den Dungeon sofort hinter uns zu bringen. Wir willigen ein und machen uns auf den Weg zu den Koordinaten, die eine Mischung aus alten GPS-Daten und

Kartenkoordinaten darstellen und glücklicherweise per Systemzugriff für jeden verfügbar sind.

Nachdem wir einen Berg bestiegen und einige Bäume umrundet haben, bietet sich uns eine interessante Szene. Fünf muskelbepackte humanoide Bullen, die weiße, moderne Körperpanzerung tragen, stehen einer anderen Menschengruppe gegenüber. Selbst aus dieser Entfernung ist die Spannung zwischen den beiden Gruppen deutlich spürbar. Was keineswegs überrascht – Bills Team hat die Yerick immer wieder kritisiert.

„Capstan, Nelia, Aron“, begrüße ich die drei mir bekannten Yerick.

Die anderen beiden habe ich auch schon gesehen, kann mich aber nicht an ihre Namen erinnern. Ich könnte sie natürlich von ihren Namensschildern ablesen, was ich auch tue, aber kurz darauf habe ich die Namen bereits wieder vergessen. Man sollte meinen, angesichts all der in die Intelligenz investierten Punkte sollte es mir leichter fallen, mir Dinge einzuprägen. Was vielleicht daran liegt, dass ich manches als wichtig betrachte und anderes nicht. Bisher sind mir ihre Namen völlig schnuppe. Die Yerick sehen aus wie die Minotauren griechischer Sagen, aber ich glaube nicht, dass sich je jemand Gedanken zu einem anatomisch korrekten weiblichen Minotauren gemacht hat. Bei Nelia ist der Unterschied nicht wirklich sichtbar, aber wer stellt sich schon griechische Statuen dieser Wesen vor?

Noch während mir diese dummen Ideen durch den Kopf gehen, sehe ich mir ihre Gruppe an und stelle fest, dass ihre Levels seit unserem letzten gemeinsamen Kampf ziemlich angestiegen sind. Dabei wird mein Blick von Lana angezogen, deren Gesicht widersprüchliche Emotionen zeigt, obwohl es oftmals von Howards Fell verborgen wird.

„Erlöser", knurrt Capstan, dessen Stimme klingt wie zermahlene Steine. Der Anführer der Yerick überragt den Rest seiner Gruppe. „Sind wir alle hier?"

„Ich glaube schon. Bill." Ich neige den Kopf in Richtung des Anführers der anderen Gruppe.

Mit Ausnahme unserer Gruppe hat Bills die höchste Anzahl hochstufiger Menschen in Whitehorse, so dass seine Anwesenheit mich nicht überrascht. Erst recht nicht, da es sich um einen unbekannten, hochstufigen Dungeon handelt. Auch wenn wir nicht immer einer Meinung sind, kamen wir nach dem Kampf im Sporen-Dungeon besser miteinander aus. Wenn man Schulter an Schulter mit jemandem im Kampf steht, geschieht so etwas nun einmal. Ich bin auch nicht überrascht, dass er dem Stadtrat nicht gesagt hat, der solle sich den Dungeon sonstwohin stecken. Allein der Erfahrungsbonus für den Abschluss ist verlockend. Meine Augen wandern über seine Gruppe, wobei ich absichtlich meine Ex-Freundin Luthien ausblende und feststelle, dass Kevin – der Mistkerl mit dem sie mich betrogen hat – nicht dabei ist.

***Bill Cross (Level 7 Clipper)***

*HP: 1660/1660*

*MP: 930/930*

***Luthien Celbrindal (Level 47 Zauberin)***

*HP: 680/680*

*MP: 2300/2300*

Verdammt. Er hat nun eine Fortgeschrittene Klasse. Ich frage mich, wie es dazu kam, aber vor allem möchte ich mehr über seine jetzige Klassenbezeichnung erfahren.

„Bist du neuerdings ein Segelschiff?“, frage ich Bill, der zunächst die Stirn runzelt und dann kopfschüttelnd lacht.

„Du kannst Klassen lesen“, sagt Bill.

„Die Fähigkeit kostet im Shop nicht allzu viel”, antworte ich. Eine ausweichende, aber wahrheitsgemäße Antwort.

„Das System hat meine Klasse einfach so bezeichnet“, sagt Bill.

„Hast du nützliche Klassen-Fertigkeiten?“, frage ich.

Bill zuckt mit den Schultern und lächelt vage. „Mir war nicht bewusst, dass wir uns so gut kennen.“

„Haha. Du hast meine Tricks gesehen“, meine ich. „Und man weiß nie, was im Dungeon notwendig wird.“

„Keine Gruppen-Fertigkeiten. Ich kann eine Menge Schaden auf ein Einzelziel stapeln und habe jetzt einen Geh-weg-Skill. Der schiebt Angreifer zurück. Alles andere sind nur Widerstände“, sagt Bill, und ich nicke ihm dankbar zu. „Und du?“

„Nicht viel Neues. Mehr Zaubersprüche – den Feuerball siehst du jetzt vielleicht öfter, falls es da drin nicht zu eng ist. Andernfalls kann ich ziemlich schnell zwischen Abwehr und Angriff wechseln.“

Bill nickt und betrachtet die Yerick, bevor er die Lippen zu einem schiefen Grinsen verzieht. „Na ja, ich glaube, die Abwehr haben sie ganz gut geregelt. Ich mag sie vielleicht nicht, aber sie sind zähe Biester. Wie wir ja wissen.“

„Vor allem Capstan“, sage ich. Trotz aller Spannungen waren wir oft genug zur Zusammenarbeit gezwungen, und wenn das Blut auf die Klinge trifft, sind alle von uns Profis.

„Ich glaube nicht, dass ich es dir je gesagt habe, aber das mit Richard tut mir leid. Ich mochte ihn", sagt Bill und nickt in Lanas Richtung. „Ich habe versucht, es ihr zu erklären, aber... na ja..."

„Sie hält dich für ein ausbeuterisches Schwein."

„Und ich halte sie für eine engstirnige Träumerin", sagt Bill. „Ich fülle nur eine Marktlücke."

Ich schüttle den Kopf und lasse den Blick über die Umgebung schweifen. Das ist jetzt nicht der richtige Zeitpunkt für dieses Gespräch.

„Ingrid." Ich nicke der als Assassine/Schurkin klassifizierten Person zu, nachdem meine Augen sie endlich entdeckt haben.

Ich bemerke die schwarzhaarige Frau links von Bill nur deshalb, weil ich realisiere, dass meine Augen die Stelle überspringen. Sie hat unsere gesamte Unterhaltung mitgehört, im Gegensatz zu Luthien, die sich verzogen hat. Ich bin Ingrid zu Dank verpflichtet, weil sie mitgeholfen hat, mich während unserer letzten Dungeonmission am Leben zu erhalten.

„Und wer ist der Anführer?", fragt Bill, als ihm klar wird, dass ich das Thema nicht weiter diskutieren möchte.

„Capstan?"

„Ich glaube, meine Gruppe eignet sich dafür am besten, Erlöser", knurrt Capstan, der uns gehört hat.

Bill wirkt kurz enttäuscht, bevor er abschätzig winkt.

„Aber zuerst die Drohnen", sage ich, strecke eine Hand aus und ziehe sie aus meinem Inventar. Ich werfe die drei Drohnen in die Luft und erteile ihnen telepathisch den Befehl, den vor uns liegenden Weg zu erkunden.

Ali würde ich ebenfalls gerne losschicken, aber solange ich den Dungeon nicht persönlich betrete, muss er ebenfalls draußen bleiben. Und selbst im Dungeon wird er viel enger an mich gebunden sein als normalerweise. Je höher die Manadichte, desto näher muss er bei mir bleiben, da er ansonsten verbannt würde. Bisher habe ich noch nicht herausgefunden, ob ihn tatsächlich irgendetwas umbringen könnte. Aber Ali hat durchklingen lassen, dass der Prozess der Verbannung und erneuten Beschwörung wirklich schmerzhaft ist.

Während meine Drohnen daran arbeiten, eine Karte für uns zu erstellen, spricht Lana mit Capstan und erfährt von ihm, auf welche Monsterarten wir voraussichtlich treffen werden. Anstatt meine Informationen aus zweiter Hand zu erhalten, konzentriere ich mich auf die von den Drohnen gesendeten Bilder. Ich dringe etwa dreißig Meter weit ins Innere vor, bevor die Mana-Interferenz meine Verbindung unterbricht. Danach muss ich darauf warten, dass die integrierten Programme die Drohnen hoffentlich unbeschädigt zurückbringen.

„Weißt du, die meisten Leute sehen mich nicht einmal, wenn ich es nicht möchte“, sagt Ingrid, als ich endlich aufhöre, auf meine Bildschirme zu starren.

Ich muss zugeben, dass ich zusammenzuckte und beinahe mein Schwert aufgerufen hätte, als mir klar wurde, um wen es sich handelt. Ich starre die schwarzhaarige Frau an, die mich angrinst.

Ja. Grinst.

***Ingrid Starling (??? Level ???)***
*HP: ???/???*
*MP: ???/???*

„Auf die Weise kriegst du irgendwann ein Messer in die Rippen“, knurre ich sie an und bemerke, dass Ali ihre Informationen immer noch nicht aus dem System abrufen kann.

Sie lacht. Ingrid hat ein schönes Lachen, bei dem andere einfach einstimmen möchten. Natürlich lacht sie mich aus, weshalb ich nicht unbedingt ebenfalls in Gelächter ausbreche. Dennoch hat es einen guten Klang. „Als ob du mich überhaupt treffen würdest."

„So schnell bist du auch wieder nicht", sage ich, und sie grinst erneut.

„Und du bist nicht so gut."

„Aber ja." Ich stelle fest, dass ich allmählich mürrisch werde und zwinge mich daher, einen tiefen Atemzug zu nehmen. „Ich habe hier noch zu tun, weißt du."

„Stimmt nicht. Du wartest nur auf die Rückkehr der Drohnen. Momentan bist du wie alle anderen und wartest nur verärgert herum. Und, bekomme ich nichts?", fragt Ingrid.

Als ich die Stirn runzle, deutet sie auf meine rechte Hand. Ich sehe blinzelnd nach unten und stelle fest, dass meine Finger einen Schokoriegel umschließen. Ich überreiche ihr diesen wortlos und ziehe noch mehr Schokolade aus meinem Inventar.

„Glaubst du, es wird so schlimm wie bei unserem ersten?", sagt Ingrid mit dem Schokoriegel im Mund.

„Unserem ersten?" Ich muss lächeln und schüttle den Kopf. „So, wie du es sagst, klingt es recht suggestiv."

„Bleib mal locker, Junge", sagt Ingrid.

Bevor ich dazu komme, noch etwas zu sagen, werde ich durch die allmählich erscheinenden Drohnenvideos abgelenkt. Als der Download abgeschlossen ist, sehe ich mir alles an, was ich im Dungeon erkenne. Minutenlange Video- und Radaraufnahmen liefern uns einen Grundriss, aber keine Hinweise auf die Monster, die in der Höhle hausen. Ich sehe mir erst die Infrarotansicht und dann kontrastverstärkte Aufnahmen an, ohne etwas zu entdecken. Erst, als ich auf Ultraviolett schalte, werden die Monster plötzlich sichtbar. Ich zische, weil die herumspringenden Funken mir deutlich zeigen, welchen Ärger sie uns bereiten werden.

„Das Monster, gegen das du gekämpft hast, Capstan. Hat es besondere Kräfte eingesetzt?“, frage ich.

„Nein, keine. Mit Ausnahme seiner Tarnung hatte es keine weiteren Fähigkeiten“, antwortet der Yerick.

„Na schön.“ Ich seufze und wedle mit den Händen.

Ali sendet die Informationen an alle, sowohl die unvollständige Karte als auch die Aufnahmen. Während alle einen Blick darauf werfen, verstaue ich meine Drohnen.

„Was sind diese weißen Funken?“, sagt Bill stirnrunzelnd.

„Du siehst alles in Kontrastverstärkung durch Schichten ultravioletten Lichts, das die Drohnen aufgenommen haben. Die blinkenden weißen Funken stammen von dem ultravioletten Licht, dass die Monster abstrahlen“, antworte ich.

Mikito kapiert es als Erste, vermutlich, weil ihre Kontaktlinsen fast ununterbrochen im Einsatz sind. „Elektrizität. Du glaubst, sie könnten Elektrizität einsetzen.“

„Ja. Diese Funken würden nur überspringen, wenn die Kreaturen von einem enormen Strom durchdrungen werden.“ Ich blicke in die Eishöhle mit ihren hängenden Eiszapfen. Nebst dem Feuer sind Blitze ebenfalls extrem tödlich und würden eine stärkere Beschädigung der eigentlichen Eishöhle vermeiden.

„Egal“, sagt Capstan und winkt seine Gruppe voran. „Wir werden sie töten, sobald sie erscheinen.“

Nelia folgt den anderen, hebt ihren Stab und flüstert leise, als sie Unterstützungszauber wirkt. Hoffentlich verfügt sie auch über einen, der Widerstand gegen Elektrizität verleiht.

*„Ali, kannst du da etwas tun? Vielleicht deine Elementar-Affinität gestapelt auf uns übertragen?"*

*„Klar. Aber nur für vier Personen. Das wären dann du, Lana und Mikito. Wer noch? Die große Dunkelhaarige? Oder dein pelziger Freund?"*

*„Die Heilerin. Immer die Heilerin, Arschloch."*

Selbst nach dieser Schelte kichert Ali immer noch. Allerdings setzt er auch langsam seine Gabe ein und erzeugt einen Schild um uns vier. Aufgrund meiner Klassenfähigkeiten, Sabres gepanzerten Widerständen und Alis Talent dürfte ich relativ immun gegen alles sein, was diese Monster einsetzen könnten. Um ein Haar hätte ich vorgeschlagen, dass ich vorausgehen werde, halte dann aber im letzten Moment doch noch den Mund. Capstan ist im wahrsten Sinne des Wortes dickköpfig – wenn er sagt, sie gehen zuerst rein, dann werden sie es auch tun.

***

Höhlen sind von Natur aus temperaturgeregelte Umgebungen. Da wir draußen -30° C hatten, sollte sich die Höhle warm anfühlen, selbst wenn sie mit Eis gefüllt ist. Aber die Temperatur fällt und die Menschen, die noch nicht sämtliche Hautbereiche mit Kleidung verhüllt hatten, zischen angesichts der plötzlichen Kälte. Alle klopfen gegen ihre Körperpanzerung und Kleidung, verbiegen die oder erteilen auf andere Art Befehle, um die nackte Haut vollständig vor der subarktischen Luft zu schützen. Natürlich alle außer Ali, der beschließt, nur eine knappe Speedo-Badehose zu tragen.

„Das sollte sich niemand ansehen müssen", sagt Lana.

Luthien hebt eine schlanke Hand und schleudert einen leuchtend blauen Zauber auf Ali, und der Geist macht sich sogar die Mühe, diesem auszuweichen. Manabasierte Zauber schädigen alles, selbst Geister, die sich nicht vollständig in unserer Dimension befinden.

Capstan und der Rest der Yerick ignorieren unser Wortgeplänkel. Sie stapfen tiefer in den Dungeon und feuern immer wieder kleine Glühkugeln in die Decke, um das Gebiet zu beleuchten. Die meisten von uns besitzen eine Art von Sichtverstärkung. Trotzdem ist es eine gute Idee, die Umgebung soweit möglich aufzuhellen. Man weiß nie, welche Art von Zauber oder Schaden einen erwarten.

Ein Trio von Monstern stürmt aus dem Versteck hinter einem Eis-Stalagmiten hervor. Ihre platten, mit Schwimmhäuten versehenen Füße stehen in Kontrast zu den enormen Köpfen und den dicken Schwänzen, mit denen sie angreifen. Die Monster sind vollständig weiß, mit einem Schimmer von Kristallblau auf den Schuppen. Sie gleichen einer prähistorischen Version eines Krokodils, aber dreimal hinterhältiger. Capstan erwischt das erste mit seiner Axt, so dass dessen Klinge Schuppen zerquetscht und zerfetzt, bevor sie abgleitet, während das zweite Monster ihn ins Bein beißt. Es bäumt sich nach hinten auf und schleudert den großen Yerick zur Seite, während das dritte Neo-Krokodil auf Aron zustürzt. Aron springt zurück und entgeht dem zuschnappenden Maul um Millimeter, während er seine Pistole aus der Hüfte feuert und jede Kugel dem Monster blutende Wunden zufügt.

Nach dem Ende des ersten Angriffs hebt Nelia die Hände und schließt ihren Zauberspruch ab. Leuchtende grüne Linien erscheinen und fesseln zwei der Monster an Ort und Stelle. Nachdem sich die Kämpfer nun meist außer Nahkampfreichweite befinden, feuert der Rest von uns auf die beiden reglosen Monster, während Aron seinen Gegner von sich schiebt und nach diesem tritt, bevor er erneut das Feuer eröffnet. Anders als in Animes und anderen Fernsehserien ist es in Wirklichkeit eine extrem schlechte Idee, ohne absolute Notwendigkeit in einen Nahkampf zu schießen. Man weiß nie, ob jemand nach Zick statt nach Zack springt.

Ich feuere auf die gefesselten und um sich schlagenden Monster, während ich deren Statusbildschirm betrachte, den Ali mir endlich zugeschickt hat.

***Postosuchus (Level 52)***
*HP: 2799/3480*
*MP: 340/350*

***Postosuchus (Level 53)***
*HP 2477/3480*
*MP: 420/420*

Stark, aber nicht überwältigend. Dreiergruppen sind machbar. Bei einer solchen zahlenmäßigen Überlegenheit erst recht. Als Capstan zurückkehrt, sind die Postosuchus bereits erledigt.

„Und wofür bin ich aus Whitehorse hergekommen?“, sagt Bill verächtlich.

„Du darfst gerne gehen“, sagt Lana und deutet auf den Höhleneingang. „Niemand hat dich eingeladen.“

„Falsch. Ich habe es getan“, knurrt Capstan. „Wir sind noch beim Eingang. Weiter drinnen erwarten uns weitere Herausforderungen.“

„Na schön, dann mal los“, sagt Bill, und Capstan nickt ihm zu.

Lana ballt die Hand zur Faust und Nelias Schwanz hebt sich, ein Anzeichen ihrer Wut. Aber Capstan tritt vor und winkt sein Team herbei. Ich schweige für den Augenblick. Capstan ist ein sehr, sehr großer Junge und ist sich bewusst, womit er es zu tun hat.

Eine Stunde und fünf Gefechte später ist dieser Dungeon nicht gefährlicher geworden, abgesehen von einem langsamen Anstieg bei der Anzahl der Monster und dem Einsatz einer Froststrahlenfalle. Bisher kam es zu keinen Blitzangriffen, was ich etwas beunruhigend finde. Vielleicht habe ich mich bezüglich der Funktion der Funken getäuscht? Aber alle anderen glauben daran, dass ich recht habe. Und während die Menschen nicht viel mehr Erfahrung haben als ich, sind die Yerick seit vielen Generationen Abenteurer. Egal. Es ist positiv, dass wir weniger Ärger haben.

Wie üblich verändert der Dungeon die eigentlichen Abmessungen der Höhle und macht sie „innen größer als außen", so dass wir stundenlang umherwandern, obwohl wir das Ende eigentlich bereits erreicht haben sollten. Bei managetränkten Dungeons sind die räumlichen Abmessungen sowie Aspekte wie Luftströmung und Temperatur von sekundärer Bedeutung. Als wir also eine eisgefüllte Höhle antreffen, in die mehrere Häuser passen würden, ist niemand überrascht, dass wir aufgrund des reflektierten Lichts Hunderter von Eiskristallen die Augen zusammenkneifen müssen.

Noch während wir uns umsehen, greifen uns insgesamt fünfzehn Postosuchus an. Capstan schwingt automatisch seine Axt. Die Klinge durchschneidet die Luft und durchdringt den Körper des Monsters, ohne auf Widerstand zu stoßen. Dies bringt ihn eine kostbare Sekunde lang aus dem Gleichgewicht, und er richtet keinerlei Schaden an. Diese Tatsache genügt zwei Monstern, um sich auf ihn zu stürzen. Arons Kugeln haben ebenfalls keine Wirkung und knallen auf den Boden, während die Postosuchus ihn angreifen. Die Monster greifen entlang der gesamten Front an. Nur einige Waffen scheinen eine Wirkung zu zeigen – Mikitos Naginata, Luthiens schützende Manaklingen und Annas Flammen, deren Feuerschwall die Monster vertreibt.

Da ich direkt vor Lana stehe, bleibt mir kaum Zeit, auf die anderen aufzupassen, während zwei der Monster auf mich zustürmen. Ihre weit aufgesperrten Mäuler prallen gegen das von Sabre erzeugte Kraftfeld. Der Schutzschild wird bereits durch diese Angriffe um ein Drittel geschwächt. Ich fauche und konzentriere mich eine Sekunde lang, um Seelenschild auf Lana zu wirken. Der bietet ihr zwar nicht die automatische Regeneration von Sabres Schutzschild, ist aber garantiert besser als gar nichts.

„Sie sind phasenverschoben. Energiewaffen und Manazauber!", ruft der über uns schwebende Ali mit schmerzverzerrter Stimme, während er das festhält, was von seinem linken Arm übrig geblieben ist. Blaue Lichter schweben um das Ende des Armstumpfs herum und füllen seine Gestalt langsam wieder aus.

Ich strecke eine Hand aus und beschwöre meinen Zauber Manapfeile, worauf vier davon um meine Hand erscheinen. Sie fliegen nach vorn und treffen einen Postosuchus, der weiterhin versucht, meinen Schild zu durchdringen. Allerdings sind Manapfeile zwar billig und rasch einsetzbar, aber nicht besonders mächtig.

„*Verwende dein Schwert, Junge. Das wird ihnen wehtun*", ruft mir Ali telepathisch zu. Warum sagt er mir das erst jetzt?

Ich brauche keine weitere Aufforderung, ducke mich nach vorn, rufe das Schwert herbei und hacke einen Teil einer Schnauze ab, die mir zu nahe kommt. Dann lasse ich das Schwert wieder in meiner anderen Hand erscheinen und steche damit in einen Rachen. Zwischen den beiden Angreifern tanze ich tiefer und tiefer in den Schwarm hinein, wobei mein Schwert und mein Körper ständig in Bewegung bleiben. Wenn man eine seelengebundene Nahkampfwaffe um sich herum erscheinen und verschwinden lässt, besteht der Trick in einem gewissen Gefühl für Timing und Bewegung, um die Fähigkeiten der Waffe voll zu nutzen. Warum sollte man eine halbe Sekunde darauf verschwenden, die Klinge aus einem Körper zu ziehen, wenn man sie außerhalb erscheinen lassen kann? Die Ehrengarde verfolgt eine Kampftaktik, die auf den seelengebundenen Waffen basiert und ich habe mich bemüht, diese nachzuahmen. Das ist effektiv, auch wenn es oft albern aussieht.

In ihrer Schattenform bekämpft Ingrid die Monster auf eigenem Terrain. Zwei Messer blitzen auf, als sie sich durch die Monstermasse schneidet und sticht, um die Biester an der Überwältigung von Bills Frontlinie zu hindern. Luthien, deren Manaklingen nun defensiv eingesetzt werden, schlägt mit Feuerpeitschen um sich. Diese durchdringen die Monsterkörper zwar, fügen ihnen aber auch Schaden zu. Ihre Teamkameraden bieten ihr dabei Feuerschutz. Bills zwei Strahlenpistolen schleudern den Monstern einen glühenden Tod entgegen und schießen selbst in die phasenverschobenen Gestalten Löcher. Auch die Yerick haben ihre Waffen gewechselt und nähern sich Nelia, um sie zu verteidigen. Alle außer Capstan, dessen Axt unter dem Einfluss einer Fertigkeit rot aufglüht.

Natürlich läuft nicht alles wie geplant. Wir erleiden einige Wunden, aber Alis Warnung hat uns doch einen Vorteil verschafft. Zumindest, bis die Postosuchus ihren nächsten Trumpf ausspielen. Sie verschieben sich vollständig in unsere Realität und greifen uns an. Angriffe, die zuvor noch ihre Körper durchdrangen und ihnen Verletzungen zufügten, gleiten nun einfach von ihnen ab. Sie hämmern Abrissbirnen gleich auf unsere Frontlinie ein und die geordnete Abwehr löst sich auf, da jeder ums eigene Überleben kämpft.

Ich bin wohl der Einzige, der davon nicht betroffen ist – vor allem, weil ich die Front vor einer Weile verlassen habe, um mehr Feinde auf mich zu ziehen. Das bedeutet nicht, dass ich ihnen mehr Schaden zufüge. Als sie aber näher an mich herankommen, löse ich den Versetzungsschritt aus, erscheine hinter ihnen und reiße den Postosuchus von Lana weg, den sie sich mit einem unter den Monsterhals geschobenen Arm gerade noch vom Leib hält. Ich drehe mich und setze dabei die Hüften ein, so dass das Monster gegen die eigenen Kameraden geschleudert wird, die sich nun beinahe zu mir umgedreht haben.

Ich gehe mit Klingenhieben auf die vier los und blaue Kraftlinien schießen aus meinem Schwert, während ich immer wieder zuschlage. Auch wenn jeder dieser Treffer nicht ganz so wirksam ist wie ein mit der Hand ausgeführter Schnitt, trifft aus dieser Entfernung jeder Schlag mehrere Feinde. Lana kniet nun am Boden und unterstützt meinen Angriff mit ihrer Schrotflinte, die Löcher in die Monster schießt, so dass Blut und Fleisch aus den Wunden spritzt.

„Geh! Ich kümmere mich darum“, raunze ich Lana an.

Sie nickt abrupt und wendet sich dorthin, wo ihre Tiere – mit Ausnahme von Anna – auf verlorenem Posten stehen. Die Hunde sind einfach nicht stark genug, um den erhöhten Widerstand der Monster zu durchdringen. Lana eilt nach vorn und zur Seite und entleert wiederholt ihre Schrotflinte in ein am Rand kämpfendes Monster, das sich in Shadows Fuß verbeißt. Ich habe keine Zeit zum Zusehen, werfe jedoch gelegentlich einen Blick in ihre Richtung, während ich meine vier Monster immer wieder überraschend angreife und von mir fernhalte. Das Letzte, was ich von Lana und ihren Tieren sehe, ist, dass Mikito zu ihnen eilt, da ihr Angreifer nun tot am Boden liegt. Danach bin ich zu beschäftigt, um weiter auf sie aufzupassen.

***

Minuten später – die mir wie Stunden vorkommen – zerre ich nach dem Entnehmen der Beute die letzte Leiche meiner vier Angreifer in meine

Speicherdimension. Danach richte ich mich auf. Dabei habe ich es überhaupt nicht eilig – die letzten vereinzelten Punkte auf meiner Minikarte sind ein gutes Anzeichen dafür, dass die Gruppe die Situation unter Kontrolle hat. Das Gute am System ist, dass eine verwundete Person, die nicht unter einem andauernden Statuseffekt leidet, überleben und heilen wird. Ich sehe mich um und gehe dann zu den Hunden. Lana verbindet Shadows Bein, während Mikito einen Heilzauber auf Anna wirkt.

„Gefällt es dir jetzt besser hier?“ Aus der Ferne höre ich, wie Ali in einem sarkastischen Ton über Bill herzieht, der stillsteht, während einer seiner Teamkameraden einen Regenerationszauber auf seine Hand wirkt und zwei verlorene Finger wiederherstellt.

Die einzige Antwort darauf kommt von Luthien, die eine Kugel ekliger grüner Energie auf Ali schleudert.

„Brauchst du Hilfe?“, frage ich Lana, die mit einem Nicken antwortet. Ich gehe in die Hocke und wirke einen Zauber, um die Heilung zu beschleunigen. Das ist eigentlich nicht notwendig, aber es wäre genauso sinnlos, Zeit zu verschwenden – man weiß ja nie, was als Nächstes angreifen wird. Das erinnert mich an etwas ...

Ich blicke um mich und sehe die von Capstan aufgestellten Wachen. Alle von ihnen sind von einem grünen Glühen umgeben, während Nelias Heilzauber auf die Yerick einwirken. Es ist immer gut, jemanden dabeizuhaben, der über mehr Erfahrung verfügt.

„*Diese Lichter – sind die Teil ihrer Phasenverschiebung*?“, frage ich Ali telepathisch, während ich an Shadows Heilung arbeite und Lana den wimmernden Hund streichelt.

„*Soweit ich es sehe, ja. Soll ich als Späher vorausgehen?*“, fragt Ali.

Ich sende ihm eine Bestätigung. Dabei muss ich ihn nicht einmal dazu auffordern, vorsichtig zu sein. Die Postosuchus fügen ihm möglicherweise Verletzungen zu, aber er wird nicht sterben.

„Alles in Ordnung?", frage ich Lana und betrachte die Rothaarige nervös, während sie weiterhin den Hund streichelt. Ich bemerke, dass ihre Finger leicht zittern und sie den schwarzen Husky etwas zu fest umarmt.

„Schon gut", sagt Lana. „Hast du schon die Beute eingesammelt?"

Ich denke darüber nach, sie dazu zu drängen. Aber während der vergangenen Wochen hat sich die Mauer zwischen uns so hoch aufgetürmt, dass ich nicht mehr weiß, wie sie zu überwinden ist. „Noch nicht."

„Dann geh. Wir brauchen die Credits", sagt sie.

Ich runzle die Stirn. Früher war sie nie derart besessen von Geld. Auf mein Zögern hin wirft sie mir einen verärgerten Blick zu, worauf ich aufstehe und die Beute weiterer Leichen einsammle. Dagegen kann ich nichts ausrichten, zumindest nicht jetzt. Die anderen lassen zu, dass ich die Monsterkörper für sie lagere. Sie sind sich bewusst, dass dieses Vorgehen unkomplizierter ist als die übliche Routine, bei der man sie nach den für Alchemisten, Schmiede und andere Handwerker nutzbaren Körperteilen durchsucht. Wie gesagt wirken sich die Skills der Garde auch auf andere, weniger direkte Art hilfreich aus.

Einige Minuten später ist die Gruppe abmarschbereit und ich übertrage die von Ali gesendeten neuen Daten an Capstan. Wir stoßen weiter vor, sind aber diesmal vorsichtiger. Hier wird es uns garantiert nicht mehr langweilig.

***

Fast neun Stunden später nähern wir uns schließlich dem Ende. Wenn Ali nicht den Boss-Raum entdeckt hätte, hätten wir vermutlich früher eine Pause eingelegt. Verdammt, würden nicht alle von uns über verbesserte Werte verfügen, wäre uns nichts anderes *übriggeblieben,* als jetzt schon eine Pause einzulegen. Ich erinnere mich an meinen ersten Tag nach der Ankunft des Systems, als ich durch das Laufen, Verstecken und gelegentliche Kämpfen völlig erschöpft war – wenn nicht körperlich, dann zumindest geistig. Aber die Entdeckung des Boss-Raums lieferte uns einen ausreichenden Impuls, um als Gruppe weiterzumachen – obwohl alle von uns erschöpft und mürrisch waren.

Als wir den Raum betreten, hat sich der Postosuchus-Boss zusammengerollt, so dass sein Kopf über dem Schwanz hervorspäht und den einzigen Zugang beobachtet. Tellergroße lila Augen starren uns unheilvoll an, als wir hereinkommen und ausschwärmen, um uns auf den Kampf vorzubereiten. Das Wesen bewegt sich nicht, sondern beobachtet uns nur und in meinem Magen bereitet sich ein seltsames Gefühl aus. Es ist nie gut, wenn die Monster nicht sofort angreifen. Es bedeutet, dass sie entweder schlau sind oder etwas Hinterhältiges planen.

Capstan, Aron, Mikito, die Huskys und der große Typ, der Bills Tank ist, umkreisen das Monster und bilden unsere erste Abwehrlinie. Der Rest von uns hält sich zurück und lädt unsere Angriffe auf. Aber es geschieht immer noch nichts. Capstan bewegt die Hand abrupt nach unten und wir eröffnen das Feuer mit Kugeln, Strahlen, Zaubersprüchen und mehr – und dann läuft alles schief.

Einen Moment ist der Boss da, im nächsten ist er verschwunden. Wir haben unsere gesamte Feuerkraft verschwendet und sehen uns um, um nach dem Feind zu suchen.

„Er hat einen völligen Wechsel ...“, ruft Ali, aber sein Satz endet, als er zerfetzt wird. Ich sehe kein Blut, aber Körperteile fliegen durch die Luft und dann ist Ali verbannt. Und wir entdecken das Monster immer noch nicht.

Aber Alis Worte reichen mir und ich gehe die Einstellungen des QSM durch. Möglicherweise verwendet der Boss dieselbe Dimension wie der Rest seines Teams. In diesem Fall sollte es mir gelingen, in diese einzudringen. Nach einem kurzen Flackern bin ich drinnen und die Welt um mich herum verblasst zu einem geisterhaften Umriss. Der QSM verschiebt mich teilweise in eine andere Dimension – nicht komplett, denn sonst würde ich nicht mehr sehen, wo ich bin – aber das genügt, um den Boss wahrzunehmen. Während der Zeit, die ich dafür gebraucht habe, hat der Boss erneut die Position gewechselt und bereitet sich hinter unserer Linie auf einen Angriff vor. Ich schieße mit dem Inlin-Gewehr.

Ich habe nie zuvor versucht, mit dem Inlin auf ein Monster zu feuern, das sich vollständig in einer anderen Dimension befindet. Statt neue Löcher in das Monster zu reißen, verlieren die Kugeln rasch ihre Position innerhalb der Dimensionsverschiebung und fallen in meine Ausgangsdimension zurück. Zum Glück ist das Monster derart riesig, dass meine Schüsse anstelle meiner Freunde die Wand treffen. Trotzdem treffen meine Kugeln so nahe an der Gruppe auf, dass alle davonrennen, woraufhin der Postosuchus sich umdreht und sein Angriff das Ziel verfehlt. Nach einigen Angriffen meiner Freunde geht der Boss wieder in die andere Phase über und seine oberflächlichen Wunden verschwinden bereits.

Unglücklicherweise warte ich dort schon auf ihn. Blitze begrüßen das Monster, als ich den Zauber auslöse, der sich nun aufgeladen hat. Das weiße Licht ist derart grell, dass ich trotz der Abblendfunktion gezwungen bin, die Augen zusammenzukneifen. Wie zuvor durchquert die Energie sämtliche Dimensionen – oder vielleicht bleibt sie in allen Dimensionen. Auf jeden Fall dreht und windet sich der Postosuchus auf seinen kurzen Beinen und versucht, mit dem Schwanz nach mir zu schlagen. Aber der Blitz trifft ihn, fährt durch seinen Körper und fügt ihm Verletzungen zu. Nun habe ich ihn fast erledigt. Sein Körper zuckt, als die Elektrizität hindurchströmt, Muskeln zusammenzieht und Neuronen aktiviert – und dann detonieren die Granaten.

Quantengranaten sind die High-Tech-Reaktion auf die Dimensionsverschiebung. Da sie nicht vollständig in einer spezifischen Dimension existieren, richten die Quantengranaten mit ihrer gerichteten Energie beträchtlichen Schaden an und können, falls richtig eingesetzt, den Dimensionswechsler in die Realität zurückschleudern. Und ungefähr das geschieht mit mir, als die Energie meinen Körper bombardiert, sowohl mich als auch Sabre beschädigt und mich wegreißt. Zum Glück war ich nicht im Mittelpunkt der Explosion.

Ich liege stöhnend am Boden und Rauch steigt von mir auf, während mir bewusst ist, dass der Boss durch die Angriffe kaum verletzt wurde. Im Gegensatz zu mir befand er sich bereits vollständig in der anderen Dimension. Die Granaten waren gegen seine Kameraden hilfreich, gegen den Boss hingegen nur so wirksam wie eine warme Dusche. Während ich dort liege, spüre ich, wie Sabre neue Verbindungen um die beschädigten Komponenten aufbaut und die Funktionsfähigkeit so rasch wieder herstellt, wie mein Skill und die integrierten Prozesse es erlauben.

„Sorry!“ Aron schreit mir zu und sucht die Umgebung mit den Augen ab, während er auf die nächste Angriffswelle wartet.

Ich antworte mit einem Stöhnen und wirke einen Größere-Heilung-Zauber, während Sabre den Neustart beendet.

Für das, was nun geschieht, bin ich zu langsam. Der Boss erscheint neben Bills Schlägertyp und schnappt mit seinen Zähnen zu. Luthiens Abwehrklingen schlagen zu und bohren sich in den Monsterkörper, während Schattenspeere aus dem Boden hervorschießen und das Monster aufspießen, als der Boss versucht, den armen Mann entzwei zu beißen. Bill feuert seine

Pistolen aus nächster Nähe ab, so dass jeder Schuss die Wunde vergrößert. Nelia und Bills Heiler setzen einen Heilzauber nach dem anderen ein, um den Tank irgendwie am Leben zu erhalten. Aber die Bemühungen sind vergebens – ein letzter Biss trennt seinen Oberkörper vom Rest.

Ein Signalton weist mich auf Sabres Aktivierung hin. Daher stehe ich auf und hebe die Hand, um meine Zaubersprüche einzusetzen, aber der Boss ist bereits wieder in eine andere Dimension verschwunden. Ich fauche: „Er ist vollständig in der anderen Dimension, kann aber irgendwie in die hier blicken. Quantengranaten sind nutzlos."

Die anderen nicken und ich drehe mich um, um den QSM zu betrachten. Fast zwei Drittel der Ladung wurden bereits verbraucht. So bleibt mir genug, um in eine andere Dimension zu springen und eine Weile lang zu kämpfen, aber nicht genug, um ihn zu töten. Wahrscheinlich. Es ist besser, hier zu bleiben und am Kampf und der Heilung teilzunehmen. Vielleicht kann ich verhindern, dass eine weitere Person in Stücke gerissen wird.

Das Monster erscheint direkt hinter Mikito und sein Maul schnappt nach der zierlichen Japanerin. Das war keine gute Idee, da sie ihm die Stangenwaffe ins Maul rammt. Als die Waffe halb in ihm steckt, gibt der Boss die Idee auf, sie zu fressen, da der Schmerz schließlich sein winziges Gehirn erreicht. Der Rest von uns greift ihn an und feuert Schüsse ab, bis er verschwindet und Mikitos Naginata mit sich nimmt.

Mikito schreit vor Wut und ihre Hände zittern, als sie zwei kurze Krummschwerter aus ihrem Inventar zieht. Dann wird es still, während wir den nächsten Angriff erwarten. Diese Stille hält mehrere Minuten an, bevor das Monster wieder erscheint und sein gewaltiger Schwanz die Yerick zur Seite fegt. Auch wenn die Yerick im Vergleich zu Humanoiden massiv gebaut sind, siegen das Gewicht und die Wucht. Die Gruppe wird gegen die nahen Wände geschleudert und zerschmettert während des Flugs Eiszapfen. Zaubersprüche aus Eis, Feuer und Schatten treffen den Boss, während Strahlen sein Fleisch zum Kochen bringen und Kugeln Wunden schlagen. Mikito tanzt durch das Feuer, duckt sich nach unten und schneidet eine Sehne des Monsters durch, bevor sich dieses umdreht und sie beiseite wischt.

Das Monster taucht noch zweimal auf und verschwindet dann wieder, wobei es beim zweiten Mal Luthien erwischt und beinahe umbringt. Nur einige hastige Heilzauber und die Tatsache, dass es verletzt ist, hindern das Monster daran, sie zu töten. Allerdings denkt es überhaupt nicht daran, den Fuß von ihr zu nehmen, als es stirbt. Und dann ist es vorbei. Der verstümmelte Körper liegt in einer Pfütze aus gefrierendem Blut, und wir beginnen damit, uns wieder zu heilen.

***Herzlichen Glückwunsch! Dungeon gesäubert***

*+10.000 EP*

*Bonus für die erste Säuberung*

*Da du den Dungeon zum ersten Mal gesäubert hast, erhältst du zusätzlich +5.000 EP +1.000 Credits. Bonus für den ersten Erforscher +5.000 EP +5.000 Credits.*

*Bent Knee Ice Cave Dungeon klassifiziert als Level 65 und höher.*

***Levelaufstieg!***

*Du hast Level 35 als Erethra-Ehrengarde erreicht. Wertepunkte werden automatisch verteilt. Du darfst 3 Gratis-Attributpunkte und 4 Klassen-Fertigkeiten verteilen.*

Ich starre den verlorenen Mann und die ausdruckslosen Gesichter von Ingrid und Bill an, bevor ich das Gesicht verziehe. Ich habe keine Ahnung, was sie jetzt denken – jemand wie Rachel würde ihren Verlust vielleicht verstehen, da nun eine weitere Person aus ihrer Stadt gestorben ist. So wenigen gelang die Flucht aus Dawson. Dabei muss ich etwas selbstsüchtig daran denken, dass der Verlust einer weiteren Person auch für Whitehorse einen schweren Schlag darstellt. Vor allem eine Person mit einem so hohen Level. Die verdammten Dungeons werden jeden Tag schwieriger.

# Kapitel 5

„Ich kann die Verbannung nicht ausstehen. Die Kopfschmerzen sind echt, echt brutal“, knurrt Ali, als ich ihn in unsere Welt zurückhole, was meinen Manapool drastisch verringert. Das größte Problem von Alis Verbindung zu mir besteht darin, dass die Kosten für seine Beschwörung ebenfalls weiter ansteigen.

„Kannst du überhaupt Kopfschmerzen kriegen?“ Ich bin mir dessen nicht so sicher.

„Etwas Ähnliches.“ Ali schüttelt den Kopf. „Tut mir leid wegen des Verlusts, Junge.“

Ich werfe einen Blick zurück, sehe, wie die verkleinerte Gruppe den Berg hinunter trabt, und nicke stumm. Bloß eine weitere Leiche, die dem System geopfert werden musste. Und mir. Wenn ich daran gedacht hätte, sie vor dem Granateneinsatz zu warnen ... wenn ich einen Skill oder eine Technologie gekauft hätte, um zwischen den Dimensionen zu kommunizieren, oder einen Heilzauber gewirkt ... wenn. Wenn. Wenn. Das sage ich so oft. All diese Fragen ziehen einen nach unten, werfen einen in einen Wirbel des Selbstzweifels, so dass man in der Vergangenheit ertrinkt. Lässt man es zu, friert man in der Zukunft ein und ignoriert die Gegenwart.

Was ist, das ist. Ich schiebe diese Gedanken, diese Zweifel und diese Selbstvorwürfe einfach beiseite. Zu viele Kämpfe, zu viele Leichen, zu viele Tode. Ich weiß, dass die anderen auf ihre Weise dasselbe tun – sie verarbeiten den Kampf, damit wir weitermachen können. Denn letztlich bleibt uns nichts anderes übrig.

*„Wenigstens hast du jetzt einen weiteren Level, Jungchen“*, sagt Ali und wechselt auf unseren privaten Kanal.

*„Ja. Ich werde diese Attribute bald zuweisen müssen.“*

*„Hebst du die Fertigkeitspunkte immer noch für Level 40 auf?“*

*„Genau. Die Fertigkeiten der dritten Stufe sehen echt gut aus. Momentan gleiche ich sie durch Technologie und Credits aus."*

*„Sei bitte vorsichtig. Es könnte sein, dass du keine Gelegenheit bekommst, diese Punkte zuzuweisen."*

*„Ich weiß. Weil wir von Credits sprechen, warum ist Lana so darauf versessen?"*

*„Na ja, ich habe da einige Ideen, aber die werden dir kaum gefallen."*

Bevor ich etwas erwidern kann, kommt Mikito zu mir und stupst mich an. Ich richte den Blick auf sie und sie ergreift das Wort. „Ich bin fast bei Level 50. Ich hatte gehofft, Ali könnte mir sagen, was dann passiert."

Ali blinzelt uns beide an. Ich zucke mit den Achseln und der Geist reibt sich das Kinn. „Tja, da gibt es mehrere Möglichkeiten. Die einfachste Methode wäre, die vom System angebotenen Klassen zu wählen. Sie basieren auf deiner ursprünglichen Einfachen Klasse und stellen meist direkte Upgrades dar. Das wäre keine schlechte Entscheidung, wenn du bereits eine gute Klasse hast. Wenn du auf spezialisierte Fortgeschrittene Klassen zugreifen möchtest, gibt es Quests, die du abschließen musst, um sie zu bekommen. Das ist hier zwar nicht gerade praktisch, aber bei Galaktikern mit genügend Zeit und Credits ist diese Methode beliebt", sagt Ali.

„Aber du könntest das ganze Problem auch umgehen und dir einfach eine Option im Shop kaufen. Dann hast du beim Erreichen von Level 50 Zugang zu einer leistungsfähigeren Fortgeschrittenen Klasse, aber das ist ganz schön teuer. Das sind die beliebtesten Optionen. Das Ganze kann auch komplizierter werden, etwa durch Klassen und Skills, die Wege zu besseren Klassen ebnen. Aber das wiederum erfordert Planung und Zugriff auf die entsprechenden Optionen."

„Ich nehme an, für die Meisterklassen gilt dasselbe, oder?", frage ich und Ali nickt mir zu.

„Gibt es eine Möglichkeit, um herauszufinden, was man mir anbieten würde?“, fragt Mikito.

Ali prustet vor Lachen. „Ist doch klar. Kauf es dir im Shop. Normalerweise ist es nicht einmal besonders teuer.“

Mikito nickt und blendet seine Kritik aus. Selbstverständlich ist es einfach. Das verdammte System will immer, dass man ihm etwas abkauft. Immer.

„Was ist denn mit Lana los?“, murmle ich Mikito zu. Sie blickt mich an und öffnet den Mund, um mir zu antworten.

„Ich kann euch beide hören“, ruft Lana, stapft vorwärts und mustert uns mit wütenden Blicken. „Wenn du etwas zu sagen hast, dann mal los.“

Mikito errötet und senkt den Kopf, da sie aufgeflogen ist.

Ich scharre verlegen mit den Füßen, da mir die direkte Konfrontation unangenehm ist, dann aber beiße ich die Zähne zusammen und frage. Es ist besser, es jetzt sofort hinter mich zu bringen. „Was ist denn mit dir los? Du hast dich verändert.“

„Darf ich das nicht?“, sagt Lana und starrt uns an.

„Das habe ich nicht gesagt. Ich möchte nur verstehen, warum du dich so benimmst. Ich mache mir Sorgen um dich“, sage ich.

Lana schnaubt verächtlich und kratzt das graue Fell von Howard, der sich neben sie drängt. „Mir geht‘s gut. Ich habe mich dort draußen doch bewährt, oder?“

„Bisher schon ...“, gebe ich widerwillig zu.

„Ich bin nicht die Person, die heute die Frontlinie verlassen hat. Oder die verschwand, ohne uns den Grund dafür mitzuteilen. Oder die alles, was wir tun, den Hakarta meldet. Versuch bloß nicht, mir wegen meiner Taten ein schlechtes Gewissen einzureden. Mir geht es gut“, raunzt Lana. „Ich schaffe das.“

Ich klappe den Mund auf, schließe ihn dann aber wieder, während sie sich auf Howard schwingt und über den Hund beugt, während dieser losrennt. Ach du Scheiße.

„Danke für die tolle Hilfe", sage ich zu Mikito, die nur mit den Achseln zuckt und weiterhin auf den Boden blickt. Ich kann ihr deswegen keinen Vorwurf machen – emotionale Konfrontationen sind nie einfach.

Wir sehen beide zu, wie Lana und ihre Tiere lostraben und die Gruppe hinter sich lassen. Als die anderen uns fragend anblicken, schütteln wir nur den Kopf.

„Das war ja ein voller Erfolg ..."

***

Als wir Stunden später endlich in Whitehorse eintreffen, ist das keine triumphale Rückkehr, obwohl die Leiche des Bosses, die ich abliefere, im Schlachthof einige erstaunte Blicke auf sich zieht. Die dürfte unsere Nahrungsvorräte deutlich erhöhen. Das ist ein netter Aspekt des Systems – so ziemlich jedes Lebewesen ist essbar, wenn es nicht von Natur aus giftig ist. Natürlich würde niemand je versuchen, einen Quecksilber-Elementar zu verzehren.

Nach wenigen Minuten ist alles verkauft und die Credits wurden verteilt. Es reicht aus, Credits durch das System zu senden, daher müssen Mikito und Lana nicht einmal anwesend sein. Eine Tatsache, die Mikito nach unserer Rückkehr sofort ausgenutzt hat.

Ich stehe mit Ali vor dem Stadtzentrumsgebäude und denke über meine nächsten Schritte nach. In diesem Moment beschließt der Tag, noch schlimmer zu werden. Zwei großgewachsene Truinnar in Rot und Gelb treten aus dem Gebäude. Ihre kerzengerade Haltung verweist auf Soldaten.

Sie schwärmen rasch aus, wobei einer Ali und mich im Auge behält, während der andere die Straße nach weiteren Bedrohungen absucht. Sie plappern derart schnell, dass selbst Alis Übersetzungsfähigkeit versagt, da er mit anderen Dingen beschäftigt ist. Zum Beispiel damit, mir ihre Statusdaten anzuzeigen.

Kurz danach verlassen zwei weitere Wachen das Gebäude. Ihnen folgen eine großgewachsene Truinnar-Frau und ein untersetzter männlicher Truinnar. Er ist vermutlich nur einssechzig groß, besitzt jedoch die raubtierhafte Grazie und das unbewusste Selbstvertrauen, das ich mit wirklich gefährlichen Individuen assoziiere. Die Frau ist deutlich interessanter und auf ihre dunkelhäutige Elfenart schön, mit langem, moosgrünem Haar, das im Kontrast zum Gold und Rot ihres Kleids steht. Ihre Bewegungen sind die einer Person mit wahrer Macht und der Überzeugung, dass alles ein gutes Ende nehmen wird, weil es schon immer so war. Neben ihr steht Roxley. So attraktiv er mit all seinen Fertigkeiten und Attributen auch sein mag, wird er doch von ihr überschattet. Nicht aufgrund ihrer Schönheit, sondern weil ihre bloße Anwesenheit Blicke auf sich zieht. Überraschenderweise besteht die letzte Person in dieser zusammengewürfelten Gruppe aus Labashi dem Hakarta, ein hässlicher grüner Kontrast zu den attraktiven schwarzen Elfen.

„Ah, John!“, sagt Roxley und lächelt, während er mich durch die Wachen winkt. Diese zucken leicht zusammen, halten mich jedoch nicht auf, als ich vorwärts gehe. „Darf ich die Gesandte der Herzogin Kangana vorstellen – Lady Priya Kangana und ihr Begleiter, Waffenmeister Hondo Ehrish.“

***Lady Priya Kangana (??? Level ???, Lady der Sieben Marschen, Herrin der Küche, Savant des Reiches)***
*HP: ???*
*MP: ???*

***Hondo Ehrish (Waffenmeister Level 43, Meister der Klingen und Gewehre, Töter der Orcs, Goblins und Unika, Zerstörer der Monster, Der Unbesiegte Krieger)***
*HP: 4.340/4.340*
*MP: 1.900/1.900*

„Guten Abend", grüße ich sie und deute ein Lächeln an, während ich die Augen zusammenkneife. Gesandte ... hier geht es um tiefe politische Machenschaften. Tiefer als alles, was ich bisher erlebt habe. Die Undurchschaubarkeit ihrer Levels überrascht mich nicht. Die Titel andererseits ... es ist interessant, was Titel über eine Person erzählen. Die von Hondo sagen beispielsweise „leg dich bloß nicht mit mir an." Ihre Titel klingen ambivalenter. „Was bringt Sie in unsere kleine Stadt?"

„Das ist ein reiner Höflichkeitsbesuch in diesem *Dorf*", sagt Priya mit einem gequälten Lächeln. „Wir sind hier, um zu sehen, welche Fortschritte der Neffe der Herzogin gemacht hat."

Neffe. Ich verziehe keine Miene, obwohl ich weiß, dass ein neutraler Gesichtsausdruck genauso vielsagend ist wie ein Überraschungsruf. Trotzdem ist er das Beste, was ich tun kann. Das ist ja echt interessant. „Sehr schön. Ich hoffe, Sie haben einen angenehmen Aufenthalt."

„Das werden wir mit Sicherheit", sagt Pryia.

„Ist das einer der von Ihnen geförderten menschlichen Abenteurer?", sagt Hondo, wobei seine Augen über meinen Körper wandern und mit einem allzu bekannten Ausdruck nach oben rollen. „Ich bin nicht gerade beeindruckt."

Angesichts dieser beiläufigen Beleidigung lächle ich noch breiter, rühre mich jedoch nicht vom Fleck. Da ich alleine hier bin, lediglich leichte Körperpanzerung trage und von seinen Wachen umzingelt werde, wäre das keine gute Idee. Ganz abgesehen davon, dass er mindestens eine Fortgeschrittene Klasse mit Level 39 besitzt, vielleicht sogar eine Meisterklasse.

*„Fortgeschritten."*

Und das wäre schlicht eine Dummheit. Er hat sich diese Levels auf die harte Tour verdient, und es wäre ihm ein Leichtes, mich in den Boden zu stampfen. Es ist besser, einfach zu lächeln. Ich bin ein großer Junge. Worte können mich kränken und ärgern, aber Schwerter und Speere würden mich aufspießen.

„Kommen Sie. Ich bin mir sicher, Graxin möchte uns noch mehr zeigen", sagt Pryia und winkt Roxley zu, damit er weitergeht.

Der Lord der Dunkelelfen folgt dieser Aufforderung und führt sie weg. Abgesehen von Labashi, der mir zunickt, ignoriert mich die Gruppe und folgt Roxley. Ich starre der abmarschierenden Gruppe hinterher und versuche, aus all dem schlau zu werden. Es ist fast so, als würde man die Queen in Whitehorse sehen – seltsam und ohne wirklichen Kontext, aber eindeutig wichtig. Auf jeden Fall ist endlich etwas passiert.

***

Ich treffe Vir oben an. Er beobachtet die Gruppe vom Vorzimmer von Lord Roxleys Büro aus und steht ziemlich genau dort, wo ich ihn erwartet habe.

„Würden Sie das mal erklären?", knurre ich leise.

„Lord Roxley hat erwähnt, dass Sie vielleicht vorbeikommen würden." Vir winkt mich zu einem Sitz und widmet mir seine Aufmerksamkeit nur teilweise. Ich vermute, dass er sich primär auf die Sicherheitsbildschirme konzentriert, die er aufgerufen hat und die nur für ihn sichtbar sind.

„Warum sind sie hier?" Ich lasse mich in den Sessel fallen und warte auf eine Antwort, die Sinn ergibt.

„Offensichtlich, um die Stadt zu übernehmen", sagt Vir.

„Das habe ich verstanden, aber ich hatte, na ja, Waffen erwartet. Und Zaubersprüche."

„Das könnte noch kommen, aber in den meisten Fällen gehen wir anders vor", meint Vir. „Zu verschwenderisch. Es ist besser, auf die sanfte, diplomatische Tour anzufangen und langsam vorzugehen. Wenn das nicht klappt, ist der Kampf später immer noch eine Option."

Ich runzle die Stirn. „Und verlangen sie, dass Roxley verschwindet?"

„Das wäre zu grob. Nein, sie werden erklären, er würde nicht genug leisten und dass es der Stadt unter der Verwaltung anderer, kreativerer Individuen besser ergehen würde. Sie werden Druck auf ihn ausüben, persönlich und über die Familie, und wenn das nicht ausreicht, na ja ... dann bin ich mir sicher, dass noch andere Pläne existieren", sagt Vir und reibt sich das Kinn. „Passen Sie gut auf. Ich erwarte, dass diese Leute weitere Dinge in der Hinterhand haben."

„Machen Sie sich keine Sorgen, dass ich denen alles melden könnte, was ich sehe?", frage ich Vir, der nur kurz lächelt.

„Nein. In solchen Situationen sind Sorgen wenig hilfreich."

„Und warum sind Sie eigentlich nicht dort unten?"

„Mmm?"

„Na ja, Sie sind doch der Spionagechef, oder?"

„Nein. Lord Roxley hat diesen Titel einer anderen Person verliehen."

„Quatsch."

„Ich spreche die Wahrheit. Sie können sich diese Informationen im Shop besorgen. Soweit ich weiß, sind sie extrem preiswert zu haben", sagt Vir mit dem Schatten eines Lächelns.

„Aber Sie kümmern sich doch um die Spionage und den politischen Scheiß und so, oder?" Ich mustere Vir stirnrunzelnd. Ich bin mir ziemlich sicher, Labashi hat diese Sachlage während unserer Treffen so gut wie bestätigt.

„Ja, aber ich habe nicht den entsprechenden Titel."

Ich runzle die Stirn. „Oh ..."

Vir erledigt die Aufgaben ohne den Titel. Das ergibt durchaus Sinn. Denn wenn jemand die Identität von Roxleys Spionagechef herausfinden möchte, ohne die Frage korrekt zu formulieren, würde er einen anderen Namen erhalten. Andererseits beweist die Tatsache, dass jeder, der wirklich aufpasst, ihn als den tatsächlichen Geheimdienstchef identifizieren würde, dass sie sich nicht ernsthaft um Geheimhaltung bemühen. Und die Ursache wäre wohl wieder einmal der Shop.

„Langsam bekomme ich Kopfschmerzen. Wenn jeder weiß, dass Sie diese Funktion ausführen, warum die Geheimniskrämerei?"

Vir starrt mich eine Weile schweigend an, bevor er antwortet. „Weil Informationen, mit denen Sie so locker um sich werfen, unwahr sein könnten. Zahlreiche Gruppierungen setzen auf doppelte oder sogar dreifache Bluffs. Einen Spionagechef zu benennen, ohne ihm eine Verantwortung zuzuweisen, könnte oftmals nur die erste Tarngeschichte darstellen, während dieses Individuum derartige Informationen mit der zweiten Tarnung verzögert erhält. Jede Schicht der Täuschung erfordert Credits für eine Enthüllung durch den Shop oder das notwendige Wissen, um die Fragen zu umgehen."

„Und der Shop ändert die Kosten je nach den Informationen, die man bereits besitzt, oder? Wenn ich also die Identität des echten Spionagechefs herausfinden möchte, ohne irgendeine Ahnung zu haben, wäre der direkte Kauf dieser Informationen ziemlich teuer."

Vir nickt und ich stoße einen Seufzer aus. Das erklärt, warum so viel geheimgehalten oder zumindest durch Falschinformationen verschleiert wird. Kein Geheimnis ist sicher, nachdem es niedergeschrieben, erwähnt oder irgendwie ins System übertragen wurde. Aber der Preis der Geheimnisse hängt von der Schwierigkeit ab, sich diese Informationen anzueignen. So ziemlich die einzigen wirklich sicheren Geheimnisse sind also jene, die im eigenen Kopf bleiben.

Was insgesamt betrachtet zu einer paranoiden Welt führt.

# Kapitel 6

Einige Tage später esse ich im Golden Nugget zu Mittag. Ich verputze Spareribs, Steaks und Reis, während ich darauf warte, dass der Rest meiner Gruppe erscheint. Wir starten den Tag mit Verspätung, da Mikito und Lana am Morgen noch Grünschnäbel zu Jägern ausbilden mussten. Ich habe meine eigene Gruppe nachts trainiert, was meistens dazu führt, dass einige Möchtegern-Jäger aufgrund ihrer Verletzungen stöhnen und jammern. Du meine Güte, nach ein paar Stunden sollten sie sich nicht mehr so darüber aufregen, aufgespießt zu werden.

Nachdem ich die letzten Stunden mit Aiden daran gearbeitet habe, meinen Zauber Feuerball in einen Eisball zu verwandeln – oder wie auch immer man den entsprechenden Zauberspruch nennen möchte – ging ich in die Stadt, immer noch ohne ein neues Spielzeug in meinem Arsenal. Es ist umständlich, Zaubersprüche auf diese schwierige Weise zu erlernen. Immerhin verbessere ich dadurch mein Verständnis des Mana. Aber selbst mit meiner verbesserten Intelligenz und meinen Kenntnissen habe ich für derartige Dinge nur begrenzte Zeit übrig. Letztlich wäre es fast besser, die Credits zu verdienen und mir die Zaubersprüche im Shop zu kaufen. Aber ich bin nun einmal ein Dickkopf und möchte verstehen, was ich tue.

„John!“ Amelia, eine breitschultrige, grobschlächtige Frau, lässt sich mit einem Seufzer auf einen freien Sitz fallen.

„Constable“, antworte ich mit einem oberflächlichen Lächeln. Sie trägt die Uniform von Roxleys Wachen, wobei sich die Schultern etwas dehnen, wenn sie sich bewegt. Ich könne schwören, dass sie bei jeder unserer Begegnungen größer wird, da ihre Klasse auf ihrem Körperbau beruht. Ich bin mir sicher, dieses Wachstum hört irgendwann auf. Trotzdem stelle ich mir die Frage, wann es soweit sein wird. Momentan würden sie selbst professionelle Bodybuilder um ihren Körper beneiden. „Schön, dich zu sehen."

„Ebenfalls. Gehst du zur Versammlung?", fragt Amelia abrupt.

Ich hebe eine Augenbraue. „Was für eine Versammlung?"

„Klar, du weißt ja nichts davon." Amelia rollt mit den Augen. „Du musst aufhören, alle zu nerven."

„Ach komm schon ..."

„Willst du es etwa leugnen?" Amelia schnaubt, hebt eine Hand und beginnt zu zählen. „Eric anmotzen, Miranda vor allen als Schreckschraube bezeichnen ..."

„Das war nicht so gemeint!", protestiere ich.

Amelia redet einfach weiter. „Vorzuschlagen, dass die Alchemisten einen Teil ihrer Arbeitszeit für die Produktion kostenloser Tränke aufwenden, um so ihre Steuern zu begleichen. Den Stadtrat zu fragen, wann sie endlich aufhören, solche Weicheier zu sein." Sie schüttelt den Kopf. „Und das war nur der vergangene Monat."

„Sie mussten eine Entscheidung bezüglich der Landnutzungsrechte treffen. Es würde überhaupt nichts bringen, diese Angelegenheit über Monate hinauszuschieben. Die Leute, die jetzt schon sauer sind, wären es dann immer noch", erkläre ich.

„Ich behaupte ja nicht, du hättest Unrecht, aber man geht die Dinge nun einmal auf eine gewisse Weise an."

„Politik, meinst du."

„Ja, Politik. Diplomatie. Nett sein. Lana kann die Gemüter jetzt nicht mehr beruhigen, weißt du", knurrt Amelia und schnappt sich das soeben gelieferte Bierglas. Sie trinkt auf ex und knallt es auf den Tisch. „Schon gut. Ich bin nicht hier, um mit dir darüber zu streiten. Ich wollte dir mitteilen, dass der Rat – der Stadtrat der Menschen – sich mit Lady Priya trifft."

„Interessant. Ich wusste gar nicht, dass wir einen Menschen-Stadtrat haben“, sage ich.

Vor einigen Monaten war der Stadtrat, der über die Menschen geherrscht hatte, so gut wie implodiert, als ein idiotischer Plan des damaligen Bürgermeisters scheiterte. Dies führte zur Schaffung des Erweiterten Rats – der sowohl aus Menschen als auch Aliens besteht.

„Es ist kein offizielles Gremium, aber praktisch jede Person von Bedeutung in der Menschengemeinschaft nimmt daran teil“, sagt Amelia. „Richard war ein Mitglied. Lana auch, wenn sie sich die Mühe macht, zu erscheinen.“

„Aha.“ Ich schüttle erneut den Kopf. Es überrascht mich ja nicht unbedingt, nicht eingeladen worden zu sein, aber ich bin mir nicht sicher, ob ich überhaupt erschienen wäre. Ich bin leicht erstaunt, dass sie nun eine inoffizielle Regierung gebildet haben, aber nur leicht. Menschen sind nun einmal Menschen und eine überraschende Anzahl von Politikern hat überlebt, zumindest in Whitehorse. „Und du erzählst mir davon, weil du meinst, ich sollte daran teilnehmen?“

„Natürlich. Und da ich für Lord Roxley arbeite, wollen sie mich nicht dabeihaben, aber ...“

„Aber ich bin unverschämt und unhöflich, und niemand wird mich rauswerfen“, beende ich den Satz und seufze. Politik. Aber ich muss zugeben, dass ich neugierig bin. „Wann findet es statt?“

„Gegen Mittag.“ Amelia schmunzelt leicht. „Also solltest du dich sofort auf die Socken machen.“

Ich schneide eine Grimasse, sehe mir die Uhr am Rand meines Sichtbereichs an, die Ali für mich ins System gehackt hat, und seufze dann erneut. Wenn ich zu diesem Treffen möchte, muss ich mich wirklich beeilen. Und das bedeutet, dass mir keine Zeit bleibt, um den Rest meiner Mahlzeit zu essen. Was Amelia selbstverständlich weiß. Daher hat sie einen Teller stibitzt und isst, ohne mich zu fragen. Ich starre ihr ins Gesicht, aber sie grinst nur und wedelt mit den Fingern, während ich aufstehe.

***

Das Treffen findet im alten Gebäude der Stadtverwaltung statt. Zum Glück kann Ali mich rasch zum richtigen Zimmer leiten, sonst würde ich in dem riesigen Bauwerk herumirren wie ein Vollidiot. Der Raum sieht wie ein typischer Konferenzraum aus – ausladende Tische und diverse Bürostühle, auf denen arrogante und selbstgefällige Typen hocken. Überraschenderweise sind manche Traditionen selbst in der Zeit nach der Apokalypse relativ unverändert geblieben.

Ich erkenne die üblichen Verdächtigen. Eric Roth sitzt in seinem Anzug neben der matronenhaften Miranda Lafollet, die ich an der Stirnseite des Tischs erspähe, während Norman Blockwell und einige andere Ratsmitglieder herumhocken und sich unterhalten. Jim Calbery und einige andere Jäger sitzen in ihrer eigenen Gruppe den Politikern gegenüber, wobei Bill und Luthien nahe beieinander, aber dennoch getrennt positioniert wurden. Es gibt sogar einige Geschäftsleute, die näher an den Politikern als bei den Jägern sitzen. Ich habe sie bereits in der Vergangenheit gesehen, kenne aber ihre Namen nicht. Das ist einer der Mikrokosmen der Stadt – zumindest der menschlichen Seite. Die Spannung im Raum ist deutlich spürbar, und als ich eintrete, steigt sie weiter an.

„Was soll das?“, fragt Eric und verzieht die Lippen.

Meine Lippen kräuseln sich leicht nach oben, aber dieses „Lächeln“ erreicht nie meine Augen. Ich setze mich in die Nähe der Tür und lege meine

Füße auf den Tisch. „Ich wollte euch einfach mal einen Besuch abstatten. Immerhin habe ich euer sonniges Gemüt vermisst.“

„John, wir haben hier wichtige Aufgaben zu erledigen“, unterbricht mich Miranda, bevor zwischen mir und Eric ein Streit ausbricht. „Du wurdest nicht eingeladen, weil, na ja ...“

„Ich ein sturer Bock bin, der sich schnell langweilt?“

„Du hast keine Ahnung, wie schwierig es ist, eine Stadt zu verwalten“, raunzt Eric.

„Stimmt.“

Eric blinzelt angesichts meiner Antwort und öffnet den Mund, um nach dem unerwarteten Eingeständnis meiner eigenen Inkompetenz etwas Schlagfertiges von sich zu geben. Meine Güte, in der alten Welt war ich ein Programmierer – wenn auch ein schlechter. Eine Website entwickeln? Klar, das konnte ich. Aber die Verwaltung eines Geschäfts, geschweige denn einer Stadt, geht weit über meine Fähigkeiten hinaus. Es ist keine Schande, das zuzugeben.

„Warum bist du dann hier?“, fragt Bill.

Luthien erdolcht mich einen Moment lang mit Blicken und Funken umtanzen über ihre Finger, während sie Ali im Auge behält.

„Ich wollte nur hören, was eure Gäste zu sagen haben“, antworte ich, während ich über die Minikarte die roten Punkte verfolge, die sich unserer Tür nähern.

Ich muss lächeln und neige den Kopf, als die Wachen der Gesandten eintreten und den Weg freimachen. Einige Momente später betritt die Gesandte selbst den Raum. Die von ihrem Waffenmeister begleitete Lady Priya beäugt die Gruppe der herumsitzenden Menschen. Einige nicken ihr grüßend zu. Andere lächeln, während wir warten.

„Sie werden in Anwesenheit der Lady aufstehen!“, faucht Hondo und stapft nach vorn, wobei er wutentbrannt um sich blickt. Er strahlt Zorn und Gefahr aus.

Fast gleichzeitig kommen die Politiker und die Mehrheit der Jäger auf die Beine. Jim zögert kurz vor dem Aufstehen, und Bill presst wütend die Lippen zusammen. Dann aber folgt er dem Befehl, als Hondo ihn missbilligend mustert. Und dann gibt es da noch mich, die Füße auf dem Tisch liegend. Hondo wirft mir einen zornigen Blick zu, und einen Augenblick lang dreht sich mir der Magen zu.

*Geistiger Einfluss abgewehrt*

„*Verdammt, steh endlich auf, Junge!*“, ruft Ali mir telepathisch zu, während ich immer noch sitze.

Mein Verhalten widerspricht allen Regeln der Höflichkeit, aber ich bin neugierig.

Als Hondo sich in Bewegung setzt, ist er derart schnell, dass er selbst Mikito um Längen schlagen würde. Eine Hand packt mein Fußgelenk und die andere meinen Arm, während ich mich zur Seite drehe und versuche, ihn wegzuschieben. Aber mir fehlt der sichere Stand, und sein Schwung genügt, um mich gegen die Wand zu drücken. Er dreht sich leicht und blockiert mein Bein, bevor es mir gelingt, nach ihm zu treten. Dann schlägt er mehrmals gegen meine unteren Rippen, so dass diese brechen, und hält mich mit dem Unterarm fest.

Besonders beeindruckend ist die Tatsache, dass er mich fast ganz, aber nicht vollständig durch die Wand drückt. Angesichts der aufgewendeten Kräfte wäre es nicht schwierig, mich versehentlich durch den kompletten Gipskarton zu schleudern. Stattdessen kontrolliert Hondo den eingesetzten

Druck präzise, so dass ich im Raum bleibe. Ich beiße die Zähne zusammen, während meine Rippen während der energischen Heilung gegeneinander scheuern. Verdammt, der Typ ist echt gut.

„Seien Sie gegrüßt, Lady Kangana. Waffenmeister Ehrish“, sage ich aus der Wand heraus und versuche, trotz der Schmerzen und der in mir aufsteigenden Wut ruhig und neutral zu klingen. So wurde ich seit Ewigkeiten nicht mehr behandelt. und obwohl ich ihn provoziert habe, rege ich mich immer noch darüber auf, die Situation nicht im Griff gehabt zu haben.

„Sie beleidigen Milady einfach so und begrüßen sie dann?“, knurrt Hondo und drückt fester zu. Seine Stimme wird leiser und er sagt: „Was soll das Spielchen, Junge?“

„Mit ihr spiele ich keine Spielchen“, antworte ich ebenso leise. Diese Aussage ist korrekt. Meine Neugier betraf eher ihn.

„Ich bin Lady Priya“, sagt die Truinnar, während sie zu Mirandas Sitz gleitet. Die matronenhafte Menschenfrau blinzelt sie an und rutscht dann weg, so dass die Truinnar sich an ihre Stelle an der Stirnseite des Tischs setzen kann, während sie weiter mit mir spricht. „Ihr Volk begeht diesen Fehler oft. Nur meine Mutter trägt den Titel der Lady Kangana. Lassen Sie ihn los, Hondo. Ich bin mir sicher, der Abenteurer hat seine Lektion gelernt.“

Hondo lässt mich auf ihren Befehl hin fallen. Als das erledigt ist, tritt der Sekretär der Lady vor und kündigt sie und ihre Titel förmlich an. Ich bemerke, dass einige der Anwesenden nach Erwähnung der Titel verwirrt wirken. Titel sind eigenartig und scheinen als Belohnung für außergewöhnliche Taten vom System vergeben zu werden, oder wenn wir bestimmte Schwellen erreichen oder bestimmte Skills oder Länder erhalten.

Die Mehrheit der Menschen besitzt keine, wodurch ich mit meinen zwei Titeln eine seltene Ausnahme darstelle.

Die meisten von Lady Priyas Titeln sind für uns irrelevant, obwohl ‚Savant' auf ein tiefes Verständnis eines Sachbereichs verweist. Leider liefert der Titel keine weiteren Details, und Ali sucht noch herum. Viel interessanter finde ich die Tatsache, dass sie sich nicht die Mühe geben, Hondo anzukündigen. Allerdings hat er sich durch seine kleine Demonstration bereits ausreichend vorgestellt.

„Meines Wissens sind Sie Menschen deutlich ... informeller als mein Volk. Trifft das etwa nicht zu?", sagt Lady Priya mit Blick auf Miranda, die Eric von seinem Platz verdrängt hat.

Der komplette Tisch hat sich um einen Sitz verschoben, so dass nur Hondo, die Wachen und ich noch stehen. Als ich mein Gewicht verlagere, wirft Hondo mir einen wütenden Blick zu. Daher bleibe ich bei der beschädigten Wand, wo er mich fallen ließ.

„Ich weiß eigentlich wenig über die Kultur der Truinnar, aber hier in Whitehorse geht es ziemlich locker zu", sagt Miranda und wirft Eric einen Blick zu. „Auch wenn es einigen von uns überhaupt nicht zusagt."

„Nun, da es sich um Ihre Stadt handelt, werde ich Ihren Gebräuchen folgen. Ich bin hier, um die von Graxin in Whitehorse geleistete Arbeit zu überprüfen."

„Vorausgesetzt, Sie sprechen von Lord Roxley", meldet Bill sich und beugt sich nach vorn, „dann klingt das, als wären Sie sein Boss oder etwas in der Art."

„Nein. Nur eine beteiligte Partei. Graxin hat hohe Schulden aufgenommen, um den Kauf des Dorfschlüssels zu finanzieren. Wir möchten nur sicherstellen, dass unsere Investition in guten Händen ist", sagt

Lady Priya und einige Menschen setzen nachdenkliche Mienen auf. „Sagen Sie mir, was Sie von Graxins Führungsqualitäten halten."

Mit diesen wenigen Worten öffnet sie Tür und Tor, und plötzlich reden die Leute. Ich stehe da und halte den Mund, während ich mir diese Informationen durch den Kopf gehen lasse. Vermutlich habe ich nun einen Aspekt ihres Spiels gesehen.

***

Als ich der Gruppe zuhöre, stelle ich leicht amüsiert fest, dass Roxley gleichermaßen Lob und Kritik erhält. Wenn man Roxleys Status als eine Person der Öffentlichkeit berücksichtigt, muss man sagen, dass er ganz gut wegkommt. Die Tatsache, dass das Lob und der Tadel oft von denselben Leuten ausgesprochen werden, sogar in aufeinander folgenden Sätzen, ist noch amüsanter.

Allerdings weiß ich, dass sie damit der jungen Dame – uralten Elfin? – Munition für später liefern.

„*Sind die Truinnar alterslos, wie in den Geschichten, oder ist das nur ein Fall fehlerhafter Mana-Übersetzung?*"

„*Das ist übertrieben. Sie leben länger als Menschen – meist zwischen vierhundert und sechshundert Jahren. Das System sorgt dafür, dass sie gut in Schuss bleiben, aber es ist auch ziemlich tödlich*", antwortet Ali.

Ich nicke wortlos und höre weiter zu. All diese Beschwerden helfen Roxley nicht gerade. Die Tatsache, dass keine Leute Roxleys hier sind, um das Gespräch zu leiten und Informationen zu sammeln, ist ebenfalls interessant. Andererseits könnte ich mir vorstellen, dass Vir Amelia dazu gebracht hat, zu mir zu kommen, damit ich mir all das anhöre.

Lady Pryia lenkt die Unterhaltung ausgesprochen geschickt und bringt Themen zur Sprache, die von der Gruppe eine emotionale Reaktion provozieren. Ich bin nicht der einzige, der es bemerkt hat – sowohl Eric als auch Miranda erwecken gelegentlich den Eindruck, sie hätten auf etwas Bitteres gebissen. Denn obwohl sie erfahrene Politiker sind, ist der Stadtrat momentan wie Wachs in den Händen der Gesandten. Probleme, die vor Monaten bereinigt wurden, kommen nun wieder an die Oberfläche. Die Leute beschweren sich über den Mangel an sicheren Bereichen, über die Zelte, in denen wir wohnen mussten und über die bevorzugte Behandlung der Jäger – und das ist erst der Anfang. Natürlich gibt es noch weitere Kritikpunkte wie Versorgungsprobleme und mangelnde Abwechslung bei der Nahrung sowie fehlende emotionale Unterstützung und psychologische Beratung. Als es um emotionale Unterstützung und psychologische Beratung geht, fällt mir auf, dass Hondos Gesicht sich kurz verzieht. Für jemanden, der im System aufgewachsen ist, muss es seltsam klingen, dass Leute in Zusammenhang mit dem Töten von Monstern posttraumatische Belastungsstörungen und Stress ansprechen.

„Vielen Dank, dass Sie sich die Zeit genommen haben", sagt Lady Priya schließlich, steht auf und beendet die Zusammenkunft. „Ich werde mir alles durch den Kopf gehen lassen, was Sie mir mitgeteilt haben. Das waren ausgesprochen hilfreiche Denkanstöße. Wenn Sie weitere Ideen bezüglich dieser Themen oder einer besseren Verwaltung der Stadt haben, lassen Sie es mich bitte wissen."

Na ja. Das war eine nette Bemerkung am Schluss – und sorgt dafür, dass der Stadtrat weiter Dinge bespricht, die Roxley nicht perfekt hinbekommen hat. Mir fällt auf, dass sie weder Versprechen abgegeben noch behauptet hat, die Lage würde sich verbessern, sobald sie oder ihre Lady die Herrschaft übernimmt. Das ist ganz schön raffiniert. Auf diese Weise richtet sich keine ihrer Aussagen oder Handlungen offensichtlich gegen Roxley. Sie stachelt die Leute nur an.

Hondo sieht schweigend zu, und als sie fertig ist, verlässt er nach ihr den Raum, wobei er mir noch einen letzten langen Blick zuwirft. Ich grinse ihn an und er kneift die Augen zusammen. Ja, vermutlich ist es nicht die klügste Idee, den Typen zu provozieren, der mich eben verdroschen hat. Aber ich habe nie behauptet, intelligent zu sein.

„*Was zum Teufel sollte das denn?*“, fragt Ali.

„*Mmmm ... das war nur ein Test. Ich wollte sehen, wie heftig sie auf aggressives Verhalten reagieren*“, antworte ich Ali.

„*Hast du was herausgefunden?*“, bemerkt Ali trocken.

Ich sende ihm ein telepathisches Achselzucken. Eigentlich nicht. Es wäre besser, wenn Hondo oder Lady Priya etwas jähzorniger wären. Intelligent, diszipliniert und kontrolliert – diese Kombination ist kaum zu schlagen.

„Mr. Lee, wir werden Ihnen die Schäden in Rechnung stellen“, sagt Eric und deutet auf die Wand. Ich lache nur.

„Sicher. Dann mal los. Man könnte es von meiner nächsten Lieferung an Körperteilen abziehen“, sage ich langsam.

Eric presst die Lippen zusammen, als ihm klar wird, wie lässig ich seine Bedrohung ignoriere. In der Systemwelt dürfte die Reparatur von Innenwänden kaum hundert Credits kosten.

Luthien schnieft, als sie und Bill aufstehen und sich zum Gehen wenden. „Du musst immer Aufsehen erregen, oder, John? Du passt dich nie an.“ Sie verstummt, als Bill eine Hand auf ihren Arm legt. Beide verlassen schweigend den Raum.

Ich knurre und blende die beiden aus. Ich spiele mit. Ich habe immer mitgespielt – unabhängig davon, ob es um meinen Vater ging, die Jasager-

Kultur, in der ich aufwuchs oder, verdammt noch mal, meinen letzten Job. Ich habe derart gut mitgespielt, dass ich gefeuert wurde und meine Freundin mich verlassen hat. Na ja. Anscheinend habe ich in der Hinsicht einige Probleme, die ich irgendwie lösen muss.

Miranda nähert sich, gefolgt von Jim, meine einzigen Freunde im Stadtrat. Und Miranda würde ich eher als einen gelegentlichen Verbündeten bezeichnen. Und das ist gut so. Denn obwohl die Frau keine Kämpferin ist, ist sie doch wild entschlossen und rücksichtslos, wenn es darum geht, das Überleben ihres Kindes in dieser neuen Welt zu sichern.

„John", sagt Miranda. „Verrätst du mir, wie viel du von dem, was soeben besprochen wurde, Lord Roxley melden wirst?"

„Alles oder nichts, je nachdem, welche Fragen er stellt", antworte ich mit einem Achselzucken. „Ich bezweifle, dass hier etwas gesagt wurde, das als Geheimnis bezeichnet werden könnte."

„In dieser Welt gibt es keine Geheimnisse", knurrt Jim und ich nicke zustimmend.

„Ich meine etwas, das Roxley nicht erfahren sollte. Warum habt ihr so viel verraten?", frage ich Miranda direkt.

„Manchmal muss man Dinge auf eine bestimmte Weise ausdrücken, damit andere zuhören", meint Miranda mit grimmigem Gesicht.

All das nur, um Roxley unter Druck zu setzen, damit er die Lage verbessert? Sind sie sich nicht bewusst, dass er bereits tut, was er kann? Ich schüttle verärgert den Kopf und starre die beiden an.

„Das spielt doch keine Rolle, oder? Ein Eigentümer ist wie der andere", grummelt Jim mit seiner tiefen Raucherstimme. „Wir sind trotzdem sein Eigentum."

Ich öffne den Mund, um ihm zu antworten, sage dann aber nichts. Schließlich habe ich keine Beweise dafür, wie das Leben in den anderen

Territorien aussieht. Ich habe lediglich von Capstan gehört, Roxley wäre besser als die anderen. Was letztlich für andere nicht gerade überzeugend klingen würde. Ich vertraue Capstan, aber das liegt daran, dass wir unser Blut gemeinsam im Kampf vergossen haben.

„Vielleicht fehlt dir dabei der nötige Abstand, John“, sagt Miranda und legt eine Hand auf meinen Arm. „Für den Durchschnittsbürger ist die Lage nicht gerade rosig. Wir haben immer noch Mutationen innerhalb der eigentlichen Stadt, alle beschweren sich über die Menge an Protein, die wir tagtäglich konsumieren – und wie komisch alles schmeckt – und darüber, dass es nicht viel zu tun gibt. Kein Fernsehen, kein Theater, keine Musik. Es spielt nur gelegentlich mal eine Band. Selbstverständlich könnten wir Unterhaltungsoptionen im System kaufen, aber das kostet noch mehr Credits, und von denen hat keiner von uns viele übrig. Den Leuten geht es schlecht. Lord Roxley kümmert sich nur darum, wie viel Geld wir ihm bringen und wann wir das nächste Gebäude kaufen.“

Ich verziehe die Lippen und muss zugeben, dass sie gar nicht so unrecht hat. Da wir nun Zeit hatten, durchzuatmen, uns etwas zu entspannen und über die Ereignisse nachzudenken, treffen uns diese Verluste seltsamerweise noch härter. Die Freunde, die Familie, das bisschen Luxus – all das ist verschwunden, und die meisten haben keinen Zugriff auf die Wunder des Systems. Und wenn wir gelegentlich sehen, dass andere diese Luxusgüter nutzen, dann erhöht sich unsere Frustration noch. Als wir uns noch mühsam durch jeden Tag kämpfen mussten, waren alle glücklicher, da wir gleich waren. Diese Gleichheit ist nun verschwundenen und die gesellschaftliche Spaltung verschlimmert sich.

„So einfach ist das nicht“, sage ich.

„Ich – wir wissen das. Aber für die meisten anderen ist es das eben doch“, meint Miranda.

„Ihr könntet selbst das Gespräch mit ihm suchen."

„Das haben wir versucht, aber es ist schwierig. Seine ... Fähigkeiten erschweren es, in seiner Anwesenheit klar zu denken", bemerkt Miranda.

Ich seufze. „Na gut. Ich rede mit ihm."

Sie nickt mir dankbar zu und lässt meinen Arm los. Jim knurrt und folgt ihr kurz darauf, so dass ich ihnen nachblicke und nur vom misstrauischen Eric beobachtet werde. Ich frage mich, ob er glaubt, ich würde sonst noch etwas beschädigen oder den Flachbildschirm stehlen. Es ist ein ziemlich schöner Bildschirm ...

„*Haben sie recht?*", frage ich meinen Begleitergeist, als ich durch die Tür trete.

„*In welcher Hinsicht?*"

„*Dass Roxley versagt hat?*"

Nach kurzem Zögern sagt Ali: „*Vielleicht. Roxley ist überfordert. Er hätte die Gebäude schon vor einer Weile aufkaufen und dann wieder verkaufen können und sollen. Das haben sie in Carcross und Fairbanks getan. Jede halbwegs vernünftige Person wäre so vorgegangen.*"

„*Und Leute mit besseren Finanzen könnten die Lage schneller bereinigen, was?*"

„*Könnten. Wenn sie es wollen ... was davon abhängt, wie nützlich ihr ihnen erscheint.*"

Ich nicke. Verdammt. Vielleicht sollte ich mich mal ernsthaft mit Roxley unterhalten.

***

Natürlich geht das nicht so einfach. Das ist nie der Fall. Ich muss einen Termin für heute Abend vereinbaren, daher habe ich bis dann mehrere Stunden lang nichts zu tun. Als ich das Gebäude verlasse, sind Mikito und

Lana nirgends zu sehen, daher spaziere ich einfach durch die Stadt, um mich wieder mit ihr vertraut zu machen. Obwohl ich hier wohne, verbringe ich relativ wenig Zeit in der eigentlichen Siedlung. Deshalb überrascht mich die Anzahl der von mir entdeckten Veränderungen. Auf der Main Street ist wieder viel los und jeder einzelne Laden ist voll. Anstelle einer Kneipe oder Gaststätte gibt es nun ein halbes Dutzend, die jeden anlocken, der über genügend Credits verfügt. Dabei handelt es sich hauptsächlich um Jäger.

Und genau dort liegt der Hund begraben – ein Großteil des Geldes in der Stadt entstammt der Jagd. Ja, Handwerker und Fabrikanten verdienen sich durch ihre produzierten Waren einige Credits, aber mit Ausnahme unseres Biers haben wir der galaktischen Gemeinschaft wenig zu bieten. Andere würden unsere Tränke oder Rüstungen garantiert nicht im Shop kaufen, und Handelsabkommen gibt es ebenfalls keine. Irgendwann wird es eine Nachfrage für das Material geben, das wir besorgen und modifizieren, aber momentan verkaufen wir hauptsächlich Rohstoffe.

Und diese Rohstoffe stammen von den Jägern, die ihre vom System erzeugte Beute einsammeln und verkaufen, Monsterstücke zurückbringen und Dungeons säubern. Alles dreht sich um sie, und jeder weiß davon. Ich habe das Gefühl, dass das Feudalsystem mit seinen Rittern und Adeligen sich ebenfalls so entwickelt hat, aber schließlich habe ich nicht Anthropologie studiert. Ein derart großes Ungleichgewicht bezüglich der Macht ist nie gut. Und obwohl die Leute es vielleicht nicht so bezeichnen würden, haben sie doch ein instinktives Verständnis davon. Wir sind alle mit dem Glauben aufgewachsen, wir wären auf irgendeine Weise gleich. Aber die Realität und das System zerschmettern diese Idee.

Die wenigen Jäger, die ich sehe, stolzieren herum, als würden die Straßen ihnen gehören – und alle gehen ihnen aus dem Weg. Oder sie versuchen, den Jägern etwas zu verkaufen – einen neuen Trank, einen Teil einer Rüstung oder in einigen Fällen sich selbst. Nicht jeder hat das Zeug, zum Kämpfer zu werden, aber auch das unterstützende Personal kann sich nützlich machen. Selbst, wenn diese Unterstützung im Schlafzimmer stattfindet.

Ich sehe wenige Yerick oder Kapre, da diese beiden Rassen meistens in ihren eigenen Nachbarschaften bleiben. Der einzige Kapre, den ich erblicke, befindet sich im Schlachthof. Dort kauft er Innereien, die ansonsten weggeworfen würden und feilscht auch noch um den Preis. Die Yerick lassen sich etwas häufiger blicken und kleine Bullenkinder laufen herum und pflücken Blumen, an denen sie herumkauen, während gelangweilte Teenager auf sie aufpassen. Die Spannungen sind vielleicht nicht so extrem, und auch die Aliens führen ein eigenes Leben.

Im Vergleich zu Carcross ist Whitehorse schlicht langweilig. Deswegen stechen die Truinnar-Wachen in Rot und Gelb noch mehr hervor. Auch, weil sie mit Credits um sich werfen, um sich zu kaufen, was sie wollen und nur eine Schicht Kleidung tragen. Diese Kleidung besteht wahrscheinlich aus Hightech-Fasern und hält sie in Verbindung mit ihrem natürlichen Kältewiderstand immer schön warm. Mehrere besitzen sogar kleine Drohnen, die ihnen folgen und ihre Einkäufe transportieren. Anscheinend ist es den Wachen egal, ob diese Drohnen gestohlen werden. So ungefähr das Einzige, was sie in ihrem vom System erzeugten Inventar speichern, ist Bier, was irgendwie auch amüsant ist.

Schließlich kehre ich zu Roxleys Gebäude zurück und bin bereit für unser Gespräch. Zu meiner Überraschung werde ich ins Esszimmer und nicht ins Büro geführt. Dort wartet ein rundes, wulstiges Wesen auf mich – Roxleys persönlicher Koch – und der Tisch ist bereits gedeckt. Kurz darauf später betritt Roxley alleine das Zimmer.

„Roxley", knurre ich und starre auf die Teller, die so verdammt gut riechen. Streifen aus grünem und lila Gemüse liegen neben Fleischstücken und einem kohlehydratreichen Gericht, das Kartoffeln ähnelt, aber süßer ist. „Was ist los?"

„Ich dachte nur, dass wir uns in einer entspannten Umgebung unterhalten sollten. Du hast doch noch nicht gegessen, oder?" Roxley lächelt mich an und nähert sich mir.

Unwillkürlich folgt mein Blick den Linien seiner Lippen nach unten und wird dann vom breiten Brustkorb angezogen.

*Geistiger Einfluss abgewehrt*

Ein bisschen spät. Und obwohl ich von dem Mann fasziniert bin, kann und werde ich diesen Gefühlen nicht folgen. Ich möchte überhaupt nicht wissen, warum ich ihn mag und ich traue den Emotionen nicht, die ich in seiner Nähe verspüre. Es reicht mir nicht, seine Fertigkeit in den meisten Fällen abzuwehren. Obwohl ich weiß, dass ein Teil dieser Anziehung natürlich ist. Beziehungsweise auf eine außerirdische Weise natürlich. Große, dunkelhäutige, muskulöse Männer mit spitzen Ohren haben es nun einmal in sich.

„John?"

„Entschuldigung." Ich schüttle den Kopf und richte den Blick dann auf Ali, der immer noch neben mir schwebt. Während der letzten Minuten war er ausgesprochen still und tat so, als ob er sich eine neue Reality-Fernsehserie ansieht, aber ich weiß, dass er aufpasst. „Ich wollte ein wichtiges Thema besprechen, Roxley."

„Und das werden wir auch. Aber das ist ja kein Grund, das Essen zu ignorieren", sagt Roxley und deutet wiederum auf den Tisch.

Mein Magen knurrt, was mich daran erinnert, dass ich mein Mittagessen abbrechen musste. Ich gebe nach. *„Na gut, mach schon. Versuch, möglichst viel aus seinem Begleiter herauszuquetschen, ja?"*

*„Als Nächstes bringst du mir wohl bei, wie ich ein Neutron balanciere*", antwortet Ali sarkastisch.

„Na schön, ich esse mit", antworte ich und setze mich, während Ali verschwindet.

Entsprechend dem Brauch der Truinnar besprechen wir während des Mahls nichts Wichtiges, sondern plaudern nur über die Stadt, Vir und das Essen. Hauptsächlich das Essen. Erst, als das Abendessen sich dem Ende zuneigt und das Dessert fertig ist, lenke ich das Gespräch wieder auf etwas wichtigere Themen zurück.

„Dieses Abendessen ist irgendwie nostalgisch, nicht wahr?", sage ich und sehe mich um.

„Eine gute Zeit. Eine einfachere Zeit", antwortet Roxley, bevor er sich die einer Mousse ähnelnde Substanz in den Mund schiebt.

„In letzter Zeit scheint alles komplizierter geworden zu sein." Ich schiebe meinen Teller von mir, und Roxley seufzt.

„Danke, dass du gewartet hast", meint Roxley. „Ich weiß, dass das Warten euch Menschen schwerfällt."

„Schwer ..." Ich atme laut aus und schüttle den Kopf. „Manchen vielleicht. Meine Familie hat beim Essen auch nicht über die Arbeit geredet. Aber Pryia und ihr Gefolge sind gefährlich."

„Aus vielen Gründen", bestätigt Roxley.

„Du weißt schon, dass sie heute ein Treffen mit den Menschen hatten?"

„War es ereignisreich?"

„Nörgeln, Beschwerden, das Übliche. Der Rat will, dass du mehr Geld in die Verbesserung der Stadt steckst. Zumindest, um die dortigen Manaströme zu stabilisieren und das Spawnen von Monstern zu beenden."

„Wenn das so einfach wäre ..." Ich hebe eine Augenbraue und Roxley starrt mich an, bevor er antwortet. „Wir haben uns nie über die Sieben Meere unterhalten, oder?"

„Nein."

„Es ist kein wohlhabendes Territorium. Nicht mehr. Die Städte und die umgebenden Länder wurden zerstört, als ein Titan einen Aeldar-Riesen bekämpfte. Sie verwüsteten unsere Länder, unsere Städte und es gab keine Abenteurer, die sie aufhalten konnten. Am Ende des Kampfes war mein Land ruiniert." All das spricht Roxley in einem ausdruckslosen Ton aus, der seine Emotionen unterdrückt. „Ich war nicht dort. Ich hatte meine Leibgarde auf eine Luxusreise mitgenommen. Und als wir dann erfuhren, was geschehen war und einen Shop fanden, um uns nach Hause zu teleportieren, war es zu spät."

„Tut mir leid."

„All das ist nun vorbei. Allerdings hatte die Baronie seit diesem Gefecht große Schwierigkeiten. Das hier, die neue Dungeonwelt – das war, es ist eine Chance, das Schicksal meines Hauses und meiner Ländereien abzuwenden", sagt Roxley. „Und seit jener Schlacht verfügen wir nicht mehr über einen Zugang zu hochstufigen Zonen und wertvollen Dungeons. Der Titan vertreibt sämtliche Monster mit Ausnahme der niedrigstufigsten. Und selbst, wenn wir diese jagen, müssen wir extrem vorsichtig sein. Mein Volk überlebt nur dank der Tatsache, dass er sich gelegentlich auf die faule Haut legt.

„Für den Kauf des Schlüssels von Whitehorse musste ich unzählige Gefallen einlösen, die mein Haus im Laufe der Jahre angesammelt hatte. Dafür habe ich die Ressourcen, die Wachen und die Credits meiner Baronie eingesetzt. Für beide Orte kann ich nicht mehr viel tun. Wenn wir überleben und die Stadt florieren soll, müsst ihr Menschen dafür sorgen."

Ich stöhne, lehne mich zurück und betrachte Roxley. Das ist das erste Mal, dass er mir seine Situation derart klar beschrieben hat. Zwar hatte ich einige Hinweise aus früheren Gesprächen, aber nun spricht er es zum ersten Mal direkt aus. „Capstan hat einmal gesagt, du hättest uns im Vergleich zu den anderen gute Karten gegeben."

Roxley beäugt mich stirnrunzelnd. „Das ist eine Glücksspiel-Metapher, oder?"

„Eine Redewendung vielleicht? Irgend so etwas. Tut mir leid." Manchmal ist die vom System bereitgestellte Übersetzung nicht wirklich zutreffend. „Du bist uns gegenüber fair und versuchst nicht, die Stadt hereinzulegen."

„Ach so."

„Warum?"

„Aus Eigeninteresse. Gemäß meines Verständnisses der menschlichen Kultur arbeiten Leute besser, wenn sie es aus Eigeninteresse tun. Solange nebst diesen Vorteilen nicht auch noch beträchtliche Nachteile bestehen", sagt Roxley.

„Aha." Ich reibe mir die Nase. „Und ich vermute, das System liefert all die Nachteile, was?"

„Größtenteils. Allerdings dürfte die Tatsache, dass Whitehorse von der Herzogin übernommen werden könnte und dann Schwerstarbeit leisten müsste, hoffentlich auch einen deutlichen Abschreckungsfaktor darstellen."

„Schwerstarbeit?"

„Die Herzogin kann keine Leute gebrauchen, die wenig produzieren. Diejenigen, die nicht ausreichend Credits erzeugen, werden entweder des Landes verwiesen oder zu Leibeigenen gemacht. Diese Schuldknechtschaft dauert an, bis sie ausreichend viele Levels aufgestiegen sind, um ihre Schulden abzubezahlen“, sagt Roxley. „Aber ich muss zugeben, dass die Herzogin Schulungen anbietet und ihre Zinssätze auf einem akzeptablen Niveau hält, im Gegensatz zu manchen anderen.“

„Wie läuft das eigentlich mit dem Land? Ich meine nur, du bist der Besitzer der Stadt und kannst Upgrades erwerben, aber mir gehört mein Haus darin.“

„Ah ... du fragst dich also, wie das System unsere Rechtsansprüche und unser Eigentum durchsetzt? Überhaupt nicht. Genau wie in der Geschichte deiner Welt könnten dir das Besitzrecht und die Kontrolle über einen Ort jederzeit entzogen werden. Allerdings erfordert dieses Vorgehen Waffengewalt“, erklärt Roxley und deutet dann nach unten. „Letztlich haben die Kontrolle über einen Shop und das Stadtzentrum die höchste Priorität, aber viele meiner Kollegen regeln auch Handel und die Weiterentwicklung. Wie diese verordnet und letztlich durchgesetzt werden, hängt von der jeweiligen Regierungsform ab.“

„Aha.“

Ich schweige eine Weile, während Roxley an seinem Drink nippt. Dabei handelt es sich um ein hellblaues Getränk, welches geschmacklich Kaffee ähnelt, aber mit intensiveren sauren Untertönen. Ich erhalte selbst einen Kaffee und füge eine Menge Zucker und Milch hinzu, während ich über das Gesagte nachdenke. So, wie es sich anhört, ähneln unsere Städte den Stadtstaaten der Antike – in vielerlei Hinsicht ist die Kontrolle über die Bürger mit Ausnahme der Stadtwache eher theoretisch als real. Andererseits bin ich kein gelernter Historiker – ich habe nur an der Uni ein paar Geschichtskurse belegt. Es frustriert mich, an manchen Tagen solchen Wissenslücken zu begegnen.

„Was wäre für ein Upgrade von Dorf auf Stadt erforderlich?", frage ich, wobei ich den attraktiven Lord erneut anstarre.

„Wir erfüllen die Anforderungen bezüglich Bevölkerung und Einwohner-Levels und besitzen die Mindestzahl an registrierten Gebäudetypen. Was uns noch fehlt, sind die sicheren Zonen – und in dieser Hinsicht sind wir nah dran. Sehr, sehr nahe." Roxley atmet aus und schüttelt den Kopf. „Wenn wir einfach noch einen Monat hätten, das wäre genug."

„Du erwartest nicht, diesen Monat zur Verfügung zu haben?", frage ich.

Roxley schüttelt den Kopf. „Nein. Die Dame treibt ihre Pläne bereits voran."

„Und musst du ihr etwas zurückzahlen? Warum zum Teufel würdest du dir überhaupt etwas von der Herzogin borgen?"

„Das habe ich nicht. Allerdings verkauften meine Gläubiger ihre Schuldscheine an die Herzogin, als diese sie dazu aufforderte. Sie ... flößt anderen Respekt ein, und ich bin mir sicher, dass ihr Angebot den Wert der Schuldscheine überstiegen hat", sagt Roxley sarkastisch, und sein Ton sagt *für wie bescheuert hältst du mich eigentlich*? Ich akzeptiere die Zurückweisung wortlos. „Und sie kann meine Schuldscheine nicht dafür verwenden. In dieser Hinsicht sind die Vertragsbedingungen sehr spezifisch – mir bleibt bis Ende des Jahres Zeit, um sicherzustellen, dass Whitehorse zur Stadt wird. Allerdings ..."

Irgendwie war mir bewusst, dass ein *Allerdings* folgen würde, als Roxley zu sprechen begann. Ich halte den Mund und lasse ihn reden.

„Mein Lehnsherr hat den reduzierten Steuersatz aufgehoben, den meine Baronie erhielt. Meine momentanen Berechnungen zeigen, dass ich mit den verfügbaren Mitteln entweder meine Steuern oder meine Schulden bezahlen kann, wenn es uns gelingt, den Status einer Stadt zu erreichen. Nicht beides."

„Was geschieht, wenn du die Steuern nicht bezahlen kannst?“, frage ich, woraufhin er mich nur müde anlächelt.

„Ein Adliger, der nicht für den Unterhalt seines Lehens aufkommen kann, ist kein Adliger mehr. Ich würde meinen Titel und meine Ländereien verlieren und je nach Schuldenhöhe weitere Sanktionen aufgebürdet bekommen.“

Ich zucke zusammen. „Hört sich an, als ob du in der Klemme sitzt.“

„In der Tat.“

„Und das ist alles? Oder gibt es da noch mehr?“

„Es gibt garantiert noch mehr. Beispielsweise erwarte ich, dass sie plant, weitere Aufstände anzuzetteln. Der offensichtliche erste Schritt wäre, den Kauf der Gebäude zu verlangsamen. Um zu garantieren, dass ich weder die eine noch die andere finanzielle Verpflichtung erfüllen kann, wird die Herzogin vermutlich zusätzlichen finanziellen Druck auf die Stadt ausüben. Beispielsweise durch Manipulation des Markts für unsere Materialien. Ich bin mir sicher, dass sie weitere Tricks in der Hinterhand hat, aber das sind diejenigen, die wir bestätigen konnten.“

„Und wenn all das scheitert, schickt sie Labashi?“

„Ja“, sagt Roxley grimmig.

„Können wir ihn besiegen?“

„Wenn seine gesamte Einheit entsandt wird? Nein. Selbst ein kleiner Teil davon würde uns ernste Schwierigkeiten bereiten.“

„Also ...“

„Üblicherweise wird das Söldnerproblem gelöst, indem man dafür sorgt, dass die Erfüllung ihres Vertrags zu kostspielig für sie wird. Oder es ihre Arbeitgeber zu viel kostet, den Auftrag abschließen zu lassen.“

„So dass sie ihr Blut an den Stränden und in den Straßen vergießen müssen, ja?“

„Whitehorse besitzt keine Strände, die zu verteidigen wären“, sagt Roxley.

Ich seufze. So viel zu meinem Versuch, neunmalklug zu sein.

Wir schweigen eine Weile, bevor Roxley erneut das Wort ergreift. „Hast du noch weitere Fragen?“

„Nein, momentan nicht“, antworte ich und stehe auf, da ich offensichtlich gehen sollte. Er hat recht – obwohl dieses Treffen Spaß gemacht hat und informativ war, sollte ich mich nun auf den Weg machen. Während eine Hand noch auf dem Tisch liegt, starre ich den Elfen gedankenverloren an.

„John ...?“

„Tut mir leid. Ich bin einfach nicht gerne in der Defensive.“

Der Truinnar faucht, tritt an mich heran und packt meinen Arm. „Tu‘s nicht, John. Sie sind stärker, als du dir vorstellen kannst. Solange wir uns an die Spielregeln halten, werden sie keine weiteren Schritte unternehmen.“

Ich spüre deutlich die Wärme seiner Finger, die durch meinen Ärmel dringt. „Wenn wir das tun, werden wir wahrscheinlich verlieren.“

„Wenn wir gegen ihre Regeln verstoßen, verlieren wir ohnehin“, sagt Roxley mit einem leisen Knurren. „Versprich mir, dass du keine Dummheit begehst.“

„Na gut. Aber das gefällt mir überhaupt nicht“, grummle ich. Dabei habe ich keine konkreten Pläne, nur so eine Eingebung.

Roxley lässt meinen Arm los und ich spanne die Armmuskeln an. Dann bemerke ich plötzlich, wie nahe er mir ist. Dass ich seinen nur Zentimeter entfernten Körper praktisch spüre. Ich wende mich ihm zu und er neigt den Kopf, wobei sich seine Lippen leicht nach oben kräuseln.

„Na schön. Zeit zum Gehen“, krächze ich.

„Aber wir haben unser Training noch nicht durchgeführt“, widerspricht mir Roxley und deutet zum Trainingsraum.

Ich muss blinzeln und denke an die früheren Sparrings- und Trainingseinheiten, als er ohne Hemd und schwitzend kämpfte. Der Gedanke erregt mich.

„Eindeutig Zeit zum Abhauen“, murmle ich, aber meine Füße wollen mir nicht gehorchen.

„Bist du dir ganz sicher?“, murmelt Roxley und eine Hand berührt ganz leicht meinen Arm.

Ich konzentriere mich und bringe meine Füße durch reine Willenskraft dazu, sich zu bewegen. Ja. Eindeutig Zeit zum Abhauen.

Im Gehen höre ich das genüssliche Gelächter, das seinen viel zu sehr zum Küssen einladenden Lippen entweicht. Der verdammte Elf.

# Kapitel 7

Nach einer kurzen Motorradfahrt bin ich daheim, aber das genügt, um meine Gedanken zu klären. Das ist auch gut so, da ich nicht erwartet hatte zu sehen, wie ein riesiger Orc mit Hauern mein Haus verlässt. Eigentlich hätte ich nie damit gerechnet, hier einen Hakarta zu erblicken. Ich habe schon beinahe eine Waffe gezogen, als ich realisiere, dass mir dieser Hakarta bekannt vorkommt.

„Labashi", begrüße ich den großen, grünen Humanoiden, der erst überrascht wirkt, mich dann aber breit angrinst.

„John", sagt Labashi.

„Ali", grüßt Ali sich selbst. Als er erkennt, dass wir kein besonderes Interesse daran zeigen, ihn ins Gespräch einzubeziehen, starrt er wieder auf seine Bildschirme.

„Warum bist du hier?", knurre ich, da mir das Gespräch mit Roxley immer noch durch den Kopf geht.

„Ich habe einen Freund besucht." Labashi deutet mit einer Kopfbewegung aufs Haus. „Ich wollte Lana mein Beileid wegen des Tods ihres Bruders aussprechen."

„Wirklich?", frage ich in einem skeptischen Ton. Das erscheint mir ... seltsam, da er die beiden nur flüchtig kannte. Vielleicht sagt die Tatsache, dass ich es als seltsam empfinde, auch etwas über mich aus. Ich kann die Todesfälle bedauern und mich darüber aufregen, aber ich spüre sie nicht wirklich. Meine Gefühle sind mir irgendwie immer fern – mit Ausnahme der Wut, die in meinem Magen brodelt.

„Ja", sagt Labashi. „Ich mochte Richard und seine Schwester. Sie sind – oder waren – starke Individuen."

„Wie geht es ihr?" Ich mache eine Kopfbewegung zur Tür hin, neugierig darüber, was der erfahrene Hakarta zu sagen hat. Auch wenn alle von uns lernen mussten, mit unserer Trauer umzugehen, sind Labashi und seine Leute in dieser Hinsicht Experten.

„Ich habe schon schlimmere Fälle gesehen“, sagt Labashi. „Der erste große Verlust ist der schwierigste. Manche erholen sich nie davon.“

Ich schneide eine Grimasse und wünschte, er hätte etwas Besseres zu sagen. Aber diesen Vorwurf kann ich ihm nicht machen und zweifle seine Worte auch nicht an. Vermutlich ist es von Vorteil, dass mein erster Verlust bereits Jahrzehnte in der Vergangenheit liegt – meine Mutter starb, als ich noch ein Kleinkind war. Es war spät abends, ein Autofahrer passte nicht auf und unsere Welt veränderte sich völlig. Es dauerte Jahre, bevor ich diesen Verlust wirklich verstand. Meinem Vater gelang es nie. Unsere bereits angespannte Beziehung entwickelte eine solche Bitterkeit, dass ich selbst heute nur noch eine Wut auf ihn spüre, obwohl ich weiß, dass er tot ist.

„John.“ Labashis Stimme unterbricht meine Gedanken, als er an mir vorbei in Richtung Stadt geht.

„Labashi“, rufe ich und der Hakarta dreht sich um. „Was machst du hier?“

„Nur meine Arbeit“, antwortet Labashi, der seinen Weg danach fortsetzt.

Obwohl er sich abwendet, werfe ich ihm noch ein Abschiedswort hinterher und denke über seine Worte nach. Im Haus finde ich Lana weder in der Küche noch im Esszimmer vor und die Tür ihres Zimmers ist verschlossen. Einen Augenblick lang erwäge ich, anzuklopfen, verwerfe die Idee dann aber wieder. Ich weiß nicht, was ich noch erwähnen könnte, was nicht bereits gesagt wurde. Zeit. Das ist es, was sie jetzt braucht.

***

Ich wache auf, als die *Ouvertüre 1812* mit enormer Lautstärke in meinen Ohren donnert. Ich rolle mich auf die Seite und schnappe eine Pistole vom Stuhl, während mein Schwert in der anderen Hand erscheint – allerdings entdecke ich keine sichtbaren Bedrohungen. Ein rascher Blick auf die Minikarte zeigt mir ebenfalls nichts Neues, obwohl ich über mir Schritte und Rufe höre, als Lana, ihre Tiere und Mikito erwachen.

„Was zum Teufel, Ali?“, schreie ich, als die Musik aufhört.

„Es gibt Ärger. Du musst dich anziehen, Jungchen.“ Ali schießt nach oben, direkt durch die Wände in Richtung weiterer Rufe und Schreie.

Bald darauf verstummt der Lärm und Ali schwebt mit einem breiten Grinsen durch die Decke, während ich mich fertig anziehe.

„Waren die Kanonenschüsse wirklich notwendig?“, grummle ich und lege mir den Reif, der meinen Helm beinhaltet, um den Hals.

„Nein.“ Ali grinst und deutet auf mich. „Komm schon, du Lahmarsch. Die Mädchen sind schon fast angezogen.“

Und ich wette, dass er ihnen mit Vergnügen dabei zugesehen hat. Mal im Ernst, in seiner Heimatdimension ist er eine körperlose Ansammlung von Energie und Konzepten – wie zum Teufel hat er sich dort in einen kleinen Lustmolch verwandelt? Aber als ich meinen Gürtel anlege und zur Tür hinausgehe, erinnere ich mich daran, dass Alis „menschliche“ Form gemäß seiner Aussage meinem Unterbewusstsein entspringt. Vielleicht sollte ich es aufgeben, nachzufragen. Die Antwort würde mir möglicherweise nicht gefallen.

„John.“ Lanas Gesicht ist frisch gewaschen, und sie trägt keinerlei Makeup.

Mikito hingegen hatte anscheinend ausreichend Zeit, sich leicht zu schminken, was etwas über ihr Tempo und ihre Prioritäten aussagt.

„Schön, dass ihr alle mitkommt", sagt Ali und lässt vor uns drei einen riesigen blauen Bildschirm erscheinen. „Ein Schwarm bewegt sich den Fluss entlang und wird Riverdale angreifen. Sieht nicht danach aus, als ob er sich so bald stoppen lässt."

„Wie?" Ich runzle die Stirn und sehe mir die Details auf der Karte an. So, wie die lila Punkte sich hin und her bewegen, sollte uns bis zu ihrer Ankunft mindestens eine Stunde bleiben. Aber das ergibt keinen Sinn, da Ali selbst mit seinem vergrößerten Scan-Radius unmöglich so weit blicken kann.

Mikito wirft nur einen flüchtigen Blick auf den Bildschirm und betritt dann die Küche, um den Kühlschrank zu plündern.

„Ich habe mich in das erweiterte Sensorenraster der Stadt eingeklinkt. Die Kapre haben sich mit der Stadt und den Bäumen der Umgebung verbunden", erklärt Ali und winkt uns nach draußen. „Dadurch wurde unser Sensorennetz um mehrere Meilen erweitert, zumindest auf dieser Seite des Flusses."

„Nicht schlecht ...", gebe ich zu. Ich nehme mir das von Mikito verteilte Päckchen mit Reisbällchen, dann verlassen wir das Haus. Die Hunde und Anna warten bereits draußen. Ich hatte mich gefragt, wie die Kapre unserer Stadt nützlich wären, und jetzt habe ich wohl die Antwort dazu. „Wurden alle Jäger alarmiert?"

„Genau." Ali nickt und deutet auf die um uns aufflackernden Lichter. Zuvor noch dunkle Häuser füllen sich mit Licht, als den Bewohnern die neue Gefahr bewusst wird. „Plan Sechs wurde bereits ausgelöst."

„Sechs?"

„Ja, John, sechs", sagt Lana sarkastisch, während sie auf Howard klettert. „Wir haben seit einer Weile Pläne für den Fall eines Angriffs auf dieser Flussseite. Plan Sechs kommt zum Einsatz, wenn die Vorwarnzeit ausreicht, um die Zivilisten ans andere Ufer zu bringen."

„Oh ..." Ich komme mir ziemlich dumm vor. Selbstverständlich haben sie Pläne entwickelt. Schließlich ist es nicht gerade ein Geheimnis, dass Riverdale so etwas wie unsere unbewachte Flanke darstellt oder wir eine zunehmende Anzahl von Schwärmen sehen. Obwohl wir unser Bestes tun, um die Bosse auf dieser Seite des Flusses zu eliminieren, musste es früher oder später dazu kommen.

„Jetzt aber los", sagt Lana aufgebracht und lässt ihren Worten Taten folgen, indem sie Howard mit den Hacken antreibt.

Mikito sitzt bereits auf Wynn und die beiden reiten davon, während ich noch neben Sabre stehe. *So ist das jetzt also, was?* Ich steige hastig auf und fahre los, wobei der zu leise Manamotor geräuschlos startet. Was mir immer noch seltsam erscheint.

***

Das Problem bei Riverdales Verteidigung liegt darin, dass zwischen Stadt und Natur kein natürlicher Engpass oder zumindest eine klare Grenzlinie existiert. Es gibt lediglich einen Feldweg hinter der Vorstadt, aber da die meisten Häuser nahe am Wald stehen, ist kein klares Gefechtsfeld vorhanden. Wir könnten Manaschilde um die gesamte Vorstadt errichten – was wir wahrscheinlich bereits getan haben – aber je größer der Schutzschild ist, umso schwächer wird er. Es sei denn, man besorgt sich einen größeren Manamotor und eine Batterie zur Energieversorgung.

„*Kannst du mir vielleicht sagen, was los ist?*", frage ich Ali telepathisch, nachdem ich kurz nachgedacht habe. Eigentlich ist es albern – sie haben ja einen Plan, weshalb muss ich mir deswegen noch den Kopf zerbrechen?

„*Das ist ziemlich einfach. Wir verschanzen uns in einigen Häusern entlang der Front, die genau für diesen Zweck verstärkt wurden. Primär werden Fernwaffen und Zauberer eingesetzt, mit einigen Nahkämpfern zur Unterstützung. Hier und hier befinden sich mobile Truppen*“, sagt Ali, wobei auf meiner Karte jeweils ein Bereich aufleuchtet, „*und die letzte Reserve ist hier. Die mittleren Rückzugspunkte sind hier und hier, und der letzte an der Brücke.*“

Ich stöhne und verfolge all das auf der Karte. Wenn wir uns zur Brücke zurückziehen, werden die Schule und die letzten paar Menschen, die noch in Zelten wohnen, ihren gesamten Besitz verlieren. Schon wieder. Hoffentlich würden sie alles Wichtige in ihr Inventar stopfen, aber angesichts der sich ausbreitenden Panik würden sie wohl manches vergessen. Na ja, Dinge sind ersetzbar. Wir Menschen hingegen werden immer seltener.

„*Wo bin ich?*“

„*Wir sind im mittleren Haus*“, sagt Ali und lässt das entsprechende Gebäude grün aufleuchten.

Das ergibt Sinn, denn wir sollten ... ich schließe den Mund, als ich sehe, wie Lana und Mikito sich trennen und jeweils zu ihrem eigenen Posten gehen. Klar. Es wäre sinnlos, alle von uns im selben Haus zu stationieren. Dann würden wir diese eine Stellung halten und andere möglicherweise verlieren. Besser ist es, die starken Kämpfer aufzuteilen und dort zu platzieren, wo sie am meisten Nutzen bringen.

Als ich nach oben blicke, sehe ich, wie die Masse der lila Punkte weiter vorrückt. „*Haben wir schon Daten über ihre Levels?*“

„*Unsere Drohnen sind bereits unterwegs. Die Daten dürften in etwa zehn Minuten eintreffen.*“ Bevor ich dazu komme, eine weitere Frage zu stellen, fährt Ali fort. „*Die Kapre können uns entweder Informationen zur Distanz oder präzise Daten liefern. Wir haben uns für die Entfernung entschieden.*“

Na gut. Ich wünschte, es wäre möglich, mehr Informationen früher zu erhalten, aber so sieht es nun einmal aus. Ich fahre zu dem mir zugewiesenen Haus, das mit seinem Erdgeschoss und Keller für Riverdale typisch ist. Ein langer, tiefer Garten dahinter führt zum Wald und einem kleinen Radweg. Eine Kinderschaukel und zwei Bäume liegen am Boden, da sie von einem Metall-Dinosaurier zerstampft wurden, der von einem Bein aufs andere tritt, während das Mondlicht von seinem Körper reflektiert. Ich starre ihn sowie die Person an, die ihn vermutlich steuert. Der Halbdrachen-Mann vergräbt Sprengladungen im Boden und befehligt andere Leute, die schießen, sprengen und Bäume fällen. Irgendwie frage ich mich, warum wir das eigentlich noch nie getan haben, aber ich bin klug genug, den Mund zu halten. Schließlich habe ich es ja auch nicht getan.

„Tim“, rufe ich dem Echsenmann zu.

Er wendet sich mir zu und grinst mich an, wobei er seine haifischähnlichen Zähne entblößt. Ich muss zugeben, dass dieser Anblick recht gruselig aussieht. Aber ich lasse mir nichts anmerken. Tim hatte nach der Aktivierung des Systems genügend Schwierigkeiten mit seinem andersartigen Aussehen. Ich möchte ihm nicht noch mehr zusetzen. Schon gar nicht, da ich weiß, wie es sich anfühlt, rein äußerlich beurteilt zu werden. In Vancouver wurde ich unzählige Male angeschrien, ich solle doch wieder „zurück“ gehen.

„Bist du hier der Boss?“, frage ich.

„Nicht mehr“, sagt Tim grinsend. „Ich habe gehört, dass du hierher geschickt wirst. Also übergebe ich dir die Leitung.“

„Nein.“ Ali schwebt herbei und schüttelt den Kopf. „Der Junge hier kennt den Plan nicht. Nicht wirklich. Du bist der Chef, Timmy.“

„Hör auf, mich so zu nennen!“, sagt Tim, und ich muss kichern, während Ali breit grinst. Ehrlich gesagt haben sich einige von uns wirklich darüber geärgert, dass mit Tim Horton auch unser bester Donut-Shop verschwand. Ich selbst fand den Kaffee dort ganz in Ordnung, aber ihre Donuts schmeckten schon seit einer Weile nicht mehr besonders gut. „Und ich will diese Verantwortung nicht."

„Halt die Klappe, Schuppenkerl", erwidert Ali.

Bevor die Situation außer Kontrolle gerät, deute ich auf die massive Dino-Kreatur, die auf vier krallenbewehrten Beinen herumstampft, ihren langen Hals auf der Suche nach Gefahren hin und her dreht und mit dem Schwanz ausschlägt. „Was ist mit dem Dinosaurier los?"

„Das ist ein Drache. Gewissermaßen."

„Eigentlich fehlen ihm die Flügel. Oder, weißt du, Wülste am Rücken und ein deutlich längerer Körper, wenn man dem chinesischen Modell folgt", erwähne ich.

„Ich habe die Flügel noch nicht installiert. Weißt du überhaupt, wie teuer Antigrav-Motoren sind?", brummt Tim und ich beäuge ihn nur, während ich auf meinem schwebenden Motorrad sitze. Er blinzelt und nickt. „Also. Okay. Na schön. Ich muss eine Menge davon installieren, um dieses Ding zu stabilisieren."

„Also hast du einen Dinosaurier gebaut", meine ich.

„Das ist ein flügelloser Drache!"

„Di-no-saurier."

„Geh und vergrabe ein paar Minen", raunzt Tim.

Ich kichere und wechsle Sabres Form, bevor ich zum Rest der Gruppe gehe und seiner Anweisung folge. Das war's dann wohl.

***

Ich möchte etwas klarstellen. Wenn ich sage, wir hätten Minen gelegt und im Gebiet Fallen aufgestellt, dann wurde nichts davon sonderlich professionell ausgeführt. Selbstverständlich haben wir in der Zwischenzeit dazugelernt – Karten der Minenfelder, sekundäre Auslöser für den Fall, dass die ersten nicht funktionieren – aber generell vergraben wir sie einfach und gehen dann weiter. Die Minen und Granaten werden kaum Schaden anrichten, weshalb niemand viel Zeit darauf verschwenden möchte. Sie werden Angreifern Schmerzen zufügen, aber konventionelle Waffen sind generell nicht besonders durchschlagskräftig. Deshalb sind sie im Shop auch so preiswert. Die Effektivität von Massenprodukten wird generell durch das System verringert – oder schlicht nicht verbessert, um es genau auszudrücken. Aber wenn mein Erlebnis im Sporen-Dungeon mir etwas gezeigt hat, dann dürften Explosionen und Flammen viel Verwirrung stiften. Und ich muss zugeben, dass ich im Andenken an Richard einige der teuren Chaosminen vergraben werde. Die hat er im Kampf auch immer gerne eingesetzt.

Als wir dann zum Haus zurückkehren und uns auf den Kampf vorbereiten, strömen die Drohnendaten bereits herein. Sie sind nicht so gut wie das, was Ali an Ort und Stelle erfassen könnte, aber für einen ersten Eindruck reichen die Bilder aus. Es ist keine besondere Überraschung, dass die erste Welle aus den niedrigstufigeren Monstern besteht, die sich in Stadtnähe verbergen. Die Mehrheit dieser Kreaturen überlassen wir den automatischen Abwehrstellungen und Tims Dinosaurier. Die Jäger, die hier sitzen, kauern und aus den Fenstern des Hauses spähen, setzen gelegentlich ihre eigene Feuerkraft ein. Zumindest, bis Tim ihnen zuruft, sie sollen langsamer machen, um Mana und Energie zu sparen.

Draußen auf dem Rasen stehen nur ich und ein Mann, der wie eine Mischung eines Holzfällers mit einem Footballspieler aussieht. Ich lasse ihn den Großteil der Arbeit übernehmen. Dabei schwingt er mühelos ein Schwert von der Größe eines Speers und nimmt sich jedes Monster vor, das die Abwehrstellungen durchbricht. Momentan sind es noch recht wenige, aber ich sehe, dass andere Monster durch Lücken in der Front in die Stadt vordringen.

„*Ali* ..."

„*Bin schon an der Arbeit, Junge. Wir entsenden mobile Schutzschilde an diese Stellen, um die Lücken zu schließen.*"

Auf einen telepathischen Befehl hin schwebe ich einen Meter nach oben. So habe ich eine bessere Sicht auf den vor mir liegenden Wald, ohne zu hoch aufzusteigen und das Schussfeld der Leute hinter mir zu behindern. Es ist nicht viel, aber so bin ich in der Lage, die Front mit meiner Feuerkraft zu unterstützen. Ich setze meine nun verbesserten Manapfeile ein, ein halbes Dutzend blau leuchtender Geschosse mit dem Ziel, den Feind zu reizen. Sie treffen, sie verwunden, und dann wird er durch die Schüsse eines anderen getötet.

Währenddessen beobachte ich, wie die Punkte vor mir vom Lila unbekannter Kontakte zum Grau niedrigstufiger Kreaturen wechseln, dem Blau jener knapp unterhalb meiner Stufe und dem Grün passender Levels. Die Tatsache, dass diese Farbveränderung auf meinem numerischen Level beruht, bedeutet, dass die Daten nicht gerade präzise sind – aber ich habe mich daran gewöhnt, sie dennoch zu lesen. Letztlich sind die blau gekennzeichneten Kreaturen gut, sehr gut. Das bedeutet, dass die Jäger bei mir, die Kämpfer und die automatischen Abwehrstellungen damit fertig werden. Wenn wir aber größere Mengen von grünen Punkten sehen, gibt es wirklich Ärger.

Die Minuten vergehen. Monster fallen und türmen sich vor mir auf – und immer, immer kommen noch mehr dazu. Obwohl sie sparsam feuern, geht den Jägern hinter mir die Energie für ihre Strahlengewehre aus und sie sind gezwungen, entweder neue Akkus einzusetzen oder zu Projektilwaffen zu wechseln. Das nachlassende Feuer und das Verstummen der Schüsse bedeuten, dass mehr Monster durchkommen und der Football-Linebacker sich um sie kümmern muss. Ich könnte seinen Namen ablesen und so seine Identität herausfinden. Aber die würde ich sowieso kurz darauf wieder vergessen.

„Tim", rufe ich durch das Mikrofon, hebe eine Hand und feuere das am Mech befestigte Inlin-Gewehr ab. Ich sehe zu, wie es Tod und Vernichtung speit. „Willst du, dass ich sie zurückdränge?"

„Wir schaffen das schon. Spar dir dein Mana auf", sagt Tim über Funk.

„Mein Vorrat ist ziemlich gut", sage ich mit Blick auf die Anzeige, die fast bei der Dreiviertelmarke steht, obwohl ich eine Menge Feuerkraft eingesetzt habe. Tim hat noch nie an meiner Seite gekämpft. Im Gegensatz zu mir erhält er keine Statistiken über alle, die sich in Alis Nähe aufhalten.

Schweigen. Dann sagt Tim: „Feuer frei."

Ich grinse und hebe die Hand, während ich den Blitz in meine Finger beschwöre. Ich muss zugeben, dass ich es immer noch nicht ganz glauben kann, obwohl ich die Naturgewalten nun schon seit Monaten herbeirufe. Auch wenn ich mich oft über das System beschwere, hat es doch seine Vorteile. Ich halte mich vorerst zurück und greife nach dem anderen Sinn, den Ali vor langer Zeit in mir erweckt hat. Die Elementar-Affinität, ein Gespür für die Kräfte, die unsere Welt bilden. Sie zu spüren ist nur der erste Schritt. Danach führe ich Modifikationen durch. Geringfügige Anpassungen, an sich unbedeutend, aber sie summieren sich. Und dann lasse ich den Blitz aus meinen Händen fliegen. Ich spüre keinen Schmerz, sondern nur ein leichtes Zucken, als Elektronen durch mich und nach außen strömen, bevor ich die Elektrizität über den Wald und die Monster fegen lasse. Die Kreaturen bäumen sich auf und fallen nach dem Angriff. Die Blitze zucken und bringen ihr Fleisch zum Kochen, während ich höher schwebe. Ich bemerke schlecht gezielte Schüsse gegen meinen Rücken, wobei Sabres Panzerung mich vor einem Großteil des Schadens bewahrt.

„Hey! Ihr schießt versehentlich auf uns!“, ruft Ali für mich, während ich den Blitz abklingen lasse.

Der Schwarm liegt zuckend und rauchend vor mir, und die wenigen Überlebenden werden mit schnellen Schüssen eliminiert. Einfach. Kinderleicht.

Und selbstverständlich geht danach alles den Bach runter.

Rote Punkte, eine Riesenmenge.

„Tim, siehst du das?“, fauche ich, als ich wieder nach unten schwebe.

„Ich sehe es. Das ...“

„Ich weiß. Rückzug?“

„Einen Moment“, sagt Tim, und ich weiß, dass er die Person kontaktiert, die den Oberbefehl innehat.

*„Ali. Da ... stimmt was nicht. Wir hatten noch nie einen Schwarm mitten in der Nacht. Das passt überhaupt nicht – bisher waren fast alle großen Raubtiere tagaktiv und bestimmen die Bewegungen des Schwarms. Es gibt keinen Grund, warum der Schwarm sich ohne ausreichenden Druck in Bewegung setzen sollte. Das sollte nicht nachts passieren. Und die roten Punkte? Die sind über Level 40.“*

*„Ich weiß, Junge. Ich sehe es mir an, aber bisher habe ich noch nichts Seltsames entdeckt. Wenn jemand oder etwas die Monster in dieser Gegend manipuliert, ist die Distanz zu groß, als dass ich es feststellen könnte.“*

Es dauert nicht lange, bis der allgemeine Rückzugsbefehl über Funk ertönt. Die mobilen Truppen gehen auf die Straße, um den Rückzug durch ihre Feuerkraft zu decken, so dass der Linebacker und unsere Jäger sich vom Feind absetzen können. Ich hingegen rühre mich nicht vom Fleck und starre in die Ferne, ohne zu feuern.

„John! Wir ziehen uns zurück. Komm schon!", ruft Tim, aber ich schüttle den Kopf und blicke weiterhin in die Ferne.

„Ach du Scheiße. Diesen Gesichtsausdruck kenne ich, Jungchen. Vergiss es."

„Tim ..."

„Jetzt geht das schon wieder los", stöhnt Ali.

„John?" Tims Stimme enthält einen leicht gestressten Unterton.

„Ich muss etwas nachprüfen", sage ich und haste dann direkt auf den Wald zu.

„John!"

Tims Schrei verstummt, als ich die Audioverbindung deaktiviere. Ich sende weiter Videoaufnahmen, obwohl ich mir nicht sicher bin, ob die Übertragung weiterläuft, wenn ich bei meinem Ziel eintreffe. Und das Ziel ist ungewiss und unbekannt, da ich rein instinktiv handle. Na ja, es handelt sich um eine Mischung aus Intuition und Information, ist aber dennoch eher instinktiv.

***

Ich renne nicht zum ersten Mal durch einen Schwarm. Ich schätze sogar, dass ich es mittlerweile zum dritten Mal tue. Zählt man die beiden Spießrutenläufe durch den Sporen-Dungeon mit, wäre ich bereits fünfmal durch eine Monstermasse geeilt. Damit möchte ich sagen, dass es dabei einen Trick gibt. Einen Trick, den man sich durch Erfahrung,

Durchhaltevermögen und die Bereitschaft aneignet, unglaubliche Dummheiten zu begehen.

Die erste Regel besagt, dass man stets in Bewegung bleiben muss. Stillstand bedeutet den Tod. Ich laufe über den Boden, da selbst die Schwebefunktion des Mechs tempomäßig nicht mithalten würde. Gelegentlich setze ich die Antigrav-Motoren ein, so dass ich bei Sprüngen weiter komme. Aber primär geht es um den Schwung. Monster innerhalb eines Schwarms möchten ihre Opfer nicht töten oder verstümmeln. Die meisten von ihnen sind vor irgendetwas auf der Flucht wie ein Bär, der vor einem Waldbrand wegläuft. Weicht man ihnen aus, wird es nicht unbedingt gefährlich. Das Ausweichen gestaltet sich natürlich deutlich schwieriger, wenn sie direkt in Richtung auf das eigene Haus oder die Stadt rennen.

„Juhu!", jubelt Ali, der über mir fliegt.

Ich muss einfach grinsen, springe nach oben und stoße dank meiner hohen Geschwindigkeit ein riesiges Wesen, das einer Nacktschnecke gleicht, von mir. Das Wesen platscht gegen ein sechsbeiniges Katzenmonster, dann bin ich bereits an ihnen vorbei.

Zweite Lektion – manchmal ist es effizienter, durch etwas hindurchzustürmen, als es zu umgehen. In einer Systemwelt ist die Physik zwar ziemlich verkorkst, aber Schwung ist noch Schwung. Das bedeutet, dass ein sich schnell bewegendes, schweres Objekt eher einen Baum oder ein Monster zerschlagen wird als umgekehrt. Oder sie zumindest zur Seite schubst.

Ich hüpfe über den Boden und rutsche dann unter einem enormen Felsmonster hindurch, das versucht, nach mir zu schlagen. Ich gebe mir nicht einmal die Mühe, darauf zu schießen. Ali allerdings fliegt voller Panik nach oben, um einem der wenigen Monster zu entkommen, das ihn nicht nur sehen, sondern auch verletzen kann. Leider rutsche ich weiter, nachdem ich eigentlich geplant hatte, einen Stopp einzulegen. Nun scheint mich eine bizarre Schleimkreatur fressen zu wollen, die in der Nähe herumhopst.

Dritte Lektion – man braucht immer einen Trick in der Hinterhand. Ich aktiviere Versetzungsschritt und teleportiere mich zur Seite, wobei ich mich mit der Faust abstoße und dann weiterhaste. Mit der anderen Hand werfe ich dem Schleimmonster eine Plasmagranate in den Weg, weil ich wirklich nicht gefressen werden möchte. Und schleimige Viecher kann ich überhaupt nicht ausstehen.

Ich laufe im Zickzack weiter, immer tiefer in den Schwarm hinein. Dabei sehe ich, wie die blauen und grünen Punkte von meiner Karte verschwinden und durch rote ersetzt werden. Viele dieser Monster sind nicht in Panik und aggressiver. Daher bin ich nun noch öfter gezwungen zu schießen, zu zaubern und auszuweichen. Ehrlich gesagt wird es so langsam sogar für mich gefährlich, aber ich habe das Gesuchte noch nicht entdeckt.

*„Ali? Hast du was?"*

„*Nein*", kommt umwendend die Antwort des kleinen Geists, der die Frage wohl erwartet hat.

Ich rufe mein Schwert herbei und durchbohre im Vorbeilaufen einen hässlichen Dämon mit Pferdegesicht, dessen Geschlechtsteile gefährlich tief herabhängen. Du kriegst die Stadt nicht. Ich lasse mein Schwert stecken und eile weiter, während ich noch zwei Granaten hinter mich werfe. Wie gesagt richten sie kaum Schaden an, aber die Verwirrung und das Feuer sind hilfreich.

Als das Meer von Monstern um mich herum fast ausnahmslos rot wird, weiß ich, dass ich bald fliehen muss. Aber ich benötige Ergebnisse, bevor eine Umkehr unmöglich wird. Habe ich erwähnt, dass das Schicksal mich anscheinend nicht mag?

Gerade, als mir dieser Gedanke durch den Kopf geht, erhalte ich eine Antwort. Allerdings nicht die, die ich erwartet hatte.

Die Hellebarde durchschneidet mühelos Sabres Panzerung, verletzt mich und trifft mich mitten im Sprung, so dass ich etwa dreißig Meter weit durch einige Bäume geschleudert werde. Der Schmerz durchzuckt meinen Körper, als gebrochene Rippen sich in meinem Brustkorb verschieben und das aus der Wunde strömende Blut den Mech rot färbt. Irgendwie frage ich mich, warum zum Teufel ich mich derart übertölpeln ließ. Aber ich aktiviere bereits Sabres und meinen eigenen Schutzschild. Das hätte ich bereits früher getan, aber Sabres Schild leert den Akku schnell. Daher setze ich ihn nur ein, wenn ich ihn wirklich brauche.

Es ist von Vorteil, dass die Schilde nun im Einsatz sind. Denn der nächste Angriff knallt direkt gegen Sabres Schild und wird nur durch meinen Skill aufgehalten. Ich starre die hellblau leuchtende Klinge ungläubig an und löse dann Sabres Mini-Raketen aus.

Mein Angreifer springt eine kurze Strecke zurück, und seine Waffe wirbelt herum und zerfetzt die Raketen. Während ich mich mühsam aufrapple, schneidet dieser Bastard meine Raketen in Stücke. Mit einer Hellebarde. In solchen Augenblicken hasse ich das System einfach. Aber obwohl er die Raketen zerstückelt hat, bleibt mir die Option, sie per Fernbedienung auszulösen – was ich auch tue. Die darauf folgende Explosion richtet nur wenig Schaden an. Das ist echt beschissen, immerhin handelte es sich um teure handgefertigte Raketen. Aber dadurch erhalte ich Zeit, zu analysieren, was ich sehe und spüre, während ich den Rückzug antrete.

Zunächst mal mein Gespür. Ich wurde nicht entzwei geschnitten. Ein Drittel meiner Trefferpunkte hat sich verflüchtigt. Die Schnittwunde selbst ist vermutlich etwa zehn Zentimeter tief, aber Sabres automatischer

Heilungsprozess hat bereits die Blutgerinnung gestartet und Heilmittel in meinen Körper injiziert. Die übliche Mischung eines Regenerationsverstärkers mit einem direkten Heiltrank. Sabres Naniten fließen auch zur Panzerplatte und füllen so das Loch schnellstmöglich.

Und dann, was ich sehe. Mein Angreifer ist groß, hager, schnell und tödlich. Er besitzt eine Hightech-Tarnausrüstung, die sein Gesicht und den Körper verbirgt. Aber die Art und Weise seiner Bewegungen und seine Kampfweise verweisen auf jahrelange Gefechtserfahrung. Ali fliegt zu uns zurück, legt aber einen Umweg ein, als hätte er Angst vor diesem Feind.

„*Tut mir leid, Junge. Er ist plötzlich aus seinem Versteck erschienen, als du dich genähert hast.*“ Ali kneift die Augen zusammen und mustert die Gestalt vor mir. Daten erscheinen über dieser, sind jedoch nicht besonders hilfreich. Nur jede Menge Fragezeichen.

***Heimtückischer Bastard (Level ?? ???)***

*HP: ???/???*

*MP: ???/???*

„*Und seine Daten sind alle blockiert.*“

„*Ach wirklich*“, antworte ich. Ich hebe mein Inlin-Gewehr und verfolge damit die maskierte Gestalt eine Weile lang. Meine andere Hand ruht an meiner Seite, um mein Schwert zu beschwören und einzusetzen, falls der Feind zu nahe kommt. Natürlich hat er dank seiner Stangenwaffe mehr Reichweite als ich.

Falls mein Angreifer zuvor noch nachdenken musste, wird seine weitere Absicht klar, als er in meine Richtung flackert. Ich würde fast sagen, er ist schneller als alles, was ich je zuvor gesehen habe. Aber das wäre eine Lüge. Mikito mit Unterstützung durch Tausend Schritte und ihrer Fähigkeit Hast ist ebenso schnell. Und glücklicherweise halte ich des Öfteren Sparringkämpfe mit ihr ab.

Ich erwische die Stangenwaffe mit der Parierstange meines herbeigerufenen Schwerts und trete nach der Kniescheibe des Gegners. Er weicht diesem Tritt mühelos aus, und sein Gegenangriff mit dem stumpfen Ende seiner Hellbarde knallt gegen meinen Schild. Ich sehe, wie der kaum regenerierte Schild aufflackert und wieder verschwindet. Und dann ist es an der Zeit, mit der Spielerei aufzuhören.

Ich aktiviere Tausend Schritte, bewege mich per Versetzungsschritt neben ihn und schlage schnell zu. Er bewegt sich bereits nach hinten, um in seinen bevorzugten Entfernungsbereich zu gelangen, aber das habe ich erwartet. Ich löse mit meinem Angriff Klingenhieb aus und schlage mithilfe der blauen Energieschneide eine Öffnung in die Rüstung des Mannes. Kein mächtiger Hieb, aber er ritzt die Panzerung und erzeugt eine Wunde an seinem Körper. Ich setze einen Klingenhieb nach dem anderen ein.

Nach dem dritten Angriff erziele ich keine weiteren Treffer, da der Bastard sich zwischen den Hieben durchschlängelt und seinen Körper während des Annäherns auf seltsame Weise verdreht. Nachdem er die Überraschung abgeschüttelt hat, wird er wieder aggressiv und kampflustig – und nun muss ich mich zurückziehen, ausweichen und irgendwie versuchen, am Leben zu bleiben. Aber das ist nicht einfach, da ich erkenne, dass ich ihm deutlich unterlegen bin. Er erwartet jeden Schuss, jeden Zauberspruch und jeden Hieb, den ich einsetze. Irgendwie bin ich nie an der richtigen Stelle, um einen Treffer zu erzielen. Währenddessen reduziert er meinen Seelenschild und dann Sabres Panzer und die Hellebarde ist nur noch ein verschwommener Wirbel, der mich von Seite zu Seite wirft.

Da ich keine Fluchtmöglichkeit habe und in die Ecke gedrängt werde, feuere ich eine Gruppe von Raketen ab, die mittlerweile nachgeladen wurden. Diesmal bemüht sich mein Angreifer nicht einmal, ihnen auszuweichen. Er steckt den Schaden ein, um in meiner Nähe zu bleiben. Aber in der Sekunde, in der das Feuer alles erleuchtet, verschwinde ich.

Wie bereits erwähnt habe ich immer einen Trick in der Hinterhand. Und dieser Trick ist der QSM.

# Kapitel 8

Als der QSM meinen Körper teilweise in eine andere Dimension verschiebt, ducke ich mich instinktiv. Nachdem ich nun verborgen und – größtenteils – unangreifbar bin, ziehe ich mich zurück. Diese hellblau leuchtende Fertigkeit würde mich bei einem Treffer vermutlich selbst über die Dimensionsgrenzen hinweg verletzen. Wie ich beim Kampf gegen die Hakarta erfahren habe, ist der QSM zwar leistungsstark, sein Dimensionswandel aber auch deutlich erkennbar. Deshalb habe ich vor dem Einsatz gewartet, bis ich nicht mehr im Sichtbereich meines Angreifers war. Jetzt wirbelt er wild herum und sucht auf der falschen Ebene nach mir. Wahrscheinlich glaubt er, ich wäre mit einem Versetzungsschritt geflohen.

Während meines Rückzugs bleibt mir genügend Zeit, meinen Kontrahenten genauer zu untersuchen. Irgendwas an seinen Bewegungen kommt mir auf eine seltsame Weise bekannt vor. Dieses Gefühl drängte sich mir bereits während des Gefechts auf, und jetzt spüre ich es wieder. Ich kann es einfach nicht identifizieren. Noch nicht.

*„Ali, kannst du mir noch etwas sagen?“*

*„Also, ich bin mir ziemlich sicher, dass er der Auslöser des Schwarms ist. Ich glaube, er treibt die Bosse vor sich her und erzeugt so die Umgebung, in der sich ein Schwarm entwickelt.“*

*„Wärst du dazu in der Lage?“*

*„Naja, er ist es.“*

Sogar in Alis telepathischer Stimme nehme ich einen Anflug von Überraschung wahr. Mein Gott! Vielleicht ist es an der Zeit, von hier abzuhauen.

Ich sollte wirklich versuchen, das Schicksal nicht so sehr herauszufordern. Und genau in dem Moment, als ich daran denke, nähert sich mein Gegner. Seine Stangenwaffe leuchtet blau. Ich rolle mich zur Seite, bin jedoch zu langsam und zu überrascht, um perfekt auszuweichen. Ich spüre, wie das blaue Licht mich durchschneidet, Atome auseinander zieht und meine Muskeln vor Schmerz erstarren lässt. Meine Schutzschilde sind deaktiviert – in diesem Status bin ich nicht fähig, sie einzusetzen – so dass ich auf dem Präsentierteller sitze, während er immer wieder zuschlägt und ich am liebsten davonkriechen möchte. Meine Trefferpunkte fallen wie ein Wasserfall und stehen nach wenigen Sekunden bei weniger als 40 %.

Zwischen den Dimensionen bin ich zu wenig geschützt. Ohne auch nur nachzudenken lasse ich mich in die Realität zurückfallen. Bevor es mir gelingt, mich hochzurappeln, ist er bereits da und eine Hand umklammert meinen Arm. Er übt Druck aus und eine unmenschliche Kraft verformt meine Panzerung, bis er den in mein Fleisch integrierten QSM entdeckt. Dann drückt er weiter zu. Ich höre das Knacken, als mein Arm gemeinsam mit dem QSM bricht, aber ich konzentriere mich voll auf seine andere Hand. Er hält die Stangenwaffe hoch und sticht damit nach unten, und ich kann nicht ausweichen.

Ali fliegt heran, trifft den Rand der Klinge und schiebt sie gerade weit genug zur Seite, dass sie meinen Hals verfehlt und die umliegende Panzerung zerfetzt. Ich schreie, setze meine Fähigkeit ein und fliehe stolpernd mithilfe eines Versetzungsschrittes. Diesmal zögere ich nicht und setze den Versetzungsschritt immer wieder ein. Beim dritten Mal werfe ich vor der erneuten Aktivierung eine Reihe von Granaten ab. Ich lasse mir durch Sabre einen Manatrank injizieren, um ausreichende Energievorräte zu garantieren.

Aus dem Blickwinkel sehe ich Alis Punkt flackern und verschwinden – er ist verbannt. Ich fauche, kann jedoch nicht anhalten, nicht warten. Eine Flucht ist nicht die beste Option, aber momentan die einzige. Er ist zu schnell, um ihn aus der Entfernung zu bekämpfen, zu gut für den Nahkampf und meine Tricks scheinen nicht zu funktionieren. Ich renne, wobei Tausend

Schritte und Versetzungsschritt mich mit jedem Atemzug auf größere Distanz bringen. Ich drücke meine zerfetzte Hand und den QSM gegen meinen Brustkorb. Ich renne um mein Leben, weil der Stillstand den Tod bedeutet.

***

„John!"

Der Ruf bringt mich wieder zur Vernunft, da Sabre nun endlich in Kontakt zur Stadt steht. Ali ist weiterhin verbannt, daher bin ich auf die Informationen beschränkt, die von der Bordsoftware und meinen Fertigkeiten geliefert werden. Was gar nicht mal so schlecht ist. Abseits des Schwarmpfads habe ich die Möglichkeit, auf dem Rückweg zu heilen und Monster zu töten. Mein linker Arm ist geheilt und funktionstüchtig, das QSM hingegen immer noch defekt. Es wäre wohl eine Untertreibung zu sagen, dass ich wütend bin. Aber unter dieser Wut verbirgt sich auch Angst. Ich habe noch nie einen derart einseitigen Kampf erlebt, der vom Anfang bis zum Ende vom Gegner beherrscht wurde.

„Ich bin hier", antworte ich und überprüfe meine Manaleiste. Ich muss zugeben, ich habe meinen Manawert hoch gehalten für den Fall, dass ich erneut fliehen muss. Auch wenn ich Ali nur zu gerne zurückholen würde, möchte ich hier nicht vom Feind erwischt werden.

„Was zum Teufel ist hier passiert?" Tims Stimme klingt nervös. „Und warum bist du verschwunden, verdammt noch mal?"

„Ich hatte eine Idee. Und die hat sich ausgezahlt. Ich komme von der anderen Seite des Flusses her. Könnt ihr den Schutzschild für mich öffnen?"

„Einen Moment ...", antwortet Tim und schweigt dann.

Nach einigen Minuten erblicke ich die Mauern, die den Beginn der Verteidigungssysteme darstellen und das schwache Schimmern am Himmel beweist, dass der Schild noch aktiviert ist. Rechts von mir sehe ich, wie die Brücke und die Wachposten von Monstern angegriffen werden. Blaue Manastrahlen rasen durch die Luft, rote Flammen lodern auf und ich höre das Knallen der Schüsse, die von den Verteidigern auf der Mauer abgegeben werden. Hinter den monströsen Angreifern brennen die Häuser und Bäume von Riverdale. Zum Glück scheint der Brand relativ begrenzt zu sein, da der am Boden liegende Schnee ein völliges Inferno verhindert.

„Erlöser", knurrt Capstan, die Erste Faust der Yerick auf dem Funkkanal. „Wir können den Schutzschild nicht für dich öffnen. Am Fluss gibt es ein paar kleine Probleme. Wäre es möglich, dass du dich darum kümmerst?"

Ich stöhne laut, sehe mir den niedrigen, halb gefrorenen Fluss an und sehe, was sie meinen. Der Schutzschild hält ganz gut durch, aber die kleine Gruppe aquatischer und semiaquatischer Monster auf der Wasseroberfläche greift die Barriere mit Klauen und Zähnen an. Die ständigen Angriffe schwächen den Schild allmählich. Unterbinden wir diese nicht, werden sie es schließlich durchbrechen, was uns möglichen Flankenangriffen aussetzt. Ich hebe das Inlin-Gewehr, ziele auf die Monster und erledige sie von hinten, während ich vorwärts schwebe.

Eine Stunde später bin ich mit dem Schießen und dem Einsammeln der Beute fertig. Ich habe viele der Leichen in meinen Veränderten Raum gesteckt, schwebe über der Flussmitte und setze gelegentlich meine Zaubersprüche gegen die Masse von Monstern ein, die immer noch versuchen, die Brücke zu überqueren. Zum Glück kann ein Großteil der Kreaturen nicht fliegen – und die Flugtiere lassen uns generell in Ruhe. Leider ist der Leichenhaufen vor der Mauer inzwischen so hoch, dass ich die zu eliminierenden Monster kaum erkenne. Ich könnte weiter flussabwärts feuern und tue es auch, aber dadurch verringert sich nicht der Druck, der auf der Mauer liegt. Ich stecke ziemlich fest, schwebe und warte, während ich sehe, wie die roten Punkte langsam verschwinden. Einige wurden getötet, andere folgen dem Fluss nach Norden.

Als der Schutzschild schließlich abgesenkt wird, stoße ich einen Seufzer der Erleichterung aus und schwebe zur Brücke. Ich bewege bereits meine Finger und rufe Ali in diese Dimension zurück. Ich bezweifle, dass sich mein Angreifer nun auf mich stürzen wird. Lila, grüne und gelbe Schimmer wirbeln herum, bevor Ali mit einem deutlich hörbaren „Popp" erscheint. Er trägt wie üblich einen orangefarbenen Overall, hat aber einen ungewöhnlich ernsten Gesichtsausdruck. So fühlt man sich wohl als Geist nach dem eigenen Tod.

„Erlöser. Möchtest du erklären, warum du deinen Posten verlassen hast?" Capstan spricht mit knurrender Stimme, stützt die Hände auf die Hüften und reckt den Hals, während er mit dem Rest unserer Kämpfer auf der Mauer steht. Ich sehe, wie sein kurzer Schwanz langsam und methodisch zuckt.

„Ich hatte den Eindruck, dass der Schwarm nicht auf natürliche Ursachen zurückzuführen war. Das wollte ich überprüfen", erkläre ich und ignoriere den drohenden Ton seiner Worte. Ich mag Capstan, aber der Yerick ist sich gewohnt, mit seinem Clan zu arbeiten, wo sein Wort Gesetz ist.

„Und, war das der Fall?", fragt Mikito.

Ich richte meine Aufmerksamkeit auf die kleine Japanerin, bemerke ihre noch tropfende Naginata und nicke dann langsam. Es dauert nur eine Sekunde, bis ich Lana entdecke, die knietief in Leichen steht und Beute einsammelt. Überraschenderweise steht Aiden ebenfalls auf der Mauer. Er trägt einen Kopfhörer und starrt mit einem unbeschreiblich traurigen Gesichtsausdruck in die entgegengesetzte Richtung dieses Blutbads. Diese Überempfindlichkeit wird ihn irgendwann das Leben kosten.

„In gewisser Hinsicht", antwortet Ali für mich, während ich mich umsehe. „Wir haben den Anstifter gefunden. Ich sende euch die Daten. Aber der Junge hier wurde ganz schön verprügelt."

„Du aber auch", sage ich zu Ali, der mir die Zunge herausstreckt, dann aber aufgrund der Schmerzen zusammenzuckt.

Ich sehe, dass manche der Anwesenden extrem besorgt wirken. Vielleicht mit Ausnahme von Capstan bin ich stärker, schneller und zäher als alle anderen hier.

„Lord Roxley sollte diese Informationen erhalten", brummt Capstan.

Ali schnaubt und setzt zu einer Antwort an, aber ich werfe dem Geist einen Blick zu, der ihn zum Schweigen bringt.

Capstan bemerkt unsere Gesten und neigt den Kopf. „Wissen wir, wer es war?"

„Es gibt keinen echten Beweis dafür. Wie du siehst, ist er vollständig maskiert", antworte ich und erwäge, meinen Verdacht auszusprechen. Dann aber beschließe ich, besser den Mund zu halten. Selbst ein alter Hund wie ich ist noch lernfähig.

Capstan bemerkt mein Zögern und schnaubt mit zitternden Nüstern, bohrt aber nicht weiter nach. Ohne Beweise Anklage zu erheben kann einen vermutlich ganz schön in Schwierigkeiten bringen.

„Wie lief der Abwehrkampf?", frage ich und lasse den Blick umherschweifen. „Werden wir Riverdale zurückbekommen?"

„Wir haben sie ohne große Probleme an der Mauer aufgehalten. Indem wir sie in diesen Engpass ließen, stellten wir sicher, dass der Schutzschild nicht überlastet wurde und wir uns um den Schwarm kümmern konnten.

Keine schweren Verluste, keine Tode“, antwortet Capstan und zuckt mit den breiten Schultern. „Wir werden Gruppen dorthin entsenden, um die Schäden zu untersuchen und die Feuer zu bekämpfen, sobald der Schwarm sich vollständig aufgelöst hat.“

Ich nicke und seufze. „Ich gehe mit ihnen. Ich sollte mir auch mein Haus ansehen.“

Capstan nickt und ich blicke zu Mikito, die auf meine unausgesprochene Frage hin den Kopf schüttelt und auf Lana deutet. Danach richte ich meine Aufmerksamkeit auf die Rothaarige, die sich auf die Beute konzentriert. Ich nicke. Ja, Mikito sollte die Dame besser im Auge behalten. Schließlich mache ich mir keine Sorgen bezüglich eines Angriffs auf die Stadt. Ich denke, ein solches Vorgehen wäre viel zu plump.

***

Bei meiner Heimkehr starre ich auf die Überreste meines Hauses. Die gute Nachricht ist, dass es nicht abgebrannt und die freistehende Werkstatt noch größtenteils intakt ist. Allerdings hat das eigentliche Haus den Schwarm trotz der verstärkten Mauern nicht überstanden. Ich weiß nicht, ob das Mauerwerk von einem riesigen Monster oder mehreren mittelgroßen umgestoßen wurde, aber eigentlich spielt es keine Rolle.

*89 Alsek Road*

*Momentaner Eigentümer: John Lee, Abenteurer*

*Zweck: Wohnort*

*Status: 84 % Strukturschaden*

Per Gedankenbefehl rufe ich den nächsten Bildschirm auf.

*Reparaturkosten: 22.987 Credits*

Teuer. Das ist mehr als der ursprüngliche Kaufpreis des Gebäudes, selbst wenn dieser einen Rabatt einschloss. Ich habe einige Upgrades gekauft, also sind die Kosten nicht völlig unrealistisch. Wenn ich jemanden mit den entsprechenden Skills oder der richtigen Klasse auftreiben könnte, würde diese Person die Reparaturen zu einem deutlich niedrigeren Preis durchführen. Ich hebe die Hand, um den angezeigten Preis zu bezahlen, obwohl es eine ganze Menge Credits kosten wird. Dann aber zögere ich, weil mir etwas klar wird.

Ihr Götter. Natürlich. Das war der Sinn des Schwarms. Es war nie ihr Plan, uns zu töten oder zu verletzen. Sie wollten uns dazu zwingen, unsere Credits, unsere Zeit und unsere Anstrengungen auf den Wiederaufbau zu verschwenden. Riverdale wird nie besonders sicher sein, solange wir nicht wesentlich mehr in den Bau von Mauern, Gruben und anderen Verteidigungssystemen investieren. Der Stadtteil ist einfach zu zersiedelt und angreifbar.

„Erste Faust. Lord Roxley", begrüße ich beide, als sie meinen Anruf beantworten. „Ich stehe vor meinem zerstörten Haus, und ich glaube, das war das eigentliche Ziel. Ich könnte es reparieren, aber–"

„Aber es würde schon bald wieder zerstört. Dadurch können sie das perfekt ableugnen“, sagt Roxley. „Ja, wir sind uns dessen bewusst.“

„Oh ...“, sage ich und verstumme. Anscheinend bin ich in Sachen Politik immer noch ein Anfänger. Na ja, zumindest habe ich etwas herausgefunden. Allerdings nicht vollständig. Wir könnten im Shop Informationen über meinen Angreifer kaufen, aber da er Skills besitzt, die seine Identität verbergen, wäre ich nicht überrascht, wenn der Preis dafür extrem hoch ist. Und was würden wir dann tun? Ihn anklagen und in einen Kampf verwickelt werden, denn wir bestimmt verlieren würden? Es wäre besser, dieser Diskussion momentan aus dem Weg zu gehen.

„Wir haben bereits vielen Einwohnern mitgeteilt, dass wir auf dieser Seite des Flusses Behelfsunterkünfte errichtet haben. Der Erweiterte Rat wurde informiert, dass die Häuser in Riverdale wahrscheinlich weitere Schäden erleiden werden“, sagt Roxley.

„Die Yerick haben angeboten, einige der Vertriebenen in unserer Siedlung unterzubringen“, fügt Capstan hinzu.

Ich muss blinzeln und frage mich, wie viele dieses Angebot wirklich annehmen werden. Andererseits haben viele dieser Leute noch vor kurzer Zeit in Zelten gehaust. Es ist nicht besonders angenehm, den Winter im Yukon zu überstehen, wenn sich zwischen dir und den heulenden Winden nur eine dünne Schicht aus Polyester befindet.

„Anscheinend habt ihr all das schon herausgefunden.“ Ich unterbreche die Verbindung, bevor sie die Gelegenheit zu einer Antwort bekommen. Dann blicke ich zu meinem Begleitergeist hoch. „Ali? Hast du einen Vorschlag, wo wir unterkommen könnten?“

„Na ja, Capstan hat doch gesagt, dass die Yerick Flüchtlinge aufnehmen.“

„Nein.“

„John ..."

„Nein."

„Na gut. Willst du die Mädchen fragen?"

Ich nicke. Richtig. Wenn jemand ein freies Zimmer hat oder weiß, wo eines verfügbar wäre, dann Lana. Schließlich hat sie die besten Beziehungen, da sie so viele Kontakte zur Stadt besitzt und eine Stiftung gegründet hat. Auch wenn sie in letzter Zeit ihre Pflichten vernachlässigt.

Ich werfe einen Blick aufs Haus und denke darüber nach, etwas aus den Ruinen zu holen. Aber letztlich entscheide ich mich dagegen. Dort gibt es nichts, was ich wirklich brauche. Alle wichtigen, teuren oder im System registrierten Dinge trage ich bei mir. Der Rest – Kleidung, Lebensmittel und Möbel – ist irrelevant. Ich habe mir nie Fotos an die Wand gehängt und als elektronische Geräte nicht mehr funktionierten, waren all meine anderen Besitztümer Geschichte. Jetzt bleiben mir nur noch verblassende Erinnerungen und Szenen aus der Vergangenheit, die mir zeigen, wie meine Schwester aussah und wie ihre Stimme klang. Nur Geister in meiner Seele.

„John?"

Ich blinzle und stelle fest, dass meine Hände schmerzen, weil ich die Fäuste so fest geballt habe. Schadensanzeigen flackern und zeigen mir, dass Sabres Panzerhandschuhe beschädigt wurden, während ich gedankenverloren herumstand.

„Tut mir leid. Ich habe nachgedacht. Du hast recht, wir sollten mit den Mädchen reden."

***

Ich bin mir nicht so sicher, ob es so positiv war, dass Ali recht hatte. Lana hat einen Unterschlupf für uns. Leider handelt es sich um den Boden der

Nugget-Bar ... aber so laufen die Dinge nun einmal. Ich seufze kopfschüttelnd, während ich mich nach wenigen Stunden Schlaf wieder aufrichte. Rein körperlich reicht mir diese Ruhezeit aus, aber psychologisch gesehen hätte ich gerne noch ein paar Stunden geschlafen. Aber die Nugget-Bar öffnet um diese Uhrzeit – was immerhin bedeutet, dass es Frühstück gibt. Als ich mich umsehe, stelle ich fest, dass Lana noch im Büro ist. Wahrscheinlich pennt sie auf der Couch.

„John“, begrüßt mich Mikito, die aus der Damentoilette kommt. Sie sieht ordentlich aus und hat aufgrund des seltsamen, zu sauber wirkenden Effekts eines Reinigungszaubers einen leichten Glanz.

„Guten Morgen.“ Ich schiebe die Tische und Stühle wieder an ihren Platz zurück, bevor ich Platz nehme. Ich wirke einen einfachen Reinigungszauber auf mich und zucke zusammen, als tausend federfeine Finger über meinen Körper huschen und Staub und Schmutz entfernen. Mein Mana sinkt und kurz darauf fühle ich mich sauber, aber auch etwas wund. Hatte ich erwähnt, dass dieser Zauber auch die oberste Hautschicht schält?

„Ich habe mir die Videos des Kampfes angesehen“, sagt Mikito direkt und setzt sich neben mich. „Er verwendet ebenfalls eine Stangenwaffe.“

„Mmmhmm ...“, antworte ich, als Sarah eintritt.

Richards Ex-Freundin knallt eine Kaffeekanne und zwei Tassen vor uns hin. Ich lächle ihr dankbar zu und sie neigt den Kopf, bevor sie in die Küche zurückkehrt.

„Er ist gut. Sehr gut. Unterschiedlicher Stil, eher chinesisch, aber sehr gut. Du benötigst mehr Training, wenn du es noch einmal mit ihm aufnehmen willst“, sagt Mikito und zieht eine Tasse zu sich.

„Aha. Ich hatte gehofft, du würdest dich das nächste Mal um ihn kümmern“, witzele ich und rühre Zucker in meinen Kaffee.

„Dafür reicht mein Level nicht aus“, meint Mikito kopfschüttelnd.

Ich seufze. Sie hat recht. So sieht es nun einmal aus – Fertigkeiten sind wichtig, aber Levels noch mehr. „Was empfiehlst du?“

Sie schürzt die Lippen und denkt nach. „Ich sehe es mir noch genauer an. Dann sage ich dir Bescheid.“ Mikitos schwarze Haare schwingen zur Seite, als sie zur geschlossenen Bürotür blickt. „John ... Lana. Ich mache mir Sorgen.“

„Oh?“ Ich hebe eine Augenbraue, damit sie fortfährt.

„Sie verkraftet Richards Tod einfach nicht.“ Mikito blickt ihre Hände an. Während sie spricht, wird ihre Stimme zunehmend leiser. „Natürlich kann man einen Tod nicht so einfach wegstecken. Aber sie redet nicht. Sie schreit nicht. Sie weint nicht. Sie ist einfach so ... konzentriert.“

„Das ist mir aufgefallen.“ Ich werfe erneut einen Blick auf die Tür und richte den Blick dann nach oben, um Alis Aufmerksamkeit auf uns zu lenken. „Hast du was zu sagen?“

Ali spitzt die Lippen und starrt uns an. „Sie will es einfach nicht wahrhaben.“

„Das habe ich mir gedacht. Momentan ist sie total besessen davon, Credits zu verdienen. Warum?“

„Ich könnte mehr herausfinden, aber sie ist eine Freundin. Wenn wir das tun ...“, sagt Ali zögernd.

„Dann überschreiten wir eine Grenze?“

„Genau.“ Ali nickt entschlossen. „Dann gibt es noch die normale Datensuche, aber das wäre etwas ganz anderes.“

Ich sehe Mikito an, die meinen Blick erwidert. Sie denkt kurz nach und nickt dann deutlich. Ich folge ihrem Beispiel. Anscheinend haben wir jetzt eine Vereinbarung. Einschließlich des Eindringens in die Privatsphäre. Ich hoffe nur, wir werden etwas Nützliches erfahren.

Das Gespräch verebbt, als Sarah mit einem Teller Speck zu uns kommt. Ich schenke mir einen Kaffee ein und wir bereiten uns auf einen weiteren wunderschönen Tag in der Stadt vor.

# Kapitel 9

Trotz des Schwarms geht das Leben weiter. Nach einigen Tagen läuft alles in der Stadt wieder in alten Bahnen. Unsere Gäste zeigen sich weiterhin, schnüffeln in der Stadt herum und führen eine Reihe von Gesprächen mit diversen Personen. Sie tun nichts, was man als aktive Behinderung bezeichnen könnte. Aber die gemurmelten Proteste bezüglich Lage in der Stadt nehmen zu. Da die Menschen nun einmal so sind, überrascht es nicht, dass manche in ihre Häuser in Riverdale zurückkehren und diese auch reparieren. Auch wenn es sinnlos ist, habe ich Verständnis dafür, dass man sich an etwas, irgendetwas klammert, das an die eigene Vergangenheit erinnert. Ich verstehe es irgendwie, auch wenn ich es nicht für angemessen halte.

Mikito und ich legen unser Geld zusammen und mieten in der Stadt eine kleine Wohnung, sobald klar wird, dass es keine bessere Option gibt. Lana weigert sich, ihre Credits auszugeben oder bei uns einzuziehen. Als Ausrede verweist sie auf ihre Tiere. Daher bleibt sie im Büro der Nugget-Bar, wo wir sie jeden Tag zum Frühstück treffen. Die Ringe unter ihren Augen sind dunkler geworden und ich weiß, dass sie nicht genügend Schlaf kriegt. Trotz unserer verbesserten Konstitution sind wir generell immer noch Menschen und jeden Tag auf einige Stunden Schlaf angewiesen. Selbst ihre Tiere wirken erschöpft. Ich habe den leisen Verdacht, dass sie nachts alleine mit ihnen auf die Jagd geht.

Lana weigert sich, darüber zu reden. Daher bleibt mir und Mikito nichts anderes übrig, als Vermutungen anzustellen. Ali hat uns keine weiteren Details geliefert, sondern uns nur um Geduld gebeten. Ich bin mir nicht sicher, warum sich diese Sache verzögert. Allerdings ist mein Systemzugriff beschränkter als seiner.

Vielleicht liegt es am ständigen Tod, dem anhaltenden Druck der möglichen Vernichtung oder der Stadtrat möchte den Leuten einen Grund zum Feiern geben. Auf jeden Fall sind die Straßen heute weihnachtlich geschmückt. Die Vorbereitungen waren in erstaunlich kurzer Zeit abgeschlossen. Skills und Magie sind in der Lage, vieles herzustellen. Daher ist die Stadt voller riesiger Weihnachtsmannstatuen, zehn Meter hohen Schneerutschen, Hüpfburgen und Partydekorationen. Die Main Street ist nun zur Partyzone geworden, mit Tischen voll Essen und Getränken, auf denen eingefangene Feuerelementare sowohl Licht als auch Hitze abstrahlen. Und das ist gut so, denn heute Nacht liegen die Temperaturen bei -30°C. Und das ohne Berücksichtigung des Windchill-Effekts.

Alle, die bei der Stadtverteidigung entbehrlich sind, treffen sich hier. Auch Yerick und Kapre mischen sich unter die Menschen. Die meisten Menschen erklären den Aliens in förmlichen, verlegenen Unterhaltungen die unterschiedlichen Weihnachtstraditionen und Nahrungsmittel. Wie üblich entstehen unter den Jägern die freundlichsten Kontakte – die gemeinsam überstandenen Gefahren haben die Barrieren zwischen den Rassen eliminiert.

Nebst den Jägern kommen auch die Kinder gut miteinander aus. Sobald Kinder erkennen, dass von der anderen Gruppe keine Gefahr ausgeht, spielen sie. Gemischte Gruppen rennen durch die Straßen und über die riesige Hüpfburg am Ende der Second Street und spielen mit der wilden Begeisterung, die nur Kindern eigen ist. Es ist schön, sie zu sehen und zu hören, dass sie wieder lachen. Während der ersten Monate war ihr Lachen nur selten zu hören. Selbst jetzt beendet gelegentlich ein Menschenkind sein Spiel, wenn böse Erinnerungen aufwallen. Aber die Aufpasser wissen mit solchen Situationen umzugehen, umarmen das Kind, reden ihm freundlich zu und verteilen im Notfall Süßigkeiten.

Auf dem großen Platz haben alle Spaß, lachen und tanzen und verteilen kleine Geschenke. Aus diesem Grund stehe ich hier auf der Mauer und starre in die Dunkelheit. Abgesehen von Tims Dinosaurier-Drohne bin ich ganz allein und halte die südliche Mauer für den Fall, dass irgendjemand heute Nacht einen Überraschungsangriff wagt. Ich wende mich von der Party ab und deaktiviere die Zoomfunktion, während ich die Straße vor mir beobachte. Es ist gut, dass die Leute sich amüsieren und mal Pause machen. Vielleicht verringert es die Nörgeleien, die ich in letzter Zeit ständig höre.

„John", begrüßt mich Mikito und klettert zu mir hoch.

„Mikito. Was machst du hier?" Ich drehe den Kopf ruckartig in Richtung der Stadt. „Warum bist du nicht bei der Party?"

„Das war ich. Und die Leute haben sich gefragt, wo du bist."

„Oh ...", sage ich, schüttle den Kopf und verstumme. „Ich feiere keine Weihnachten. Und die Leute, die es tun, sollen ihren Spaß haben."

„Oh?" Mikito hebt eine Augenbraue und lehnt ihre Naginata gegen die Wand hinter ihrem Rücken.

„Ja. In meiner Familie gab es keine Christen. Meinem Vater kam all das seltsam vor. In seiner Jugend hat er überhaupt keine Weihnachten gekannt. Darum war die Schulzeit für uns recht schwierig ..." Ich seufze und erinnere mich an die Beleidigungen und an die peinlichen Unterhaltungen meiner Kinderzeit. Ich schüttle den Kopf und unterdrücke die Gedanken daran. Das Leben von damals existiert nun nicht mehr. Die Vergangenheit ist schmerzhaft.

„Ich verstehe", antwortet Mikito, wirft einen Blick zur Stadt zurück und seufzt. „Shota und ich haben den letzten Heiligabend gemeinsam verbracht. Dieses Jahr wollten wir das Fest als Ehepaar mit seinen Eltern feiern. Unser erstes ..."

Ich höre, wie ihre Stimme ins Stocken gerät. Was ich ignoriere, weil ich weiß, dass Mikito es hasst, wenn es uns auffällt. So stehen wir eine Weile schweigend da und starren in die Dunkelheit. Selbst jetzt, als die Stadt langsam wieder zum Leben erweckt, drängen die Lichter der Umgebung die Dunkelheit kaum zurück. Vor kurzer Zeit wäre diese Tintenschwärze noch unmöglich gewesen und sie zeigt uns eindeutig, warum das Feuer unseren Vorfahren so wichtig war.

„Du könntest zu ihnen gehen", sagt Mikito nach einer Weile. Sie wirkt nicht überrascht, als ich den Kopf schüttle. Ihre nächsten Worte sind eine Feststellung. „Du planst schon deinen Abgang."

Ich zucke leicht zusammen, obwohl ihre Stimme nicht anklagend klingt. „Ja."

„Wann?"

„Nachdem wir das Problem mit der Gesandten gelöst haben. Sobald Whitehorse stabil und die Anfangsphase vorüber ist ..."

„Wohin?"

„Ich ... ich bin mir nicht sicher", gebe ich zu, meine Augen auf die Dunkelheit fixiert. „Vielleicht erst mal nach Fort Nelson. Dann entweder Edmonton oder Vancouver."

„Deine Familie stammt – stammte – aus Vancouver, oder?", fragt Mikito.

Ich nicke. Sie verzieht das Gesicht, und ich weiß, was sie denkt – dass ich dorthin gehen und meine Familie suchen sollte. Aber ich habe die Tatsachen bereits vor einer Weile verifiziert. Sie sind tot. Ich habe den Preis für diese Informationen im Shop bezahlt, und der war ziemlich hoch.

„Hast du Lana davon erzählt?"

„Sie weiß es." Mir war schon länger klar, dass sie wusste, dass ich eines Tages gehen würde.

„Hast du es ihr gesagt?" Ich schüttle den Kopf, und die Japanerin tut dasselbe und seufzt. „Das solltest du aber."

„Das werde ich. Zum richtigen Zeitpunkt." Aber eigentlich spielt es keine Rolle. Lana ist komplett auf etwas anderes fokussiert, und alles und jeder andere ist für sie von sekundärer Bedeutung.

Mikito nickt und lässt das Thema fallen. Ich atme erleichtert aus. Na ja, das lief ja besser als erwartet. Obwohl ich Whitehorse mag und auf die Leute und deren Errungenschaften stolz bin, ist es nicht mehr meine Heimat. Ich bin schon bald genug nicht mehr hier. Es ist besser für mich und die Stadt, wenn ich mich aus ihrer Politik und ihren Institutionen heraushalte. Besser, ein Geist im System zu sein, an den sich niemand erinnert.

***

Einige Tage später sitzen wir kurz vor Sonnenaufgang beim Frühstück, als Amelia und Jim, die beide erschöpft und deprimiert wirken, eintreten. Als Mikito ihnen zuwinkt, setzen sie sich zu uns und nehmen sich eine Tasse Kaffee beziehungsweise einen Orangensaft.

„Was ist los?", frage ich ohne große Vorrede.

„Wir haben ein weiteres Team verloren. Killa Squad", sagt Jim und ich hebe eine Augenbraue.

„Kampfsportler. Meistens haben sie Gegner mit Schlägen und Tritten angegriffen, aber sie hatten auch Gewehre dabei. Eine Gruppe der mittleren Stufe, die in den Zonen zwischen Level 20 und 30 arbeitete", erklärt Amelia.

Ich nicke. Klar. Ich erinnere mich daran, sie in der Nugget-Bar gesehen zu haben. Tattoos, Irokesenschnitt, vom System zu Möchtegern-Kriegern gemacht. Eigentlich ganz nette Typen, wenn auch etwas laut. Ich zerbreche mir den Kopf auf der Suche nach weiteren Details, aber vergeblich – mit der

Mehrheit der Jägergruppen habe ich kaum etwas zu tun. Ihre Mitglieder waren nicht gut genug, um den Elitetrupps anzugehören, aber auch nicht so nutzlos, dass man ständig auf sie aufpassen musste.

„Wie viele sind dann noch übrig?“, fragt Mikito.

Lana hört nur zu und zeigt kein besonderes Interesse an diesem Gespräch. Das erscheint mir seltsam – früher hatte Lana ein so empfindsames Gemüt, und jetzt ... na ja. Jetzt.

„Mein Trupp jagt in der Zone 30+, drei weitere in der Zone 20+. Und etwa sechs permanente Mitglieder durchlaufen das Training“, sagt Jim und runzelt die buschigen Augenbrauen.

„Sechs? Ich bin mir sicher, ich habe mit mehr gearbeitet“, widerspreche ich dem Ältesten der First Nations.

„Sechs permanente. Die meisten, mit denen du gearbeitet hast, waren, äh ...“, sagt Jim und sucht nach dem passenden Wort.

„Gelegenheitsjäger“, sagt Amelia und hält sich eine Hand vor den Mund, während sie über ihrem Teller spricht. „Sie sind nur wegen der Erfahrungspunkte hier, nicht für die Jagd.“

„Oh ...“, sage ich stirnrunzelnd. Das würde erklären, warum manche von ihnen dumm wie Bohnenstroh waren. Aber ... „Warum ich?“

„Oh, oh. Ich erklär's dir“, sagt Ali. „Du jagst diesen Pseudojägern Angst ein, also hören sie auf dich. Du bist stark genug, um sie zu retten, falls sie Mist bauen. Und du bist ein miserabler Lehrer. Aber da sie nicht hier sind, um etwas zu lernen, geht das in Ordnung.“

„Ich bin kein–“, protestiere ich, aber alle in der Gruppe nicken.

Selbst Lana macht mit, und ein leichtes Lächeln huscht über ihr Gesicht. Ich werfe der Gruppe einen missbilligenden Blick zu und fühle mich hintergangen. Ich meine, klar, ich kann Idioten nicht ausstehen und schreie sie ein bisschen an, wenn sie Fehler machen. Aber es ist doch nur zu ihrem

Besten. Wie zum Teufel sollen sie etwas lernen, wenn ihnen keiner eine Rückmeldung gibt?

„Sorry, John, aber Ali hat recht“, sagt Amelia. „Wir möchten die anderen Gruppen ausbilden, statt ihnen den Rest zu geben.“

Ich brumme leise, verschränke die Arme und Ali kichert. „Jungchen schmollt.“

„*Das stimmt überhaupt nicht*“, raunze ich Ali an, der nun laut lacht.

Lana schmunzelt und betrachtet das Essen, das Amelia und Jim verputzen, bevor sie uns anblickt. „Sind wir startbereit?“

Ich öffne den Mund, um ihr zuzustimmen, aber Mikito unterbricht mich. „Wie haben wir sie verloren?“

Da das Thema nun wieder zur Debatte steht, tauschen Jim und Amelia Blicke aus.

Jim antwortet langsam, wobei seine Stimme noch tiefer klingt. „Ich bin mir nicht sicher. Die Kapre haben uns gesagt, die Jäger wären gestorben und als wir ein Team dorthin schickten, fanden wir lediglich Anzeichen eines Kampfes. Keine Leichen. Der in der Nacht gefallene Schnee hat viele Spuren verborgen. Daher wissen wir nur, dass der Kampf auf einen kleinen Bereich konzentriert war.“

Ein paar der Anwesenden verziehen angesichts dieser Aussage das Gesicht. Auch wenn Monster Leichen davonschleppen und auffressen, ist es doch ungewöhnlich, überhaupt keine Überreste zu entdecken. Etwas, das in der Lage ist, eine Gruppe rasch zu eliminieren und ihre Leichen wegzuschaffen, ist überhaupt nicht gut.

„Besorge uns die geografischen Koordinaten. Wir schauen dort vorbei und sehen, ob Ali noch etwas entdeckt“, sage ich, und man nickt mir dankbar zu.

Ich ignoriere Ali, der murmelt, er wäre schließlich kein Fährtenleser. Ich bin mir sicher, dass er sein Bestes tun wird, auch wenn es möglicherweise keine große Hilfe ist. Zumindest sehen wir dann, ob wir etwas Neues entdecken.

Auch wenn das System nun deutlich seltener neue Monsterarten zu uns teleportiert, besteht die Möglichkeit dazu immer noch. Wenn es sich um ein neues Monster handelt, das stark genug ist, eine Jägergruppe derart schnell zu eliminieren, dann sollten wir es erledigen, bevor es sich fortpflanzt. Schließlich wollen wir die wirklich garstigen Kreaturen hier draußen nicht haben.

Nach diesem gemeinsam gefassten Beschluss steht Mikito auf.

Lana seufzt laut „endlich“, hörbar für uns alle.

Wir ignorieren die Rothaarige, die aus der Kneipe stapft, obwohl Amelia uns beim Hinausgehen einen besorgten Blick zuwirft. Ich kann lediglich mit den Achseln zucken, bevor ich den Damen folge. Angesichts von Lanas schlechter Laune bezweifle ich, dass sie auf mich warten würde.

***

Ich fauche und ducke mich hinter den absurd mächtigen Baum, als die Stacheln des Ilukin-Monsters alles andere in meiner Nähe zerfetzen. Ich packe den Stachel, der in meiner Schulter steckt und ziehe ihn heraus. Dabei spüre ich, wie die gezackten Kanten mein Fleisch zerfetzen und meine Haut an den Metallrändern von Sabres Panzerplatten hängen bleiben. Blut spritzt hervor und ich muss Sabre den geistigen Befehl geben, mir keinen Heiltrank einzuspritzen. Schließlich möchte ich momentan noch keine Credits darauf verschwenden. Mit einer Handbewegung werfe ich den Stachel beiseite. Dann sehe ich mir meine Umgebung an.

Mikito duckt sich in einer niedrigen Senke. Stacheln fliegen über sie hinweg und zwingen sie zu Boden, während der Ilukin sich zu nähern versucht. Rechts von mir verbergen sich Lana und die Hunde, die alles für ihr Überleben tun, hinter tragbaren Kraftfeldern und meinem Seelenschild. Lana ist damit beschäftigt, die Stacheln aus Wynns Fleisch zu ziehen. Ich stelle bereits fest, dass die Schilde allmählich versagen. Ich fluche beim Gedanken, wie schnell alles schiefgegangen ist.

Die Ilukin entdeckten uns nach dem Untersuchen der Stelle, an der die Jäger umgekommen waren, wir aber keine Hinweise fanden. Wir waren tiefer in die Zone vorgestoßen, um Spuren eines Monsters zu finden, das eine ganze Jägergruppe töten konnte. Dann gerieten wir in einen Hinterhalt der Ilukin, die auf einem Hügelkamm kauerten und vom Schnee verborgen wurden. Die Ilukin wirken wie eine aggressivere, widerwärtigere Version von Stachelschweinen, mit nach vorne gerichteten Stacheln und ganz in Weiß. Wenn sie sich bewegen, schießen sie die Stacheln in Sekundenschnelle ab und regenerieren sie dann wieder, so dass die Luft voller tödlicher Projektile ist.

Sekunden später haben sie das ganze Laubwerk entfernt und sind dabei, mit ihren Stacheln Bäume und Felsen zu zerfetzen. Als ich den Kopf an der Seite des Baums vorstrecke, muss ich ihn gleich darauf wieder zurückziehen. Denn die Monster intensivieren ihren Angriff. Ich sitze fest und sehe kaum etwas.

Scheiße. Scheiße. Scheiße.

„Mikito! Sie versuchen, dich von der Flanke her anzugreifen!“, rufe ich über den Funkkanal.

Falls die Monster sich weiterbewegen, ist Mikito aus jedem Winkel angreifbar. Ich konzentriere mich und wirke für alle Fälle Seelenschild auf Mikito. Ich sehe, wie mein Mana abnimmt. Noch während wir sprechen, aktiviert Mikito Rauchgranaten, um ihre Deckung zu verbessern. Eine Sekunde später folgt Lana ihrem Vorbild und schleudert Granaten über den Schild vor sich. Bald darauf strömt lila und rosa Rauch aus den Granaten.

Die Ilukin erweisen sich als extrem schwierige Gegner. Als Fernkämpfer belegen sie uns mit einem Feuerhagel, der uns in Deckung zwingt. Unsere Gruppe verfügt über Optionen für den Fernkampf, aber die sollten uns nur dabei unterstützen, den Abstand zum Feind zu verringern, bis wir in den Nahkampf kommen. Wie die alten Römer, die vor dem Schwertkampf einen Pilum schleuderten. Normalerweise ist der Fernkampf im Wald oder in Dungeons schwieriger, aber diesmal hat unsere Konzentration auf den Nahkampf uns in eine schutzlose Lage gebracht.

„John, der Schild gibt nach!“, ruft Lana.

„Ich gebe dir Feuerschutz.“ Ich strecke meine Hand neben dem Baum aus und feuerte blind und so schnell wie möglich, so dass das gesamte Magazin des Gewehrs nach einigen Sekunden leer ist.

Ich lasse die Schüsse nach links und rechts schweifen, und das Nachlassen des Feuers bietet Lana und den Hunden eine Fluchtgelegenheit. Mein ungezielter Feuerschutz kann aber die Ilukin nicht ganz aufhalten und die großen Hunde stellen leichte Ziele dar. Projektile treffen deren pelzige Körper, zerreißen Haut und zerfetzen Muskeln, obwohl die Hunde leichte Rüstungen tragen.

Das Inlin-Gewehr klickt und ist leer. Ich ziehe die Hand zurück und höre, wie Sabre neue Munition in die Waffe lädt. Aber mir bleibt keine Zeit. Daher strecke ich den Kopf und eine Hand entlang der anderen Baumseite aus und wirke wiederholt den Zauber Feuerball. Aus dem Augenwinkel sehe ich gerade noch die Stelle, an der sich Mikito aufhielt, da lila Rauch den Boden bedeckt.

„Ali, wie viele?“ Ich könnte die Punkte auf meiner Minikarte zählen. Aber es geht schneller und ist einfacher, ihn zu fragen, während ich mich auf Zaubersprüche und meine Deckung konzentriere.

Ich fauche, ducke und drehe mich, als der Baum schließlich fällt und mich an der Schulter trifft. Physikalische Kräfte und durch Mana gehärtetes Holz können Sabres Panzerung allerdings nicht durchdringen, daher spüre ich lediglich einen harten, plötzlichen Druck.

„Sieben. Zwei an der Flanke, zwei die sich absetzen, um Lana zu verfolgen, und drei hier bei dir. Den Feuerball-Zauber können sie echt nicht ausstehen“, lautet Alis hilfreicher Hinweis, während er über den Bäumen schwebt und die Gruppe beobachtet. Inzwischen haben die Monster den Versuch aufgegeben, Ali wehzutun. Stattdessen konzentrieren sie sich ganz auf uns, was uns immerhin ein über dem Schlachtfeld schwebendes Augenpaar ermöglicht.

Ich muss diese Biester erledigen, bevor sie meine Freunde erreichen. Aber als ich weitere Feuerbälle schleudere, erkenne ich, dass das Trio seine Formation gelockert hat. Der Feuerball ist ein Flächenzauber, und da sie nun so weit voneinander entfernt sind, würde ich Mana verschwenden, wenn ich in ihre Richtung schieße.

***Ilukin (Level 41)***

*HP: 1260/1893*

*MP: 392/577*

Bei einer kurzen Inspektion der anderen beiden bemerke ich, dass der erste Gegner am schwersten verletzt ist. Ich fange mir einen weiteren Stachel im oberen Teil der Schulter ein, und Schmerz durchzuckt meinen Körper. Als ich mich hinter die Überreste des Baumstumpfs zurückziehe, denke ich hastig über meine Optionen nach. Zaubersprüche wären ideal, da die Gegner dadurch verwundbar scheinen. Unglücklicherweise sind meine Effizientesten Flächenzauber. So verbleibt mir nur das Inlin-Gewehr, dessen standardmäßige Projektile allerdings von den Stacheln abprallen oder mein Schwert, das einen Nahkampf erfordert.

Das Schlimme ist, dass ich für den Kampf mit diesen Biestern am besten ausgerüstet bin. Mikito verlässt sich vollständig auf ihre Nahkampffähigkeiten. Und obwohl Lana ein Strahlengewehr mitführt, ist es nicht ihre primäre Angriffsmethode. Ich muss angreifen, und zwar sofort.

*„Ali, Versetzungsschritt-Kette zu Land“*, raunze ich, als ich meinen Kopf wieder vorsichtig um den Baumstumpf bewege.

Ich konzentriere mich und springe an eine Stelle direkt über dem Monster. Ich lasse mich mit gezücktem Schwert darauf fallen und bohre die Klinge durch die Stachelabwehr, die etwas zu spät reagiert. Ich rolle mich ab, ziehe die Waffe durch den Monsterkörper und springe auf, wobei ich sofort einen Klingenhieb auslöse.

Da ich nun im Freien bin, feuern die anderen Monster kurz darauf auf mich. Deshalb bin ich nicht sofort ins Gefecht gesprungen. Sabres Schild hält die ersten Angriffe auf, was mir ermöglicht, den Ilukin vor mir mit einigen schnellen Schlägen zu eliminieren. Danach ducke ich mich und renne im Zickzack, wobei mich das Wäldchen vor Angriffen schützt, während ich mir die anderen beiden vornehme. Ich rücke langsam vor und versuche dabei, die meisten der Monster in eine Position zu bringen, aus der ich für sie nicht angreifbar bin. Allerdings ist es diesen Biestern egal, ob sie ihre Kameraden treffen.

Als ich mit meinen beiden Gegnern fertig bin, stecken mehrere Stacheln in meinem Körper. Ich ziehe und schiebe sie je nach Position mehrere Sekunden lang heraus, stöhne vor Schmerz und löse einen Heiltrank aus.

Eine kühle Erleichterung durchströmt mich. Dann blicke ich in die Richtung, in die Lana und die Hunde verschwunden sind. Ich aktiviere einen Skill und teleportiere näher heran. Ali fliegt bereits vor mir und ich blicke durch seine Augen, um näher zu Lanas Position zu springen, weil sie im Dickicht für mich unsichtbar ist. Da sie auf der Flucht sind, ist der von den Ilukin angerichtete Schaden über ein größeres Gebiet verteilt und ich muss die Gruppe immer noch über eine weite Strecke verfolgen.

Als ich sie endlich erreiche, feuert Lana auf einen Ilukin, während die Hunde einen weiteren im Nahkampf angreifen. Die meisten Monster konzentrieren sich auf Anna, die herumhüpft, Feuerpeitschen aus ihrem Schwanz schießen lässt und auf sie geschleuderte Stacheln zerfetzt. Howard deckt den rückwärtigen Bereich ab, während Wynn und Shadow von den Flanken her gegen das Monster vorrücken und geduckt angreifen, wenn sie eine Gelegenheit sehen. All die Tiere bewegen sich langsamer, da die Stacheln ihre Wunden bei jedem Angriff weiter aufreißen. Aber sie geben nicht auf.

Nach einer in Sekundenbruchteilen getroffenen Entscheidung teleportiere ich mich zu Lana, um ihr zu helfen. Ich erscheine kurz vor dem Monster, meine Füße treffen auf dem Boden auf und ich werde vorwärts geschleudert. Ich senke den Kopf und nutze den Schwung meines Anlaufs, um das Monster mit meiner Schulter zu rammen, wobei ich mein Schwert niedrig und parallel zum Boden halte. Ich höre Stacheln brechen und spüre, wie der Körper des Ilukin unter mir nachgibt. Aber ich höre nicht auf und schiebe ihn vorwärts, bis wir gegen einen Baum prallen. Der Aufprall bringt mich abrupt zum Stehen, schüttelt mein Rückgrat durch und bringt meinen Kopf zum schmerzen. Dann bohre ich die Füße in den Boden, drehe mich, ziehe das Schwert hervor und erweitere die Wunde.

Lana ignoriert uns, sobald ich erscheine und gibt den Hunden Feuerschutz, wobei sie ihre Angriffe auf eine völlig unnatürliche Art mit ihnen koordiniert. Nachdem ich mein Monster getötet habe, benötigen sie kaum Hilfe, um ihres zu erledigen. Anna gibt ihm den Todesstoß, indem sie ihm einen Stab aus glühendem Feuer in den Rachen schiebt. Ich aktiviere einen Versetzungsschritt, um vor die Gruppe zu kommen. Aber dann stoppe ich, als ich sehe, dass die roten Punkte von Mikitos Gegnern verschwunden sind.

Wir finden die Samurai-Kriegerin am Boden sitzend vor. Sie lehnt sich gegen einen Feind, die Naginata neben ihr, und zieht sich einen Stachel aus dem Bein. Mikito ist derart mitgenommen, dass ich an ihrem Körper keine Stelle ohne Verletzungen entdecke. Überall Kratzer, Schürfungen und Stichwunden, und das Dunkelrot trocknenden Bluts bedeckt sie völlig. Um sie herum ist der Schnee rot und verwandelt sich allmählich in eine blutige Vertiefung, in der Mikito versinkt. Ich starre die junge Japanerin an. Sie wirft mir eine Art schmerzverzerrtes Lächeln zu und wartet darauf, dass ihre Gesundheit wieder ansteigt.

„Wie ...?“ Ich schüttle den Kopf und frage mich, wie die beiden Frauen das geschafft haben.

„Tarntrank“, sagt Mikito.

„Rauchtränke für die Hunde“, ergänzt Lana.

„Rauch?“ Ich blinzle und Lana nickt.

„Dadurch verwandeln sie sich einige Minuten lang in Rauch. Ich habe ihnen die Tränke eingeflößt. Sie verschwanden und warteten, bis die Monster mich gefunden haben. Sie haben die hintere Reihe angegriffen, während ich die Vorhut weglockte“, schließt Lana ihre Erklärung ab.

„Und du?“, frage ich Mikito.

„Ich habe gewartet, bis sie in meiner Nähe waren und dann angegriffen“, sagt Mikito und deutet auf die neu erzeugte Lichtung. „Es war ... knapp.“

Knapp. So kann man es auch ausdrücken. Knapp. Das stellt ein Problem dar, da wir nur zu dritt sind. Selbst mit Lanas Tieren sind wir oft zahlenmäßig und vom Level her unterlegen. Wir könnten wirklich weitere Mitglieder in unserer Gruppe gebrauchen, aber Amelia ist zu beschäftigt, um regelmäßig mitzukommen und Aiden weigert sich komplett. Dadurch bleibt uns niemand auf der passenden Stufe. Zumindest nicht in Whitehorse.

Letztlich müssen wir mit dem auskommen, was wir haben – und das bedeutet, dass es an manchen Tagen knapp werden wird.

# Kapitel 10

Heutzutage habe ich einen gewissen Widerstand gegen die Kälte, und in Sabre ist es oft angenehm warm. Was allerdings nicht auf alle anderen zutrifft, mit denen ich auf die Jagd gehe. Wenn die Temperatur bereits ohne den Windchill-Effekt -45°C erreicht, weigert sich selbst Lana, nach draußen zu gehen. Denn das wäre lebensgefährlich. Ich würde gerne sehen, wie die Monster, die wir bekämpfen, mit der Kälte umgehen. Einige von denen werden den Winter kaum überleben. Schleimige und klebrige Kreaturen sind vielleicht kampfstark, aber das ist wenig hilfreich, wenn man innerhalb von Minuten Frostbeulen bekommt. Das Yukon-Territorium kann selbst ohne die bizarren Veränderungen durch das System rau und unversöhnlich sein.

Statt während meiner von der Natur erzwungenen Pause alleine auf die Jagd zu gehen, beschließe ich, den Tag in Whitehorse zu verbringen. Eine morgendliche Lektion mit Aiden hat mir gezeigt, wie Mana gleichzeitig in mehrere Stränge gewoben werden kann – der erste Schritt zum Doppelzaubern. Ich verstehe den Prozess, bin aber noch nicht selber in der Lage, ihn durchzuführen. Die Tatsache, dass das Gezeigte einfach war und Zauberer es mit der Unterstützung durch das System generell problemlos nachahmen können, nützt nichts, wenn man es auch ohne das System selbst tun möchte. Wenn ich sehe, wie Aiden fünf Bälle in der Luft schweben lässt und sie mühelos jongliert, bin ich irgendwie neidisch. Denn es gelingt mir nicht, meine Konzentration auch nur einmal aufzuspalten.

Das ist wohl das Problem, wenn man sich nicht spezialisiert. Man hat nie genügend Zeit, sich auf eine Sache zu konzentrieren. Aidens Lektion am Morgen und die jetzige zeigen mir meine Schwächen schonungslos auf. Ali und ich sitzen im Schneidersitz auf dem Dach der Wohnung, während wir langsam seine Elementar-Affinität zur elektromagnetischen Kraft erkunden. Das ist eine der vier grundlegenden Kräfte des Universums und bestimmt das Zusammenspiel von Materie und Energie. Sie erzeugt viele der Dinge, die wir im alltäglichen Leben fühlen und sehen – vom Magnetismus über die Elektrizität bis hin zur Reibung.

Seltsamerweise ist das so ungefähr die Grenze dessen, was ich verstehe – zumindest auf wissenschaftlicher Ebene. Als ich versuchte, im Shop zusätzliches Wissen zu erwerben, hat Ali mich stundenlang angemotzt. Laut meinem Begleitergeist ist Wissen in diesem Fall sogar ein Hindernis für die Nutzung der Affinität. Wir versuchen, die Kräfte um uns herum wahrzunehmen und zu verstehen, und sie dann direkt zu manipulieren. Die ganze Physik, die Theorien von Zahlen und Daten stehen dabei nur im Weg. Es ist, als würde man über die Farben des Regenbogens sprechen, statt einfach die Augen zu öffnen. Als ob man Musik erklärt, statt sie zu spielen. Oder einem Tänzer zusieht, statt selbst zu tanzen.

*Ein.*

*Aus.*

*Ein.*

*Aus.*

Also sitze ich im Schneidersitz auf dem Flachdach und atme langsam mit geschlossenen Augen. Die Kälte dringt durch meinen isolierten Overall und untergräbt meine Konzentration. Ich blende sie aus und versuche, die Umgebung durch meine Affinität wahrzunehmen. Es wäre einfacher und schneller, eine Fertigkeit wie Mana-Manipulation zu verwenden. Aber bei dieser Übung geht es darum, das System und seine Hilfestellungen zu vermeiden. Deshalb atme ich.

Immer, wenn ich es erwische, scheinen mich Kraftlinien in allen Farben des Regenbogens zu umgeben. Sie verschieben sich gemeinsam mit der Welt. Wind, Licht, Hitze, Materie – all das erscheint vor mir. Linien, die gleichzeitig von überall und allen Dingen ausgehen. All das wird so unermesslich, dass ich diese Perspektive nur einige Sekunden lang aufrechterhalten kann. Die enorme Vielfalt überwältigt mein Gehirn und die Kontrolle entgleitet mir wieder.

Nach jedem Scheitern beruhige ich mich und versuche es erneut. Stunden vergehen, und mit den über den Himmel ziehenden Wolken und der sich drehenden Welt kommt und geht das Sonnenlicht. Mit jedem Moment erhalte ich einen etwas tieferen Einblick in die Welt, wie Ali sie von Natur aus sieht. Sie ist atemberaubend in ihrer Schönheit, überwältigend in ihrer Majestät.

Und wenn ich die Gelegenheit dazu erhalte, versuche ich, die Welt zu manipulieren. Nur ein bisschen. Ein Stoß hier. Ein Schubs da. Ich versuche, die Kraftströme durch meinen Willen und einen seltsamen zusätzlichen Muskel zu verändern, den ich kaum verstehe. Ich möchte diese Kräfte nicht nur wahrnehmen, sondern verstehen, was nach meinen Änderungen passiert und was jede Kraftlinie bedeutet. Es ist, als ob man einen Muskel anzuspannen versucht, den man noch nie bewusst genutzt hat – meistens scheitert man dabei, aber gelegentlich spürt man, dass man es möglicherweise geschafft hat.

Man sollte meinen, dieser Prozess wäre frustrierend. Absolut nervtötend. Aber diese Einblicke, diese Momente, in denen ich etwas sehe, verweisen auf etwas Größeres, als ich je zuvor gespürt habe – eine Verbindung zum Universum, die ich nie hatte. Auch wenn wir oft über allerhand mystischen Blödsinn reden, ist dies das erste wirkliche Beispiel dafür, dass ein wahrer Kern darin steckt und alles miteinander verbunden ist. Und deshalb greife ich nach Dingen, teste sie und strebe ohne zu zögern vorwärts.

Als Ali allerdings mit voller Lautstärke neben mir Ricky Martins „She Bangs“ spielt, reißt er mich aus meinen Übungen. Als ich aufstehe, verspannen sich meine Muskeln und ich stürze kopfüber in den Schnee. Stunden auf einem kalten, öden Dach ohne jeden Schutz haben selbst meinen optimierten Körper strapaziert. Mein Körper fühlt sich taub an und ich kann mich kaum rühren. Ich muss meine Muskeln langsam anspannen und einen Heilzauber wirken, bevor ich es fertigbringe, mich wieder zu bewegen. Während ich das tue, schnippt Ali mit den Fingern und ich sehe etwas anderes.

*Elementar-Affinität verbessert*

Na ja. Das war nett. Ich lächle sogar, als mein Körper mich daran erinnert, wie idiotisch es ist, in der Kälte draußen zu sitzen. Während mein Körper sich langsam wieder erholt und ich den Schmerz unterdrücke, entdecke ich, dass ich mehr Zeit hier verbracht habe als geplant. Auch wenn die Übung hilfreich war, habe ich doch noch anderes zu tun. Zeit, sich wieder an die Arbeit zu machen.

***

Treppe runter, hinaus, wieder Treppe hoch und dann befinde ich mich im Shop. Es ist schon eine Weile her, seit ich so richtig auf Einkaufstour war, statt nur Beute zu verkaufen oder schnell etwas abzuholen. Aber meine letzte Begegnung mit dem mysteriösen Angreifer hat mir eine Sache klargemacht – ich brauche Upgrades. Ich bin bisher mit meiner alten Ausrüstung und meinen Skills durchgekommen. Aber es ist glasklar, dass Anpassungen notwendig sind.

Nicht jeder Shop ist identisch. Es gibt sogar Tausende, vielleicht Millionen davon im System. Jeder Shop ist auf eine andere Kundschaft mit spezifischer Kaufkraft und Bedürfnissen ausgerichtet. Manche sind nur für bestimmte Gruppen oder Gilden zugänglich, andere bieten spezielle Dinge wie Droiden, Drohnen, Nahkampfwaffen oder mehr. Natürlich wusste ich bei meinem ersten Besuch im System-Shop nichts davon, da Ali uns immer in seinen Lieblings-Shop schleppt, dieses blaue Wunderland.

Der Shop, in dem ich jetzt bin, hat einige einfache Empfangstheken, dann werden Kunden in private Ansichtsräume gebracht. In jedem dieser Räume zeigen spezielle Bildschirme das komplette Spektrum an Produkten, die der Shop enthält oder kurzzeitig beschaffen kann. Es ist sogar möglich, das gesamte Angebot von Gegenständen herauszufiltern, auf die das System zugreifen kann. Selbstverständlich sind Dinge, die man direkt vom System-Shop kaufen muss, deutlich kostspieliger – abgesehen von nur im System verfügbaren Angeboten wie Klassenänderungen oder Skills, Systeminformationen oder Geheimnissen.

In meinem privaten Raum steht ein humanoider Fuchs, dessen lila Overall zwei Drittel seines Körpers bedeckt. Eine Schärpe über dem Brustkorb verhüllt den Rest. Das ist völlig unpraktisch, aber als Verkäufer braucht Foxy-Boy wohl keine praktische Kleidung. Zumindest nicht hier im Shop.

„Und wie kann ich Ihnen heute helfen, Erlöser?“, fragt Foxy-Boy.

Ich zögere nicht nur aufgrund des Titels. Ich verstehe immer noch nicht, warum manche Titel häufiger verwendet werden als andere. Man nennt mich praktisch nie den Monsterschreck, aber fast jeder aus dem System verwendet Erlöser der Toten. Ich vermute, das hängt mit der Seltenheit zusammen, aber ich habe mich noch nicht näher mit der Frage beschäftigt. Schließlich ist sie eher unwichtig, mal davon abgesehen, dass sie mir irgendwie peinlich ist.

„Könnten Sie sich etwas ansehen und mich dann beraten?“, sage ich. Als er nickt, winke ich Ali zu.

Kurz darauf später erscheint der Kampf zwischen mir und dem geheimnisvollen Angreifer auf dem großen Bildschirm. Unter den wachsamen Augen des Fuchses tätige ich die üblichen Einkäufe.

***Schockgranaten (10)***

*Wirkung: 50 Grundschaden. Schaden sinkt mit der Entfernung von der Explosion.*

*Preis: 100 Credits*

***Plasmagranaten (10)***

*Wirkung: 100 Grundschaden. Schaden sinkt mit der Entfernung von der Explosion. Möglichkeit anhaltenden Feuerschadens*

*Preis: 150 Credits*

***Chaosgranaten (2)***

*Wirkung: Variabel. Erzeugt ein chaotisches Ereignis mit einer Flächenwirkung von bis zu fünf Metern um den Detonationspunkt*

*Preis: 500 Credits*

***1000 Sprengpatronen für Inlin Typ II Projektilgewehr***

*Wirkung: 50 Grundschaden*

*Preis: 150 Credits*

***100 Panzerbrechende Patronen (handgefertigt) für Inlin Typ II Projektilgewehr***

*Wirkung: 150 Grundschaden*

*Preis: 50 Credits*

***Belgisches Pralinensortiment, 1 kg (einzeln verpackt)***

*Wirkung: Schwächt John Lees Wutanfälle ab. Regelmäßiger Verzehr empfohlen.*

*Preis: 10 Credits*

Beim Anblick des letzten Postens verziehen sich meine Lippen zu einem ironischen Lächeln. Da Ali als mein Systembegleiter vollen Zugriff auf meine Systemverbindung hat, hinterlässt der verdammte Geist gelegentlich solche Kommentare. Andererseits bin ich eigentlich ganz zufrieden, da ich einige von Mikitos und Lanas Datenbildschirme gesehen habe. Ich möchte mich nicht durch Seiten voller Kauderwelsch durcharbeiten, an die sie sich anscheinend gewöhnt haben.

Zurück an die Arbeit. Ich kaufe weitere Dinge, um meine Grundausstattung aufzufüllen. Das ist nur selten notwendig, da ich im Gegensatz zu den meisten anderen die Option habe, das zusätzliche Material einfach in meinen Veränderten Raum zu werfen. Als ich damit fertig bin, hat sich Foxy-Boy den Kampf angesehen und möchte mit mir reden.

„Vorschläge?" Ich komme direkt zur Sache und bin neugierig, was er zu sagen hat.

„Man soll nicht mit Leuten kämpfen, die einen höheren Level haben", sagt Ali grinsend.

Ich mustere Ali missbilligend, um ihm den Ernst der Lage nahezubringen. „Sehr komisch."

„Nun, Erlöser, wenn Sie Ihren Angreifer garantiert besiegen möchten, dann haben Sie leider nicht genügend Credits dafür", sagt Foxy-Boy und kratzt sich an der Hand/Pfote. „Ich glaube, Sie sind ihm deutlich unterlegen."

„Das habe ich verstanden", sage ich und tippe den Bildschirm an. Eine Sekunde später erscheint nach einem geistigen Befehl der QSM auf dem Bildschirm.

***Quanten-Status-Manipulator (QSM)***

*Der QSM ermöglicht es dem Benutzer, eine Phasenverschiebung durchzuführen und sich neben der aktuellen Dimension zu platzieren.*

*Wirkung: Solange der QSM aktiv ist, bleibt der Benutzer unsichtbar und kann weder durch normale noch durch magische Methoden entdeckt werden. Es ist möglich, feste Objekte zu durchdringen, aber dadurch verbraucht sich die Ladung schneller. Unter normalen Umständen reicht die Ladung für 5 Minuten.*

*Preis: 250.000 Credits*

Für einen erneuten Kauf des QSM habe ich eindeutig nicht genügend Geld. Eine Reparatur des defekten Geräts würde nur 200.000 Credits kosten, was aber auch nicht gerade billig ist. Auch wenn ich mein Spielzeug extrem gerne zurück hätte, kommt das nicht in Frage.

Ich spreche diesen Gedanken aus und erwähne dann: „Er ist viel schneller als ich. Hat vermutlich eine Klassen-Fertigkeit wie Hast oder etwas Vergleichbares. Er ist auch erfahrener und verfügt über bessere Kampfkünste. Ist stärker als ich. Ich vermute, die Stärke ist sein Primärattribut. Er hat keine Zaubersprüche eingesetzt, aber die waren auch nicht notwendig. Vielleicht beherrscht er überhaupt keine. Aber im Zusammenspiel mit seinen Fertigkeiten ist die Stangenwaffe echt tödlich."

„Also möchten wir entweder Sie beschleunigen, ihn verlangsamen oder ihn fernhalten?", sagt Foxy-Boy und neigt den Kopf.

Ich nicke langsam. „Ja. Oh, und herausfinden, wie zum Teufel ich ihn sehe, bevor er mich angreift. Oder flieht, wenn ich die Oberhand habe."

Als ich diese Worte ausspreche prustet Ali vor Lachen. Ja, schon gut. Die Chance auf meinen Sieg ist gering.

„Ich glaube, ich habe eine Lösung. Von deinen Levelaufstiegen habe ich einige Punkte übrig. Falls wir noch einige Level weiter nach oben kommen, könnte ich meine Fähigkeit verbessern, andere zu entdecken“, sagt Ali.

„Statt zu lernen, wie du noch mehr Musik dröhnen lässt? Wie tragisch“, sage ich in einem sarkastischen Ton.

„Ja, ich muss schwere Opfer bringen.“

Ich ignoriere Ali und wende mich Foxy-Boy zu, der an die Decke starrt. „Gut. Was haben wir dann?“

„Darf ich Ihren Statusmonitor sehen? Das wäre hilfreich“, sagt Foxy.

„Fertig.“ Nachdem ich ihm den Bildschirm geschickt habe, werfe ich selbst einen kurzen Blick darauf.

| **Statusmonitor** | | | |
|---|---|---|---|
| Name | John Lee | Klasse | Erethra-Ehrengarde |
| Volk | Mensch (M) | Level | 35 |
| **Titel** | | | |
| Monsterschreck, Erlöser der Toten | | | |
| Gesundheit | 1620 | Ausdauer | 1620 |
| Mana | 1250 | Mana-Regeneration | 92 / Minute |

| Attribute | | | |
|---|---|---|---|
| Stärke | 90 | Beweglichkeit | 153 |
| Konstitution | 162 | Wahrnehmung | 55 |
| Intelligenz | 125 | Willenskraft | 127 |
| Charisma | 16 | Glück | 27 |
| **Klassen-Fertigkeiten** | | | |
| Mana-Erfüllung | 1 | Klingenhieb | 2 |
| Tausend Schritte | 1 | Veränderter Raum | 2 |
| Zwei sind Eins | 1 | Entschlossen-heit des Körpers | 3 |
| Größere Entdeckung | 1 | Sofort-Inventar* | 1 |
| Seelenschild | 2 | Versetzungs-schritt | 2 |
| Spalten* | 2 | Raserei* | 1 |
| Elementarhieb* | 1 (Eis) | Tech-Verbindung* | 2 |
| **Kampfzauber** | | | |
| Verbesserter schwacher Heilzauber (II) | | Größere Regeneration | |
| Größere Heilung | | Manatropfen | |
| Verbesserter Manapfeil (IV) | | Verbesserter Blitzschlag | |
| Feuerball | | Polarzone | |

Nach einer Weile sagt Foxy-Boy: „Sie haben Ihre letzten vier Klassen-Fertigkeiten noch nicht gewählt.“

„Die wollte ich eigentlich aufheben, bis ich Level 40 erreiche und Zugriff auf die nächste Stufe habe."

„Mmm ... und Sie führen selten ein Skill-Upgrade über die erste Stufe hinaus durch."

„Ja. Ich mag nun einmal die Vielseitigkeit." Ich zucke mit den Achseln. „Ich meine, die sind alle gut."

„Stimmt. Aber auf den höheren Stufen wird jede Fertigkeit stärker. Klassen-Fertigkeiten können zudem Upgrades erhalten und einen Durchbruch erzielen – einen Moment, in dem die kontinuierliche Verbesserung deutlich steigt", sagt Foxy-Boy und ich blinzle ihn an.

Ich richte den Blick auf Ali, der nur mit den Schultern zuckt. „Ja, das kommt vor. Allerdings liegt der niedrigste je beobachtete Level für einen Durchbruch bei zehn Punkten. Der Junge hier hat insgesamt siebzehn Klassenfertigkeits-Punkte, und mit seiner Klasse wird er nie sehr viele davon bekommen", sagt Ali und ich knurre leise. Ali verzieht eine Weile das Gesicht und richtet sich dann auf. „Ach du Scheiße. Entschuldigung. Das hätte ich dir sagen sollen, damit du die Entscheidung selber triffst, oder?"

„Ja. Ein bisschen", fauche ich ihn an und schließe dann die Augen, um meine Wut zu unterdrücken.

Ich erinnere mich daran, dass Ali mir mehr Informationen geliefert und weniger zurückgehalten hat. Leute ohne Begleiter mühen sich immer noch für den Erhalt grundlegender Informationen ab. Und hierbei handelt es sich um nichts Grundlegendes. Es sind komplexe, detaillierte Daten, die vielleicht jemandem bekannt wären, der mit dem System aufgewachsen ist – aber nicht uns Menschen. In Thrashers Leitfaden, den ich komplett durchgelesen habe, wurde garantiert nichts davon erwähnt. Ich sage mir, ich hätte Glück gehabt, und das hilft. Ein bisschen. In erster Linie beruhigen mich die langsamen Atemzüge.

Als ich die Augen wieder öffne, sehe ich Informationen auf den Bildschirmen. Ich nehme mir Zeit für die verfügbaren Optionen, angefangen mit den Klassen-Fertigkeiten.

***Klassen-Fertigkeit: Hast***

*Wirkung: Steigert effektives Bewegungstempo des Wirkenden während der Nutzungsdauer um 20 %. Kostet 1 Mana pro Sekunde.*

*Preis: 45.000 Credits*

***Klassen-Fertigkeit: Zeitlupe***

*Wirkung: Erzeugt um den Wirkenden eine Zeitlupen-Blase, welche die Geschwindigkeit aller in ihr befindlichen Objekte um 10 % reduziert. Wirkungsbereich von 1,5 Meter Radius um den Wirkenden. Kostet 5 Mana pro Sekunde.*

*Preis: 55.000 Credits*

***Klassen-Fertigkeit: Frosthieb***

*Wirkung: Verzaubert eine Waffe mit einem Verlangsamungseffekt. Ein erfolgreicher Treffer bewirkt eine Verlangsamung von 5 %. Dieser Effekt ist kumulativ und hält 1 Minute an. Die Aktivierung kostet 100 Mana. Aktivierung hält 1 Minute an.*

*Preis: 35.000 Credits*

Diese Skills sind alle extrem mächtig und beschleunigen entweder mich oder verlangsamen meine Gegner. Das größte Problem liegt natürlich im Preis – nicht einmal in Credits, obwohl auch diese Kosten nicht gerade niedrig sind, sondern in Mana. Theoretisch könnte ich die Hast mit meiner jetzigen Mana-Regenerationsrate unbegrenzt lange einsetzen, aber dann müsste ich mich fast vollständig auf meinen Manapool verlassen. Das wäre keine gute Situation. Schon gar nicht angesichts der Tatsache, wie oft ich im Kampf meine Skills und Zaubersprüche einsetze.

Nachdem ich all das erfahren habe, rufe ich spontan weitere Informationen über meine Klassen-Fertigkeiten auf.

***Mana-Erfüllung (Level 2)***

*Die seelengebundene Waffe ist nun dauerhaft von Mana erfüllt und wirkt bei jedem Schlag zusätzlichen Schaden: +20 Grundschaden (Mana). Ignoriert Rüstung und Widerstände. Manaregeneration permanent um 10 Mana pro Minute verringert.*
*Preis: 25.000 Credits*

***Klingenhieb (Level 3)***

*Indem sie zusätzlich Mana und Ausdauer in einen Schlag leitet, trifft die seelengebundene Waffe des Erethra-Ehrengardisten Ziele in einer Entfernung von bis zu 9 Metern. Die Aktivierung kostet 45 Ausdauer + 45 Mana.*
*Preis: 30.000 Credits*

Also ist es möglich, diese Skills zu kaufen. Dieses Vorgehen bietet sogar einen beträchtlichen Bonus und kostet mich keine Klassenfertigkeits-Punkte, die ich lieber nicht für niedrigstufigere Fertigkeiten ausgeben möchte.

„Gekaufte Skills zählen nicht für einen Durchbruch", warnt mich Foxy-Boy, als ich ihn anstarre.

Typisch. Dennoch bewege ich die Hände und rufe zwei weitere Fertigkeiten auf, für die ich noch kein Upgrade gekauft habe.

***Tausend Klingen (Level 1)***

*Erzeugt zwei Duplikate der gewählten Waffe des Benutzers. Die Duplikate wirken den Grundschaden des kopierten Objekts. Kann mit Mana-Erfüllung und Schild-Übertragung kombiniert werden. Manakosten: 3 Mana pro Sekunde*

*Preis: 40.000 Credits*

***Schild-Übertragung (Level 1)***

*Ein Teil des Schadens am Seelenschild wird als zusätzliche Schadenswirkung der seelengebundenen Waffe zugeteilt. Die momentane Übertragungsrate beträgt 1 zusätzlichen Schadenspunkt für 20 Punkte erlittenen Schaden. Der Zusatzschaden verschwindet nach 1 Minute. Die Manaregeneration wird permanent um 5 Mana pro Minute verringert.*

*Preis: 85.000 Credits (Reduziert auf 45.000 Credits, falls Tausend Klingen bereits vorhanden ist.)*

Ich lese mir beide Beschreibungen durch und schüttle den Kopf. Auch wenn die Schild-Übertragung interessant klingt, wäre eine weitere Verringerung meiner Mana-Regeneration ein echtes Problem. Zwar bin ich weit genug im Level aufgestiegen, dass meine grundlegende Regenerationsrate ziemlich hoch ist. Aber ideal ist sie immer noch nicht. Zudem gibt es einen weiteren Punkt zu bedenken. Ich habe jetzt vier Klassen-Fertigkeiten, bin jedoch auf Level 35. Das bedeutet, dass noch elf Klassen-Fertigkeiten übrig bleiben, bevor ich meinen jetzigen Klassenbaum abschließe und zur Meisterklasse übergehen muss. Ich möchte auf jeden Fall Sanktum, Körpertausch und Portal – mächtige Fertigkeiten, die meine Mobilität und Abwehr verbessern. Einzelkämpfer-Armee ist ebenfalls sehr interessant, aber dafür müsste ich zusätzlich Tausend Klingen erwerben. Das bedeutet, dass ich im Minimum fünf Klassen-Fertigkeiten aufwenden müsste, um in jeder davon einen Punkt zu erhalten. Dadurch hätte ich sechs Klassen-Fertigkeitspunkte übrig, die ich über sämtliche Optionen hinweg verteilen könnte. Als ich mit diesen Zahlen herumspiele, verstehe ich allmählich, warum Ali die Durchbrüche nicht erwähnt hat – die Investitionskosten an Punkten für eine einzige Fertigkeit sind einfach viel zu hoch.

Ich möchte Portal verbessern, da sich meine Reichweite und Flexibilität damit verbessern würde. Und Versetzungsschritt ist eine Fertigkeit, die ich oft einsetze, daher ist der Kauf notwendig. Dann noch ein Punkt für Seelenschild, da dieser hervorragende Arbeit leistet, um mich und meine Verbündeten am Leben zu erhalten. Dadurch bleiben mir nur noch drei „freie" Optionen. Angenommen, ich will kein Upgrade für Sanktum, wähle aber Einzelkämpfer-Armee, weil ich damit Schaden austeilen kann, bleiben mir noch zwei freie Fertigkeitspunkte. Wenn ich einen Skill wirklich stärker und nützlicher machen möchte, bin ich gezwungen, mich weiter darauf zu konzentrieren.

Dabei sollte man nicht vergessen, dass die dritte Stufe bei Level 40 beginnt. Was bedeutet, dass ich mir mindestens drei Punkte aufsparen muss, wenn ich Sanktum, Körpertausch und Portal sofort haben möchte. Aber da ich weiß, dass ich bis zu Level 40 noch mindestens zwei Klassen-Fertigkeiten erhalte, sollte ich in der Lage sein, jetzt drei Punkte zu investieren. Das bedeutet wohl, dass ich Tausend Klingen und den nächsten Level dieser Skills kaufen sollte ...

***Seelenschild (Level 3)***

*Wirkung: Erzeugt einen veränderbaren Schutzschild, der den Körper des Zauberwirkenden oder des Ziels abdeckt. Der Schild besitzt 1.500 Trefferpunkte.*

*Manakosten: 250 Mana*

*Preis: 55.000 Credits*

***Versetzungsschritt (Level 3)***

*Wirkung: Sofortige Teleportation über die Sichtlinie hinweg. Kann Sichtlinie des Geists einschließen. Maximalreichweite – 500 Meter.*

*Manakosten: 80 Mana*

*Preis: 55.000 Credits*

Beides sind gute Upgrades – einer erhöht die Trefferpunkte des Schilds, der andere reduziert die Kosten von Versetzungsschritt. Wenn man bedenkt, wie oft ich diese Fertigkeit im Kampf einsetze, ist diese Verbilligung verdammt nützlich. Ich könnte beide kaufen, aber der Pfennigfuchser in mir zögert, alle meiner Gratispunkte auszugeben. Es ist besser, zumindest einen Punkt aufzuheben.

So viele Entscheidungen.

„Mal sehen, was ihr sonst noch habt", murmle ich und blicke die beiden an, die geduldig neben einer Schüssel mit Dip sitzen.

Ali bewegt sich nicht einmal, sondern deutet nur auf die Bildschirme.

***Typ II Netz-Minirakete***

*Grundschaden: --*

*Wirkung: Schleudert nach Aufprall oder Aktivierung ein Netz mit sofortiger Wirkung um sich. Deckt 3 Kubikfuß ab.*

*Preis: 500 Credits*

„Nicht gerade viele Informationen", sage ich und lasse den Schirm aufleuchten.

„Die Rakete kann nicht viele Details anzeigen. Sie ist vom Typ II, also dürfte sie deinen Gegner mindestens einige Sekunden lang festhalten. Falls sie trifft.“ Ali zuckt mit den Schultern. „Vorausgesetzt, er ist nicht deutlich stärker als du.“

Ich brumme, da Ali ins Schwarze getroffen hat. Das verdammte System wird dafür sorgen, dass er schließlich entkommt, auch wenn es logisch gesehen keinen Sinn ergibt. Trotzdem hat es definitiv seinen Nutzen.

***Shinowa Typ II Schall-Impulsgenerator***

*Grundschaden: 25 pro Sekunde*

*Zusätzliche Wirkung: Stört während des Einsatzes den gehörbasierten Gleichgewichtssinn des Gegners. Es besteht eine geringe Chance, dass diese Wirkung auch danach anhält.*

*Preis: 25.000 Credits*

Nett. Mit dieser Waffe ist es nicht einmal notwendig zu zielen, man hält sie nur in die ungefähre Richtung. Wenn ich den Mistkerl erwische, bevor er in meine Nähe kommt, wird er den Auswirkungen kaum entkommen.

***Pinzli-Nanowolke***

*Grundschaden: -- (je nach gekauften Effekten)*

*Dauer: 1 Minute*

*Nachladerate: 2 Stunden*

*Preis: 55.000 Credits*

„Die Nanowolke unterscheidet sich von den anderen Optionen hier. Man muss sie sich als Verteilungs- und Entwicklungsmodul vorstellen. Nach dem Kauf ist es nie wieder notwendig, sie erneut zu erwerben – zumindest, solange sie nicht kaputtgeht – da die Wolke sich regeneriert. Allerdings tut die Wolke nichts von sich aus. Man muss die Programme kaufen, damit die Naniten aktiv werden“, sagt Foxy-Boy, und ich nicke langsam. „Dadurch könnte man Giftstoffe verteilen oder Individuen innerhalb der Wolke angreifen und verletzen, Temperaturen erhöhen oder Stromschläge einsetzen. Die Möglichkeiten sind endlos, wenn auch kostspielig.“

Ich knurre und starre die Wolke gierig an. Aber ich muss mir die Kosten der programmierten Effekte gar nicht ansehen, um zu wissen, dass sie für mich zu teuer sind. Als Foxy-Boy mein Gesicht sieht, lässt er den Bildschirm mit einer Handbewegung verschwinden und ruft einen anderen auf.

***Omnitron III Persönliches Kampffahrzeug der Klasse II – Blitzpanzer-Upgrade***

*Wirkung: Wirkt bei Berührung der Panzerung 15 Schaden pro Sekunde*

*Preis: 12.500 Credits*

„Das ist billiger, weil wir adaptive Upgrades für die Panzerung haben. Wir müssen nur einen kleinen Teil davon kaufen, dann erledigt Sabre den Rest“, erklärt Ali. „Wenn du schon getroffen wirst, könntest du dem Feind ebenfalls Schaden zufügen.“

„Nicht schlecht“, sage ich.

Es gibt noch einige weitere technische Optionen, hauptsächlich Variationen dieses Themas – separate oder integrierte Waffen, die Gegner verlangsamen, auf Distanz verletzen oder ihm Nahkampfschaden zufügen. Die Preise reichen von billig, aber kaum effektiv bei 10.000 Credits zu Optionen über 90.000 Credits, die mich praktisch in den Bankrott führen würden. Ich sehe sie mir eine Weile durch und rufe dann unsere letzte Kategorie auf: Zaubersprüche.

***Zauberspruch: Hast***

*Wirkung: Steigert effektives Bewegungstempo des Wirkenden während der Dauer des Zaubers um 10 %.*

*Manakosten: 100*

*Dauer des Zaubers: 1 Minute*

*Preis: 35.000 Credits*

***Zauberspruch: Zeitlupen-Blase***

*Wirkung: Erzeugt eine Zeitlupen-Blase, die die Geschwindigkeit aller in ihr befindlichen Objekte um 10 % reduziert. Wirkungsbereich 15 Meter.*

*Manakosten: 500*

*Dauer des Zaubers: 1 Minute*

*Wirkungsbereich: 3,5 Meter*

*Preis: 50.000 Credits*

„Hey, dieser Zeitlupen-Zauber. Ist der nicht zentriert?", frage ich.

„Nein. Er ist flexibler, aber auch deutlich kostspieliger und man wird nicht automatisch von der Klassen-Fertigkeit ausgeschlossen. Aber man könnte das Ziel auch verfehlen, da die Blase sich nach der Erzeugung nicht bewegt", erläutert Ali.

„Hört sich trotzdem toll an." Es ist ein mächtiger Zauberspruch, aber die Manakosten sind enorm.

Während ich die Liste der Zaubersprüche durchgehe, finde ich die üblichen Varianten. Nach wenigen Sekunden erkenne ich, dass es sich mehrheitlich nur um Variationen der Klassen-Fertigkeiten handelt, die wir uns bereits angesehen haben. Einerseits bringen sie oft höhere Manakosten und eine längere Zauberzeit mit sich, aber die Zaubersprüche sind billiger und flexibler einsetzbar. Beispielsweise könnte der Hast-Zauberspruch auf andere gewirkt und ein Netz-Zauber auf Befehl verteilt werden und so weiter.

Ich weiß nicht, wie lange ich mir Zaubersprüche durchlese, die mir Ideen für Fertigkeiten liefern, was aber auch potenzielle technologische Optionen in die Diskussion einbringt. Ich arbeite mich stundenlang durch die Daten vor. Und das ist der Grund, warum ich den Shop nicht sehr oft besuche. Man könnte Tage oder sogar Wochen damit verbringen, die beste Option und den besten „Build" zu finden, wie Jason es bezeichnen würde.

Es gibt nur ein Problem. Man sagt ja, eine Armee würde sich immer auf den vorherigen Krieg vorbereiten. Und trotz meiner Vorbereitungen frage ich mich, was der nächste Kampf wohl bringen wird und welchen Trumpf der Gegner in der Hinterhand hat.

Aber Sorgen bringen mir letztlich nichts. Die Zukunft ist ungewiss. Es ist besser, eine Entscheidung zu treffen und sich daran zu halten. Ich sehe Foxy-Boy an, rede und deute auf Optionen.

# Kapitel 11

Es gab einmal ein Buch, das behauptete, man würde zehntausend Stunden Übung brauchen, um etwas wirklich zu beherrschen. Und zwar nicht nur einfach so, sondern mit voller Konzentration. Ein Training, bei dem man sich auf das Lernen konzentriert, statt immer wieder dasselbe zu tun. Zehntausend Stunden. Das ist viel Zeit – Jahre, sogar Jahrzehnte – an reinster, absoluter Konzentration.

So etwas muss man sich mal vorstellen. Man steht auf dem Dach der eigenen Wohnung und übt im Dunkeln. Nur das Mondlicht von oben und das vom frisch gefallenen Schnee reflektierte Licht bieten ein wenig Beleuchtung. Bei jedem Atemzug spürt man die eiskalte Luft in den Lungen. Schwingt die Hand seitwärts und ruft die seelengebundene Waffe dorthin, nachdem man zwei Drittel des Wegs zum Ziel zurückgelegt hat. Diese Übung wurde Hunderte, sogar Tausende Male wiederholt. Die Waffe erscheint und daneben zwei identische Schwerter, die dem Pfad der ersten Waffe mit einem Abstand von etwa dreißig Zentimetern folgen wie das Nachbild eines Hiebs.

Man trifft das Ziel und schlägt mit voller Härte zu, bevor man die Waffe verschwinden und in der anderen Hand erscheinen lässt, die bereits auf den Schädel des Feindes zielt. Allerdings muss man sicherstellen, dass man nur die ursprüngliche Waffe verschwinden lässt, da die Duplikate ihre Hiebe ansonsten nicht zu Ende führen würden. Da bedeutet auch, dass man diese beiden Waffen verbannen sollte, wenn sie den ersten Hieb beenden, damit sie dann auch dem zweiten Schlag folgen.

Oh, und man darf nicht vergessen, dass die schwebenden Waffen vorbestimmten und nicht veränderbaren Bahnen folgen. Geht man einen Schritt zu weit oder verbiegt den Körper auf die falsche Weise oder lässt eine

Waffe etwas zu langsam oder zu schnell verschwinden, verletzt man sich selbst.

Ich konzentriere mich jetzt auf all das und blende das Kichern einer extrem amüsierten, zierlichen Japanerin und eines Geists mit olivfarbener Haut und Schulterpolstern aus.

„Schluss damit!", fauche ich Mikito an, verbanne alle drei Waffen und deaktiviere Tausend Klingen, so dass meine Mana-Regeneration den Pool erneut auffüllt. Ich knurre und reibe über die neueste Schnittverletzung an meinem Knie. Meine ganze Trainingskleidung ist blutbespritzt. „Ihr hättet mir helfen sollen."

„Tut mir leid!", sagt Mikito und verbeugt sich kurz. Als sie sich aufrichtet, hat sie zumindest wieder einen neutralen Gesichtsausdruck aufgesetzt. Wäre man kein Asiate und nicht an die Interpretation unterdrückter Emotionen gewöhnt, würde man wahrscheinlich nicht bemerken, dass ihre Augen leicht zusammengekniffen sind und in ihren Tiefen der Humor glitzert. „Es ist nur–"

„Es hat ausgesehen, als ob ein drei Tage alter Goblin auf einem stromführenden Draht tanzt", meint Ali.

Ich knurre, muss aber insgeheim zugeben, dass die letzte halbe Stunde alles andere als beeindruckend war. Mir gelingen etwa fünfzig Prozent der ersten und zweiten Angriffe, danach ist alles nur noch ein verschwommener Wirbel von Eisen und Blut. Es ist fast unmöglich, all die unterschiedlichen beschworenen und nicht beschworenen Klingen zu verfolgen. Sogar, wenn es sich nur um Routineübungen handelt.

„Zu viel", kommentiert Mikito und gestikuliert in meine Richtung.

„Ich weiß", sage ich.

Sie schüttelt den Kopf und sucht kurz nach Worten. „Du machst zu viel. Der Skill ist neu. Als ich Hast erlernt habe, konzentrierte ich mich nur auf die Bewegungen, nicht aufs Kämpfen. Nachdem ich dann wusste, wie ich mich bewege, konzentrierte ich mich auf das plötzliche An- und Abschalten. Der Kampf kam erst später dazu."

„Aber ..."

„Mikito hat recht, mein Junge. Hör auf, die Schwerttaktik der Ehrengarde zu verwenden. Beschwöre das Schwert und behalte es. Konzentriere dich auf die Bewegungen der anderen Klingen, die ihm folgen. Du könntest dich sogar daran gewöhnen, die herbeigezauberten Klingen als zusätzliche Waffen zu verwenden", sagt Ali.

„Ich habe keine Zeit ...", sage ich und halte dann die Klappe. Klar. Ich hatte Mikito darum gebeten, dass sie hier in der Kälte steht, um mir Vorschläge zu machen. Es ist blödsinnig, mich mit ihr zu streiten, nachdem ich sie um Rat gebeten habe. Aber ich spüre den Druck, den Drang, meine Skills vollständig einzusetzen. Und der stammt nicht von ihr. All das entspringt mir selber.

„Alles in Ordnung?", fragt Mikito.

Ich nicke langsam. Ich reibe mir kurz den Nacken, hole mir dann ein Stück Schokolade und stecke es in den Mund, während ich zu meiner Trainingsstelle gehe. Das seidenglatte Gefühl der schmelzenden Schokolade und der Zuckerrausch erwecken meine Lebensgeister neu, und ich denke daran, dass nicht alles sofort gelöst werden muss.

Die nächste Stunde läuft besser. Im Hinterkopf registriere ich, dass Mikito selbst mit dem Training begonnen hat und meinen Fortschritt nur noch teilweise beobachtet. Ich weiß, dass sie die Kälte spürt und dass diese ihr jede Sekunde Schmerzen bereitet und ihren Körper schädigt. Sie hat keine Widerstände, die mit meinen vergleichbar wären. Aber Mikito ignoriert all das und lässt ihre Verletzungen während des Trainings durch das System regenerieren. Diese felsenfeste Entschlossenheit jagt mir fast schon Angst ein und treibt mich weiter an.

Das Schwingen dreier nicht miteinander verbundener Klingen fühlt sich seltsam an. Aber da ich sie jetzt nicht mehr erscheinen oder verschwinden lasse, wird es einfacher. Ich gerate ihnen nicht mehr so oft in die Quere. Ich muss nur das Timing meiner Schläge und Angriffe und gelegentlich meine Stellung anpassen. Die Abschlüsse, die zuvor noch möglich waren, klappen nun nicht mehr. Aber durch die zusätzlichen Klingen eröffnen sich weitere Möglichkeiten.

Es ist eine faszinierende Stunde, die durch zunehmend lautere Stimmen unter uns unterbrochen wird. Etwas am Tonfall und Rhythmus dieser Stimmen erweckt meine Aufmerksamkeit, und ich gehe zur Dachkante. Bald darauf steht die zierliche Japanerin, die ihre Naginata lässig neben sich hält, neben mir.

Unter uns spricht einer von Roxleys Wächtern mit einem Menschenpaar. Er wendet sich von uns ab, daher ist es mir nicht möglich, seine Lippenbewegungen zu lesen. Außerdem brüllt er nicht herum, darum schnappen wir nur gelegentlich einige Worte auf.

„... zu sprechen ... unsere Schuld. Kann nicht ... wir sind ...“

„Arschloch. Ihr habt die Stadt gekauft, also müsst ihr die Reparaturen durchführen“, ruft die Frau. Der Mann legt eine Hand auf ihren Arm, aber seine Haltung mit gezückter Klinge wirkt auf Roxleys Wächter nicht gerade defensiv. Seine Antwort wird von lauten Schimpfworten der Frau übertönt, und ihre heftigen Gesten stoßen seine Hand beiseite. „Das Ding hätte mich fast gefressen. Was zum Teufel soll denn das für eine Stadtwache sein? Die Kinder haben gestern mit der Ratte *gespielt*. Die war so groß wie einer von ihnen!“

„... kaufte ein ...“

„Wir haben ein Haus gekauft. Unser Haus ist dort drüben!", schreit die Frau und deutet in Richtung des Flusses. „Ihr konntet es nicht verteidigen. Ihr seid geflohen wie Feiglinge. Jetzt ist es weg, und ich wohne mit einem verdammten Indianer zusammen! Der stinkt noch schlimmer als die Kühe."

Meine Lippen verziehen sich, und ich bin drauf und dran, nach unten zu springen und der Frau gehörig die Leviten zu lesen. Nur Mikitos Hand auf meinem Arm hindert mich daran.

„Das bringt nichts", sagt Mikito. „Sie würde nur kreischen, dass sich Ausländer immer einmischen müssen."

Ich grummle, trete dann aber von der Dachkante zurück und zwinge mich, die Sache zu ignorieren. Der Wächter kann sich darum kümmern – schließlich wird er dafür bezahlt. Wenn ich mich jetzt einmische, wird die Frau nur zum Schluss kommen, alle wären gegen sie. Und dann regt sie sich nur noch mehr auf. Manchmal ist es besser, gar nichts zu tun.

„Bist du fertig?", frage ich, als ich sehe, wie Mikito zum Dachausgang geht.

Sie nickt, und ich folge der zierlichen Abenteurerin, während von unten Kraftausdrücke und anatomisch unmöglich durchführbare Vorschläge ertönen.

„Du hast fast Level 50 erreicht", sage ich, während wir auf der Treppe sind.

Mikito deutet ein Nicken an.

„Weißt du schon, welche Fortgeschrittene Klasse du wählen wirst?"

„Chukanbushi", sagt Mikito. „Mittel-Samurai. Eine verbesserte Version meiner Aonisaibushi-Klasse."

„Ich dachte, deine Klasse wäre Samurai", sage ich stirnrunzelnd.

„Nein, Aonisaibushi. Siehst du sie als Samurai?"

„Ja. Ich dachte ..." Eigentlich hatte ich es noch nie erwähnt. Warum auch? Dann könnte ich Mikito genauso gut sagen, ihre Haare wären schwarz. Überflüssig.

„Tut mir leid, Junge. Übersetzungsfehler. Ich rufe die Klassendaten auf, die Mikito mir geschickt hat, und jawohl. Hier erkenne ich meinen Fehler", sagt Ali, und kurz darauf werden Mikitos Daten angepasst.

„Kommt so etwas oft vor?", frage ich Ali, der mich im Schneidersitz schwebend umkreist.

„Ja? Erinnerst du dich, wie ich sagte, ich müsste Dinge aus dem System oder der galaktischen Sprache übersetzen? Vergiss nicht, dass ich all das durch die von dir erhaltenen Informationen filtern muss – und durch die wenigen Daten, die ich seither sammeln konnte. Und natürlich die Sprach-Downloads", sagt Ali. „Deshalb liege ich nicht immer zu hundert Prozent richtig."

„Ist ja nichts passiert." Ich bin mir nicht einmal sicher, welcher Unterschied zwischen diesen Klassen besteht, also helfen mir diese Informationen nicht wirklich. Ich blicke zu Mikito, die in die Küche gegangen ist und das Abendessen vorbereitet. „Bist du damit zufrieden?"

„Ja. Das passt", sagt Mikito und wäscht den Reis.

„Welche Klassen-Fertigkeiten wirst du wählen?"

„Weiß noch nicht. Entweder eine kontinuierliche Steigerung meiner jetzigen Fertigkeiten oder eine Verbesserung anderer, momentan noch nicht vorhandener Skills."

„Deine jetzige Aoni ... Aino ... Junior-Samurai-Klasse verleiht dir körperliche Fertigkeiten wie Hast, deine Waffen-Skills wie Spalten oder Gegenschlag, und die körperlichen Verbesserungs-Skills, oder?" Während des Redens ziehe ich ein Hähnchenstück aus meinem Veränderten Raum und lege es auf den Rost im Ofen, bevor ich mir Paprika, Pfeffer und Salz nehme. Ich beuge mich nach vorn, um den Ofen einzuschalten und sage: „Was wird dabei nicht abgedeckt?"

„Rüstung und Schutz-Fertigkeiten. Mentales Training und Widerstände. Reitfähigkeiten. Bogenschießen." Mikito stellt den Topf auf die Küchentheke und platziert den Kocher ebenfalls dort, bevor sie Fleisch aus ihrem Inventar zieht und es mariniert. „Die waren alle traditionell. Falls das System diese Fertigkeiten aus unserer Geschichte zieht, wenn auch auf verzerrte Weise, könnte das eine davon sein."

Ich brumme zustimmend und wende das Hähnchenfleisch, während ich es mit etwas Mehl bestäube. Ich stelle mir folgende Frage – wenn das System bereits existierende Klassen aufruft oder entsprechend unserer Geschichte modifiziert, gibt es dann da draußen auch eine Eunuchen-Klasse? Hat diese spezifische Anforderungen? Und warum stelle ich mir überhaupt solche Fragen?

„Wärst du mit einer dieser Optionen zufrieden? Ali hat erwähnt, dass man bessere spezialisierte Klassen erhalten kann, wenn man sich darum bemüht."

„Das ist eine verbesserte Klasse", meint Mikito. „Ich habe meinen Bonus für ein Klassenupgrade verwendet. Und mir genau das angesehen – die meisten anderen Anforderungen sind zu schwierig oder auf der Erde unmöglich. Ich möchte beispielsweise nicht an einer Drachenjagd teilnehmen. Oder alle vierzehn Monde von Ryunii besuchen. Wo auch immer das ist."

„Es ist in ...", sagt Ali und verstummt dann. „Stimmt, die Frage war rhetorisch."

Jetzt das Gemüse. Es gleicht einer rosa Banane, schmeckt wie eine Mischung aus Brokkoli und Schokolade und vor allem ist die Zubereitung wirklich einfach. Ich breche das Gemüse in Stücke und werfe diese in eine

Schüssel, die Mikito freundlicherweise vor mir hingestellt hat. Dabei spreche ich weiter.

„Weißt du, was Lana wählen wird? Sie ist einige Levels unter dir, aber …"

„Wir haben sogar darüber gesprochen. Lana hat einige interessante Optionen. Sie könnte entweder Tierherrschaft (Fortgeschritten) oder Tierfürst wählen. Es scheint eine Frage von Besitz oder Partnerschaft zu sein", erklärt Ali diesmal. „Die erste Option verleiht ihr zusätzliche Skills zur Optimierung und Kontrolle ihrer Tiere. Die Zweite begrenzt die Anzahl, aber sie kann ihre Tiere direkter verbessern und jeden Hund schlagkräftiger machen."

„Hast du eine Ahnung, was sie wählen wird?", frage ich, und Ali schweigt. „Ali?"

„Zuvor hätte ich noch Tierfürst gesagt aber … Lana ist kalt geworden, mein Junge. Eiskalt und berechnend. Ich bin mir nicht mehr sicher."

„Ist mir aufgefallen. Wo ist sie überhaupt?"

Beide zucken mit den Schultern. Sie hat sich seit unserem Gespräch heute Morgen nicht bemüht, mit uns Kontakt aufzunehmen, also tappen wir im Dunkeln. Hoffentlich ruht sie sich aus. Etwas Ruhe könnte sie sicher gebrauchen. Andererseits …

Andererseits gibt es noch etwas, das erledigt werden muss. Bald. Aber nicht heute.

***

„Wie lange hält dieses Wetter wohl noch an?", murmle ich, als wir durch den Schnee stapfen.

Jetzt haben wir schon seit eineinhalb Wochen Temperaturen von -30 Grad und weniger, und die Kälte scheint nicht nachzulassen. Nach dem dritten Tag, an dem wir einen Schwarmangriff abwehrten, hatte Lana genug vom Warten. Also machten wir uns auf den Weg. Nach einigen Tagen beschlossen die übrigen fortgeschrittenen und Elite-Jägergruppen, sie hätte recht gehabt. Die Kälte würde nicht verschwinden, und wir mussten die Speisekammer füllen.

„Vielleicht einen Monat?", sagt Lana. Als einzige im Yukon aufgewachsene Person der Gruppe würde sie die Antwort kennen.

Für mich und Mikito ist es unser erster Yukon-Winter, und bisher war er genauso kalt und dunkel wie in meiner Vorstellung. Die Sonne geht um neun Uhr auf und gegen siebzehn Uhr unter, so dass die meisten Stunden des Tages in Dunkelheit gehüllt bleiben.

„Noch etwas", sage ich und gehe zu dem gefrorenen Erdhörnchen.

Ich nehme die Beute an mich, bevor ich die Leiche in meinen Veränderten Raum werfe. Durch seine Evolution war das Erdhörnchen fast einen Meter gewachsen, aber das System hatte den zusätzlichen Wärmeverlust offensichtlich nicht ausgeglichen. Oder zumindest nicht weit genug, wenn die Temperatur den ganzen Tag über derart niedrig blieb.

„Gar nicht gut", murmelt Ali und starrt auf seine Bildschirme.

„Credits ohne Kampf? Was ist daran schlecht?", sagt Lana, während wir den Berghang hochmarschieren.

Wynn rennt zu uns, wobei er einen Monsterkörper hinter sich herschleppt. Lana schnappt sich die Beute und ich verstaue die Leiche.

„Die Monster gleichen die Manaströme aus, genau wie die Gebäude. Wenn zu viele von ihnen sterben, ist offensichtlich die Mana-Absorbierung gesunken. Das System wird darauf reagieren, indem es weitere Monster hierherbringt, vielleicht sogar durch direkte Teleportation. Oder es löst

Mutationen bereits vorhandener Monster aus", erklärt Ali. „Inzwischen herrscht in den meisten anderen Gebieten ein recht gutes Gleichgewicht vorhandener Monster. Natürlich greifen Schwärme den einen oder anderen Ort an, aber nicht sehr oft."

„Also werden wir jetzt auf Monster stoßen, die diese Kälte aushalten? Eiselementare und so etwas?", frage ich.

„Kann sein, aber wahrscheinlich nicht. Das System richtet kein besonderes Augenmerk darauf, aber es ist auch nicht komplett verblödet. Es wird wahrscheinlich versuchen, ungefähr äquivalente Wesen aus anderen Welten zu identifizieren. Aber weiter im Norden, in euren Bergen? Ich bin mir ziemlich sicher, dort gibt es jetzt schon solche Wesen", antwortet Ali.

Toll. Als ich die abgestorben wirkende Fichte berühre, um sie auf Beute zu durchsuchen, rutsche ich seitwärts, als ich überraschend von etwas getroffen werde. Der Schaden ist minimal. Allerdings bin ich eine Sekunde lang blind, während ich aus der mich bedeckenden weißen Masse krieche.

Als ich wieder herauskomme, duckt sich Mikito hinter einen anderen Baum. Die Hunde sind ausgeschwärmt und Anna steht im Mittelpunkt, während zunehmend mehr Schneebälle von der Größe eines Gymnastikballs auf uns zufliegen. Anna ist feuerrot. Flammen flackern um den Körper der Füchsin und schmelzen jeden Schneeball, bevor dieser einen Treffer erzielt. Sie strahlt eine solche Hitze aus, dass der Boden unter ihren pelzigen Füßen zu Glas geworden ist.

Unsere Angreifer sehen seltsam aus – so weiß, dass sie sich perfekt an die schneebedeckte Landschaft anpassen, kaum einszwanzig groß und mit schaufelartigen Armen. Sie sind rundlich und humanoid, und in ihren Gesichtern befindet sich nur ein einziger leuchtender Kristall. Über ihren Händen bilden sich Schneebälle, die sie dann mit einem Schwung ihrer Arme auf uns schleudern. Es ist, als würde man von einem Haufen wahnsinniger Schneekinder angegriffen.

Es dauert einen Moment, bis mir klar wird, dass die von mehreren Schneekindern angegriffene Lana unter dem Schnee begraben wurde. Sie überhäufen sie einfach mit Schneebällen, so dass sie keine Chance hat, zu entkommen. Meine Angreifer legen erneut los, obwohl die Treffer mir weniger ausmachen, da ich mich mit einem Fuß am Baum abstütze. Natürlich verhindert das nicht, dass sich Schnee auf mir auftürmt. Bevor ich komplett unter dem Schnee begraben bin, aktiviere ich den Versetzungsschritt, um unsere Angreifer von der Flanke her zu fassen. Dank meines neuen Upgrades sinkt mein Manapool nicht ganz so stark. Das ist zwar ganz nett, spielt aber nicht wirklich eine Rolle.

Aber da diese Typen zwar ärgerlich, aber nicht direkt gefährlich sind, ist nun der ideale Zeitpunkt für den Test einiger meiner neuen Spielzeuge gekommen. Ich starte mit dem Schall-Impulsgenerator, den ich aus einem Winkel einsetze, um die Mehrheit der Schneekinder innerhalb seines Wirkungsbereichs zu erwischen. Als ich die linke Hand hebe, fährt der Impulsgenerator aus seiner Vertiefung und erzeugt eine kreischende Vibration, die mir durch Mark und Bein geht. Und dabei stehe ich immer hinter dem verdammten Ding.

Die Schneekinder schreien, wobei einige auf die Knie fallen und andere ihre Köpfe umklammern. Nur einer schafft es, einen Schneeball auf Mikito zu schleudern, die dem Angriff mühelos ausweicht. Die Samurai-Kriegerin sprintet mit einer durch Hast erhöhten Geschwindigkeit den Hang hoch, erreicht die letzten nicht gelähmten Monster und macht sich an die Arbeit. Ich setze den Impulsgenerator weiter ein, wobei ich auf Überlastwarnungen achte und dem System dafür danke, dass er tatsächlich funktioniert. Erst bei der Aktivierung fiel mir ein, dass er eventuell nicht allzu hilfreich ist, da diese Monster keine Ohren haben.

„John. Hör auf!“, schreit Lana über Funk.

In diesem Moment erkenne ich einen Nachteil dieser Waffe. Lanas Tiere liegen auf dem Boden, bedecken ihre Ohren mit den Pfoten und heulen vor Schmerz. Selbst außerhalb des direkten Einflussbereichs des Impulsgenerators sind sie äußerst unglücklich.

Hoppla.

Ich sollte etwas Neues versuchen. Statt die ziemlich kostspieligen neuen Raketen zu verwenden, springe ich mit dem Versetzungsschritt hinter die immer noch schwer angeschlagenen Monster und löse Tausend Klingen aus. Ich schlage um mich und bewege mich weiter, so dass die Duplikate den Rest erledigen. Die Waffen folgen mir, während ich die Monster aufschlitze, köpfe und auf andere Weisen abschlachte. Während der Bewegung bemerke ich den helleren Glanz meines Schwerts, als der gekaufte zweite Level der Mana-Erfüllung zusätzlichen Schaden austeilt. Der Kampf in der Eiseskälte ist im Nu vorbei. Und als Lana sich schließlich aus dem Schneehaufen befreit und ihre Tiere beruhigt, haben wir bereits mit dem Einsammeln der Beute begonnen.

„So. Kalt“, sagt Lana mit klappernden Zähnen. Sie steht so nahe bei Anna, dass ich an ihrer Stelle Angst hätte, mich zu verbrennen. Trotzdem ...

***Lana Pearson (Tierherrschaft Level 46)***

*HP: 183/350*

*MP: 476/590*

*Zustand: Gefroren (-5 HP pro Sekunde)*

„Weißt du, Lana ... du bist zwar in letzter Zeit etwas kaltblütig geworden, aber jetzt bist du zu weit gegangen“, sagt der neben ihr schwebende Ali. Aber nebst der Stichelei erkenne ich auch echte Sorge in seinen Augen.

Eine Reihe von Heilzaubern verlangsamt den Schaden, und dank Annas Wärme fühlt sich Lana langsam wieder normal. Da ich weiß, dass es ihr nun besser geht, richte ich den Blick auf Mikito, die vor sich in die Leere blickt. Während ich noch den Mund öffne, um etwas zu sagen, verändern sich die über ihr erscheinenden Informationen.

***Mikito Sato (Mittel-Samurai Level 1)***
*HP: 710/710*
*MP: 370/370*
*Zustand: Kalt (-1 HP pro Minute)*

„Herzlichen Glückwunsch“, sage ich, als ich den Rest der Beute einstecke. Kristallaugen. Eigentlich ziemlich makaber, wenn man es sich so überlegt. Aber ich ziehe es vor, nicht daran zu denken. Und werde es auch nicht. In dieser verrückten Welt bewahrt man sich seinen Verstand nur, indem man derartige Dinge wegsteckt.

„Danke“, sagt Mikito und kommt zu uns. Auf Lanas verwirrten Blick hin liefert sie eine Erklärung nach. „Ich habe meine Fortgeschrittene Klasse erhalten.“

„Wunderbar!“ Lana lächelt, grinst sogar – was ich bei ihr lange nicht mehr gesehen habe. Sie geht zu Mikito, wobei sie nur noch gelegentlich zittert, und umarmt dann die Japanerin.

Mikito erwidert die Geste unbeholfen, bevor Lana zurücktritt und Mikito erneut anlächelt.

„Das war neu“, sage ich nach einer Weile, um das Schweigen zu unterbrechen. Man nickt mir rasch zu und die Hunde umkreisen uns und berühren die zerstörten Überreste mit den Pfoten. Anna legt sich auf die nackte Erde, ihre Flammen sind nun beinahe erloschen. „Bist du bereit, Lana?“

Die Rothaarige nickt sofort und signalisiert uns, dass wir weitermachen sollen. Also, mehr Beute von den Leichen einsammeln und noch mehr Ärger hinterherjagen. Dabei könnten wir eigentlich in der Nugget-Bar sitzen und einen warmen Glühwein oder einen Whisky genießen.

***

Neun Stunden später kehren wir endlich nach Whitehorse zurück. Mit Ausnahme von drei kurzen Essenspausen sind wir ständig durch den Schnee gestapft, haben den Leichen Beute entnommen und diese dann in meinen Veränderten Raum gesteckt. Manchmal rege ich mich über diesen zusätzlichen Inventarplatz auf – jedes andere Team hätte vor Stunden Schluss gemacht.

Neun Stunden Marsch durch den Schnee in eisigem Wetter zeigt die Schäden auf, die von der arktischen Kälte angerichtet wurden. Monster von der Größe eines Hauses, Kreaturen aus Stein und pelzige Eidechsen liegen in der gefrorenen Landschaft herum. Die Mehrheit wurde nicht einmal von Aasfressern angerührt. Daher überrascht es nicht, dass wir deutlich weniger kämpfen – zur Enttäuschung von Mikito, die ihren neuen Skill ausprobieren möchte. Ich muss sagen, ich bin beeindruckt. Bei jeder Aktivierung des Skills wird sie von einer schimmernden, geisterhaften Samurairüstung umgeben, die ihr zusätzlichen Schutz bietet. Leider ist diese noch nicht besonders stark – aber Mikito sagt, sie würde sich mit Fertigkeitspunkten Upgrades für die

Rüstung kaufen. Das erklärt auch, warum sie derart auf den Kampf versessen ist.

Lana hingegen scheint das nicht so wichtig zu sein. Ich würde sie beinahe als glücklich bezeichnen – froh über den Tod von Monstern, wenn sie sich ihre Beute holt und relativ ungestört durch die Hochwälder wandert. Daher beklage ich mich nicht über die Dauer unserer Jagd und bin dankbar, als wir schließlich die Mauern der Stadt sehen.

„Lana. Schön, dass Sie wieder da sind", ruft einer der Wächter, als die Tore und Schutzschilde für uns geöffnet werden. Die Erleichterung zeichnet sich deutlich auf ihren Gesichtern ab.

„Was ist los?", sagt Ali und fliegt direkt zu einem der Wächter, der erschrocken zurückweicht.

„Bills Team ist immer noch nicht zurück. Es hätte schon gestern wieder da sein sollen", sagt der erste Wächter stirnrunzelnd. „Haben Sie das Team gesehen?"

„Nein. Wir waren ziemlich weit im Norden", sage ich und drehe mich unwillkürlich in Richtung des Weges, auf dem wir gekommen sind. „Welche Richtung?"

„Was denkst du, mein Junge?", sagt Ali und schwebt neben mir herab.

Ich schürze die Lippen und denke alles durch. Ich mag Bill nicht, aber seine Leute stellen einen wichtigen Teil unserer Jägergruppe dar. Sollten sie Hilfe benötigen ...

„Sorry, Sir, das haben sie uns nicht gesagt", antwortet der Wächter.

Ich grummle, da mir klar ist, dass sie nach dem Abmarsch jede beliebige Richtung wählen konnten. Und der Yukon ist riesig. Selbst mit unserer Fähigkeit, andere aufzuspüren, schaffen wir es unmöglich, ein ausreichend großes Gebiet abzudecken. Nicht, wenn wir eine realistische Chance möchten, sie zu finden. Und schließlich habe ich das Spurensuchen nie richtig erlernt.

Trotzdem ...

„Jetzt geht das schon wieder los“, murmelt Ali.

Mikito sagt nichts, während Lana übertrieben laut seufzt und dann mit der Zunge schnalzt, damit die Hunde umkehren.

***

Grüne Augen, die einst humorvoll funkelten, starren leer und leblos in den Himmel. Die blonden Haare breiten sich wirr um ihren Körper herum aus, so dass ihre spitzen Ohren sichtbar sind. Das Loch in ihrem Brustkorb ist derart präzise, als würde es von einem Chirurgen stammen. Ich streiche die Haare beiseite, bevor ich ihre Augen schließe und Luthiens Körper in meinen Veränderten Raum stecke.

„John?“, sagt Lana und legt eine Hand auf meine Schulter.

Ich blicke hoch und muss blinzeln, da mir beinahe die Tränen kommen. Dumm. Sie hat mich betrogen. Hat mich in den Norden geschleppt. Hat mit mir Schluss gemacht. Dennoch spüre ich den Verlust und muss beinahe weinen. Ich atme tief ein und unterdrücke diese Emotionen. Dumm. Lanas Hand drückt tröstend meine Schulter.

„Schon gut. Ich hole Bill.“ Ich stehe auf und gehe zu seiner Leiche, während Lana ihre Hand wegzieht.

Im Gegensatz zu Luthiens Tod war seiner brutaler. Viel brutaler, denn seinem Körper fehlt ein Arm und ein Bein, sein Brustkorb ist eingedrückt, das Gesicht zerquetscht und der Unterkiefer fehlt.

Um uns herum gibt es deutliche Anzeichen für ein massives Gefecht. Die Lichtung ist über Hunderte von Metern aufgewühlt und zerstört. Bäume haben Löcher, das Unterholz ist verbrannt und der Schnee geschmolzen. Dennoch suchen wir nach zwei weiteren Leichen. Um uns herum schnüffeln die Hunde und kratzen am Boden, um Spuren zu verfolgen.

„Sieht aus, als wären das unsere Angreifer gewesen“, sagt Lana und deutet auf die Umgebung.

Ich muss ihr zustimmen. Wir sind keine Kriminaltechniker, haben jedoch genügend Kämpfe erlebt, um diese Lichtung zu analysieren. Die Markierungen verweisen klar auf Angriffe mit einer Langklingenwaffe. Das war eindeutig kein Monster, aber wir haben kaum andere Anhaltspunkte. Während die Hunde und Ali nach Hinweisen auf den Rest von Bills Team suchen, steht Mikito Wache.

„Ja. Ich frage mich ...“, aber dann spreche ich nicht weiter, da ich meinen Verdacht nicht äußern möchte.

„Ob er die andere Gruppe eliminiert hat?“ Lana verzieht die Lippen. „Einmal ist Zufall, zweimal ist verdächtig, dreimal ...“

„Ich bin mir ziemlich sicher, es war schon beim ersten Mal eine feindliche Aktion“, sage ich mit verbitterter Stimme. Und es ist nicht schwierig, seine Identität zu erraten. Ein Neuankömmling, da diese Vorfälle erst kürzlich begonnen haben. Jemand mit extrem hohem Level und unglaublichen Skills, die es ermöglichen würden, derart schnell zu töten.

Wynn bellt und ich blicke zu Lana, die mir zunickt. Na gut, ich sollte die beiden anderen finden. Selbst wenn wir nur ihre Leichen nach Whitehorse bringen.

***

„Ihr habt euch verspätet“, sagt Ingrid, die plötzlich hinter uns erscheint.

Mikito faucht und ihre Naginata stoppt nur Zentimeter vor Ingrids Hals. Was die Frau aus den First Nations mit rabenschwarzen Haaren in keinster Weise zu kümmern scheint.

„Es ist nicht nett, sich an Freunde anzuschleichen“, sage ich mit Blick auf die Höhle. „Ist Luke da drin?“

„Ich hatte keine Freunde erwartet. Luke ist schwer verletzt. Er hat beide Beine verloren“, sagt Ingrid.

Ich schneide eine Grimasse. „Na ja, wir schnallen ihn auf einen der Hunde und machen uns dann auf den Rückweg.“

Ich sehe mir Ingrid näher an. Mit Ausnahme einiger Risse an der Rüstung und etwas getrocknetem Blut scheint es ihr gut zu gehen. Dank unserer Regeneration hat das aber nicht zwingend viel zu bedeuten.

„Was ist passiert?“, fragt Lana, die nun von Howard absteigt. Sie hebt eine Hand, und einen Augenblick lang ist sie wieder die mitfühlende Rothaarige von früher. Als sie Ingrids angespannten Ausdruck bemerkt, verfinstert sich auch Lanas Gesicht. Sie dreht sich um und geht zur Höhle, gefolgt von Howard.

„Wir gerieten in einen Hinterhalt. Großer, schlanker Bastard, der mit einem Schwert an einer Stange gekämpft hat. So ungefähr wie deines, Mikito“, sagt Ingrid und beantwortet die Frage trotz Lanas Abwesenheit. „Er erschien aus dem Nichts und hat Luthien zuerst getötet. Ein Angriff direkt gegen ihren Brustkorb. Anfangs konnten wir ihn nicht einmal treffen. Er war zu schnell, zu gut. Bill ... er ließ sich von ihm verletzen. Erhielt Schnitte an der Brust und hielt ihn fest, um uns eine Möglichkeit zum Angriff auf den

Feind zu geben. Wir haben diesem Mistkerl schwere Wunden zugefügt. Ihn zur Flucht gezwungen."

Ingrid legt eine Pause ein, da ihre Stimme nun heiser klingt. Kurz darauf setzt sie ihre Erzählung fort. „Wir konnten ihre Leichen nicht mitnehmen. Ich habe mir die Ausrüstung genommen und Luke dann weggeschleppt. Ich dachte, der Feind würde nach der Heilung zurückkehren, daher habe ich meine Skills eingesetzt. Uns versteckt. Bin hergekommen. Ich dachte ... ich dachte, er würde zurückkommen."

Ingrid bleibt die Stimme weg und Tränen strömen aus ihren Augen. Sie umarmt sich selbst, und die Anspannung der einsamen Stunden des Wartens auf einen unaufhaltsamen Angreifer überwältigt sie schließlich. Ingrid schluchzt und die dunklen Haare fallen über ihre gebräunte Haut. Dann ist Mikito da, drückt die größere Frau gegen ihren zierlichen Körper und tätschelt ihr den Rücken. Ich sehe noch einen Moment zu, bevor ich mich abwende. Diese nackten Emotionen sind zu viel für mich.

„*Können wir diesen Bastard jetzt verfolgen?*", sage ich und flüchte mich in meinen Zorn.

„*Möglicherweise. Ich setze aktuell alle meine Fähigkeiten dafür ein, aber wir werden es erst wissen, wenn wir wieder auf ihn stoßen*", meint Ali.

„*Ich will seinen Kopf.*"

„*Ich weiß.*"

Lana führt Howard, auf dessen Rücken Luke wie ein Paket festgeschnallt wurde, nach draußen. Der leicht korpulente Jäger winkt mir grimmig zu, während er ohne Beine vom Rücken des Hundes baumelt.

„Luke."

„John", antwortet Luke, wobei sein Quebecois-Akzent deutlich hörbar ist. „Danke, dass ihr gekommen seid."

„Ist doch klar." Ich blicke die Frauen an.

Er folgt meinem Blick zu Lana, die sich den beiden anderen angeschlossen hat, bevor wir uns beide abwenden. Die Tränenspuren auf seinem Gesicht beweisen, dass Luke ebenfalls geweint hat. Ich kann ihm deswegen keinen Vorwurf machen, aber ...

„Ich sehe mich um", sage ich laut, bevor ich in den Wald gehe.

Es ist besser, sie haben einen Moment, um sich zu beruhigen und die Fassung zurückzugewinnen. Wir sind noch ziemlich weit von einer sicheren Zuflucht entfernt. Und Ingrid hat nicht Unrecht – es ist möglich, dass wir auf dem Rückweg angegriffen werden.

***

Stunden später erreichen wir endlich Whitehorse. Mikito und Lana haben den Rest von Bills Gruppe zu seinem Haus gebracht und werden wohl die Nacht dort verbringen. Daher bleibt mir die freudige Pflicht, bei Roxley Meldung zu erstatten. Trotz meiner verbesserten Konstitution bin ich inzwischen über fünfundzwanzig Stunden auf den Beinen gewesen, wobei wir hauptsächlich bei Temperaturen durch die Wildnis marschierten, bei denen ein Pinguin erfrieren würde. Ich bin todmüde. Aber diese Angelegenheit muss erledigt werden. Deshalb befinde ich mich nun in einem viel zu schnellen Aufzug, der mich zu Roxleys Büroräumen bringt.

*Oh, anscheinend schläft jemand nackt.* Mein Gehirn scheint einzufrieren, als die Türen aufgleiten, und nach dem kurzen Blick auf einen fast nackten Dunkelelf legen meine Gedanken eine Vollbremsung hin. Bei der Öffnung der Türen ist er damit beschäftigt, den Gürtel seines Gewands zu schließen. Einen Augenblick lang bedauere ich, dass der Aufzug nicht schneller war.

„John. Was war so dringend, dass du mich deswegen aufgeweckt hast?"

Roxleys Stimme bringt mich wieder zur Vernunft, und ich antworte. „Bill ist tot. Luthien auch. Mein Angreifer – der Kerl mit der Hellebarde – hat sie gefunden und getötet. Ich bin mir ziemlich sicher, er hat jetzt die Jägergruppen im Visier. Ich werde mir diese Typen jetzt vornehmen."

„Das kannst du nicht", sagt Roxley, dessen Stimme große Beunruhigung ausdrückt. „Wir haben keinen Beweis."

„Wir könnten ihn im Shop kaufen. Verdammt noch mal, das müssen wir gar nicht. Du weißt, dass sie dahinter stecken. Ich auch. Und sie wissen es."

„Die Kosten wären zu hoch. Und was würde danach geschehen?", sagt Roxley und legt eine Hand auf meine Schulter. „Wir können sie nicht besiegen. Du kannst nicht einmal den Waffenmeister schlagen. Und wenn du sie jetzt angreifst, wird Labashi sich einmischen. Und das wären nur diese beiden. Die haben noch eine ganze Armee auf Abruf bereitstehen."

„Was tun wir dann? Warten einfach ab, bis sie uns schließlich erledigen?"

Er antwortet nicht.

„Roxley?", frage ich und blicke den Truinnar an. Ich mustere ihn genau, bemerke die Sorgenfalten in seinem Gesicht.

„Ich weiß nicht. Ich weiß es nicht", sagt Roxley und lässt die Schultern hängen.

„Milord?", sagt Vir, der hinter mir aus dem Aufzug tritt.

Ich zucke leicht zusammen, da ich seine Ankunft nicht bemerkt hatte.

Vir ist vollständig angezogen und blickt uns beide missbilligend an. „Ich denke, der Erlöser hat Ihnen die grundlegenden Fakten beschrieben. Ich werde diese Unterhaltung fortführen. Sie sollten sich ausruhen."

„Vir ..."

„Milord. Sie sollten sich ausruhen“, sagt Vir mit strenger Stimme wie ein Lehrer, der zu einem Kind spricht.

Angesichts dieses Tons zuckt Roxley zusammen. Aber er nimmt die Hand von meiner Schulter, nickt stumm und kehrt in sein Zimmer zurück.

Vir dreht sich zu mir. „Kommen Sie, Erlöser. Ich glaube, wir haben Vieles zu besprechen.“

„Vir–“

„Lord Roxley steht enorm unter Stress. Er braucht Ruhe“, sagt Vir.

Ich nicke langsam, da ich verstehe, was er meint. Daher hake ich nicht weiter nach. Das ist auch nicht notwendig. Selbst mir ist klar, dass Roxley keinen Plan hat.

# Kapitel 12

Selbst auf der kurzen Strecke von der Nugget-Bar zu meiner Wohnung wird mir klar, dass die Nachricht bezüglich unserer neuen Verluste sich bereits verbreitet hat. Die wenigen Leute, die in der Dämmerung auf den Straßen sind, bewegen sich zögernd. Sie ziehen die Schultern ein und ihre Augen sehen sich immer wieder nach nicht vorhandenen Bedrohungen um. Alle Menschen auf den Straßen bewegen sich schneller, mit einer schlurfenden Gangart, die einen olympischen Walker neidisch machen würde.

Die Kneipe ist voller Leute, die sich um Tische drängen und vor Krügen mit Apokalypse-Ale miteinander flüstern. Das Craft-Bier der Yukon Brewing Company würde einen Elefanten flachlegen, ist aber gerade stark genug, um einem im System registrierten Menschen einen leichten Schwips zu geben. Als ich die Kneipe betrete, starren mich einige an, andere flüstern und manche werfen mir anklagende Blicke zu.

Ich schnappe mir einen freien Stuhl und setze mich ziemlich genau in die Mitte – ohne Gesellschaft. Ich habe keine Ahnung, ob mein Team hierher kommen wird. Bis dahin muss ich das Starren und die missbilligenden Blicke einfach über mich ergehen lassen. Ich bin es gewohnt, angeglotzt zu werden, aber die bösen Blicke sind mir ein Rätsel. Schließlich hätte ich nichts tun können, um sie zu retten – nicht mehr, als ich ohnehin getan habe. Momentan sind wir noch nicht fähig, über größere Entfernungen zu kommunizieren. Unsere jetzige Technologie ist nicht gut oder leistungsfähig genug, um die Wälder, die Hügel und den Schnee zu durchdringen. Die einzige verfügbare Option wäre eine Fertigkeit, aber selbst die ist bezüglich der Reichweite begrenzt und jeder müsste sie besitzen, um kommunizieren zu können. Irgendwann werden wir Verstärkertürme bauen und vielleicht sogar systemregistrierte Satelliten starten. Momentan aber ist all das noch reine Zukunftsmusik, da uns schlicht die Credits dafür fehlen.

Ich fange gerade mit dem Frühstück an, als jemand schließlich den Mut findet, mich direkt anzusprechen. Der selbstgewählte Störenfried ist ein kurzgewachsener Kerl mit Stoppelfrisur und aggressivem Gehabe. „Was wirst du dagegen unternehmen?"

„Hmmm ...", sage ich stirnrunzelnd, lege mein Besteck weg und sehe den Mann an. Ein rascher Blick zeigt mir seinen Namen, den ich prompt wieder vergesse und den Level, an den ich mich erinnere. 28. Nicht furchtbar, aber auch nicht großartig. „Gegen was unternehmen?"

„Sie bringen uns um. Ich habe gehört, dass es die Elfen sind – sie jagen und sie töten uns! Was wirst du also tun?" Er bewegt den Kopf beim Sprechen ruckartig vorwärts.

In Gedanken muss ich seufzen, und ich starre dem Mann ins Gesicht. Ich kenne seine wirkliche Frage und den Grund, warum er sie stellt. Selbst ein emotioneller Krüppel wie ich erkennt, dass er Angst hat und möchte, dass irgendjemand sich darum kümmert. Die Tatsache, dass ich einer der besten Kämpfer unter den Menschen bin – wenn nicht sogar der Beste – schiebt mir diese Aufgabe zu. Obwohl ich Verständnis habe, möchte ich ihm sagen, er soll sich verpissen. Dass es nicht nur mein Problem ist, sondern auch seines. Dass keine Lösung, die ich mir ausdenken könnte, ohne die Hilfe anderer praktikabel wäre. Dass sie weiterhin rausgehen, trainieren, kämpfen und im Level aufsteigen müssen. All das und noch mehr könnte und möchte ich aussprechen. Aber das würde ihm nicht helfen. Oder den anderen, die mich beobachten und zuhören.

Daher sage ich schließlich: „Ich arbeite daran."

„Du arbeitest daran! Arbeitest daran!" Mr. Stoppelfrisur stottert, und sein Gesicht rötet sich vor Wut.

„Ja. Es ist kompliziert–“

„Mir erscheint es überhaupt nicht kompliziert.“ Diesmal ist es ein größerer Mann, der es irgendwie geschafft hat, selbst nach dem System noch korpulent zu bleiben. „Sie bringen uns um, weil wir diesen Truinnar nicht rausgeworfen haben. Wenn wir ihn rauswerfen, lassen sie uns in Ruhe.“

„Und dann?“, frage ich und fixiere den dicken Kerl. „Dann kommen sie und übernehmen die Macht, oder? Willst du das wirklich?“

„Spielt es eine Rolle? Alle von denen sind keine Menschen“, sagt Mr. Stoppelfrisur.

„Roxley hat uns fair behandelt. Verdammt, er erhebt mit Ausnahme des Shops praktisch keine Steuern. Seid ihr sicher, dass ihr den bekannten Teufel gegen einen eintauschen wollt, der nicht einmal vor Mord zurückschreckt, um seine Ziele zu erreichen?“ Ich beobachte, welche Nervosität meine Worte erzeugen. Wenn sie annehmen wollen, die Truinnar würden die Morde verüben – was ich ihnen nicht vorwerfen kann, da ich ebenfalls davon ausgehe – dann kann ich genauso gut die schwierigen Fragen stellen.

„Wir können nicht gegen sie kämpfen, und sie würden uns einen nach dem anderen umlegen. Lieber lebendig als tot“, sagt der dicke Kerl.

„Wirklich? Ich glaube, dir fehlt es an Vorstellungskraft“, sagt Ali kopfschüttelnd. „Folter, Sklaverei, Knechtschaft. Ein Leben als Bürger zweiter Klasse.“

Während Ali spricht, stehe ich auf und hebe die Hand, um den Geist zum Schweigen zu bringen. Ich sehe mich um, blicke mehreren Leuten in die Augen und spreche mit lauter Stimme. „Also, ich werde nichts beschönigen. Die Lage ist schlecht und wird sich wahrscheinlich noch verschlimmern, bevor das alles vorbei ist. Ich tue, was ich kann – jetzt und in Zukunft. Aber ihr müsst entscheiden, was ihr wollt.

Roxley hat uns die Freiheit gegeben, unser eigenes Leben zu führen, mit einem selbstgewählten Tempo zu wachsen und im Level aufzusteigen. Wir durften unsere eigenen Häuser kaufen und diese Stadt zu unserer eigenen machen, so gut es in dieser vom System beherrschten Welt möglich war. Ihr könnt euch entscheiden, ihn zu unterstützen. Oder alles auf eine Karte setzen und hoffen, dass die Herzogin besser ist. Dem zufolge, was ich gehört habe, hat sie euch kein besseres Leben versprochen.

Entscheidet, was ihr wollt. Ihr seid alle Erwachsene. Aber denkt daran, dass ihr mit eurer Entscheidung leben müsst."

Ich verstumme wieder, setze mich hin und wende mich erneut meiner Mahlzeit zu. Als Mr. Stoppelfrisur den Mund öffnet, um etwas zu sagen, unterbricht ihn Sarah, indem sie eine Hand auf seinen Arm legt und ihn anlächelt. Die hübsche und sichtlich schwangere Kellnerin drückt ihn auf seinen Stuhl zurück, wobei ihre Augen boshaft funkeln. Mr. Stoppelfrisur muss sie nur einmal ansehen, dann entscheidet er, sich nicht mit ihr anzulegen.

Und damit ist die Konfrontation vorbei und ich kann mich wieder auf meine Mahlzeit und meine Gedanken konzentrieren. Aber in einer Hinsicht haben sie recht – anscheinend haben wir keine Lösung, keinen Ausweg aus dieser Lage. Weder Roxley noch der Stadtrat noch ich sehen einen Weg, der nicht zur Niederlage führen würde. Ich kaue auf meinem Essen herum, das nun wie Asche schmeckt und versuche, einen echten Plan zu entwickeln – etwas, das diesen gordischen Knoten auflösen würde.

***

Ich habe mein Frühstück beinahe beendet, als Mr. Lakai die Nugget-Bar betritt, wobei er kalte Winterluft hereinlässt. Der anzugtragende Politiker stapft zu mir und starrt mich an, während ich den Rest meines Brotes verzehre. Ich lasse mir Zeit, schlucke den letzten Bissen herunter und trinke meinen Kaffee, bevor ich zu ihm hochblicke.

Zu meiner Überraschung wirkt Mr. Lakai nicht verärgert. Eric fixiert mich lediglich, völlig gelassen und geduldig, bevor er spricht. „Wir möchten kurz mit Ihnen sprechen, Mr. Lee."

„Na ja, wenn man mich schon so nett bittet", sage ich.

Ali, der neben mir schwebt, macht eine Handbewegung und bezahlt unser Essen, indem er Credits aufs Nugget-Konto überweist. Extrem einfach.

Mr. Lakai führt mich zum Konferenzraum im alten Rathaus. Dort wartet eine Gruppe nervöser Menschen-Stadträte, die sich flüsternd unterhalten, aber abrupt verstummen, sobald ich den Raum betreten habe. Ich sehe die üblichen Verdächtigen, von der matronenhaften Miranda bis zum silberhaarigen Norman sowie einige der bekannteren Mitglieder unserer Wirtschafts- und Jagdgruppen. Jim nickt mir kurz zu, als ich eintrete. Ich erwidere die Geste und richte meine Aufmerksamkeit dann auf Miranda.

„John, wir haben die Nachricht bezüglich Bill und seiner Gruppe erhalten. Aber wir möchten es gerne direkt von dir hören", sagt Miranda.

Ich nicke. Es ist verständlich, dass sie Informationen aus einer unmittelbaren Quelle bevorzugen. Ich liefere ihnen eine schnelle Zusammenfassung dessen, was wir entdeckt haben, gemeinsam mit der guten Nachricht, dass mindestens zwei Mitglieder seiner Gruppe überlebt haben. Als ich endlich fertig bin, herrscht im Raum bedrücktes Schweigen.

„Diese verfluchten–", sagt Jim und ballt die Hände zu Fäusten.

„Jim", unterbricht Miranda den alten Jäger.

Er brummelt und sie blickt ihm in die Augen. Irgendwie findet ein Informationsaustausch statt, aber mir ist nicht klar, worum es geht. Auf jeden Fall lehnt sich Jim auf seinem Stuhl zurück und verschränkt die Arme. Nachdem Miranda mit Jim fertig ist, wendet sie sich an mich.

„Du hast erwähnt, es gäbe keine weiteren Hinweise auf die Identität des Täters?“, sagt Miranda, deren Worte und Blick extrem angespannt wirken.

Ich denke über ihre unausgesprochene Aufforderung nach und darüber, was Roxley gesagt hat. Dann antworte ich ihr. „Absolut keine.“

„Das ist wirklich schade“, sagt Miranda mit Blick auf Jim und Eric.

„Wir werden zusätzliche Sicherheitsmaßnahmen brauchen, falls wir Jagdgruppen losschicken“, sagt Eric und reibt sich das Kinn.

In Gedanken höre ich Ali losprusten, was auch meine Reaktion wäre.

„*Was können sie schon tun? Der Waffenmeister hat das Potenzial, jede andere Jagdgruppe der Menschen niederzumachen, ohne auch nur ins Schwitzen zu geraten*“, sage ich telepathisch zu Ali.

„*Na ja. Falls es der Waffenmeister ist, könnten sie ihn und die Gesandte mit allen möglichen Veranstaltungen beschäftigen. Solange die Teams nicht zu weit gehen, können wir sie kontaktieren und wenn etwas schief geht, ziehen wir sie zurück*“, sagt Ali telepathisch.

An diesem Punkt nicke ich, was mir einige neugierige Blicke einbringt.

„Na schön, Eric. Du darfst die Sache gemeinsam mit Jim erledigen.“ Miranda dreht sich zu mir und blickt mir direkt in die Augen. „Was sagt Lord Roxley dazu?“

„Vir hat die Informationen von mir erhalten, und ich bin mir sicher, dass Roxley die Details erfahren hat“, sage ich. „Ich gehe davon aus, dass er sich darum kümmern wird.“

„Seine Feinde greifen uns an und du glaubst, er würde sich darum kümmern?“ Erics Stimme trieft nur so vor Sarkasmus.

„Ja, das tue ich.“ Ich lasse meinen Blick über die wütende und verängstigte Gruppe wandern und frage mich, ob eine Variation meiner vorherigen Rede hier das Richtige wäre. Aber ich verwerfe die Idee – trotz des emotionalen Zustands dieser Gruppe beherrschen sich die Leute dennoch. Also ist es an der Zeit, ein Risiko einzugehen. Selbst ein kleines. „Aber ihr stellt die falsche Frage."

„Oh? Und wie lautet die richtige Frage?", sagt Norman, der seine Fingerspitzen zusammenlegt.

Ich werfe dem silberhaarigen alten Mann ein Lächeln zu. „Was passiert, wenn Roxley nicht mehr unser Herrscher ist?"

„Zum einem würden die Angriffe aufhören", sagt Norman.

„Sehr schön. Aber wenn ein Tyrann endlich den Fuß von deinem Hals nimmt, dankst du ihm normalerweise nicht dafür. Was sonst?"

„Na ja, selbstverständlich werden sie die Siedlung zu einer richtigen Stadt machen", antwortet Eric und fuchtelt herum. „Als Dorf nützt sie ihnen nichts."

„Obwohl wir genau das auch selbst erreicht hätten."

„John, wenn du uns etwas zu sagen hast, dann raus mit der Sprache", sagt Miranda mit irritierter Stimme.

„Nicht viel. Ich meine nur, wenn ihr tun wollt, was ich vermute, dann solltet ihr euch Zeit lassen und genau über die Konsequenzen nachdenken", sage ich.

„Vielleicht solltet ihr einige Credits ausgeben und herausfinden, was sich in anderen Städten abspielt", fügt Ali hinzu.

Miranda nickt ruhig, während Eric Ali höhnisch angrinst. Ich blicke mich im Raum um und analysiere die Stimmung. Obwohl die Leute immer noch still sind und verängstigt wirken, sehen sie nun auch etwas nachdenklicher aus. Vielleicht, aber auch nur vielleicht, haben meine Worte etwas bewirkt. Nachdem ich bestätigt habe, dass sie nichts mehr von mir wollen, mache ich mich mit diesem Gedanken davon.

Ich bin mir aber bewusst, dass wir einen echten, praktikablen Plan entwickeln müssen. Sonst ist alles aus. Auch wenn ich sage, wir sollten nicht aufgeben, ist es etwas ganz anderes, die eigenen Freunde nacheinander sterben zu sehen.

***

Zwei Tage später, als ich fast mit dem Frühstück fertig bin, klopft es an die Tür. Nach dem Öffnen sehe ich Vir vor mir, so streng und unerbittlich wie immer. Aber ich habe genügend Zeit mit ihm und seinem Volk verbracht, um die angespannte Körperhaltung und die Fältchen um seine Augen zu bemerken.

„John, Ihre Anwesenheit ist erforderlich", sagt Vir.

Ich nicke. Ich blicke mich im Raum um, sehe nichts, das ich mitnehmen müsste und folge ihm. Bald darauf hat er mich über die Main Street zur Stadthalle geführt. Interessanterweise sitzen Lanas Tiere vor dem Gebäude und liefern mir einen Hinweis darauf, was geschehen wird.

Lana und Mikito befinden sich mit Roxley in seinem Büro, und die Nervosität aller ist deutlich spürbar. Hinter der sitzenden Lana steht Amelia, die eine Hand locker auf dem Kolben ihres Gewehrs ruhen lässt und extrem aufgebracht wirkt.

„*Was ist los?*", frage ich Ali telepathisch, und er brummt.

„*Ich stelle gerade Fragen*", sagt Ali. „*Es sieht nicht gut aus, oder?*"

Ich wiederhole die Frage laut, während ich auf Alis Antwort warte.

Roxleys Gesichtsausdruck verfinstert sich kurz, bevor er schließlich antwortet. „Ms. Pearson hat uns verraten." Er spricht weiter, ohne mich zu Wort kommen zu lassen. „Wie bekannt ist, ist sie eine der bedeutendsten Landbesitzerinnen in Whitehorse. Als ich mich heute Morgen auf den Tag vorbereitete, bemerkte ich einen plötzlichen Rückgang in der Stabilität der örtlichen Manaströme. Anscheinend hat Ms. Pearson ihre Gebäude wieder an das System verkauft."

„Lana?", frage ich sie schockiert. „Warum?"

„Ich habe die Credits gebraucht", sagt Lana, die meinem Blick ausweicht.

„Das sagte sie bereits. Allerdings ist der Erlös beim Verkauf von Systemgrundstücken an das System deutlich niedriger als ein Weiterverkauf an ein anderes Individuum", sagt Roxley.

Ich erinnere mich daran, da ich damals den Schlüssel für Haines Junction an das System verkauft hatte. Ich erhielt nur einen Bruchteil des eigentlichen Werts.

„Was hast du dazu zu sagen?" Ich sehe Lana an und hoffe auf eine Erklärung.

Lana sitzt schweigend da und erwidert meinen Blick trotzig. „Ich hatte einen Vertrag mit der Gesandten. Wenn ich mein Land ans System verkaufe, sagte sie, würde sie mir den vollen Kaufpreis plus zwanzig Prozent des Werts geben und ich dürfte auch das behalten, was ich vom System bekomme."

Ich schließe die Augen. Also hat sie uns verraten. *„Welchen Prozentwert haben wir jetzt?"*

*„66 %"*

*„Und vorher?"*

*„Wir haben durch ihren Verkauf 7 % verloren. Außerdem 6 % durch andere."*

„Sie ist nicht die einzige", sage ich und blicke Roxley in die Augen. Er nickt zögernd.

„Sie haben andere angesprochen, die Häuser in Riverdale besaßen, und ihnen dasselbe Angebot unterbreitet", erklärt Vir.

„Warum konzentriert sich dann alles auf Lana?“, frage ich mit Nachdruck in der Stimme.

„Ms. Pearson war die wichtigste Landbesitzerin, die dieses Angebot angenommen hat. Und aufgrund ihrer Kontrolle der Stiftung beeinflusst sie potenziell weitere elf Prozent“, sagt Vir.

Ich runzle die Stirn, fixiere meine Aufmerksamkeit auf Lana und spreche dann langsam. „Hast du dich vertraglich verpflichtet, den Besitz der Stiftung zu verkaufen?“

„Nein!“, faucht Lana. Hinter ihr macht Amelia eine subtile Bewegung, beruhigt sich aber, als Lana nicht aggressiv wird. „Das würde ich dir nicht antun.“

„Aber Sie würden das Land verkaufen, obwohl Sie wissen, was das für Whitehorse bedeutet“, sagt Roxley mit missbilligender Stimme.

„Es ist mein Land“, wiederholt Lana.

„Sie hätten es mir verkaufen können. Oder einer anderen Person“, sagt Roxley. „Stattdessen haben Sie es uns unmöglich gemacht, eine Stadt zu werden.“

„Lana, wofür hast du die Credits gebraucht?“, fragt Mikito.

Roxley schweigt, aber sein Unterkiefer ist in Bewegung, während er seine Emotionen bewältigt. Lana weigert sich jedoch, eine Antwort zu liefern.

„Ms. Pearson. Das Verweigern einer Antwort ist Ihnen überhaupt keine Hilfe“, knurrt Vir, während Lana die Lippen zusammenpresst.

„*Ich glaube, ich könnte in dieser Hinsicht behilflich sein* ...“, sagt Ali telepathisch zu mir. Ich bin wirklich überrascht. Normalerweise drängt sich Ali in den Vordergrund, diesmal aber zögert er.

„*Mach schon. Schlimmer kann es nicht mehr werden.*“

„*Haha.*“ Ali schwebt neben ihr herab. „Lana. Ich weiß, was du kaufen möchtest. Soll ich es ihnen sagen, oder möchtest du es selbst tun? Ehrlich gesagt wird es weniger verrückt klingen, wenn sie es von dir hören.“

Okay. Vielleicht habe ich mich geirrt. Lana starrt Ali mit einem verächtlichen Gesichtsausdruck an, sagt aber kein Wort.

„Lana hat sich im Shop Informationen über die Wiederauferstehung angesehen, um Richard irgendwie zurückzubringen. Sie stieß auf die Frinkzin-Repliken“, erklärt Ali.

Auf seine Worte hin ziehen Vir und Roxley scharf die Luft ein.

„Kann das System Leute wieder zum Leben erwecken?“ Ich runzle die Stirn, weil ich mir nicht sicher bin, was ich von dieser Idee halten soll. Sie erscheint mir unmöglich, aber derart viele Aspekte unseres Lebens sind unmöglich, dass ich sie nicht sofort von der Hand weisen kann. Einen Moment lang steigt in mir Hoffnung auf, bevor ich sie wieder unterdrücke – denn derartige Dinge haben immer ihren Preis.

„Sorry, mein Junge. Tot ist tot“, sagt Ali. „Frinkzin-Repliken stellen einen der zahlreichen Versuche dar, diese Tatsache zu ignorieren. Das ist nicht einmal die schlimmste Methode, da Richard so stark verwest ist, dass sich Lana anscheinend gegen eine Reanimation entschieden hat. Die Repliken ziehen Daten aus dem System und laden diese in einen künstlich erzeugten Körper.“

„Mein Gott, Lana!“ Amelia keucht, während Mikito aschfahl wird und Lana entsetzt anstarrt.

„Du wirst doch nicht ...“

„Kein Wort mehr. Das, das bringt ihn zurück.“ Lanas Stimme wird schrill und ihre Nasenflügel zittern. „Ich werde ihn zurückbringen, und ... dann geht es uns wieder gut.“

„Wohl kaum, Schätzchen. Die Frinkzin-Repliken sind nicht die Menschen, die wir verloren haben. Selbst Individuen, die ihr ganzes Leben im System verbracht haben, werden nicht korrekt kopiert. Nicht wirklich. Das System kann nur Taten registrieren. Worte. Ereignisse. Motivationen, Gründe, Entscheidungen kann es weder verstehen noch festhalten", meint Ali. „Die Monster, die durch die Erzeugung von Repliken entstanden sind – und fast alle davon waren Monster – führten zum Verbot."

„Richard ist kein Monster!", faucht Lana und ballt ihre Hände zu Fäusten.

„Nein, aber seine Replik wäre eines. Denk doch nach, Lana. Was weiß das System schon? Dass er Tiere hatte. Dass er mit ihnen Monster getötet hat. Dass er jagte und die Leichen seiner Jagdbeute von den Hunden auffressen ließ. Dass er gekämpft hat, statt zu fliehen", erklärt Ali. „Im System geht es in unserem Leben nur um Tod, Kämpfe und Levelaufstiege. Die Monster, die in diesem Verfahren erzeugt werden, tun nichts anderes. Sie verfügen über keinerlei Mitgefühl. Sie töten und steigen im Level auf, und dabei machen sie oft keinen Unterschied."

Lana schüttelt den Kopf und weigert sich, Ali zuzuhören. Er knurrt und schwebt nach oben, während Roxley und Vir erneut Blicke wechseln.

Schließlich tritt Roxley vor und geht neben Lana in die Hocke. „Die Truinnar haben eine Menge Erfahrung mit den Erweckten. Und mit jenen, die die Toten zurückbringen wollen. Wir leben dank des Systems Hunderte von Jahren, eine Zeitspanne, die aber oft nicht ausreicht." Roxley legt eine Pause ein, wobei er die Hand unwillkürlich öffnet und schließt. „Vor 415 Jahren führten wir einen Krieg auf unserem gesamten Territorium, weil ein Sohn es nicht über sich brachte, die eigene Mutter loszulassen. Seitdem erlauben die Truinnar keine Wiedererweckung der Toten, und zwar unabhängig von der Methode. Deren Wiederauferstehung bringt nur Kummer."

„Das ist mir egal. Ich will ihn einfach zurückhaben", sagt Lana und vergräbt die Fingernägel in ihren Armen. Der scharfe Geruch von Blut liegt in der Luft, bitteres Eisen auf unseren Zungen.

„Vielleicht, aber wen werden Sie dafür opfern?" Im Gegensatz zu den anderen spricht Vir mit einer harten, ätzenden Stimme. „Würden Sie zulassen, dass er Mikito tötet? Andrea? Die Kinder? Wen würden Sie Ihren selbstsüchtigen Wünschen opfern?"

„Das würde ich nicht zulassen", sagt Lana wütend.

„Also würden Sie ihn töten? Frinkzin-Repliken sind dafür berüchtigt, keinen Selbsterhaltungstrieb zu haben. Sobald sie etwas beginnen, weichen sie nicht zurück", sagt Vir. „Dann sind Sie gezwungen, zwischen einer unschuldigen Person und Ihrem ‚Bruder' zu wählen."

„Schluss damit!", schreit Lana Vir an, steht hastig auf und starrt dem Truinnar in die Augen. „Hören Sie auf."

„Oder lassen Sie zu, dass wir ihn töten? Denn ich garantiere, dass Lord Roxley und ich ein solches Wesen nicht in unsere Stadt lassen werden."

„Ich lasse nicht zu, dass Sie es umbringen. Ihn, meine ich", korrigiert sich Lana sofort. Aber ich erkenne, wie sie langsam die Beherrschung verliert, da ihre Augen von Seite zu Seite flitzen, Schweiß auf ihre Stirn tritt und sie die Hände zusammenpresst, bis sich ihre Knöchel weiß verfärben.

„Du hast beim ersten Mal recht gehabt", sagt Ali. „Diese ganzen seelischen Angelegenheiten kümmern uns Geister kaum, aber eine Replik seelenlos zu nennen wäre wirklich zutreffend."

Sie schweigt wieder. Ich knirsche mit den Zähnen und melde mich dann zu Wort. „Lana, denk an Richard. Glaubst du wirklich, er wäre damit einverstanden, dass du ihn zurückbringst und dadurch seinen Freunden

Schaden zufügst? Oder dir? Mikito? Seinen Kindern? Denke mal darüber nach, was du mit deinem Plan bereits angerichtet hast."

„Genug!", sagt Lana mit gequälter Stimme. „Ich will nur ... ich will nur meinen Bruder zurückholen. Ich will nicht mehr alleine sein." Die letzten Worte sind beinahe ein Flüstern.

Mikito drängt sich vor, bis sie vor Lana steht und die größere Frau umarmt. Die zierliche Asiatin murmelt etwas auf Japanisch. Niemand versteht diese Worte, aber das ist gleichgültig. Es spielt keine Rolle, weil ihr Ton und ihre Anwesenheit den Unterschied ausmachen. Schließlich hält Lana es nicht mehr aus und schluchzt verzweifelt, während sie sich an Mikito festklammert.

Ich sehe zu, spüre einen Klumpen im Hals und bin wütend auf mich selbst. Ich habe all das übersehen, die Tiefe von Lanas Schmerz, ihre Not. Ich habe es nicht deshalb übersehen, weil ich nicht danach suchte, sondern weil ich nicht bereit war, sie zu konfrontieren. Darauf zu drängen. Und jetzt sind wir hier. Mir bleibt keine andere Option, als zuzusehen. Die nicht vergossenen Tränen brennen in meinen Augen, während ich warte.

Nach einer Weile hört Lana auf zu weinen und reißt sich zusammen. Mikito schiebt Lana von sich und Amelia überreicht ihnen Taschentücher. Sie lächeln sich kurz leicht verlegen zu, dann fixieren mich alle drei Frauen mit wütenden Blicken.

„Was?", sage ich und blinzle.

„Idiot."

„*Baka.*"

„Oh, John ..."

„Was?", wiederhole ich.

„Der Erlöser ist hoffnungslos. Gutaussehend, aber hoffnungslos." Roxley verlässt seufzend die Ecke, wo er leise mit Vir diskutiert hat, während er darauf wartete, dass die Gruppe sich wieder beruhigt.

„So ist eben mein Junge."

„Ms. Pearson, darf ich davon ausgehen, dass Sie Ihre Pläne aufgegeben haben?", sagt Roxley.

Lana nickt langsam. Ich starre sie an und frage mich, ob wir ihr Glauben schenken können. Es ist seltsam – ich habe sie nie gefragt, wie ihre Vorstellung des Jenseits aussieht. Aber ihre Optionen hier sind verrückt, erst recht, falls sie an die Existenz von Seelen glaubt. Die Trauer lässt uns oft Dummheiten begehen, und meiner Erfahrung nach reicht es nicht, sich nur einmal richtig auszuheulen. Es ist unwahrscheinlich, dass sie es tun würde und ich möchte ihre Absichten nicht bezweifeln, aber ...

*„Ali ..."*

*„Ich weiß. Ich passe auf ihre Einkäufe auf."*

„Gut. Ich muss zugeben, es wäre mir lieber, wenn Sie keinen Zugriff auf die Stiftung und deren Ressourcen haben", sagt Roxley und lässt die Schultern hängen. „Ich glaube nicht, dass es einen bedeutenden Unterschied ausmacht. Wir werden es nicht schaffen, die Zahlungstermine einzuhalten. Jetzt nicht mehr."

Lana zuckt zusammen, öffnet den Mund und schließt ihn wieder, bevor sie leise sagt, „Es tut mir leid. Ich werde die Leitung der Stiftung abgeben, wenn Sie wollen. Ich darf auch kein Land mehr kaufen, jedenfalls nicht in Whitehorse. Das war eine der Bedingungen."

„Das war's dann also? Die haben gewonnen?" Amelia meldet sich zu Wort und starrt uns alle an.

„Was können wir tun?", sagt Roxley. „Die Steuern auf meinen Ländereien sind fällig, und mir fehlen die dafür benötigten Mittel. Selbst, wenn ich meine ganze Ausrüstung verkaufe und die Wachen entlasse, werde ich damit nicht sowohl die Steuern als auch das noch fehlende Land bezahlen können. Und auch wenn wir es durch ein Wunder schaffen sollten, eine Stadt zu werden, sind wir immer noch nicht in der Lage, uns gegen Labashi und seine Leute zu verteidigen."

Diese Aussage führt natürlich sofort zu einer Diskussion, da die Leute fragen, welche Steuern und Ländereien er meint. Die Erklärung dauert nicht lange, aber am Ende sind alle deprimiert, da klar wird, dass unsere Gegner uns auf jede nur erdenkliche Weise angreifen.

„Und Sie geben auf?", fragt Amelia, lehnt sich vor und durchbohrt uns mit Blicken, während sie die Fäuste auf ihre breiten Hüften stützt. Einen Moment lang bin ich wieder in der Grundschule und Ms. France schimpft, weil ich mir schon wieder einen Radiergummi in die Nase geschoben habe.

„Wir geben nicht auf. Wir werden unser Bestes tun, aber auf diese Weise können wir nicht gewinnen", sagt Vir und streckt beschwichtigend eine Hand aus.

„Dann ändern Sie die Methode!", sagt Amelia.

„Das versuchen wir. Lord Roxley und ich haben versucht, Verbündete zu kontaktieren, um Hilfe und Credits zu erhalten – aber vergeblich. Mittlerweile haben wir uns auch an die etwas zwielichtigeren Organisationen gewandt. Wir versuchen es wirklich", betont Vir, während Roxley die Lippen verzieht.

Mikito geht neben Lana, die sich nun wieder gesetzt hat, in die Hocke. Sie legt eine Hand auf Lanas Knie, während die Rothaarige schuldbewusst wirkt.

„Ihr Lehnsherr hat die Steuern erhöht, obwohl er wusste, dass Sie diese nicht bezahlen können?", sagt Mikito langsam und blickt Roxley in die Augen. Schwarze Augen betrachten sich gegenseitig, und auf ein bestätigendes Nicken hin fährt Mikito fort. „Ein Lehnsherr, der die Loyalität seiner Bürger nicht belohnt, ist ehrlos. Daher ist man ihm ab diesem Punkt keine Treue mehr schuldig."

Roxley runzelt die Stirn, blickt Mikito in die Augen und studiert den in ihnen liegenden Ausdruck.

Schließlich stellt Lana die Frage, die allen von uns Menschen durch den Kopf geht. „Müssen die Samurai nicht, na ja, ihrem Herren bis in den Tod folgen?"

„Und wohin hat uns das gebracht?" Mikito schüttelt den Kopf. „Die Samurai sind nicht und waren nicht so ... wie Hollywood es darstellt. Der Kodex des Bushido, so etwas kommt im Film vor. Aber in Wirklichkeit wurde er nicht so allgemein akzeptiert, wie man glauben sollte. Loyalität ist wichtig, aber nur ein Aspekt des Kodex. Und Lord Roxley hat seinem Volk gegenüber ebenfalls Verpflichtungen."

Ich schließe meinen Mund und presse die Lippen fest zusammen. Klar. Ich komme mir wie ein Idiot vor, weil ich vergessen hatte, dass Stereotypen Verallgemeinerungen sind. Sie mögen ein Körnchen Wahrheit enthalten, sind aber trotzdem oft falsch. Ich hätte es eigentlich wissen müssen. Schließlich ist auch nicht jeder Chinese ein Kampfsportler, der kein gerolltes R aussprechen kann.

„Ms. Sato, Sie haben mir eine Menge Denkanstöße gegeben." Lord Roxley verbeugt sich förmlich vor ihr und ich hebe eine Augenbraue.

Mikito nickt Roxley ebenfalls zu.

Amelia ignoriert diese Gesten und raunzt: „Damit ist unser Problem nicht gelöst – ein Haufen mörderischer Bastarde will unsere Stadt erobern. Ich würde die Stadt eher in Schutt und Asche sehen, als sie denen zu überlassen."

„Das ist ja sehr hilfreich.“, prustet Ali und dreht sich, so dass er kopfüber in der Luft hängt. „Wir könnten ja einfach die Stadt niederbrennen und die Erde mit Salz umpflügen, damit nichts mehr wächst und eine Gruppe von Goblins einladen, sich hier niederzulassen. Das wird ihre Pläne vereiteln. Oder auch nicht.“

„Ali, hör mit dem Herumfliegen auf. Und wir werden die Stadt nicht niederbrennen ...“ Dabei geht mir ein Gedanke durch den Kopf, der mich ablenkt. Etwas. Etwas ... fliegt. Brennt.

„Erlöser ...“

„Psst ...“ Lana unterbricht Roxley und starrt mein Gesicht an. „Er denkt nach.“

„Ach, zum Teufel. Nicht schon wieder“, sagt Ali.

Aber ich höre ihm kaum, da ich versuche, den flüchtigen Gedanken zu erwischen. Etwas ...

Oh.

„Ich glaube, ich habe einen Plan. Eine Art Plan. Vielleicht.“

# Kapitel 13

Es dauert zwei Tage, die wichtigsten Vorbereitungen abzuschließen. Zwei Tage, in denen ich mich abmühe und herumschleiche, Pläne in Gang setze und mit den richtigen Leuten spreche. Zwei Tage, in denen ich schmeichle und drohe und auf andere Weise mit alten Freunden und neuen Feinden rede.

Ich treffe den Magier spät nachts an. Er wirkt müde und mürrisch, nachdem er soeben eine weitere Privatlektion gegeben hat. Seine langen Haare sind leicht fettig, ungepflegt und nicht mehr in einem Haarknoten gebunden, da er diesen löste, nachdem sein Schüler gegangen war. Ich glaube nicht, dass es mir gelingt, seine Stimmung aufzuhellen.

„Was machst du hier?“, sagt Aiden.

„Ich suche den besten Magier der Stadt.“

„Nein. Ich gehe nicht mit euch raus. Ich kann es nicht. Nicht schon wieder“, sagt Aiden, und selbst diese kurze Erwähnung lässt seine Hände leicht zittern.

„Ich weiß.“ Ich wünschte, ich könnte ihn dazu überreden, mit uns zu kommen. Aber er hat eindeutig abgelehnt. Und obwohl der Magier gelegentlich eine unerwartete Tapferkeit an den Tag legt, suche ich für das kommende Projekt nur echte Freiwillige. „Deshalb bin ich gar nicht hier. Aber Whitehorse wird dich, deine Gaben und Skills brauchen, während wir weg sind. Die Schwärme werden weiterhin kommen und die Bosse wachsen ebenfalls weiter. Das System teleportiert neue Monster hierher. Nichts davon wird aufhören, und die Stadt muss darauf vorbereitet sein.“

„Das klingt, als wärst du vorübergehend abwesend.“

„Eine Weile. Vielleicht ziemlich lange.“

„John ...“

Ich schüttle den Kopf und klopfe dem Magier auf die Schulter. „Mach dir keine Sorgen. Kümmere dich nur um unsere Stadt."

Der Rest der Vorbereitung ist danach einfach genug. Es wird mehr Ausrüstung gekauft, mehr Verträge werden verfasst und zusätzliche Anweisungen erteilt. Und dabei versuchen wir, unsere Aktivitäten vor der verdammten Gesandten und ihren Leuten zu verbergen. Zum Glück akzeptieren alle die Tatsache, dass wir unsere Ausrüstung optimieren müssen, bevor wir wieder auf die Jagd gehen – das bietet uns eine ausreichende Erklärung für unseren ungewöhnlich langen Aufenthalt. All das lässt sich einfach genug durchführen, ohne Verdacht zu erwecken. Und eines Morgens ziehen wir los, noch bevor die Sonne über dem Horizont erscheint.

Daher bin ich ziemlich überrascht, als eine auf einem Motorrad sitzende Person uns an der Robert Pearson Road erwartet.

„Was machst du hier?", frage ich Ingrid. Ich bemerke, dass sie einen kürzeren Haarschnitt trägt und mittlerweile sowohl ihre Rüstung als auch den wärmeisolierenden Stoff verstärkt hat.

„Ihre seid echt blutige Anfänger, was das Herumschleichen in der Stadt betrifft", erklärt Ingrid. „Wohin gehen wir also?"

„Das geht dich nichts an. Wir werden schon damit fertig", sage ich.

„Kommt nicht in Frage. Ich komme mit, und du wirst mich nicht daran hindern", erwidert Ingrid.

„Das ...", sage ich, schließe dann aber den Mund, weil keine der drei Frauen mich unterstützt. „Du weißt aber schon, dass wir eine Riesendummheit begehen werden, oder? Die uns vielleicht das Leben kostet?"

„Es ist dein Team“, sagt Ingrid kopfschüttelnd. „Natürlich geht es um eine gefährliche Dummheit. Aber die ist effektiv und wird die Gegner behindern, falls ihr es schafft, oder?“

„Ja.“

„Dann bin ich dabei“, sagt Ingrid. „Also, wohin gehen wir?“

„Carcross.“

***

Die Reise nach Carcross verläuft schnell und problemlos. Auch wenn die Straßen nicht mehr geräumt werden, sind sie immer noch ziemlich eben, was den Tieren ein flottes Tempo ermöglicht. Anna, die wie üblich neben Lana auf Howard festgeschnallt wurde, gähnt und schläft sogar während der kurzen Gefechte auf dem Hinweg. Lana hat eine andere Entscheidung getroffen, als ihr Bruder es getan hätte. Sie hat Elsa in der Stadt gelassen, da sie meint, eine Schildkröte – selbst eine feuerspeiende – wäre bei unserem Vorhaben nicht besonders hilfreich.

Als wir durch die Tore fahren, die nun höher und robuster sind als zuvor, werden wir von Jason und der Ältesten Badger begrüßt. Ich grinse und winke, während Ingrid die veränderte Stadt mit großen Augen bewundert und sich alles ansieht. Ich muss zugeben, dass ich mich über ihren Gesichtsausdruck freue. Ich bin mir bewusst, dass wir vor langer Zeit bei unserer ersten Ankunft hier wohl auch so ausgesehen haben.

„Andrea. Jason.“ Ich steige von Sabre und sende dem Motorrad den Befehl, mir zu folgen. Danach schüttle ich Andreas und Jasons Hände. „Schön, dass ihr uns begrüßt – das habe ich nicht erwartet.“

„Wir konnten auf unseren Sensoren sehen, dass ihr kommt. Da wollten wir eben Hallo sagen“, meint Jason lächelnd und sieht Ingrid an. „Ihr rekrutiert Leute?“

„In gewisser Hinsicht. Aber wir haben eine Menge zu besprechen“, sage ich. „Könnt ihr die relevanten Leute aus der Gilde einladen?“

„Aber ja“, sagt die weißhaarige Andrea, nickt kurz und stapft davon.

Ich runzle die Stirn und stelle fest, dass sie nun am Stock geht. Ich richte den Blick auf Jason und hebe eine Augenbraue.

„Sie ist erschöpft. Klagt über Arthritis“, sagt Jason.

Ich blinzle und starre ihn an, während ich seine Erklärung mit meinen eigenen Erlebnissen vergleiche – bei mir verschwand die Sehnenentzündung sofort nach der Aktivierung des Systems.

„*Wahrscheinlich psychosomatisch. So behält ihr Bewusstsein auf eine gewisse Weise die Kontrolle*“, sagt Ali telepathisch zu mir.

Ich brumme nur und beschließe, diese Tatsache nicht weiterzuleiten. Na ja, was auch immer die Leute brauchen, um den Tag zu überstehen. Trotzdem werde ich später mit Andrea darüber reden.

Da Lana und Mikito den Plan in groben Zügen kennen, entfernen sie sich und ich erkläre der sich in der Stadthalle versammelnden Gruppe alles. Ich beschreibe rasch, unter welchem Druck Whitehorse steht und erwähne einige der Taten der Gesandten und ihres Gefolges.

Am Schluss sage ich: „Und deshalb brauchen wir eure Hilfe. Falls Whitehorse fällt, kommt kurz darauf Carcross an die Reihe.“

Der zwischen Eilon und Ixlimin sitzende Gildenmeister hat während meines ganzen Vortrags kein Wort von sich gegeben. Der auf einem Kindersitz thronende, einen Meter zwanzig große Pixie beobachtet mich aus mehrfarbigen Augen und lauscht jedem meiner Worte. Als ich fertig bin, ergreift er das Wort. „Das ist eine schreckliche Nachricht. Wir wussten natürlich, dass die Herzogin es auf Whitehorse abgesehen hat. Aber wir hatten keine Ahnung, wie schlimm es bereits steht. Vielen Dank für diese Informationen. Aber ich weiß nicht, welche Hilfe wir leisten könnten oder ob wir überhaupt dazu in der Lage sind. Es wäre gefährlich, die Herzogin der Pourquoi-Staaten zu verärgern, vor allem für eine Gilde unserer Größe."

„Du weißt, dass wir euch helfen werden, John. Aber was benötigt ihr genau?", sagt Andrea. „Wir können es uns nicht leisten, euch eine größere Summe an Credits zu geben. Auch bei uns ist das Geld knapp. Und ihr wisst, dass es uns an Kämpfern fehlt ..."

Ich schüttle den Kopf, da ich mich nicht darauf bezogen hatte. „Die Credits wären potenziell hilfreich, aber darüber solltet ihr direkt mit Roxley sprechen. Was die Kämpfer betrifft, glaube ich, von denen haben wir genug. Ich habe einen Plan."

Langsam nervt es mich, dass die Leute bei diesen Worten immer zusammenzucken. Zumindest die Menschen.

„Und wie lautet der?", fragt Jason und neigt den Kopf.

„Also, da gibt es diesen Drachen ..." Ich genieße es, wie alle große Augen machen, während ich den Plan erläutere. Oder zumindest die Teile des Plans, die ich enthüllen kann.

***

„Du weißt schon, dass das total irrsinnig ist", sagt der Gildenmeister.

„Das hat mir schon mal jemand gesagt, Jin", antworte ich und blicke ihn lächelnd an. „Werdet ihr uns also helfen?"

„Das ist ein riskanter Plan. Zu riskant für die Gilde." Jin blickt mich aus seinen mehrfarbigen Augen an. Darin wirbeln Grün, Rot und Rosa herum, während sie verschmitzt glitzern. „Allerdings könnte ich meine abenteuerlustigen Kameraden nicht daran hindern, eine legitime Quest zu akzeptieren, falls der Gilde eine solche angeboten würde."

Ich stöhne und zucke in Gedanken zusammen. „Und wie teuer wäre diese Quest?"

„Teuer. Wir sprechen davon, das Lager eines Drachens aufzuspüren und eine Gruppe von Abenteurern, die bezüglich des Levels unterlegen sind, dorthin zu führen", sagt Jin und tippt sich gegen die Lippen. „Eine derartige Quest könnte ich nicht guten Gewissens ohne eine passende Belohnung anbieten."

Andrea unterbricht ihn abrupt. „Jin, wir werden uns über diese Quest unterhalten. Wir müssen sowieso darüber reden, was deine Leute neuerdings wieder angestellt haben. Nach der Schicht mit den Zwergen zu feiern und unsere Kneipe in Stücke zu schlagen, ist einfach nicht akzeptabel."

Jins verschmitztes Lächeln verschwindet. Er lehnt sich ein Stück weit nach vorn und seine Flügel breiten sich hinter ihm aus, bevor sie dann wieder auf dem Rücken verschwinden. Einen Augenblick lang sehe ich sie in ihrer ganzen schimmernden, vielfarbigen Pracht. Auf Andreas Geste hin verlasse ich den Raum, gefolgt von Ingrid, die die Hände auf ihre Hüften stützt. Sie bricht das Schweigen erst, als wir ein gutes Stück weiter sind.

„Aha. Ein Drache", sagt Ingrid, die offenbar mehr erfahren möchte.

„Ja ...", antworte ich und betrachte sie aus dem Augenwinkel. „Weißt du, ich bin eigentlich ganz froh, dass du hier bist. Deine Skills ..."

„Genau." Ingrid schüttelt den Kopf. „Und du wolltest nicht, dass ich mitkomme."

„Irre gefährlich, weißt du noch?", erkläre ich.

„Luthien hatte recht. Du bist ein echtes Weichei", sagt Ingrid grinsend. „Ich bin ein großes Mädchen. Und diese Welt ist alles andere als sicher ..."

Ich nicke und überlege schweigend, wo die Mädchen wohl sind. Nach einigen Sekunden habe ich sie lokalisiert. Irgendwann werde ich gezwungen sein, Ingrid ein wenig mehr zu erzählen. Dem Stadtrat von Carcross habe ich einen Teil des Plans vorgestellt, gerade genug, um überzeugend zu wirken. Aber den Großteil der Informationen halte ich zurück, da ich weiß, wie das System funktioniert. Aber jetzt ist es an der Zeit, Lana auf den nächsten Schritt vorzubereiten.

***

„Truppführer?", frage ich und starre den knapp einsvierzig großen Zwerg an, dessen Dreadlocks allmählich grau werden.

Seine Füße liegen auf dem Tisch, und er entspannt sich nach einem langen Arbeitstag mit einem großen Glas Bier. Hellgraue Augen betrachten uns neugierig, und er scheint uns völlig routiniert abzuschätzen.

„Soweit wir wissen, gehören Sie einem größeren Clan an, oder?", fragt Lana unter Einsatz ihres berühmten strahlenden Lächelns.

Der Zwerg blinzelt und richtet sich auf, als Lanas Charme-Offensive beginnt. Auch wenn jemand von seinem Rang einem Charme-Zauber vermutlich widerstehen würde, würde jeder echte Mann darauf reagieren, von einer attraktiven Frau angesprochen zu werden.

„Das stimmt, das tun wir. Wir gehören zum Steinhintern-Clan." Der Zwerg grinst und streckt Lana die Hand entgegen. Als sie diese ergreift, zieht er sie zu sich hin, so dass ihre Köpfe sanft zusammenstoßen und er eine Aussicht auf ihren Ausschnitt hat. „Romi Granitknie. Was kann ich für Sie tun?"

„Nun, wir möchten Ihrem Clan ein Geschäft vorschlagen, wenn Sie gewillt sind, es sich anzuhören", murmelt die immer noch vorgebeugte Lana, bis Romi nickt. Dann richtet sie sich auf und setzt sich hin. „Also, wir hatten uns gedacht ...“

Ich lehne mich gegen die Wand und sehe zu, wie sie sich den armen Zwerg vornimmt. Zwar bekommt sie nicht alles, was sie will, aber Lanas Erfahrung in der Verhandlungsführung kommt hier voll zu Geltung. Es ist eine knifflige Aufgabe und ich bin froh, dass sie sich darum kümmert, auch wenn Romi ganz schön hart verhandelt. Aber am Ende des Gesprächs haben wir, was wir brauchen. Auch wenn es nicht ganz dem entspricht, was wir wollten.

***

Am Abend vor dem Aufbruch zur gefährlichsten Mission, die wir je unternommen haben, tun wir etwas völlig Banales. Vielleicht haben wir uns dafür entschieden oder es ist einfach die Art der Menschen, mit zunehmendem Druck umzugehen. Wir verbringen den Abend mit Jason, Mike und Rachel bei gutem Essen und Drinks. Keine Jagd, keine Kämpfe, nur Lügengeschichten und Witzeleien. Es ist nicht überraschend, dass wir Jasons Angebot ablehnen, mit uns zu kommen – Rachel scheint uns dafür ausgesprochen dankbar zu sein. Es ist schwieriger, Mikes Angebot auszuschlagen.

„Wirklich, Mike, wir brauchen dich nicht“, winke ich ab und versuche, den Ex-Constable zu beruhigen. „Die Gilde hilft uns, wodurch wir zahlenmäßig deutlich besser dastehen. Und wir planen auch nicht direkt, dort mit Gewalt einzudringen. Kluane liegt weit außerhalb unserer Level, also gehen wir getarnt vor.“

Er grummelt und reibt sich während des Gesprächs unwillkürlich den kybernetischen Arm.

„Und Carcross braucht dich“, fügt Lana hinzu, um den massiven Mann auszumanövrieren. „Auch wenn momentan eine Flaute herrscht, werden die Schwärme weiter angreifen und es ist durchaus möglich, dass das System völlig neuartige Wesen hierher teleportiert. Am besten steigt ihr weiter hier draußen im Level auf.“

„Es fühlt sich einfach nicht richtig an.“ Mike kippt sein Bier hinunter. „Ihr habt schon recht. Aber irgendwie darf ich nie bei Sachen mitmachen, die Spaß machen.“

„Na ja, ist doch gut so. Dann beschwert sich Merrow zumindest nicht über deine Abwesenheit“, sagt Jason.

Alle Mädchen starren plötzlich Mike an.

„Merrow? Moment mal, das Katzen-Girl?“, fragt Rachel erstaunt.

„Genau.“

„Ein Katzen-Girl?“, frage ich, wobei meine Stimme etwas lauter wird.

„So heißen die aber ...“, sagt Ali, woraufhin er mit Popcorn beworfen wird.

Die Frauen beugen sich nach vorn und blicken den großen, aber plötzlich schüchternen Constable an.

„Also, Mike, diese Merrow ...“

Während die Mädchen versuchen, weitere Informationen aus dem armen Mann herauszuquetschen, lehne ich mich zurück und genieße das Spektakel. Obwohl er anfangs etwas brummelt, hat Mike nichts dagegen, über seine neue Freundin zu reden, sobald er in Stimmung kommt. Wer hätte gedacht, dass er derart tolerant ist?

***

„Eilon. Ixlimin“, begrüße ich die beiden bei unserem Treffen am folgenden Morgen. Ein kurzer Blick auf ihre Statusleisten genügt, um Informationen über sie zu erhalten. Ehrlich gesagt haben sich ihre Werte nicht allzu sehr verändert, aber das spielt keine Rolle.

Dann sehe ich mir die anderen drei Mitglieder ihrer Gruppe an. Eines ist ein Wolf-Mensch-Hybridwesen, das einen Stab in der Hand hält. Beim zweiten handelt es sich um einen blauhäutigen Humanoiden mit vier Händen, und dann gibt es noch einen Yerick. Alle verwenden Hightech-Skinsuits mit dünnen Panzerplatten, und am Körper tragen sie sowohl Nah- als auch Fernkampfwaffen. Interessanterweise hat sich der Yerick einen Bogen umgehängt, obwohl ich keine Pfeile entdecke.

***Jakrim Lurra (Level 3 Axt-Krieger)***

*HP: 1020/1020*

*MP: 530/530*

*Zustand: Keiner*

***Valeria Illora (Level 42 Elementarist)***

*HP: 230/230*

*MP: 1430/1430*

*Zustand: Keiner*

***Jazae Lamarr (Level 4 Scout-Anführer)***

*HP: 840/840*

*MP: 790/790*

*Zustand: Keiner*

„Gutes Team", sagt Ali nach seiner Inspektion der Gruppe. „Aber werdet ihr auch ausreichen?"

„Ixlimin kann das System stören, während Jazae uns als vorgeschobener Späher um möglichst viele Monster herumführt. Falls das nicht möglich ist, besitzt Valeria eine Reihe von Tarnzaubern", sagt Eilon. „Außerdem sind wir das einzige Team, das sich freiwillig gemeldet hat."

„Wir müssen nehmen, was wir kriegen", sagt Lana und nickt ihnen zu. „Der Tag vergeht."

Nach der Abfahrt erreicht unsere nun erweiterte Gruppe innerhalb von Minuten den Wald, angeführt von Jazae. Auf den Straßen kommen wir schneller voran, möchten aber still und leise vorgehen und bewegen uns daher querfeldein.

Es ist interessant, das Galaktiker-Team im Einsatz zu beobachten und die Optionen zu sehen, die es für die Fortbewegung in der Wildnis gewählt hat. Mikito und Lana reiten natürlich auf den Huskys und Ingrids Motorrad wurde genau wie Sabre mit Antigrav-Platten ausgerüstet, so dass es schwebt und das Terrain gut bewältigt. Jakrim verwendet wie wir ein Motorrad, das zwar robuster und post-apokalyptischer aussieht, aber immer noch als solches erkennbar ist. Valeria und Ixlimin fliegen aus eigener Kraft, wobei sie jeweils eine Mischung aus Magie und integrierter Technologie verwenden. Interessanterweise gehen Eilon und der Späher zu Fuß. Jazae ebenfalls, aber irgendwie kommt er dabei schneller voran als jemand, der rennt. Eilon ist völlig bizarr. Der Unheimliche Ritter schwebt neben uns und scheint sich unabhängig von unserer Bewegungsgeschwindigkeit nie anzustrengen. Der teilweise körperlose Zustand hat wohl seine Vorteile.

Da wir uns nicht verbergen müssen, bevor wir die Eisfelder erreichen, führt uns Jazae auf einem Kurs, der so gerade ist, wie das Terrain es erlaubt.

Das bedeutet natürlich, dass wir auf einige Monstergruppen stoßen. Während des ersten Gefechts halten wir uns zurück und beobachten, wie die Galaktiker sich an die Arbeit machen. Während Jakrim, Ixlimin und Valeria die unseligen Schleimwesen aus der Ferne angreifen, schwebt Eilon direkt in die Mitte der Gruppe und hackt wild und unbekümmert mit seinem Schwert um sich. Die feindlichen Angriffe durchdringen ihn oft und richten Schaden an, verschieben jedoch seinen Körper nicht. Nach kurzer Zeit sind die Schleimwesen tot und wir machen uns wieder auf den Weg.

Die Galaktiker bilden auch im nächsten Gefecht die vordere Linie, bevor wir allmählich herausfinden, wie ein gemeinsames Gefecht als Gruppe möglich wird. Jazae nimmt weder an diesem Kampf noch an den anderen teil, sondern bleibt vor der Hauptgruppe und erkundet den Weg.

Nach einigen Anfangsschwierigkeiten passt allmählich alles zusammen. Der Lernprozess ist nicht schwierig – die meisten von uns Nahkämpfern müssen lediglich daran denken, uns zurückzuhalten, so dass unsere Fernkämpfer auf die Feinde einhämmern können, bis diese uns erreichen. Danach ist unsere Formation generell zu eng für Fernangriffe. Aber bei den Monstern, die uns begegnen, stellt dies kein Problem dar. Auch wenn sie nicht gerade niedrigstufig sind, sind wir zu viele, als dass diese Gruppen eine ernsthafte Bedrohung darstellen würden. Was leider auch bedeutet, dass wir kaum Erfahrung erhalten.

Als wir dann Feierabend machen, haben wir etwa zwei Drittel der Entfernung nach Kluane zurückgelegt. Wir wären schneller vorangekommen, wären wir am Ende nicht Level-70-Monstern begegnet. Die sind immer noch nicht unüberwindbar, aber die Kämpfe deutlich schwieriger. Also müssen wir uns danach ausruhen, damit unser Mana und unsere Gesundheit sich regenerieren. Wir werden allmählich vorsichtiger. Denn je weiter wir vorankommen, desto höher die Stufen der Zonen.

Es dauert nicht lange, unser Lager aufzuschlagen. Wir stellen einige miteinander verbundene tragbare Kraftfelder auf, um Eindringlinge fernzuhalten, und Anna schmilzt rasch den Schnee. Zelte werden aufgestellt, weitere Sicherheitsmaßnahmen wie automatische Geschütze kommen hinzu, und nach wenigen Minuten flackert ein Lagerfeuer. Die Wachperioden werden je nach Ruhebedarf verteilt, und nach einer warmen Mahlzeit legen sich Ingrid und die Magier hin. Die Nahkämpfer bleiben länger auf. Unsere verbesserte Konstitution stellt sicher, dass uns diese Reise körperlich weniger fordert.

Ich habe mich freiwillig für die erste Wache gemeldet. Zu meiner Überraschung setzt sich Lana neben mich. Anna lässt sofort den Kopf auf Lanas Beine fallen, um sich kraulen zu lassen. Lana schweigt, während sie das rote Fell streichelt und die Ohren sanft kratzt. Ich betrachte Lana und stelle fest, dass sie umwerfend aussieht, obwohl ihre Haare vom Helm plattgedrückt wurden. Da ich nicht weiß, was sie sagen möchte oder wieso sie hier ist, bin ich wie üblich sprachlos. Das ist das erste Mal seit unserem Treffen mit Roxley, dass wir eine Gelegenheit für ein richtiges Gespräch erhalten. Ali schwebt davon und plaudert mit Eilon.

„Tut mir leid“, sagt Lana, nachdem sich das Schweigen zu lange hingezogen hat.

„Das ist doch nicht nötig“, sage ich automatisch. Noch während ich diese Worte ausspreche, wird mir bewusst, dass sie wahr sind. Vielleicht hat sie uns auf eine gewisse Weise verraten – aber mit ihrem Land konnte sie tun, was sie wollte. Wir hätten gerne ein Mitspracherecht gehabt, hatten jedoch keinen Anspruch darauf. Und ... „Du hast sehr gelitten. Es war schmerzhaft. Tut mir leid. Ich hätte mehr mit dir reden sollen. Hätte dir mehr Hilfe anbieten sollen.“

„Ich wollte keine Hilfe.“

„Das ist egal", sage ich kopfschüttelnd. „Ich hätte ein besserer Freund sein sollen. Aber so etwas fällt mir wirklich nicht leicht."

„Ein Freund zu sein?"

„Nein. Darüber zu reden, du weißt schon was." Ich schneide eine Grimasse und kämpfe gegen meine frühere Erziehung und soziale Konditionierung an.

„Dich zu öffnen? Anderen zeigen, dass sie dir etwas bedeuten?", sagt Lana, und ich nicke ihr zu. „Das fällt niemandem leicht."

„Dir schien es leicht zu fallen", erwidere ich.

„Nur scheinbar. Es ist nie einfach. Mit etwas Übung wirst du immer besser darin, dich um andere zu kümmern und ihre Gefühle zu verstehen."

„Ja ..." Dann schweige ich und starre in die Dunkelheit. Beim Blick auf meine Minikarte sehe ich nichts Bemerkenswertes. Dann wende ich mich wieder Lana zu. „Und, wie geht es dir?"

„Es ist so schmerzhaft, an ihn zu denken. Noch schlimmer ist es, wenn ich feststelle, dass ich ihn vergessen habe und der Schmerz verschwunden ist. Das ist albern, ich weiß. Ich weiß sogar, was meine frühere Therapeutin sagen würde. Schließlich habe ich beim Tod unserer Eltern dasselbe durchgemacht. Ich weiß, dass ich keine Schuldgefühle haben sollte, weil ich noch am Leben bin. Trotzdem fühlt es sich einfach falsch an."

„Ich weiß", sage ich und reibe mir das Gesicht. Bei allen Göttern, ich weiß es. „Emotionen wollen nie auf die Logik hören."

„Ich wollte ihn unbedingt wiederhaben. Und obwohl ich wusste, dass das falsch war, blendete ich es einfach aus. Ich wusste, dass das nicht er wäre, völlig unmöglich. Aber ich dachte, es würde ausreichen, wenn dieses Wesen ihm ziemlich ähnlich wäre. Ähnlich genug, um meinen Schmerz zu beenden", gesteht Lana.

Beinahe hätte ich gesagt, dass ihre Worte keinen Sinn ergeben. Andererseits ergeben Schmerz und Trauer nie Sinn. Sie existieren einfach.

„Früher einmal mochte ich das Yukon-Territorium. Ich konnte mir überhaupt nicht vorstellen, woanders zu leben. Die Wälder, der Winter, das Wetter. Jetzt erinnert mich alles an ihn – jeder Ort, den ich sehe, jede Person, die ich treffe. Und das hasse ich. Ich hasse es, dass Richard sein Leben dafür gegeben hat, nur weil er den Blick nicht abwenden konnte. Ich wünschte ...“, stottert Lana, verstummt dann und schüttelt den Kopf. „Ich hätte alle seine Comichefte verbrennen sollen.“

„Alle?“

„Ja. Als Kinder haben wir uns mal gestritten. Dumme Sachen zwischen Geschwistern – ich weiß gar nicht mehr, worum es ging. Ich war so wütend auf ihn, dass ich in sein Zimmer ging, mir ein paar seiner Comics geschnappt und in den Holzofen geworfen habe“, sagt Lana, und ich sehe sie entsetzt an. Sie senkt den Kopf leicht und errötet, so dass ihre Sommersprossen momentan nicht sichtbar sind. „Ich weiß. Aber ich war erst zehn Jahre alt. Unsere Eltern haben mir wochenlang das Taschengeld vorenthalten, bis er sich von dem Betrag die Comics neu kaufen konnte.“

„Aha. Spiderman, stimmt‘s?“, sage ich, und sie nickt. „Er hat mir davon erzählt. Ich glaube nicht, dass es etwas verändert hätte, die Hefte zu verbrennen. Dann hätte er einen anderen Grund gefunden, hier draußen zu sein.“

„Ja. Der dumme Kerl wollte immer ein Held sein.“ Lana beugt sich nach unten und vergräbt ihr Gesicht in Annas Fell.

Ich schüttle den Kopf und wende den Blick ab. Dann stöhne ich überrascht, als Howard seinen Kopf auf meinen Schoß fallen lässt, weil er ebenfalls gekrault werden möchte. Ich ziehe meine Panzerhandschuhe aus und kratze dann sein seidiges Fell, während ich mir wieder die Mini-Karte ansehe.

Wir schweigen eine Weile und kraulen den Fuchs und den Hund. Es ist eine kameradschaftliche Stille, ein gemeinsamer Moment des Friedens in einer ansonsten tödlichen und gefährlichen Welt. Wir schweigen so lange, dass sogar die Tiere ihren Platz wechseln.

Schließlich ergreift Lana das Wort. „John."

„Hmmm...?"

„Willst du ...?" Lana wird etwas rot, bevor sie mir in die Augen blickt und den Kopf in Richtung ihres Zelts neigt.

„Aha ..."

„Ich bin nicht emotional. Na ja schon, aber nicht, du weißt schon", sagt Lana. „Ich kann nichts versprechen. Nicht mehr als Freundschaft."

„Ich habe Wachdienst."

„Ali?", ruft Lana, und der über uns schwebende Geist sinkt herab.

„Alles klar, Schätzchen. Schieb jetzt endlich mal eine Nummer, Junge."

Ich knurre den Geist an. Dann drehe ich mich um und blicke Lana intensiv an. Ich sehe ihre blasse Haut mit den Sommersprossen und die zerzausten roten Haare. Der allzu ernste Ausdruck, der im Kontrast zu ihrer wachsenden Errötung steht. Die gerade Körperhaltung, die mich an ihre Stärke erinnert, und die lächelnden lila Augen.

Ich habe bereits zuvor abgelehnt. Ich habe das Gefühl, dass sie mich wohl nie mehr fragen würde, wenn ich ihr wieder einen Korb gebe. Und das aus gutem Grund. Es gibt unzählige Gründe dafür, nein zu sagen. Etwa die Tatsache, dass ich nicht weiß, wohin das führen wird. Ihre anhaltende psychische Labilität. Und meine eigene. Aber letztlich gibt es nur eine entscheidende Frage – will ich es tun?

***

Fünf Stunden später sind wir wieder unterwegs. Mit Ausnahme von uns beiden konnten sich alle etwas ausruhen. Ich bin dankbar, dass die Hightech-Zelte der Galaktiker schalldicht sind, wie ich zugeben muss. Ansonsten hätten die anderen wohl keinen Schlaf gefunden. Oder zumindest die Menschen – wer weiß, wie die Galaktiker auf Lustschreie reagieren. Vielleicht hätten manche von ihnen es als beruhigend empfunden.

Wir haben erst eine kurze Strecke zurückgelegt, als Eilon zu mir und Sabre schwebt.

„In meiner Gruppe würde eine Person, die ihren Wachdienst aus irgendeinem Grund nicht erfüllen kann, üblicherweise die nächste Person auf der Liste informieren", sagt der neben mir schwebende Eilon.

„Tut mir leid. Mein Geist hat die Wache übernommen", sage ich und senke angesichts meiner jämmerlichen Ausrede den Blick. Schließlich war meine Wache fast vorbei – wir hatten jede Nacht in zwei Schichten aufgeteilt.

„Ja, aber Geister gelten generell nicht als Ersatz. Das trifft auch auf Drohnen oder KIs zu. Sie würden sich zu leicht vom System oder von Monstern täuschen lassen. Außerdem sind sie oft nicht sehr effektiv, wenn sie Hilfe leisten müssen", tadelt mich Eilon.

Ich lasse mich nicht aus der Ruhe bringen und nicke nur.

Als der Unheimliche Ritter das Gefühl hat, mich ausreichend kritisiert zu haben, fügt er hinzu: „Wobei ich zugeben muss, dass dein Geist sich von den meisten anderen unterscheidet. Seine Suchfähigkeiten sind beeindruckend."

Ich brumme nichtssagend, da ich ihm nicht verraten möchte, dass Ali mit mir verbunden ist. Auch wenn das nicht einzigartig ist, kommt es aufgrund der hohen Manakosten für einen Verbundenen Begleitergeist doch eher selten vor. In meinem Fall muss ich nicht dafür bezahlen. Das System übernimmt die Kosten, aber für die Mehrheit der Leute würde es die Mana-Regenerationsrate senken und wäre dadurch zu teuer.

Nachdem er seine Pflicht als Anführer der Gruppe erledigt hat, nimmt Eilon wieder seinen Platz in der Linie ein. Ich lasse meine Augen erneut über die Gruppe wandern. Jazae ist nicht zu sehen, wie üblich, während Eilon und Jakrim die Vorhut bilden. Mikito und Ingrid sind hinten, wohingegen der Magier, Ixlimin, Lana und ich mit den Hunden in der Mitte der Gruppe laufen. Wir bewegen uns in einer engeren Formation als gestern. Die Hunde schwärmen nicht aus, da das von uns durchquerte Terrain uns zwingt, die Reihen zu schließen.

Wir marschieren durch einen Hohlweg und betreten eine Lichtung. Die Bäume, die wir hinter uns gelassen haben, besitzen einen metallischen Glanz und versprühen silberfarbenes Harz auf uns. Eilon und Jakrim sind im freien Gelände, als unsere Angreifer das Feuer eröffnen, so dass blaue und rote Blitze durch die Luft zucken. Gleichzeitig treffen uns zwischen den Bäumen abgefeuerte Strahlen und von Licht umhüllte Hakarta erscheinen, deren Tarnfelder versagen. Aus allen Richtungen rasen Angriffe auf uns zu, um uns zu überrumpeln.

All das trifft auf mehrere Schichten von Schutzschilden und Mana. Ich wünschte, ich könnte ihre Gesichter sehen, als ihr Hinterhalt scheitert. Valeria wirkt bereits einen Wallzauber und riegelt einen Teil des Gefechtsfelds kurzfristig ab, während wir uns auf die andere Seite konzentrieren. Ein Großteil meines Manas ist aufgebraucht, weil ich damit Seelenschild auf meine Kameraden gewirkt habe. Trotzdem bleibt mir noch genug für einen Versetzungsschritt. Nach Sabres Umwandlung löse ich den Skill aus, der mich hinter das Hakarta-Team bringt.

Die Hakarta gehen wie eine gut geölte Maschine vor. Zwei von ihnen drehen sich um und suchen nach mir, während die anderen das Feuer auf den Rest unseres Teams konzentrieren. Aber zu ihrem Unglück sind die beiden Hakarta, die sich umdrehen, nicht diejenigen, die ich angreife. Mein Schwert schneidet in die schwarze Rückenpanzerung des Hakarta, wobei Duplikat-Klingen dem ersten Schlag folgen und unseren Angreifer erneut verletzen.

Aus dem Augenwinkel nehme ich die Aktivitäten meines restlichen Teams wahr. Ingrid und Ixlimin sind verschwunden und vollständig unsichtbar geworden. Mikito wählt einen direkteren Weg und stürmt auf die Gruppe zu, die uns in den Rücken gefallen ist. Die auf Wynn reitende Samurai-Kriegerin überquert die Distanz in Sekundenbruchteilen. Eine geisterhafte Rüstung umgibt beide, und die darauf treffenden Energiestrahlen erzeugen ein nach hinten strömendes Licht in allen Regenbogenfarben. Anna, die von Howard gesprungen ist, überzieht eine Seite unserer Front mit Flammen. Dort wirft Valeria als zusätzlichen Schutz verstärkte Erdwälle auf. Howard lässt sich zu Boden fallen und schleicht so gut er kann zur unberührten Seite. Dort versucht er, seinen Körper aus dem Schussbereich zu bringen. Shadow setzt auf eine direktere Taktik, da er sich näher am Feind befindet. Er greift den nächsten Hakarta an, wobei seine schattenhaften und die echten Zähne in unterschiedliche Gliedmaßen beißen. Lana verbirgt sich hinter einem Baum und schleudert Rauchgranaten, um uns zusätzliche Deckung zu geben, während gelegentlich ein Strahl vom Überrest meines Seelenschilds abprallt. In der Vorhut spaltet sich Eilon in vier Kopien auf, die jeweils unterschiedliche Hakarta angreifen. Jakrim hingegen beschleunigt einfach sein Motorrad und feuert mit den integrierten Strahlenwaffen, während er sich den Angreifern nähert.

Das ist alles, was ich sehe, bevor ich in meinen eigenen Kampf verwickelt werde. Schadensanzeigen leuchten auf, als Strahlen sich in Sabres Panzerung bohren, da der Schutzschild schließlich versagt. Ich trete nach dem Bastard, der mir den Bauch aufzuschlitzen versucht und drehe mich dann zur Frontlinie, um sicherzustellen, dass dort keine Kameraden sind. Nach der Bestätigung dessen feuere ich eine Gruppe von Raketen ab, die die Hakarta mit einem Klebstoff bespritzen und festhalten. Lana und die Hunde nutzen die Feuerpause voll aus und stürmen auf die bewegungsunfähigen Soldaten zu.

Zwei Gegner hinter mir sind noch frei. Daher konzentriere ich mich auf diese und renne im Zickzack auf sie zu. Ali schwebt neben dem verletzten Hakarta herab, nach dem ich getreten habe. Er stößt mit seinen kleinen Händen in dessen Rüstung und tut etwas, das einen Schrei auslöst, der mir durch Mark und Bein geht.

Ich bemerke die Schadenswerte, die in meinem HUD aufleuchten, als ich mich dem Schützen nähere und die Duplikat-Klingen erscheinen. Er hebt das Gewehr und blockt den Schlag ab. Ich lasse mein Schwert verschwinden und steche mit der anderen Hand nach außen, während ich mit raschen seitlichen Schritten vorankomme. Der Hakarta springt zurück und muss den beiden Duplikaten ausweichen, die ich nicht verschwinden ließ. Das führt aber dazu, dass mein Stoß ihn direkt trifft. Die von Mana getränkte Klinge durchschneidet die Rüstung wie Butter.

„*Die Mauern brechen, Jungchen. Der Magier ist gut, aber ein Erdwall ist nicht unbegrenzt belastbar*“, sagt mir Ali telepathisch und spornt mich an.

Keine Zeit. Mein Mana ist fast aufgebraucht, daher hebe ich die rechte Hand, verbanne die Duplikat-Klingen und löse das Inlin-Gewehr aus. Das Dauerfeuer schießt Projektile in den Körper des Hakarta. Nach einigen Sekunden wird er vom Kugelhagel durchbohrt, da seine Rüstung der Wucht nicht standhält. Ich stürze mich auf den nächsten Angreifer, wobei ich mich ducke und seinen Schüssen ausweiche.

***Hakarta-Soldat (Level 35)***
*HP: 450/450*
*MP: 153/240*
*Zustand: Verängstigt (reduziert Reaktionszeit)*

Einzeln sind sie nicht sonderlich stark. Aber sie besitzen gute Ausrüstung, verfolgen eine gute Taktik und sind uns zahlenmäßig überlegen. Als Ali sie als Erster bemerkte, zählten wir die Feinde und entwickelten einen Plan. Da sie uns beschatteten, gelang es uns leider nicht, eine Gruppe zu isolieren und wir mussten direkt in ihre Falle laufen. Aber das Gute daran war, dass wir in aller Stille einen Plan für den Gegenangriff entwickeln konnten.

Ich erreiche den letzten freien Feindsoldaten auf dieser Seite, packe ihn am Hals und schleudere ihn mit voller Kraft durch die Bäume in den zerbröckelnden Erdwall. Sabres Schild aktiviert sich flackernd, während ich vorwärts springe und absorbiert die Rakete, die vom Soldaten abgefeuert wird, während er sich noch aufrappelt. Mein neu gebildeter Schild zerfällt unter dem Aufprall, aber die Explosion reicht nicht aus, um mich zurückzuschleudern. Die Aktivpanzerung und die vom System erhöhte Stärke bringen mich durch die Explosion und ich stoße meine Klingen in den Körper. Um uns wirbeln Staub und Steine, so dass ich dankbar bin, die Luft nicht direkt einatmen zu müssen.

Inmitten der neuen Gruppe setze ich den Schall-Impulsgenerator einige Sekunden lang ein. Nicht länger, da die Hunde ebenfalls hier sind. Aber lange genug, um die Soldaten zu verletzen und zu desorientieren, während unser

Team sich umgruppiert. Ich eröffne das Feuer mit dem nachgeladenen Inlin. Die Projektile fliegen durch das metallische Laubwerk und treffen auf Fleisch. Ich beharke die Gruppe mit meinem Gewehr, wobei ich die Feinde nicht töten, sondern nur aus dem Konzept bringen möchte. Sie feuern auf mich. Ich konzentriere mich eine Sekunde lang, werfe Sabre in mein Inventar und absorbiere die Schüsse direkt. Schmerzen durchzucken mich, als die Strahlen mein Fleisch verbrennen und kauterisieren. Die minimale Panzerung meines Skinsuits wird zerfetzt.

Trotz meiner Größeren Regeneration sehe ich meinen Gesundheitswert sinken. Das ist aber immer noch besser, als Sabre in Stücke schießen zu lassen. Ich gehe hinter den umgepflügten Überresten des Erdwalls so gut wie möglich in Deckung und hoffe darauf, dass mein Team eintrifft, bevor ich fliehen muss. Als das Feuer plötzlich nachlässt, hebe ich den Blick und sehe, dass die übrigen Hakarta im Kampf mit meinem Team in Stücke gerissen werden. Ein schneller Blick auf die Mini-Karte zeigt mir, dass sich Jazae bereits zurückgeschlichen hat. Die drei Galaktiker haben den Frontalangriff gemeinsam zurückgeschlagen und kehren zu unserer Unterstützung zurück. Ich hatte mir deswegen Gedanken gemacht, da die Hakarta ihre Streitkräfte vorne konzentrierten, aber meine Sorge war überflüssig. Nach dem Scheitern ihres ersten Angriffs haben die Hakarta keine Chance mehr.

„Was sollte das denn?“, fragt Jakrim später, nachdem wir uns geheilt, die Beute eingesammelt und verteilt haben.

Dimensions-Granaten, Strahlenwaffen und ziemlich ramponierte Rüstungen gehören zu unserer Beute – sowie ein kleiner Teil ihrer Credits. Was immer noch besser ist als die Ausbeute einiger unserer Monsterkämpfe.

„Hinterhalt“, sagt Ali grinsend.

„Ich glaube, der Angriff hätte deutlich härter ausfallen können“, sagt Eilon kopfschüttelnd. „Einundzwanzig Soldaten, zwei Sergeants und ein Lieutenant erscheinen mir zu wenig.“

„Sie haben wahrscheinlich nicht damit gerechnet, auf euer Team zu stoßen“, sagt Lana, während sie einen Heilzauber auf Shadow wirkt. Wir beobachten, wie das gebrochene Bein des Huskys unter dem Einfluss ihres Zauberspruchs langsam regeneriert.

„Schade, dass unser mysteriöser Angreifer nicht hier war“, sage ich mit Blick auf die Toten. Ich hatte darauf gehofft. Aber ich glaube, beim Anblick von Eilons Team hätte er sich zurückgezogen. Der Waffenmeister ist eine harte Nuss, aber dafür wäre er nicht hart genug. Glaube ich.

„Also habt ihr einen Angriff erwartet“, raunzt Eilon und schwebt plötzlich näher heran. „Ihr habt uns ohne Vorwarnung in Gefahr gebracht?“

„Wir haben euch gesagt, dass es einen Hinterhalt geben wird, als Ali die Gruppe abgeholt hat. Was euch anscheinend nicht gestört hat“, erwidere ich.

„Die Tatsache, dass ihr noch vor unserer Abreise einen Hinterhalt erwartet habt, hätte die Quest beeinflusst“, knurrt Jakrim. „Habt ihr uns sonst noch etwas vorenthalten?“

„Eine Menge“, sage ich. „Aber nichts, das die Quest beeinflussen würde. Nichts, das Auswirkungen auf euch hat. Es sei denn, wir werden wieder von dem Typen angegriffen werden, den wir erwarteten.“

„Dein mysteriöser Angreifer“, sagt Eilon, und ich bestätige durch ein Nicken. „Und wisst ihr, warum diese Kerle im Hinterhalt gelegen sind und nicht er?“

Ali schwebt herab und wechselt mehrmals in schneller Abfolge den Kleidungsstil, um unsere Aufmerksamkeit zu erwecken. „Meine Vermutung? Sie waren sich nicht ganz sicher, wohin John und sein Team unterwegs waren. Wir haben ausreichend viele Hinweise hinterlassen, dass sie wussten, dass es eine längere Abwesenheit sein würde. Da unser geheimnisvoller Angreifer die Stadt nicht zu lange verlassen kann, haben sie sich anscheinend für den Einsatz des B-Teams entschieden."

„Dreiundzwanzig Hakarta." Ich starre auf die Leichen und rechne und gehe im Kopf die Rechnung durch. Ja, das klingt sinnvoll. Auch wenn wir gut sind, was könnten wir schon gegen dreiundzwanzig von ihnen ausrichten, die uns überraschend angreifen? Das wäre unser Ende.

„Tiefe Wasser", murmelt Eilon, und ich zucke mit den Schultern.

„Du warst beim Gespräch dabei", sage ich.

Eilon verzieht das Gesicht und nickt langsam. Politik ist Politik. Schließlich wusste er ja, worauf er sich einließ.

„Gehen wir also, oder wollen wir nur herumsitzen und unsere Gefühle besprechen?", sagt Ali.

Obwohl er recht schroff ist, hat er doch ins Schwarze getroffen. Einige Minuten später sind wir wieder in Richtung unseres Primärziels unterwegs: zu den Eisfeldern.

# Kapitel 14

Die Ausläufer des Kluane National Park sind nur zweieinhalb Stunden Fahrt von Whitehorse entfernt. Hierbei handelt es sich um eine riesige, atemberaubende Wildnis mit über zwanzigtausend Quadratkilometern Landfläche, von denen die Eisfelder circa achtzig Prozent ausmachen. Und irgendwo in diesen Eisfeldern, deren Zonenlevel stetig ansteigen, lebt ein Drache.

***Beginn der Zone Kluane National Park (Level 100+)***

*Hinweis: Während der Übergangsphase befinden sich die Zonenlevels ständig im Wandel.*

Wir warten direkt innerhalb der Zone, und Jazae nimmt sich die Zeit, unseren Weg etwas sorgfältiger zu erkunden. Ali musste seine Suche deutlich einschränken, da einige der Monster auf diesem Level einen breit angelegten, nicht verborgenen Scan potenziell entdecken würden. Zum Glück besitzt mein eigener Skill eine deutlich geringere Reichweite und ist passiv, so dass er eine gute sekundäre Absicherung darstellt.

„John?" unterbricht Lanas Stimme meine Tagträume, während ich die Benachrichtigung anstarre. Ich schließe sie, ohne groß nachzudenken und richte den Blick auf die Rothaarige, die auf ihrem Hund neben mich geritten ist. Nachdem wir uns jetzt in der Zone aufhalten, werden wir weniger kämpfen und uns öfter verstecken. Auch wenn einige der Monster hier unserem Level entsprechen, erhöht jeder Kampf das Risiko, von etwas oder jemandem auf einer deutlich höheren Stufe bemerkt zu werden. Es ist besser, im Verborgenen zu bleiben.

„Hier hat alles angefangen, weißt du. Für mich", sage ich und deute nach Norden. Wir hatten unseren Anmarschweg etwas angepasst, da wir die

Eisfelder erreichen möchten und nicht den See. Daher haben wir weder Haines Junction noch den See gesehen. „Kathleen Lake."

„Ach so." Lana ergreift meine Hand und drückt sie. „Du redest nicht viel darüber. Oder über deine Vergangenheit."

Ich nicke. Ich habe mein Leben schon immer segmentiert und die Vergangenheit auf Distanz geschoben, um in der Gegenwart zu leben. Ich denke nicht gerne an Verlorenes. Das kann ich nicht. Ansonsten wäre ich unfähig, noch durchzuhalten. Trotzdem ... „Es gibt nicht viel zu sagen. Ich habe hier nur einige Tage verbracht. Ich rannte von einem Monster zum nächsten und versuchte verzweifelt, aus der Zone zu kommen, bevor die wirklich ekligen Monster auftauchten. Ich habe auf Level 1 angefangen."

„Der Junge musste zum Kampf gegen eine verdammte Ameise gezwungen werden", kichert Ali.

„Erinnerst du dich an den Hasen?" Ich lache in Gedanken. „Du hast ihn für ein Kaninchen gehalten."

„Ich hatte nicht erwartet, dass du länger als eine Woche überlebst", sagt Ali, während Lana und die anderen Mitglieder zuhören, wie wir in Erinnerungen schwelgen.

„Ich bin ein Dutzend Mal fast abgekratzt. Dieser Riese hätte mich beinahe erwischt."

„Ich erinnere mich daran, wie du seinen Schwanz angestarrt hast", sagt Ali.

Ich pruste laut. Ja, das war eine Erinnerung, die ich gerne auslöschen würde. „Bei den Göttern. Wann war das, so vor elf Monaten?" Ich schüttle den Kopf, als mir klar wird, wie viel und doch wie wenig Zeit seither vergangen ist. Seit diesen Tagen ist so viel passiert.

„Wie war eigentlich dein erster Tag?", fragt Ali und wendet sich Lana zu.

„Beängstigend. Richard ...“ Einen Augenblick lang stockt ihr die Stimme. „Richard und ich haben den ‚Vorschlag‘ des Systems bezüglich unserer Klasse sofort akzeptiert. Es kam uns einfach richtig vor, weißt du? Wir mussten uns um die Ranch und die Tiere kümmern. Wir versuchten, den Truck anzulassen, aber das hat nicht geklappt. Daher warteten wir. Das erste Ding, das wir töteten ähnelte einer Raupe. Richard nahm sich die Axt und die Hunde haben es gebissen. Am ersten Tag wagten wir nicht, die Ranch zu verlassen. Wir blieben nur daheim und töteten die Wesen, die uns angriffen.

„Manchmal ... manchmal glaube ich, dass es besser gewesen wäre, nach draußen zu gehen. Später fanden wir einige unserer Nachbarn. Mit unserer Hilfe hätten sie vielleicht überlebt.“

Ich drücke Lanas Hand, die ich weiterhin festhalte. Diese Geste ist eher als Symbol des Trosts gedacht denn als körperliche Beruhigung – insbesondere mit den Panzerhandschuhen, die wir beide tragen. Als sie mich anblickt, schüttle ich den Kopf. „Lass das. Du hast getan, was du tun musstest. Vielleicht wäre es möglich gewesen, ihnen zu helfen. Vielleicht wären sie trotzdem gestorben. Das kann man unmöglich wissen. Also reg dich nicht darüber auf.“

Lana nickt kurz und zwingt sich zu einem schwachen Lächeln.

Ingrid sieht Mikito an. „Und wie war es bei dir?“

Scheiße. Lana und ich zucken zusammen, da wir die Geschichte kennen.

„Ich ... mein Mann und ich waren bei den Thermalquellen. In einem der Wochenendhäuser. Er ist gestorben“, sagt Mikito ausdruckslos und versinkt dann in Schweigen.

Ingrid nimmt diese Antwort gelassen hin und fügt ihre eigene Geschichte hinzu. „Ja. Mein Mann und meine Schwägerin auch. Sie besuchten uns gerade in unserer Wohnung. Dawson. Es gab nicht viele von uns. Aber die erscheinenden Monster waren wirklich groß. Ekelhaft. Da gab es dieses Nacktschnecken-Wesen, das Häuser zertrümmerte und die Leute, die sich darin versteckten, angegriffen hat. Vor seinem Tod hat es Dutzende von Menschen getötet. Dann gab es noch diesen Raben, der sich weiterentwickelt hatte. Er hat die Häuser auf der anderen Seite des Flusses abgebrannt. Wir konnten ihm keine Verletzungen zufügen – aber letztlich mussten wir das auch nicht. Als er über den Fluss flog, riss ihn ein Tentakel aus der Luft. Allerdings war dies am dritten Tag. Glaube ich. Die Tage verschwimmen nach einer Weile."

Die Galaktiker hören uns zu, schweigen jedoch und beobachten die Bäume, während wir warten. Ich frage mich, was sie von uns und unseren Geschichten halten. Meinen dürftigen Informationen zufolge unterscheiden sich ihre Leben genauso sehr, wenn nicht noch mehr, wie die Existenzen der Menschen auf der Erde vor dem System. Manche wuchsen in großen, etablierten und stabilen Zonen auf, andere hingegen in kleinen, verarmten Städten, wo die Monster stets in der Nähe lauerten. Was sich kaum von Bürgern eines hochentwickelten Landes im Kontrast zu denen eines gescheiterten Staats unterscheidet. Was auch immer das System bringen mag – Gleichheit gehört mit Sicherheit nicht dazu.

„Es wird Zeit zu gehen", unterbricht uns Eilon und nickt in Richtung des Waldrands.

Wir verstauen die Motorräder mit Ausnahme von Sabre, das im Mech-Modus bleibt, und gehen zu Fuß den Berg hoch. Wir packen uns einige Beutel mit Ausrüstung, die wir im Notfall schnell loswerden könnten. Allerdings befindet sich der Großteil der benötigten Dinge in meinem Veränderten Raum und in unseren Inventaren. Von jetzt an geht es zu Fuß weiter. Dadurch fällt es uns leichter, im Verborgenen zu bleiben.

***

Wir kommen immer höher und stapfen durch das Eis und den Schnee des Gebirges. Der Wind heult, wirbelt den Schnee um uns herum und unterkühlt jedes Stück ungeschützter Haut. Wir suchen angestrengt mit allen Sinnen nach potenziellen Gefahren. Schneebedeckte Gipfel, an deren Kanten Granit zu sehen ist, begrüßen uns. Und je höher wir klettern, desto mehr dunkle Wolken sammeln sich.

Wir sind bereits einer Reihe von Herausforderungen ausgewichen, in erster Linie einem Clan von Schneeriesen und zwei Eiselementaren. Allerdings ist es uns nicht gelungen, alle Monster zu umgehen. Ein Schneeleopard mit einem Paar Tentakeln auf dem Rücken sprang Ingrid an, warf sie zu Boden und verbiss sich in sie, bevor es uns gelang, ihn zu töten. Wir mussten uns ausruhen und verstecken, während Valeria den Schnee magisch behandelte, das Blut entfernte und Ingrid ein verlorenes Körperglied regenerierte.

Der Aufstieg macht uns nichts aus, da unsere verbesserte Konstitution und gelegentliche Regenerationszauber uns auf den Beinen halten. Wir legen eine beträchtliche Strecke zurück, auch wenn wir den größten Teil davon damit verbringen, uns zu verstecken, zurückzugehen oder potenzielle Probleme zu umgehen. Zum Glück sind die Monster, die unsere Anwesenheit bemerken, oft zu intelligent, um eine Gruppe dieser Größe ohne Unterstützung anzugreifen. Dadurch unterscheiden sie sich ebenfalls von niedrigstufigeren Monstern. Sie verfügen über eine gewisse Intelligenz und Kontrolle über die stumpfsinnige Aggression, die das System in ihnen installiert hat.

Nach zwei Tagen erreichen wir endlich die Eisfelder. Während dieses Zeitraums haben wir über siebzig Kilometer zurückgelegt und waren täglich mehr als zwanzig Stunden unterwegs. Blütenweißer Schnee bedeckt den Boden und wird gelegentlich von Vertiefungen unterbrochen, wo komprimierte blauweiße Gletscherwände sichtbar sind. Es ist ein ödes Land, noch öder als jede andere Landschaft, die ich je gesehen habe.

***Beginn der Zone Kluane Eisfelder (Level 130+)***

*Hinweis: Während der Übergangsphase befinden sich die Zonenlevels ständig im Wandel.*

Als wir die Benachrichtigung bezüglich der Zone sehen, atmen wir alle tief ein und die unausgesprochene Spannung steigt weiter an. Aber schließlich kommen wir näher heran.

Die Höhle, die Jazae für uns aufspürt, ist ein kleiner, enger und kalter Unterschlupf. Allerdings schützt uns ein einfacher tragbarer Schild vor dem Wind, und ein zweiter Ausgang bietet einen schnellen Fluchtweg für den Fall, dass ein großes Monster uns entdeckt. Es reicht für die paar Stunden Ruhe, die wir vor dem Weitermachen benötigen.

Zwei Wochen Marsch durch die Eisfelder. Ende Februar ist das Wetter absolut abscheulich. Wir kämpfen uns ständig durch Schnee und eiskalte Winde, gehen zurück und verstecken uns, während wir darauf warten, dass größere und gefährlichere Monster die Gegend verlassen. Wir sind völlig mitgenommen und halb erfroren, drängen jedoch weiter vor, auch wenn wir an manchen Tagen nur wenige Kilometer zurücklegen. An einem besonders unangenehmen Tag verlieren wir beinahe zehn Kilometer, weil wir zur Rückkehr gezwungen waren. Die Temperaturen reichen von milden -10°C bis zu lungenschmerzenden -40°C, und dies ohne Berücksichtigung des Windchill-Faktors.

Als Erstes verlieren wir Wynn. Ein Eiswurm – Level 137 – schießt aus dem Boden und schlägt die Zähne in den Hund. Mikito schafft es gerade noch, sich aus dem Sattel zu rollen, da ihre Hast und die verbesserten Reflexe sie von ihrem plötzlich schwankenden Reittier werfen. Noch im Fallen schlägt sie mit ihrer Waffe zu und erzielt den einzigen Treffer. Daraufhin versinkt der Eiswurm mit Wynn im Maul wieder im Boden und zeigt sich nie wieder an der Oberfläche. Das überraschte Gebell des Hundes ist das letzte Geräusch, das wir hören. Lana schreit und versucht, Wynn zu fassen, aber dieser Versuch ist hoffnungslos. Danach lehnt sich Lana eine Weile gegen Mikitos Rücken und schluchzt, aber wir können es uns nicht leisten, einen Stopp einzulegen. Nicht jetzt.

Jakrim stirbt als nächster. Ein Clan von Eis-Yetis entgeht Jazaes Aufklärung und entdeckt uns. Gemeinsam mit ihren gezähmten Schneeleoparden jagen sie uns stundenlang, während wir vergeblich versuchen, sie loszuwerden. Am Ende müssen wir uns dem Gefecht stellen und kämpfen vor einer enormen Schneewehe gegen etwa zwanzig Monster mit einem Level von 90 oder mehr. Ein Zauberspruch sammelt zusätzlichen Schnee vom Boden und erzeugt einen magischen Schneesturm, der die Wirkung unserer Strahlenwaffen behindert. Niemand wagt es, Projektilwaffen einzusetzen – die lauten Geräusche hätten möglicherweise noch unangenehmere Folgen. Das Gefecht entwickelt sich zu einem Nahkampf, in dem Eilon, Mikito, Jakrim und ich an vorderster Front stehen. Jazae und Ingrid erscheinen und verblassen hinter den feindlichen Linien, greifen an und verschwinden wieder, bevor sie verletzt werden. Währenddessen feuern Ixlimin, Lana und Valeria aus der Ferne mit Zaubersprüchen und Strahlenwaffen auf die Gegner. Anna und die anderen Tiere helfen soweit möglich, indem sie an der Front angreifen und sich dann wieder zurückziehen.

Als er stirbt, geschieht es schnell. Wir alle bluten, sind verletzt und erschöpft, da die Umgebung unsere Regeneration durch den Kälteschaden verlangsamt. Ein verfehltes Parieren, ein Hieb, der den Yerick entwaffnet, und dann stößt die Klinge zu. Diese injiziert ein Gift, die sein Blut gefrieren lässt, und noch während Jakrim verzweifelt nach einem Trank greift, schießt ein Eisstachel aus dem Boden. Dieser trifft seinen Bauch, durchdringt die bereits durch die Kälte und das Gefecht geschwächte Panzerung und reißt ihn von den Füßen. Als wir ihn erreichen, ist der Yerick bereits tot.

Die Galaktiker reagieren grimmig auf seinen Tod. Zu wissen, dass dies eine gefährliche Mission und vielleicht sogar ein Himmelfahrtskommando ist, ist eine Sache. Einen Freund und Kameraden zu verlieren ist hingegen etwas völlig anderes.

Zum Glück treffen wir auf eine geringere Anzahl von Monstern, je mehr wir uns dem Drachenhorst nähern. Nicht einmal die stupiden, aggressiven Kreaturen des Systems möchten einen Drachen ärgern. Als wir den Fuß des gewaltigen Berges erreichen, haben wir seit Stunden kaum noch Monster gesehen.

„Weiter gehen wir nicht", sagt Eilon, nachdem wir am Fuß von Mount Logan eintreffen.

Jazae ist zur Gruppe zurückgekehrt und wir kauern auf einem schmalen Überhang, der zu gleichen Teilen aus Schnee und Fels besteht.

„Schon gut", sage ich mit Blick auf die Karte, auf die alle von uns Zugriff haben. Wir müssen noch fünf Kilometer zurücklegen – allerdings hauptsächlich aufwärts – um das Ziel zu erreichen: Eine Höhle in der Flanke von Mount Logan, die der Drache sich angeeignet hat. Ich frage mich, ob er die Höhle selbst gegraben hat oder diese schon immer vorhanden war und auf ihre Nutzung wartete. Ich blicke hoch, starre auf die Sterne, die hier draußen in ihrer vollen Pracht funkeln, und treffe eine Entscheidung. „Wir greifen morgen an."

Auf meine Worte hin bauen wir das Lager für den Rest des Tages auf, statt nur eine kurze Pause einzulegen. Wir haben uns bereits daran gewöhnt, dass der Schutzschild und die reflektierende Tarnwand in Minuten stehen, während Valeria weitere Verbergungszauber auf das Lager wirkt. Alle richten sich rasch ein und ziehen Essensrationen und Ruhematten hervor. Auch wenn der heutige Tag – eigentlich die Nacht, da wir hauptsächlich nachts unterwegs sind – kürzer war als normal, waren wir dennoch acht Stunden lang in Bewegung.

Ich schlafe nicht und lehne mich stattdessen gegen die Kante der Tarnwand. Die Eisfelder weisen eine karge Schönheit auf, wenn die Farben des Polarlichts über den weißen Schnee tanzen. Über mir sehe ich am Himmel lila, grüne, blaue und gelbe Farbbänder aufleuchten. Sterne, so verdammt viele Sterne, und das Band der Milchstraße ist mit bloßem Auge klar erkennbar. Es ist kein Mensch, kein Monster oder Geist in Sicht. Nur die Natur in all ihrer furchtbaren Schönheit.

„Wunderschön, nicht wahr?", sagt Lana, als sie neben mich tritt.

„Ja", antworte ich leise. „Eine der schönsten Landschaften, die ich je gesehen habe."

„John. Morgen ..." Lana verstummt, scheinbar unsicher, was sie noch sagen soll. „Komm heil zurück."

„Schon wieder", murmle ich und sie schubst mich mit der Schulter an. Ich grinse ihr schnell zu, bevor ich ernst werde. „Ich werde mein Bestes tun."

Lana schweigt und umfasst mit ihren behandschuhten Fingern meine Hand. Wir sehen uns eine Weile lang die Eisfelder an und genießen einfach die Aussicht. Falls ich morgen sterbe, dann ist das keine schlechte letzte Nacht.

Später am Abend, als alle bis auf den wachhabenden Ixlimin schlafen, rufe ich Ali herbei. Wir haben nicht viel Zeit oder Platz dafür, aber da uns noch einige Stunden bleiben und die Nervosität und die Sorgen mich ansonsten überwältigen würden, muss ich mich vom kommenden Tag ablenken. Dafür ist ein Training der Elementar-Affinität gar nicht mal so schlecht. Ich sitze mit geschlossenen Augen im Schneidersitz und versuche erneut, die Welt zu spüren.

Man sollte meinen, hier an den kargen Rändern der Welt wäre diese Übung einfacher. Hier draußen gibt es nur Schnee und Eis über hartem Granit. Aber das wäre eine Fehleinschätzung, da jedes Molekül, jeder Zentimeter vor Energie glüht. Aber diesmal betrachte ich nicht den gesamten Regenbogen. Ich suche einzelne Kraftlinien, die ich verändern und anpassen kann. Einige sind dicker und stärker als andere – obwohl das nicht viel bedeutet, da wir höchstens von Millimetern sprechen – und auf diese konzentriere ich mich.

Es ist ein langer, zäher und oft frustrierender Prozess. Und genau das brauche ich jetzt, um meine Nerven zu beruhigen.

# Kapitel 15

„Na gut, ihr kennt alle den Plan. Ingrid und ich schleichen uns rein. Ihr bleibt hier einen Tag in Stellung. Falls wir nicht zurückkommen, sind wir gescheitert. Dann setzt ihr euch ab, geht nach Hause und tut euer Bestes“, sage ich und blicke meinem Team in die Augen.

Lana weicht meinem Blick aus. Mikito hingegen nickt wortlos, während Ingrid gelangweilt gähnt. Ein Teil von mir fragt sich, warum ich nun drei Frauen in meinem Team habe. Andererseits sehe ich auch, wie es dazu gekommen ist. Schritt um blutigen Schritt.

„Noch Fragen?“, sage ich.

„Wer kriegt dein PKF?“, fragt Jazae und deutet dahin, wo Sabre in Motorradform steht. Auch wenn ich den Mech gerne mitnehmen möchte, haben wir uns auf ein getarntes Vorgehen geeinigt. Im Fall einer Entdeckung wäre Sabre wenig hilfreich.

„Mikito. Ali hat sie in der Software registriert. Ihre Kontrolle des Mechs wäre nicht ganz so gut wie meine, aber ausreichend“, antworte ich.

Mikito nickt erneut und wirft mir ein dankbares Lächeln zu. Diese Entscheidung fiel mir eigentlich nicht schwer. Ich erinnere mich noch daran, wie aufgeregt Mikito war, als sie Sabre das erste Mal sah. Manchmal bin ich überrascht, dass sie sich noch keinen eigenen gekauft hat – aber ich nehme an, keiner von uns hätte ausreichende finanzielle Mittel für so etwas. Zumindest noch nicht jetzt.

„Sonst noch etwas?“

Da niemand etwas sagt, mache ich eine ruckartige Kopfbewegung in Richtung des Ausgangs. Einige Sekunden später sind Ingrid und ich draußen und stapfen durch den Schnee. Heute ist es überraschenderweise warm, kaum -10°C, so dass es sich dank unserer Hightech-Kleidung wie milde 25°C anfühlt. Ali schwebt neben uns und behält seine Bildschirme im Auge, während wir schweigend weitermarschieren. Es gibt nichts zu sagen, zumindest noch nicht. Wir beide kennen den Plan.

Während der letzten beiden Wochen entstanden hitzige Debatten über die Entscheidung, tagsüber nach drinnen zu gehen. Drachen schlafen oft sehr lange und ruhen sich zwischen Mahlzeiten tagelang aus. Vor allem Eisdrachen sind für ihre langen Ruheperioden bekannt – bisweilen vergehen Tage oder sogar Wochen, bevor sie wieder aktiv werden. Drachen sind von Natur aus faul, oder vielleicht spürt man einfach keine besondere Dringlichkeit, wenn man praktisch unsterblich ist. Das bedeutet, dass wir hier tage- oder wochenlang auf der Lauer liegen müssten, um einen Zeitraum zu finden, in dem der Drache nicht in seinem Versteck ist. Es wäre durchaus möglich, dass wir in die Höhle schleichen und ihn dort vorfinden würden.

Dann war da noch die Frage, ob wir es tagsüber oder nachts tun sollten. Da nicht feststellbar ist, ob der Drache wach war oder nicht, erschien es logisch, uns zu einem für uns geeigneten Zeitpunkt einzuschleichen. Es wäre sinnlos, sich den Kopf darüber zu zerbrechen, ob er wohl schläft, wenn er es schon tagelang getan hat. Die Höhle tagsüber zu betreten hätte auch den Vorteil, dass wir es ausnutzen könnten, falls der Drache aufwacht und sich einen riesigen Snack holen möchte.

Es überrascht auch nicht, dass keiner unserer Pläne auf eine direkte Konfrontation abzielt.

***

Erstaunlicherweise ist der Höhleneingang kleiner als erwartet, etwa sechs Meter hoch und neun Meter breit. Auch wenn ich den Drachen nie aus nächster Nähe gesehen habe, wirkte er aus der Entfernung riesig und der Eingang ist kleiner als in meiner Vorstellung. Ich vermute, das ist darauf zurückzuführen, dass der Drache eine dünne, längliche Körperform aufweist und nicht eine dickliche, wulstige wie ein westlicher Drache. Oder vielleicht schummelt das Monster und setzt so etwas wie eine Klassen-Fertigkeit ein.

*„Ali?“*

Der Geist schwebt voran und ist auf wenige Zentimeter geschrumpft, während er den Weg auskundschaftet. Ingrid und ich ducken uns in kurzer Entfernung, wobei die Tarnkleidung uns während des Wartens vor einer Entdeckung bewahrt.

*„Die erste Höhle ist leer. Ich warte am Eingang zur zweiten“*, teilt mir Ali telepathisch mit.

Wir klettern höher, wobei wir uns an den Boden schmiegen und so leise und schnell wie möglich vorwärts schleichen. Ingrids Klassen-Fertigkeiten machen sie dem bloßen Auge gegenüber unsichtbar. Da wir aber in einer Gruppe sind, kann ich sie als Punkt auf meiner Mini-Karte verfolgen. Wie geplant bleibt sie etwa drei Meter hinter mir, nur für alle Fälle. Angesichts ihrer Skills sollte sie eigentlich ganz vorn sein, aber ich bin die Person mit einer Verbindung zu Ali. Wenn jemand die Chance einer frühzeitigen Warnung hätte, dann ich. Zudem ist sie nicht die Person, die sich diesen verrückten Plan einfallen ließ – Ingrid sollte eigentlich überhaupt nicht hier sein.

Das von draußen hereinscheinende Sonnenlicht glitzert auf den Eiskristallen. Wirbel und Kringel aus gefrorenem Wasser, die grüne und blaue Wände aus Dihydrogenmonoxid beleuchten. Schwarzer Granit ist an Stellen unter dem Schnee sichtbar, wo sich Klauen von der Größe meines Oberkörpers in die Erde gegraben haben. Das einzige Geräusch, das ich höre, ist der heulende Wind, der mehr Schnee und Kälte mit sich bringt. Obwohl die Luft in meinem Helm gefiltert ist, spüre ich den schneidenden Frost in den Lungen, was mich wach hält.

„*Hier*", sage ich und entdecke Ali, als ich vorwärts krieche. Ich ducke mich – nicht direkt am Eingang, sondern daneben – und dann warte ich.

„*Habe ich dir je gesagt, dass ich es total beschissen finde, den Köder zu spielen?*", knurrt Ali und schwebt weiter.

„*Kein Köder. Späher.*"

„*So fühlt es sich aber nicht an*", raunzt Ali. Trotz seiner Nörgelei geht er dennoch hinein.

Es gibt Geschichten über Drachen. Geschichten über ihre Stärke, ihre Macht und Weisheit. Millionen von Legenden, die vom Mana durch die Galaxie getragen wurden, um uns zumindest eine kleine Vorwarnung und dadurch eine geringe Überlebenschance zu verschaffen. Diese Geschichten wurden in unzählige verschiedene Versionen zersplittert und aufgeteilt. Aber manche Aspekte sind so stark, so zentral in dieser Erzählung, dass sie durchgekommen sind. Ihre Stärke. Ihre Macht. Ihre Weisheit. Und dass sie ihren Schatz über alles lieben.

Als Ali die Entwarnung gibt, rutsche ich in die nächste Höhle und halte mich dabei im Schatten. Was ich danach sehe, verschlägt mir den Atem. Kristalle und Edelsteine aller Formen und Größen sind hoch aufgehäuft und leuchten sanft. Es gibt winzige, kaum so groß wie ein Zehn-Cent-Stück, andere sind so groß wie ein menschlicher Oberkörper und jedes denkbare Maß dazwischen. Rot, grün, blau, gelb, und in allen scheint ein bekanntes bläuliches Licht. Sie sind hoch angehäuft, aber nicht wild durcheinander geworfen, wie es in Filmen oft dargestellt wurde. Kleine, den Schatz umgebende Kraftfelder halten die Kristalle und Edelsteine an Ort und Stelle. Hinter mir vernehme ich einen leisen, hastig erstickten Seufzer, als Ingrid diesen gewaltigen Schatz ebenfalls entdeckt.

Auf Alis Anweisung hin halte ich mich links und schleiche vorsichtig eine Treppe aus gefrorenem Wasser hoch. Diese bringt mich über den

Höhlenboden nach oben und windet sich um die Kraftfelder, welche die Kristalle zusammenhalten. Hier oben ist es beinahe schmerzhaft, den sanften Lichtschein zu betrachten, da die Reflektionen von den gefrorenen Wänden verstärkt wurden. Trotz all dieser Pracht und dieses Reichtums konzentriere ich mich auf den Drachen.

***Eisdrache (Level ???)***
*HP: ???/???*
*MP: ???/???*
*Zustand: Schläft*

Er ist lang und geschmeidig wie eine Schlange, mit Ausbuchtungen entlang des Rückgrats. Farblich ist er nicht rein weiß, sondern sein Weiß ist von den grünen und blauen Streifen des Gletscherwassers durchsetzt. Er hat dünne, schuppenbesetzte Beine – sechs, soweit ich sehe – und zuvorderst zwei kleine, beinahe zierliche Hände. Jedes Beinpaar verfügt über Klauen, die einen Schulbus zerfetzen würden. Die an seinen Körper gefalteten Flügel heben und senken sich mit dem Rhythmus seiner Atemzüge.

„*Das Licht* ...“, sage ich telepathisch zu meinem Geist, der mir zustimmend antwortet.

Das Licht der Kristalle steigt und fällt mit dem Atem des Drachens. Im Schlaf kanalisiert der Drache unwillkürlich Mana durch die Kristalle und verwandelt sie in Manabatterien. Dieser Effekt ist so subtil, dass ich ihn vor einigen Monaten noch nicht bemerkt hätte. Momentan kann ich nicht feststellen, ob der Drache Energie in den Schatz leitet oder umgekehrt Energie von diesem bezieht. Diese Kreatur legendärer Macht manipuliert das Mana selbst im Schlaf noch unwillkürlich.

***Quest-Update – Das System***

*Das Geheimnis des Drachens*

*+5.000 EP*

„Das ist alles?“, frage ich Ali telepathisch und starre das kurze Quest-Update an.

„*Das ist alles, Junge. Sonst nichts. Einfach so.*“

Ich höre die Verwirrung in seinen Gedanken und mache ihm deswegen keinen Vorwurf. 5000 Erfahrungspunkte sind eine erstaunliche Belohnung. Und wofür? Dafür, dass ich einfach einen schlafenden Drachen betrachte? Ich verstehe es nicht im Geringsten. Es ist offensichtlich ein wichtiges Teil des Puzzles, aber ich habe keine Ahnung, wo dieses Teil eingefügt werden soll.

Verdammt noch mal, nicht jetzt. Ich beiße mir auf die Lippe, und der Schmerz zwingt mich dazu, die momentane Aufgabe nicht zu vergessen. Auch wenn ich Fragen habe, gibt es doch etwas Wichtigeres zu tun.

Klar. Ich bin hier drinnen und starre den Drachen und seinen Schatz an. Der einfachere Teil ist vorbei. Jetzt folgt die wahre Herausforderung.

***

„*Schaffen wir das noch?*“ Ich mustere den Geist und betrachte dann den Manafluss, um zu beobachten, wie sich die Kristalle aufladen und zerstreuen. Scheinbar sind sie vollständig mit dem auf ihnen schlafenden Drachen verbunden.

„*Ich weiß nicht. Wenn wir die Kristalle jetzt bewegen, wecken wir ihn möglicherweise auf*“, sagt Ali telepathisch, den diese neue Entwicklung offensichtlich genauso sehr beschäftigt wie mich.

*„Das hatte ich befürchtet.“*

Wenn wir es nicht einmal schaffen, die Kristalle zu bewegen, ohne den Drachen aufzuwecken, stecken wir tief in der Tinte. Wir sind nicht komplett am Ende, da wir uns verstecken könnten, bis er die Höhle verlässt – aber wir wissen nicht, wie lange das dauern wird. Und je länger wir warten, desto größer das Risiko, das etwas schiefgeht oder ein anderes Monster uns aufspürt. Zudem haben wir eine Art Frist und ich bin mir nicht sicher, ob wir es uns leisten können abzuwarten, bis der Drache von alleine aufwacht. Dennoch habe ich ein bisschen Zeit. Daher beobachte ich den Manafluss und versuche, die Verbindung zu verstehen.

Der Wind weht etwas Schnee von draußen herein und lagert Schneeflocken auf den Kristallen ab. Der Drache atmet und die Kristalle verschieben sich, wobei Sekunden zu Minuten und Stunden werden. Innerhalb der Höhle verändert sich kaum etwas, und mir kommt keine Erleuchtung.

Schließlich treffe ich eine Entscheidung. Eine Hand bewegt sich und formt langsam einen Schneeball, bevor ich auf etwas ziele, das sich weiter unten in der Höhle befindet. Nach einem leichten Wurf beobachte ich die Flugbahn des Schneeballs, der dann auf den Boden prallt und zerbricht. Der Aufprall ist nur leicht, aber einer der Kristalle verändert die Position.

Ich höre ein Schnauben und Knurren, als der Drache sich im Schlaf unruhig hin und her wälzt. Klauen packen die unter ihnen liegenden Kristalle, sein Schwanz bewegt sich und dann kommt der Drache ganz, ganz langsam wieder zur Ruhe. Ich realisiere, dass ich langsam wieder ausatme. Anscheinend hatte ich zuvor die Luft angehalten.

Noch ein Schneeball, diesmal ein bisschen größer und kompakter. Ich wähle eine andere Stelle, ein Stück von der ersten entfernt. Nach dem Wurf lehne ich mich wieder gegen die Höhlenwand. Falls das Monster erwacht, dürfte das aber nichts bringen. Der Drache regt sich wieder, da er offenbar die Veränderungen seines Schatzes bemerkt. Zwanzig Minuten später, als der Drache wieder zur Ruhe gekommen ist, schleichen wir uns nach draußen. Hierbei achten wir darauf, möglichst wenig durcheinander zu bringen.

Nun müssen wir diesen Plan aufgeben und uns einen neuen ausdenken.

***

„John!" Lana ist erleichtert, als wir schließlich unser Lager erreichen. „Hat es geklappt?"

„Es gibt Komplikationen", antworte ich kopfschüttelnd.

Es überrascht nicht, dass nach dieser Antwort alle hellwach sind und sich um mich versammeln. Nachdem alle anwesend sind, erkläre ich rasch, was wir vorgefunden haben. Interessanterweise erhalten alle ein Quest-Update für die Informationen über den Drachen und seinen Schatz. Anscheinend ist es nicht nur wichtig, beides zu sehen, sondern man muss auch die Mana-Manipulation des Drachen verstehen.

„Also muss der Drache nicht anwesend sein, wenn wir es durchziehen, oder?", sagt Lana, und ich nicke ihr zu.

„Dann müssen wir wohl eine Weile warten." Eilon reibt sich das Kinn uns starrt nach draußen.

Ich kann mir vorstellen, was er fühlt. Wir sind hier relativ gut vor zufällig auftauchenden Monstern geschützt. Wir befinden uns zu nahe am Drachenhorst, als dass Monster einfach so hereinstolpern würden. Aber ...

„Je länger wir uns hier aufhalten, umso größer der potenzielle Ärger durch die Gesandte. Und die Jahresfrist läuft demnächst ab", sagt Mikito.

Wir blicken unwillkürlich nach oben und sehen uns den Countdown an. Zweieinhalb Wochen. Daher bleibt uns nicht mehr sehr viel Zeit.

„Ich nicht", sagt Ali sofort.

„Was?" Eilon blickt den Geist an, während Lana schnaubt.

„Er will nicht als Köder herhalten", erkläre ich.

„Ich auch nicht", fügt Valeria hinzu, und in Gedanken stöhne ich.

„Warum brauchen wir einen Köder?", fragt Jazae.

„Ist doch klar. Wir müssen den Drachen hier draußen haben, also ist es notwendig, ihn rauszulocken. Was bedeutet, dass jemand den Köder spielen muss", erklärt Ali.

Die Tatsache, dass mehrere Leute in der Gruppe nicken, ist alles andere als positiv. Eigentlich hatten wir überhaupt nicht geplant, mit dem Drachen in Kontakt zu kommen.

„Ich sollte aber erwähnen, dass unsere Quest darin bestand, euch hierher und zurück zu bringen. Dieser Teil eurer Reise hängt ganz von euch ab", fügt Eilon hinzu. „Und wenn ihr das tun wollt, bitte ich sogar darum, dass ihr meinem Team die Gelegenheit gebt, sich an einen besser geschützten Ort zurückzuziehen."

Ich betrachte den Unheimlichen Ritter, in dessen Augen weiße Flammen tanzen und versuche, seine Aussage nicht als Verrat zu empfinden. Er trifft nämlich die richtige Entscheidung, indem er sein Team von diesem Wahnsinnsprojekt fernhält. Rein logisch betrachtet verstehe ich das auch. Aber vom Gefühl her möchte ich ihn laut anschreien. Es ist eine Tatsache, dass wir schon ewig an dieser Quest arbeiten und die Spannungen hoch sind. Ich zwinge mich dazu, tief einzuatmen, statt ihm zu antworten.

„Das ist fair, Eilon", sagt Lana. „Und wir planen immer noch nicht, gegen den Drachen zu kämpfen. Wir müssen ihn nur aus der Höhle locken."

„Wenn wir Elche jagen, ist es leichter, sie herbeizurufen, statt nach ihnen zu suchen. Können wir mit dem Drachen nicht dasselbe tun?", fragt Ingrid. „Hier draußen gibt es so viel Land ..."

„Wir platzieren den Köder schon vorher und erwecken dann die Aufmerksamkeit des Drachen. Wir locken ihn an die gewünschte Stelle, während das zweite Team sich reinschleicht und die Mission abschließt", erkläre ich. „Das könnte klappen. Wir teilen uns also in drei Trupps auf. Eilon und seine Gruppe gehen auf Distanz und eskortieren das Köder-Team, bis sie sich dann absetzen. Wir geben ihnen Zeit für den Abmarsch, dann richtet sich das Köder-Team ein. Und die dritte Gruppe wartet hier auf eine Gelegenheit."

Alle nicken mir zu, dann beginnen wir mit dem Graben. Wir haben die Umrisse eines Plans, aber die Details müssen immer noch ausgearbeitet werden.

***

Zwei Tage später sind wir schließlich bereit. Hier bin ich, alleine auf der eisigen Ebene, umringt von Leichen. Wir haben sämtliche Aspekte des Plans durchdiskutiert. Und obwohl ich den ursprünglichen Plan entwickelt habe, ist der ideale Ort für mich genau hier. Als Köder. Ali hat sich natürlich furchtbar darüber aufgeregt, aber jetzt schwebt er neben mir und hört sich die neueste Musik-Realityshow an. Trotz des ständigen Gejammers ist der Geist ein guter Freund.

Ich laufe in einem Spiralmuster und werfe eine Leiche nach der anderen aus meinem Veränderten Raum, wobei diese sich sofort abkühlen. Von manchen steigt noch Dampf auf. Andere Körper sind beinahe gefroren und landen mit einem dumpfen Geräusch auf dem Boden. Ein Festmahl für unseren Drachen. Da es um alles oder nichts geht, werfe ich alles raus.

Mit Ausnahme von Ali bin ich die einzige Person hier. Mikito, Lana und ihre Hunde sind bei Eilon und seiner Gruppe, weiter entfernt auf den

Eisfeldern. Ingrid befindet sich in der Höhle und wartet auf eine Erfolgsmeldung von mir. Als ich schließlich fertig bin und die Leichen perfekt platziert wurden, atme ich tief ein und mache mir Mut für den nächsten Schritt.

Leichen ablegen, auf Distanz gehen und dann in einiger Entfernung ein Versteck finden. Dann werde ich die im Zentrum der Spirale platzierte Sprengladung per Fernzündung detonieren. Anschließend werde ich abwarten und hoffen, dass die Explosion und die dadurch ausgelöste Fontäne aus Blut und Knochen ausreichen, um den Drachen zu wecken. Ein simpler Plan, dessen Durchführung problemlos möglich sein sollte.

Ich hatte aber nicht erwartet, besonders viel Aufmerksamkeit zu erwecken, bevor ich mit allem fertig bin. Die meisten Monster ignorieren mich, als ich davoneile, da das Festmahl vor ihnen einfach zu attraktiv ist. Leider trifft das nicht auf alle zu. In einem halben Kilometer Entfernung werde ich angegriffen.

Selbst nach dem Treffer dieses Wesens sehe ich es immer noch nicht richtig. Sabres Schutzschilde absorbieren einen Großteil des Schadens. Ich wirble herum, und mein beschworenes Schwert schneidet leicht in eine Pfote. Der Treffer lässt Blut spritzen, dann aber wird das Monster vollständig unsichtbar und ist verschwunden. In dieser Sekunde sehe ich lediglich Klauen, Schuppen und ein fauchendes Gesicht, das einer Mischung aus Tiger und Dinosaurier gleicht. Und die Informationen über die Kreatur.

***Zainuk-Schleicher (Level 121)***

*HP: 4338/4538*

*MP: 1529/1787*

*Zustand: Unsichtbar*

Ich aktiviere einen Seelenschild, ducke mich und krieche zur Seite, während ich nach dem Monster suche. Ali entdeckt nichts. Genauso wenig wie ich, daher bleibt mir nichts anderes übrig, als abzuwarten. Ich drehe mich langsam um und breite die Hände aus – als würde ich das Monster zum Angriff auffordern. Als der nächste Schlag kommt, habe ich mich zu zwei Dritteln vom Gegner weggedreht. Klauen treffen meinen Arm, und der Schild sprüht an der entsprechenden Stelle Funken. Als ich mich wieder gefangen habe und mit meinem Schwert zuschlage, ist der Schleicher verschwunden.

Er fordert mich immer wieder mit Angriffen heraus, während ich langsam zurückweiche. Obwohl ich die Hände zurückziehe, damit sich der Feind während der Angriffe ein Stück nähern muss, gelingen mir keine weiteren Treffer. Die Angriffe erfolgen rasch aus nicht abgedeckten Richtungen, zielen auf meine Beine und die Schultern und verringern die Schildkapazität erschreckend schnell. Ich bin zunehmend frustriert, da meine Schilde nachgeben und jeder Hieb des Monsters sie um zehn bis zwanzig Prozent schwächt. Zuerst verschwindet Sabres Schild, gefolgt vom Seelenschild.

„*Hilfe?*"

„*Tut mir leid, Junge. Ich kann überhaupt nichts sehen. Außerdem … äh … erregst du mehr Aufmerksamkeit*", antwortet Ali telepathisch.

Ein flüchtiger Blick zeigt mir, dass die von meinem Festmahl angelockten Monster dieses ziemlich schnell verschlingen. Und einige der Monster im Randbereich haben beschlossen, dass es leichter wäre, außerhalb der Hauptgruppe Nahrung zu finden.

Sollten sie noch vor der Ankunft des Drachen alles auffressen, wird dieser nicht lange hier bleiben. Verdammt, vielleicht würde der Drache nach dem Grund Ausschau halten, warum er aufgeweckt wurde. Keine dieser

Möglichkeiten wäre optimal. Wir wollen, dass der Drache wütend und wohlgenährt ist und ein einfaches Ziel hat.

Der nächste Angriff des Schleichers fetzt durch meine Rüstung. Klauen kratzen mein Bein auf, und mein Fleisch wird wie Plastikfolie von meinem Körper gerissen. Ich stolpere und das Monster springt mich an, wirft sich mit seinem vollen Gewicht gegen meinen Körper und durchbohrt meine Körperpanzerung mit den Klauen. Ich falle und rolle mich ab, so dass ich auf dem Rücken lande, als mich etwas Schweres niederdrückt. Das Wesen sitzt auf mir und hält meine Arme fest. Eine schuppenbewehrte lange Schnauze hebt sich, um mir den Rest zu geben.

„*Jetzt.*"

Während ich diese Nachricht telepathisch an Ali sende, löse ich zugleich den Schall-Impulsgenerator aus. Die Explosion und der Schallangriff lenken das Monster über mir ab, so dass es mir gelingt, die Kreatur wegzuschleudern. Ich rolle und winde mich. Dann löse ich die Mini-Raketen aus, die ihre Nutzlast versprühen und das Monster festhalten. Eine Sekunde lang glaube ich, es würde klappen, als ich den Umriss des Monsters sehe, das sich in dem schnell abbindenden Beton abmüht. Dann aber stürmt es voran, zerbricht die Umhüllung und faucht durch Reihen nadelartiger Zähne.

Aber nicht schnell genug, um dem Klingenhieb auszuweichen, den ich auf das angreifende Monster schleudere, um Schuppen und Fleisch zu zerfetzen. Der Schlag erschüttert die Kreatur, die zur Seite springt, dem nächsten Angriff ausweicht und dann wieder verschwindet.

Ich knurre, schleiche zur Seite und blicke zu Mount Logan, während ich darauf warte, dort eine Reaktion zu sehen. An der Stelle, an der sich die Leichen befanden – nicht weit von mir entfernt – haben die Sprengsätze einen riesigen Krater hinterlassen und die Flammen des weißen Phosphors brennen sich immer noch durch den Schnee. Einige der intelligenteren

Monster sind geflohen, andere haben begonnen, ihre verwundeten Artgenossen anzugreifen, während manche der Gierigsten schon wieder mit Fressen beschäftigt sind.

Der nächste Angriff durchdringt die Panzerplatten und schlitzt meinen Brustkorb auf. Ich stolpere rückwärts und weiß, dass eine weitere Attacke bevorsteht. Daher halte ich mein Schwert vor mir, um den Angriff abzuwehren. Ich versuche, eine andere Taktik gegen meinen Angreifer zu identifizieren und wünschte, ich hätte noch den QSM. Ich weiche weiter zurück und warte auf den nächsten Hieb. Aber dieser kommt nie.

*Furchteffekt abgewehrt*

Das Brüllen aus der Höhle lässt selbst elf Kilometer entfernt den Boden beben. Schnee kräuselt sich und auf einem Berg weit hinten setzt eine Lawine ein. Die Monster halten ein, drehen sich um und fliehen. Nach dem Verlassen der Höhle schwingt sich der geflügelte Drache in den Himmel und kreist, um an Höhe zu gewinnen.

„*Schnell, Junge!*"

Mir wird klar, dass ich einfach reglos dastehe. Daher nehme ich ebenfalls die Beine in die Hand und fliehe mit Höchstgeschwindigkeit. Sobald ich mir sicher bin, dass der Schleicher klug genug war, zu flüchten, löse ich Sabres Umwandlung in den Motorradmodus aus. Räder schieben sich von hinten herab, die Panzerung gleitet von meinen Gliedmaßen und meinem Rücken. Die Grav-Platten werden aktiv und bewegen mich weiter, während die Umwandlung stattfindet. Diese verläuft problemlos, und Sekunden später fahre ich auf dem Grav-Bike und ziehe mich eiligst zurück.

Während ich das Motorrad auf Touren bringe, bis es röhrt – rein metaphorisch, da es völlig lautlos ist – gehe ich in Gedanken meine Optionen durch. Die Tatsache, dass ich in der Nähe der Nahrung aufgehalten wurde, war Teil des Plans – aber die Durchführung nicht so gründlich, wie es theoretisch möglich gewesen wäre. Die Gleichung hat sich ebenfalls verändert, da ich verletzt bin und blute.

Solange wir uns auf ebenem Gelände befinden, ist Sabre schneller als der Drache. Wahrscheinlich. Das Problem liegt darin, dass ich bei hohem Tempo die Manabatterie schnell erschöpfe. Und obwohl die Nachladerate in der höherstufigen Zone ausgezeichnet ist, reicht sie möglicherweise nicht aus. Der Kampf und der vorherige Einsatz von Sabres Schild bedeuten, dass ich mit einem Ladestand von 86 % fliehe. Und während die Felder mehrheitlich eben sind, wird mein Weg unglücklicherweise auch von einer Reihe von Bergen, Hügeln und Höhenzügen gekreuzt. Ich muss sie umfahren und anderen bekannten Gefahren ausweichen, die der Drache ignorieren kann. Langfristig gesehen könnte es trotz meines anfänglichen Vorsprungs knapp werden. Wirklich knapp.

Momentan möchte ich einfach so viel Abstand wie möglich von den anderen Monstern gewinnen. Je mehr wir uns verteilen, umso schneller erkennen wir, wen der Drache verfolgt. Schließlich gibt es keine Garantie, dass er mich wählt. Bis wir uns getrennt haben, ist das reine Spekulation. Falls der Drache einer anderen Beute folgt, muss ich lediglich ein Versteck aufspüren und sicherstellen, dass ich keine weitere Aufmerksamkeit erwecke. Solange der Drache nicht allzu wütend ist, wird er wohl kaum Zeit darauf verschwenden, mich aufzuspüren.

Während ich das Motorrad beschleunige und mich ducke, jedes Quäntchen Tempo aus der Maschine und meiner eigenen Fertigkeit heraushole, bete ich darum, nicht vom Drachen verfolgt zu werden. Falls er das tut, sehen meine Optionen nicht besonders attraktiv aus.

# Kapitel 16

Auf unserem Statusmonitor gibt es einen Wert, ein Attribut namens Glück, das in den meisten Spielen nicht richtig funktioniert. Es bewirkt entweder kaum etwas oder viel zu viel. Es gibt keinen wahren Mittelweg – was bei einem derart obskur klingenden Attribut keine Überraschung ist. Die Definition des Attributs und seiner Funktionsweise würde garantieren, dass jemand es auszunutzen versucht. Daher verbergen gute Spieleentwickler derartige Informationen.

Man könnte es Glück nennen. Oder Schicksal. Oder reinen Zufall. Wir Menschen haben die Tendenz, unser Unglück bezüglich Dingen, die außerhalb unserer Kontrolle liegen, einer höheren Macht zuzuschreiben. Oder von denen wir zumindest glauben, sie nicht kontrollieren zu können. Ich muss zugeben, dass ich dasselbe tat – und auch tue. Ich habe Punkte in Glück investiert, da ich glaubte, dadurch meine Chancen zu verbessern. Ein Leben voller Pech und Rückschläge, das nun durch ein neutrales System reguliert wird.

Es ist eine gut gemeinte Lüge, ein paar Punkte hier und da würden das eigene Leben verändern. Dieselbe Lüge, die von Gesundbetern, Homöopathen und Diätmethoden angeboten wird – die Hoffnung, das eigene Leben mit einigen einfachen Schritten zu verändern. Kein Chaos, keine Mühsal, kein Schmerz.

Ich bin in den Norden gezogen und meine Freundin hat mit mir Schluss gemacht. Aber ich hätte darauf achten sollen, auf die endlosen Telefongespräche und langen Reisen hierher. Auch darauf, wie sie nach der Rückkehr meinen Berührungen auswich. Ich habe meine Stelle verloren, hätte mich aber mehr bemühen können. Stattdessen lieferte ich immer nur das Minimum an Arbeit, das ausreichte, um nicht als Erster gefeuert zu werden. Ich hätte mehr sparen, weniger fürs Essen ausgeben und mein kaum genutztes Kabelfernseh-Abo kündigen können.

Das ist es eben – in der Vergangenheit getroffene Entscheidungen beeinflussen unsere Zukunft, manchmal auf eine unvorhersehbare Art und Weise. Die Gesamtheit meiner früheren Entscheidungen führte mich zu diesem Park, als das System aktiviert wurde. Dadurch erhielt ich eine Reihe mächtiger Boni und somit auch eine Überlebenschance. Nun hatte ich die Möglichkeit, etwas zu schaffen, das wirklich zählte. Nicht nur die alberne Firmen-Website eines Kunden, sondern etwas Relevantes. Etwas Wichtiges.

Wir gestalten unser eigenes Schicksal. Und wir werden nie wissen, ob das zum Guten oder zum Schlechten führt.

Letztlich möchte ich damit nur extrem umständlich ausdrücken, dass mir ein Drache auf den Fersen ist. Er ist fuchsteufelswild und wird mir wahrscheinlich den Kopf abreißen, sobald er mich erwischt hat.

***

Nach etwa zehn Minuten Fahrt haben wir den Kurs des Drachen identifiziert und wissen, dass er in meine Richtung fliegt. Es gibt noch einige andere Monster, die er verfolgen könnte, daher ducke ich mich und beschleunige Sabre noch mehr. Fünf Minuten später ist relativ klar, dass der Drache dieses unnatürliche technologische Wunderwerk als Ursache seines verfrühten Aufwachens identifiziert hat.

Aus dem Augenwinkel blicke ich auf die Energieanzeige. 78 %. „*Wie lange?*“

„*Na ja, wenn das hässliche Biest nicht beschleunigt und du nicht einen weiteren Berg umfahren musst, oder der Wind nicht …*“

„*Wie. Lange*“, raunze ich Ali an, da ich weiß, dass er den Entscheidungspunkt besser berechnen kann als ich.

„*Sechs Minuten. Mehr oder weniger.*“

Eher weniger. Ich sehe mir wieder die Karte an und wünschte, ich hätte einen Ort, um mich zu verstecken. Leider gibt es hier oben im Gebirge, auf den schneebedeckten Gletschern weder Wälder noch Höhlen, die sich als Versteck eignen würden. Daher kann ich nur weiterrasen, bis der Zeitpunkt gekommen ist, die nächste Phase meines Notfallplans auszulösen.

Wir erreichen 210 Kilometer pro Stunde. Schneller, als ich je mit Sabre gefahren bin. Ja, ich weiß, ich weiß, Formel-1-Rennwagen sind noch schneller. Verdammt noch mal, selbst Sportwagenfahrer übertreffen diese Geschwindigkeit – aber die müssen sich auch nicht wegen Monstern und tödlichen Fallen sorgen.

Ich muss zugeben, dass ich einen Adrenalinschub spüre, einen Rausch, den ich vor dem System nie erlebt habe. Ich habe nie ein Auto derart schnell gefahren – und ich bezweifle, dass es mit Sabre ohne meine verbesserten Attribute möglich wäre. Momentan schmerzen meine Arme von der Anstrengung, meinen Körper trotz der Windstöße unten zu halten.

Ich muss dabei genau abwägen. Je schneller ich fahre, umso mehr sinkt der Ladestand der Manabatterie. Ziehe ich es zu lange durch, bleibt Sabre stehen und ich werde aufgefressen. Fahre ich aber zu langsam, erwischt mich der Drache und verschlingt mich noch früher. So, wie es momentan aussieht, werde ich auf jeden Fall verspeist.

Selbstverständlich bewege ich mich ohne Vorsicht oder Tarnung. Dadurch dürfte es früher oder später Ärger geben. Noch während mir dieser Gedanke durch den Kopf geht, schießt vor mir ein Eiswurm aus dem Boden. Ich weiche aus, indem ich im Geist Befehle an mein PKF sende, bevor mein

Körper überhaupt reagieren kann. Ich umfahre es und entkomme seinem Maul nur um wenige Zentimeter.

„*Zeit?*“, frage ich Ali telepathisch und nehme einen tiefen Atemzug, um mich zu beruhigen.

„*Zwei Minuten.*“

Vor mir sehe ich eine Herde sechsbeiniger Pseudo-Mammuts mit braunem Fell, die eine kreisförmige Abwehrformation eingenommen haben. Sie besitzen Stoßzähne und Hörner und sind etwa doppelt so groß wie ein Elefant. Ihr Level ist mindestens 105 und ihr Fell ist so dick, dass meine Gewehre es weder durchdringen noch ernsthaften Schaden anrichten würden. Der einzige positive Aspekt besteht darin, dass es sich um gutmütige Kreaturen handelt. Zumindest für Systemtiere.

Das bedeutet, dass sie nicht auf mich zustürmen. Stattdessen greifen sie nur an, wenn ich in ihrer Nähe bin – sie senken die Köpfe, um eisbedeckte Stoßzähne und Hörner in meine Richtung zu schwenken oder mit den Rüsseln nach meiner vorbeirasenden Gestalt zu schlagen, was aus stachligem Eis bestehende Wellen erzeugt. Ich kann es mir nicht leisten, zu lange hier zu bleiben. Als ich deshalb in Reichweite komme, drehe ich den Motor auf Hochtouren und rausche an ihnen vorbei. Aufgrund der plötzlichen Beschleunigung verfehlen mich die meisten und der Seelenschild absorbiert die wenigen Treffer, wobei seine Kapazität aber weiter sinkt.

Ich verliere dennoch etwas Zeit, weil ich der Gruppe ausweiche und mich zwischen Eiswellen durchschlängle. Die höhere Belastung der Schwerkraftfelder und des Motors zehren am Batteriestrom. Ich sehe den Ladestatus um weitere fünf Prozent sinken und beiße die Zähne zusammen.

„*Jetzt.*“

Fast im selben Moment, in dem Ali mir diesen Gedanken sendet, höre ich die Explosionen. Jede davon ist weitere zwanzig Kilometer von der ursprünglichen entfernt, und zwar auf entgegengesetzten Seiten, so dass sie gemeinsam ein Dreieck bilden. Die Sprengsätze sind im Boden eingegraben und von Eis und durch das System erzeugtem Fleisch umhüllt.

Ich riskiere einen Blick zurück und sehe, wie der Drache seine direkte Verfolgung unterbricht und nach links kurvt, um meine Ablenkungen zu inspizieren. Ich konzentriere mich bereits wieder aufs Fahren und höre mir Alis Bericht an.

„*Er kreist und fliegt höher. Höher. Höher. Verdammte Scheiße ... ja, er ist hoch genug, um deine Täuschung zu durchschauen, Junge. Sorry. Er geht wieder auf Kurs und folgt uns.*“

Die Explosionen sollten den Drachen ablenken. Sie waren eine letzte Option und ich hatte nie geplant, sie wirklich einzusetzen. Dadurch wollte ich mir eine Chance zur Flucht bewahren, während der Drache davonfliegen und sich das ansehen würde. Es hat nicht geklappt. Das war‘s also. Keine Tricks mehr, keine weiteren Pläne. Ich kann mich nur ducken und Sabre vertrauen. Fliehen und hoffen.

71 %.

***

„*Hartnäckige kleine Eidechse, was?*“, knurre ich. Ich bin längst an der Stelle vorbei, an der ich Lana, Eilon und den Rest des Teams hätte treffen sollen. Während meiner hektischen Fahrt aus den Eisfeldern heraus bin ich an ihnen und zahlreichen Monstern vorbeigerast.

47 %.

Ich muss grimmig lächeln, als ich die Ziffern erneut aufleuchten sehe. Während ich noch in Gedanken die neuen Werte analysiere, ertönt ein weiteres gebieterisches Gebrüll hinter mir und erinnert mich an meinen Verfolger.

*Furchteffekt abgewehrt*

Ich zittere, unterdrücke die Auswirkungen und korrigiere Sabres Kurs. Ich zwinge mich dazu, wieder richtig zu atmen und mich zu beruhigen. Ich habe die Effekte zwar abgewehrt, aber das bedeutet nur, dass ich mich noch bewusster unter Kontrolle habe. Es hilft aber nichts gegen den bohrenden Schmerz in meinem Magen, den Adrenalinschub oder das leichte Zucken meiner Augen. Oder vielleicht war der Furchteffekt so stark, dass dies das Ergebnis des abgewehrten Effekts ist. Allerdings fehlen mir nun das Adrenalin und die Ablenkung eines Kampfes, daher bleibt mir nichts anderes übrig, als mich zu konzentrieren und durchzuhalten.

Die einzige gute Nachricht ist, dass die gelegentlichen Wutschreie des Drachens den vor mir liegenden Weg freiräumen. Ich komme rasch voran, erst recht, da jedes auch nur mit minimaler Intelligenz ausgestattete Wesen eine Verteidigungshaltung einnimmt.

46 %.

Minuten kommen mir wie Stunden vor, und die Geschwindigkeit des Motorrads ist nun auf gemächliche 90 km/h gefallen. Ich blicke nach vorn und achte auf die geringste Bewegung, die auf ein besonders dummes Monster hinweisen würde. Ich suche nach einem möglichen Ausweg, vielleicht eine Höhle oder etwas in der Art, in die ich rutschen könnte, um den Drachen schließlich loszuwerden. Aber das Terrain ist leer, bildschön und absolut langweilig. Wenn man ständig nur Weiß vor sich sieht, schaltet sich das Gehirn irgendwann aus. Einige Minuten nach dem Gebrüll kehrt mein Gehirn wieder in den meditativen Zustand zurück, in den es während der Fahrt durch die Eisfelder geraten war.

Hinter meiner Sichtscheibe kneife ich die Augen leicht zusammen und mein Blick verändert sich, so dass ich den Strom von Mana und Energie wieder wahrnehme. Ich sehe die Manaflüsse, die Wellen von Energie, die alles im System und darüber hinaus ermöglichen. Mit einer winzigen Handbewegung lenke ich Sabre in die tiefsten Ströme, so dass sich die Anpassung des Manamotors optimiert und die Aufladung der Batterie beschleunigt. Das stellt eine minimale Optimierung dar – die schiere Tiefe des Manas in dieser Zone ist bereits atemberaubend. Aber jede kleine Verbesserung hilft. Jedes Quäntchen Energie, das wir anzapfen können, bietet mir einige weitere Sekunden, während die Kilometer vorbeirauschen.

45 %.

Meine jetzige Geisteshaltung, die mir Zugriff auf die Fertigkeit Mana-Manipulation bietet, ist auch die, mit der ich meine Elementar-Affinität erkunde. Beide gleichzeitig zu manipulieren ist körperlich gar nicht so schwierig. Es ist auch keine geistige Herausforderung, die Kraftlinien zu sehen, da ich nun unter Druck stehe und jede Bewegung, jeder Gedanke, jede Sekunde zählt. Die einzigen Probleme sind gelegentliche Schreie, die meinen Körper erzittern lassen, während ich mich zum Weiterfahren zwinge.

Energielinien und Kraftwellen verschieben sich überall um mich herum. Es gibt immer noch so viel, das ich nicht vollständig begreife. Auf gewisse Weise fällt es mir leichter, mich zu konzentrieren, da die sich verändernden Manaströme alles überlagern und manches vor mir verbergen. Aber je öfter ich hinsehe, umso klarer werden die Beziehungen zwischen den beiden Kräften. Mana ist in der Luft – die Substanz, in der sich alles befindet, selbst die Elementarkräfte. Wird es manipuliert, kann es diese Kräfte direkt beeinflussen und Verbindungen erhöhen, verringern, lockern oder festigen.

Wir haben die kompletten 160 Kilometer des Kluane-Gletschers überquert. Das zeigen mir sowohl die Zonenbenachrichtigung als auch der Wechsel in der Landschaft. Öde, schneebedeckte Gletscherzonen führen zu gefrorenen Flüssen, über die ich gleite, während ich die Kurven so schnell und eng wie möglich durchfahre. Aber in jeder Kurve verliere ich ein Stück meines Vorsprungs gegenüber dem über mir fliegenden Monster, und mein Magen zieht sich vor Sorge zusammen.

„*Junge*“, ruft mir Ali telepathisch zu und reißt mich aus meinen Gedanken, „*er hat gerade beschleunigt.*“

Ich muss blinzeln und die Vision verschwindet. Genau wie die Erinnerung an das Verständnis, das sich soeben geformt hatte. Als das Monster sich nähert, sehe ich seine Bewegungen auf der Mini-Karte. Jetzt ist der Drache nur noch einige Kilometer entfernt, und jeder Flügelschlag bringt ihn näher an mich heran. Schnell. Zu schnell.

29 %.

Das war‘s dann also. Das ist alles. Mir bleibt keine Wahl – ich muss Sabre beschleunigen, auch wenn sich dadurch die Batterie schneller entlädt. Andererseits ...

10 %. In diesem Moment werde ich anhalten und wenden. Denn wenn wir 10 % erreichen, möchte ich lieber kämpfen und sterben, als während der Flucht erwischt zu werden.

„*Also ... ich habe mir etwas überlegt.*“

„*Was denn?*“, sage ich telepathisch zu Ali.

Bevor er antworten kann, zittere ich und klammere mich am Lenker fest, da das Brüllen wieder hörbar wird, das Motorrad durchschüttelt und spinnwebartige Risse im Schnee erzeugt. Echos des Gebrülls rollen von den Bergen zurück, aber die anfänglichen Effekte ebben ab, da ich ihnen erneut widerstanden habe.

*„Ich könnte unser Tempo etwas optimieren. Wenn ich die Moleküle vor uns manipuliere, wird der Luftwiderstand verringert."*

*„Hört sich gut an."*

*„Ja, allerdings muss ich dazu eines sagen. Ich habe das noch nie in diesem Zustand getan."*

*„Was ist das Schlimmste, das passieren könnte?"*

*„Bumm."*

*„Besser, als gefressen zu werden"*, erkläre ich ironisch.

*„Wird gemacht."* Ali schwebt herab, bis sich sein Körper direkt über Sabres vorderer Hälfte befindet.

Einen Moment lang scheint nichts zu geschehen. Dann bemerke ich es. Eine ganz leichte Veränderung des Luftwiderstands. Unser Tempo steigt kurzfristig leicht an, dann reduziere ich den Energieverbrauch. Unsere Geschwindigkeit sinkt wieder, aber nun fällt es mir leichter, zu atmen und meine Position zu halten. Wir werden allmählich wieder schneller, da sich Alis Beherrschung des Prozesses verbessert.

Durch unsere Verbindung spüre ich, wie Ali sich voll konzentriert, um dies zu ermöglichen. Es fühlt sich an wie eine Diamantklinge reinster Konzentration, die unwillkürlich in mein Bewusstsein schneidet. Ein gemeinsam geteilter Schmerz, den der Geist versehentlich nicht blockiert hat.

Ich werde neugierig und öffne mich daher seinen Aktivitäten. Farben fließen, Kräfte wirbeln und drehen sich vor meinen Augen. Ich sehe, wie der kleine Geist mit ausgestreckten Händen und von goldenen Kraftfäden umgeben dasteht. Diese Fäden fließen nach außen und umhüllen das Motorrad und die Luft vor uns mit einem Kegel reinster Energie. Zwischen den Molekülen tanzen Kraftlinien hin und her, während Hunderte und Tausende von Elektronen und Protonen manipuliert werden. Diese

Komplexität ist absolut atemberaubend, und ich verstehe sie nicht mal ansatzweise. Also versuche ich es überhaupt nicht.

Ich sehe zu und unterstütze schließlich den Geist, indem ich ihm einen kleinen Teil der Last abnehme. Ich helfe ihm mit Schwerpunkt auf Sabre und mich selbst. Ich habe nicht die geringste Chance, seine Fähigkeit zu erreichen – die Fähigkeit, Millionen von Luftpartikeln zu berühren und anzupassen, bevor sie mit uns kollidieren. Aber was ist mit dem PKF und mir selbst? Das sollte für mich zu schaffen sein.

Aber das bringt Schmerzen. Mein Körper fühlt sich an, als würde er auseinandergerissen, und die Nerven auf meiner Haut brennen. Die geistige Belastung ist noch schlimmer. Ein pochender Kopfschmerz, der sich mit jeder Sekunde weiter verstärkt. Ein Schmerz, der in mein Bewusstsein sickert. In gewisser Weise spüre ich, dass Alis Belastung ebenso zunimmt.

Über mir sehe ich in meinem Display meine Trefferpunkte sinken. Das System gleicht manche Schäden zwar aus, aber was ich mir und Sabre momentan antue, übersteigt seine Kapazitäten. Mir fehlen Alis Expertise und Fertigkeiten.

Aber es klappt. Obwohl ich dem Motorrad weniger Energie zuweise, fahren wir nun schneller. Zunächst halten wir mit dem Drachen Schritt, dann gewinnen wir allmählich an Abstand. Ich höre ein Brüllen, bin aber derart konzentriert und so in dem mich umgebenden Schmerz versunken, dass der Furchteffekt keinerlei Wirkung auf mich zeigt.

Meine Welt verengt sich weiter auf meine Affinität, das Motorrad und das vor mir liegende Gelände. Schließlich nehme ich nichts anderes mehr wahr. Absolut gar nichts.

***

Später reißt mich eine Verschiebung der vor mir liegenden Ströme aus meiner Trance. Etwas hat sich verändert. Etwas Wichtiges. Erst, als Sabre langsamer wird und einen Signalton von sich gibt, weil die Manabatterie erschöpft ist, wird mir klar, was los ist. Da wir uns so sehr verlangsamt haben, kann das Motorrad die Vorwärtsbewegung nicht mehr aufrechterhalten. Letztlich ist es gute Programmierung, den Motor vor den Grav-Platten zu deaktivieren, so dass wir nicht einfach verunglücken.

Ich lecke meine Lippen und schmecke das aus meiner Nase geflossene Blut. Mein Kopf dröhnt, meine Augen fühlen sich wie Schmirgelpapier an und mein Gehirn scheint mit dem Matsch am Ufer eines von Blutegeln verseuchten Teichs gefüllt zu sein. Wir halten an ... irgendwie ist das wichtig. Es hat etwas mit Bewegung und Tempo zu tun. Etwas ...

Plötzlich bin ich wieder wach, und Erkenntnisse durchströmen mich. Vielleicht hat mich das System ausreichend geheilt oder ich habe einfach etwas Zeit gebraucht, aber nun erinnere ich mich. Ich blicke auf die Mini-Karte und suche nach dem charakteristischen Tiefschwarz des Drachens. Nichts.

„*Ali!*“

„*Flurgel-wurk.*“

„ALI!“, schreie ich, drehe das Motorrad herum und suche den Himmel ab. Nichts. Überhaupt nichts.

„Was? Ich bin gleich da, Heidi“, murmelt Ali. „Muss nur die Schokolade holen ...“

„Ali. DER DRACHE! Wo ist er?“, fauche ich und recke den Hals.

„...shǐ.“ Ali reißt sich schließlich weit genug zusammen, um mir zuzuhören.

Erst schweigt er, aber ich bleibe ruhig, da ich nun eine halbwegs verständliche Antwort des Geists erwarte. Aber durch die Verbindung, die in meinem Bewusstsein langsam wieder verblasst, spüre ich, dass Ali fast wieder normal ist. Es war interessant, ihn so wahrzunehmen. Das habe ich so noch nie gefühlt, andererseits war ich auch noch nie derart abgelenkt.

„Nichts, mein Junge. Na ja, okay. Kein Drache", sagt Ali und runzelt die Stirn. „Ich rufe Verlaufsdaten auf ..."

Ich ignoriere sein Gemurmel und lenke Sabre zu einer Lichtung in der Nähe, wo das Motorrad schließlich ganz zum Stillstand kommt. Ich steige ab, als das Fahrzeug wie ein Stein umkippt. Meine Beine sinken in den Schnee und verdichten diesen und die darunter liegende Erde, während Sabre in den Batteriesparmodus schaltet. Ich entferne mich ein Stück weit vom Motorrad, sehe mir die Bäume in der Nähe und den Himmel an und suche nach Gefahren. Nichts.

„Was ist passiert?", flüstere ich, da mein Gedächtnis unscharf ist. Ich erinnere mich nur an die Kraftlinien vor mir und daran, wie ich immer weiter fuhr. Um mich herum bemerke ich schneebedeckte Bäume, die auf den Eisfeldern fehlten. Wie lange sind wir eigentlich gefahren? Wie weit sind wir gekommen?

„Also. Der Drache hat vor etwa zwanzig Minuten aufgegeben. Er wendete vor gut vierzig Kilometern, zwanzig Kilometer, nachdem wir die letzte Zone verließen", sagt Ali. „Wir waren wohl so weit von seiner Höhle entfernt, dass es ihm gereicht hat."

Ich nicke langsam. Das war eigentlich unsere letzte Hoffnung gewesen – dass wir eine Stelle weit weg genug von der Höhle erreichen und der Drache dann umkehrt. Schließlich haben wir weder seinen Hort beschädigt noch ihn angegriffen. Wir haben lediglich seinen Schlaf gestört.

Irgendwie frage ich mich, ob das Team noch etwas anderes getan hat, um ihn zurückzulocken. Noch eine Explosion, noch einen Angriff. Diese Option geht mir durch den Kopf, und es gelingt mir nicht, diese Vorstellung abzuschütteln. Erst recht angesichts der Tatsache, dass ich hier draußen – wo auch immer das sein mag – nicht direkt nach Whitehorse zurückkehren oder sie kontaktieren kann. Wegen des geringen Risikos, dass der Drache nur abgelenkt wurde, muss ich sicherstellen, dass er nicht wieder die Jagd auf mich eröffnet. Ich möchte ihn auf keinen Fall nach Whitehorse führen.

Momentan kann ich nur abwarten, während Sabre sich allmählich wieder auflädt und ich meine Position lokalisiere.

# Kapitel 17

Ich befinde mich etwa hundert Kilometer nördlich von Haines Junction. Als ich dem Kluane-Gletscher und dem darauf fließenden Fluss folgte, kam ich viel weiter nach Norden als geplant. Was mich gut eine Stunde Fahrt von Haines Junction und ungefähr weitere drei – auf dem Highway – von Whitehorse entfernt positioniert. Hunderte von Kilometern Fahrt, und das unter den besten Bedingungen.

Außerdem befinde ich mich inmitten einer Zone mit Level 80+. Meine Anwesenheit hier ist nicht völlig verrückt, da Sabre mich um einiges stärker macht, dennoch ist diese Situation nicht ideal. Während ich also still herumstehe und darauf warte, dass die Batterie des Motorrads wieder einigermaßen aufgefüllt ist, fühle ich mich recht schutzlos.

„*Ich spüre hier ein echtes Déjà-vu*", sage ich telepathisch zu Ali.

„*Im Level unterlegen, ganz alleine und umgeben von ekligen Monstern, die dich auffressen möchten?*"

„*Genau.*"

„*Ja, das ist echte Nostalgie. Aber ich hatte eigentlich gehofft, wir hätten diesen Teil des Wahnsinns hinter uns*", sagt Ali. Seine telepathische Nachricht enthält einen Unterton der Ironie.

Ich lächle, strecke mich und genieße die Tatsache, dass ich keine Schmerzen fühle. Es gibt viele Aspekte des Systems, die ich nicht ausstehen kann – dass es uns zwingt, in ihm zu leben, die konstante Weiterentwicklung von Monstern und die Notwendigkeit, andauernd zu töten und zu kämpfen – aber seine Fähigkeit, Schäden schnell und dauerhaft zu heilen, ist ein wahrer Segen. Nach dem ständigen Schmerz einer Sehnenentzündung in früheren Zeiten begeistert es mich, dass mein Leben dieser Tage nun meistens schmerzfrei ist.

„*Hey, Junge, du solltest dir das mal ansehen*", sagt Ali und bewegt die Hand.

Einige Sekunden später erscheinen Daten in den Fenstern.

***Mana-Manipulation erreicht Level 28***

***Elementar-Affinität verbessert auf Niedrig***

***System-Quest-Update (+500 EP)***

*In dem Maße, wie du die Mana-Manipulation besser verstehst, steigt auch dein Verständnis darüber, wie das System das Mana beeinflusst.*

„*Es gibt noch einige weitere Skill-Updates, aber nichts wirklich Wichtiges*“, fügt Ali hinzu, nachdem ich fertig gelesen habe.

Ich stöhne laut, als ich diese neuen Informationen verdaue. Eines Tages sollte ich wirklich einen genaueren Blick auf meine Fertigkeiten werfen – aber wie Ali mir vor langer Zeit sagte, was würde es bringen? Entweder beherrsche ich etwas oder nicht. Dabei spielt es keine Rolle, ob ich Punkte für eine Fertigkeit übrig habe. Und Nummern anzustarren, ihren Anstieg nur um der Werte willen zu beobachten, erscheint mir etwas narzisstisch. Ich habe Besseres zu tun, als meinem Ego zu schmeicheln.

„Vier Stunden“, murmle ich mit Blick auf Sabre.

Na ja, das ist das erste Mal seit einer Weile, dass ich mich in einer wirklich schwierigen Zone aufhalte. Ich verziehe die Lippen und starre in den Wald, wobei sich meine Hände unwillkürlich zu Fäusten ballen. Ich habe vier Stunden ...

„Was zum Teufel, dann geht es also schon wieder los.“

***

Ohne QSM oder Sabre durch den schneebedeckten Wald zu schleichen ist wahrscheinlich nicht gerade meine intelligenteste Entscheidung. Andererseits erkläre ich mein Vorgehen zumindest ansatzweise dadurch, dass ich nicht in der Nähe des Mech sein möchte, falls der Drache zurückkehrt. Falls er aus irgendeinem Grund wieder erscheint, dürfte dies wohl innerhalb der ersten vierundzwanzig Stunden geschehen. Und wenn er mich danach nicht innerhalb einer Woche oder so verfolgt, dann ist sein Interesse an mir wohl nicht besonders ausgeprägt und ich bin aus dem Schneider. Es mag etwas paranoid sein, derart lange zu warten. Aber in diesem Fall ist Paranoia angebracht.

Das bedeutet, dass ich in nächster Zeit keine besseren Optionen habe, als auf die Jagd zu gehen. Zum Glück habe ich die benötigte Ausrüstung, um hier draußen alleine zu leben. Außerdem kann ich die Leichen von Monstern in meinen Veränderten Raum stecken, so dass sich meine finanziellen Verluste ebenfalls in Grenzen halten sollten.

Natürlich muss ich zuerst einmal die Monster finden. Selbst die niedrigstufigen Wesen, auf denen das Ökosystem einer hochstufigen Zone basiert, sind hier selten. Ich ignoriere sie größtenteils – es lohnt sich kaum, übergroße Ratten oder Blitzhörnchen abzuschlachten. Das würde mir erstens kaum Erfahrungspunkte einbringen und zweitens den Raubtieren meinen Standort verraten. Auch wenn ich nichts gegen einen Kampf einzuwenden hätte, möchte ich lieber der Jäger dieser Kreaturen sein statt umgekehrt.

Nach etwa einer Stunde, während derer ich langsam durch den Wald gewandert bin, finde ich schließlich etwas, das gefährlich genug ist. Als ich um einen Baum herum spähe, entdecke ich eine Gruppe humanoider

Monster mit langen Gliedmaßen, grotesk gedehnten Nasen und übergroßen Fingernägeln. Die blassen weißen Kreaturen mit schmutzigen schwarzen Haaren kauern um ein Glutbecken, um sich zu wärmen.

***Huldrekall (Level 78)***
*HP: 470/470*
*MP: 1030/1030*
*Zustand: Keiner*

Ich betrachte rasch meine Umgebung und zähle acht Monster. Aufgrund ihrer Trefferpunkte dürfte es nicht besonders schwer sein, sie zu töten. Aber aus hart erworbener Erfahrung weiß ich, dass sie generell hart zuschlagen, wenn sie selbst nicht viele Hitpoints besitzen. Ehrlich gesagt wäre mir das Gegenteil lieber, da ich Sabre momentan nicht einsetze.

Rein vom Level her betrachtet bin ich jetzt ungefähr auf Stufe 70, was auf meine spezielle Situation zurückzuführen ist. Allerdings stellen die Zahlenwerte nicht die ganze Realität dar. Innerhalb aller Klassen-Level bestehen Unterschiede in der Klassenstärke. Diese werden üblicherweise als Einfach-, Standard- oder Prestige-Klassen kategorisiert, wobei jede Stufe auf Unterschiede bei erhaltenen Attributen und verfügbaren Klassen-Fertigkeiten verweist. Selbstverständlich ist das nicht immer so eindeutig – bei so vielen Variationen ist es unvermeidlich, dass manche Klassen Standardverbesserungen für Attribute, aber miserable Klassen-Fertigkeiten bieten und umgekehrt. Dennoch geht man generell davon aus, dass die Monster-Level sich auf die Standard-Klassen beziehen.

Das bedeutet, dass eine entsprechende Einfache Klasse den Monstern vor mir deutlich unterlegen wäre, während eine Prestige-Klasse auf dem gleichen Level ungefähr zwanzig Prozent stärker wäre. Dabei geht man natürlich davon aus, dass die jeweilige Person eine Prestige-Klasse dem üblichen Klassenfortschritt entsprechend erworben hat, was nicht immer der Fall ist.

Wenn man dann noch Waffen, Training und den unfairen Vorteil des Zugriffs auf den Shop und eine große Menge an Credits einberechnet, wird klar, warum Levels bestenfalls einen groben Schätzwert und schlimmstenfalls eine irreführende Statistik darstellen. Unter Berücksichtigung all dieser Faktoren sollte es mir nicht schwerfallen, es mit einem der Huldrekall aufzunehmen. Leider gibt es aber acht von ihnen, so dass ich in diesem Gefecht intelligent vorgehen muss.

Es sagt wohl etwas über mich aus, dass ich es nicht einmal erwäge, dem Kampf auszuweichen.

***

Zwanzig Minuten später sind meine Vorbereitungen abgeschlossen. Diesmal hat sich das Ganze etwas weniger kompliziert gestaltet, weil es ja heißt, die Überraschung würde die Angriffswirkung verdreifachen. Ich nehme an, dass die Überraschung und ein Beutel voller Hightech-Waffen uns ungefähr auf das gleiche Niveau bringen. Jeweils in einem Dreißig-Grad-Winkel von mir entfernt stehen auf beiden Seiten zwei automatische Strahlenwaffen auf Lafetten. Der Zielerfassungsmechanismus der Waffen ist nicht besonders leistungsstark, aber da es um einen Überraschungsangriff geht, dürften sie ihre Aufgabe erledigen. Unter unseren Füßen und nach außen gerichtet habe ich eine Reihe von Sprengsätzen vergraben, die ausgelöst werden, sobald die Gewehre aufgeladen wurden und ich bereit bin. Als weitere Option habe ich zwei Chaosgranaten und Rauchgranaten miteinander verknüpft.

In einer idealen Welt hätte ich eine weitere Überraschung oder Sprengsätze auf der anderen Seite der Lichtung vorbereitet, um im Gefecht eine zusätzliche Ablenkung zu schaffen. Leider gibt es dort nur wenige Bäume und selbst, wenn ich es langsam getan hätte, wäre die Positionierung des Sprengstoffs zu riskant gewesen. Bis dorthin und wieder zurück zu gehen wäre schlicht zu riskant.

Ich bin bereit, also bleibt mir nichts anderes übrig, als den Kampf mit einem großen Knall zu eröffnen. Oder in meinem Fall mit einem langsam und sorgfältig aufgebauten Feuerball, den ich innerhalb mehrerer Sekunden wirke und von oben ins Zentrum der Gruppe schleudere. Drei der acht blicken ungefähr in meine Richtung und nach oben, als sich etwas bewegt. Die Schnellsten stehen bereits auf, als der Feuerball auf sie zufliegt. Die anderen fünf kauern um das Feuer herum. Sie reiben sich die Körper und halten die Hände über die Glut, um warm zu bleiben.

Was nach schlampiger Sicherheit aussieht, stellt sich als extremes Vertrauen in ihre Kraftfelder heraus. Der Feuerball prallt gegen eine unsichtbare Barriere und explodiert. Die Flammen fließen in einer Halbkugel aus Feuer und Rauch über die Gruppe hinweg und nach außen. Während das Feuer noch verglüht, aktiviere ich die Gewehre, deren Strahlen ebenfalls nur wenig Wirkung zeigen.

Drei der Huldrekall bleiben in der Hocke und strecken die Hände der Glut entgegen. Die anderen fünf wenden sich der Bedrohung zu und heben ihre Hände. In wenigen Sekunden ist die Lichtung von Magie erfüllt. Eissplitter, wirbelnde grüne Energiekugeln und cyanfarbene Lichtstrahlen prallen gegen meine beiden tragbaren Schilde und den Seelenschild. Ich drehe und wende mich und ziehe mich zurück, da die tragbaren Schutzschilde innerhalb von Sekunden versagen.

Ach du Scheiße. Mit Magiern hatte ich nicht unbedingt gerechnet. Dann rufe ich mir in Erinnerung, dass ihre Attribute auch Manapunkte umfassen und ärgere mich darüber, dieses Detail übersehen zu haben. Ich hätte es bemerken sollen – aber Monster, die wirklich Zauber wirken können, sind etwas Neues. Ali, der knapp über dem Boden schwebt, bewegt konzentriert die Hände und übernimmt die Fernsteuerung eines der Strahlengewehre, während er die Zielerfassungs-Software deaktiviert. Wenn ich davon ausgehe, dass die drei sitzenden Monster den Schutzschild unterstützen, ist dieser Kampf für mich nicht zu gewinnen. Mein eigener Schild wird versagen, bevor ich ihren geschwächt habe.

Daher beginne ich einen strategischen Rückzug und fliehe so schnell wie möglich. Hinter mir ist ein Heulen zu hören, und das Geräusch klingt so fremdartig, dass ich mir nicht sicher bin, ob das Zorn oder Aufregung ausdrückt. Neben den Schreien höre ich eine plötzliche Explosion – dann Schweigen, als meine Gewehre zerstört werden. Einen Moment später flitzt Ali neben mir hindurch, wobei er rückwärts durch das Unterholz fliegt und die Monster im Auge behält.

Ich ziehe mich im Zickzack zurück und versuche, den Gegnern das Zielen zu erschweren. Mein Seelenschild gibt einige Sekunden später nach. Ein cyanfarbener Energiestrahl trifft meinen Oberkörper und versengt das Fleisch. Ein Steinpfeil prallt am Ellbogen ab und reißt dann ein Stück aus meiner Hüfte, bevor ich endlich einen nahen Hügelkamm überquere und außer Sichtweite bin. In meiner Eile falle ich hin und rutsche auf dem Rücken hinab, wobei ich eine deutliche Blutspur hinterlasse und Schnee in meine offene Wunde gelangt. Eine Hand dreht sich und holt einen Gesundheits-Regenerationstrank hervor, den ich trinke. Mein Schwert in der anderen Hand bohrt sich in den Schnee, um meine Abfahrt zu lenken.

„*Erwischt*“, ruft Ali triumphierend, und auf diesen Ruf folgen mehrere Explosionen und ein plötzlicher Luftschwall. Luftschwall?

*Huldrekall getötet +784 EP*

*(Boni für hohen Level und Dungeonwelt einberechnet)*

„*Was zum Teufel?*“, frage ich den Geist telepathisch, während ich weiter durch den Schnee stapfe.

Ali zeigt mir derartige Informationen nur selten, aber in diesem Fall sind sie ganz nützlich. Auf meiner Mini-Karte sehe ich, dass der Geist zu mir unterwegs ist, nachdem er kurz angehalten hatte. Aber ich mache mir Gedanken bezüglich eines plötzlich erschienenen roten Punktes.

„*Die Chaosgranate hat eine Spalte geöffnet, die einen der Huldrekall einsaugte, bevor sie sich wieder schloss. Die andere Chaosgranate hat zwei Huldrekall zu einem vereint. Das ist der neue Punkt*“, meldet Ali.

Die Chaosgranaten verschaffen mir anscheinend zusätzliche Zeit, auch wenn die Rauchgranaten in die Spalte gezogen wurden. Während der Flucht muss ich unwillkürlich das kleine Fenster der Helmanzeige beobachten, das eine Sicht nach hinten bietet, um vielleicht etwas zu entdecken. Daher sehe ich, wie eine Säule aus weißem Licht den Hügelkamm trifft – nur einige Sekunden, nachdem ich ihn hinter mir gelassen habe.

„*Beim haarigen Arsch des Satyrs*“, flucht Ali. „*Das hätte verdammt wehgetan!*“

„*Das war für dich bestimmt?*“, frage ich telepathisch und fühle mich auf seltsame Weise übergangen. So etwas Abscheuliches haben sie bei mir nicht eingesetzt.

„*Ja. Also, diese Chaosgranate? Sie hat unseren Doppel-Boy ziemlich stark gemacht.*“

„*Bei allen tausend Teufeln.*“

Diese Information bringt mich dazu, mein Tempo zu erhöhen, was mir allerdings keine Hilfe ist. Als das kombinierte Monster den Hügelkamm erreicht, sehe ich im Rückspiegel, wie es einen Zauberspruch wirkt. Glücklicherweise dauert dieser Zauber einige Zeit, so dass es mir gelingt, ihm zumindest teilweise auszuweichen. Dennoch verbrennt das Licht meine Panzerung und versengt mein Fleisch, so dass meine Haare rauchen. Meine Beine bekommen den schlimmsten Schaden ab, da sie dem Angriff am längsten ausgesetzt waren. Ich unterdrücke einen Schrei, als meine Nerven in Flammen stehen.

Ich lande auf dem Boden und rolle mich ab, wobei der kalte Schnee mein versengtes Fleisch angenehm kühlt. Trotz meiner starken Regenerationsfähigkeiten wird es eine Weile dauern, bis das von Brandblasen übersäte Fleisch und die freigelegten Muskeln wieder heilen. Der Schmerz trifft mich mit voller Wucht. Noch vor wenigen Monaten hätte er mich überwältigt, und ich wäre wimmernd zu Boden gegangen. Aber während all dieser Tage wurde ich in Hunderten, vielleicht Tausenden von Kämpfen geschnitten, gestochen, aufgespießt, versengt und zerfetzt. Ich musste mich trotz immer wiederkehrender Verletzungen einfach durchkämpfen. Das hier? Heftig, aber nicht der schlimmste Schmerz, den ich erlebt habe. Ein Blick auf meine Trefferpunkte zeigt, dass sie beim halben Wert stehen, hauptsächlich wegen dieses einen Treffers.

Aber das Wichtige zuerst – ich aktiviere einen Seelenschild. Zweitens wirke ich Größere Regeneration, so dass die Heilung über Zeit die Wirkung des Tranks ergänzt. Drittens löse ich den Versetzungsschritt aus und entferne mich von den sich über mir bildenden Lichtern, nachdem das hässliche Biest den Zauberspruch erneut wirkt. Das hätte ich früher tun sollen, aber so geht es eben in Gefechten – man tut sein Bestes, und gelegentlich vergisst man die richtige Option. Ich versetze mich über das

Biest, beschwöre mein Schwert und löse eine Mikrosekunde später Tausend Klingen aus.

Ich falle wie ein Stein, um den kombinierten Huldrekall zu spalten. Eine ausgesprochen hässliche Kreatur, da die Körper der beiden Huldrekall zusammengequetscht wurden, als hätte ein wütendes Kind mit Knetmasse gespielt. Dieses Frankenstein-Monster mit übergroßen Köpfen und mehreren Gliedmaßen schreit aus einem verzerrten Maul voller Schmerz, und seine Gesundheitsleiste steigt und sinkt wiederholt, weil das System es abwechselnd bestraft und belohnt.

Es sieht mich erst, als meine Klinge bereits in seine linke Schulter eindringt und durch Haut und Knochen schneidet. Mein Fallwinkel verändert sich durch den Angriff, und ich bewege mich mehr seitlich als gewollt, weshalb ich mich drehe und meine Bewegungsrichtung ändere. Dadurch wird mein Schwert herausgezogen, aber die Kreatur wendet sich mir bereits zu und eine Hand schlägt durch die Luft. Was gut für mich ist und schlecht für sie, da die nachfolgenden Klingen in den nun schutzlosen Körper schneiden.

Ich lasse mein Schwert eine Sekunde vor meinem Aufprall verschwinden. Meine ausgestreckte Hand trifft den Boden zuerst, dann mein Ellbogen, und absorbiert mit jeder Sekunde einen Teil des Aufpralls. Ich rolle mich ab, wobei die Schmerzen durch meinen Arm, meine Schulter und meinen Rücken schießen und sich dann zu einer überwältigenden Agonie entwickeln, als meine Beine auftreffen. Sie erinnern mich daran, dass ich noch nicht ganz verheilt bin. Über mir brüllt das Monster, als meine Klingen Muskeln und Knochen verletzen.

Wie erwartet fallen seine Lebenspunkte wie ein Stein. Keine Verteidigung, nur Angriff. Leider ist das Biest wieder an der Reihe, als ich mich abrolle, um auf die Füße zu kommen. Zwei Hände heben sich und zwei voneinander unabhängige Zaubersprüche werden gewirkt. Dann schwebt Ali vor das Gesicht des Monsters und lenkt es mit Musik ab. Diese ist laut und schrill, eine Art kreischendes, fauchendes Heavy Metal. Die Ablenkung funktioniert bei einer Hand, aber die andere bleibt ausgerichtet, so dass Eispfeile von meinem Seelenschild abprallen. Seltsamerweise hat der Seelenschild nicht auf meinen Sturz reagiert, als ich wieder erschienen bin.

Ich rufe wiederum mein Schwert herbei und schlage diagonal zu, wobei ich einen Klingenhieb aktiviere. Einmal. Zweimal. Dreimal in schneller Folge. Klingen projizierter Macht schlagen nach dem Monster, zerreißen Haut und brechen Knochen. Eine Verletzung folgt der anderen, als das Wesen rückwärts stolpert. Der letzte Angriff trennt einen Arm ab.

Bevor ich die Gelegenheit zu einem vierten Angriff erhalte, hämmert ein Energiestrahl seitlich gegen meinen Seelenschild und durchdringt diesen. Fleisch wird versengt und ich drehe mich mit einer reflexartigen Bewegung weg und rolle über die dichte Schneeschicht den Hügel hinab. Ich grabe die Finger in den Schnee, um abzubremsen, während Ali über mir herumflitzt, Feuer auf sich zieht und so gut wie möglich ausweicht.

Ein geworfener Feuerball zielt darauf, über dem kombinierten Huldrekall zu explodieren. Die Kreatur macht einen Ausweichversuch, aber der Feuerball ist ein Flächenzauber. Einer riesigen Flammenkugel entkommt man nicht, schon gar nicht, wenn diese eine Kurve beschreibt und ihre Wirkung um den Hügel herum entfaltet. Endlich, endlich verglüht der Feuerball. Ali, der nun wieder zu mir fliegt, ruft Schadensberichte über die zwei Huldrekall auf der anderen Seite des Hügels auf, die in den Explosionsradius geraten sind. Hauptsächlich dank des Zufalls, trotzdem ist es besser als nichts.

Mir bleiben einige Sekunden Zeit, bis die Feinde über den Hügelkamm gelangen, daher wirke ich den Zauber Größere Heilung. Aufgrund der

Regenerationswirkung und des Zauberspruchs habe ich bereits die Hälfte meiner Gesundheit zurückgewonnen, was nicht gerade optimal ist, aber mein Überleben sichert. Wenn ich Treffern ausweichen kann, müsste dieser Kampf zu gewinnen sein. Ich bin mir nicht sicher, warum sich ihre Gruppe aufgeteilt hat. Aber ohne ihr Schutzschild geht es jetzt nur noch darum, wer in der Lage ist, härter und öfter zuzuschlagen. Als ich mich aufrapple und in die Hocke gehe, muss ich unwillkürlich grinsen. Jetzt bin ich an der Reihe.

***

Man sollte eine Gruppe niemals aufteilen. Diese Regel ist sogar einem Nicht-Gamer wie mir bekannt. Tut man es trotzdem, hat das schlimme Folgen. In diesem Fall bekommen sie es mit einem extrem schlecht gelaunten und nachtragenden Chinesen zu tun. Der Versetzungsschritt bringt mich nahe an sie heran. Mein Schwert, meine Faust und einige Zaubersprüche erledigen den Rest. Als sie mich schließlich ins Visier bekommen, ist ihre Gesundheit auf einen Bruchteil des anfänglichen Werts gesunken.

Nur das Trio im Basislager, das den Schutzschild unterstützt, hat überlebt. Es ist mir nicht möglich, ihren Schild zu zerstören, solange er von allen dreien aufrechterhalten wird. Ein Versuch, sie per Versetzungsschritt anzugreifen, führt dazu, dass ich vom Schild abpralle. Dabei erbebt mein Körper aufgrund der Überdosis an Mana. Glücklicherweise deaktivieren sie den Schild nicht, sondern werfen mir nur missbilligende und zornige Blicke zu.

Die Beute, die mir vom System für diese Wesen zugeteilt wird, ist seltsam. Ich habe keine Ahnung, was ich beispielsweise mit den Kristallschädeln anfangen soll. Wie bei fast allem, was das System betrifft, kann ich nur mit den Schultern zucken und weitermachen. Außerdem ist es irgendwie seltsam, humanoiden Leichen Beute zu entnehmen und diese zu lagern. Auch wenn ich sie nicht sehe, erscheint es mir irgendwie morbid, diese Körper in meinem Veränderten Raum zu transportieren. Vielleicht, weil man sie als menschlich bezeichnen könnte, wenn man nicht so genau hinsieht.

Nachdem ich den Versuch aufgegeben habe, die übrigen Huldrekall zu töten, kehre ich zu Sabre zurück. Als ich ankomme – nachdem ich einen großen Umweg gemacht und meine Spuren bestmöglich verwischt habe – ist Sabre weit genug aufgeladen, um mir wieder nützlich zu sein. Nachdem ich die Überreste meines gepanzerten Skinsuits weggeworfen und einen anderen angezogen habe, bin ich wieder einigermaßen einsatzbereit.

In einer Woche werde ich entscheiden, ob eine Rückkehr sicher wäre. Dazu addiere ich noch eine weitere Woche oder so, bis der Rest des Teams Whitehorse erreicht. Dadurch bleiben mir noch etwa zwei Wochen für das Training alleine hier draußen. Und da ich nun die tatsächliche Schwierigkeitsstufe kenne, kann ich sofort beginnen. Während der Flucht habe ich dazugelernt und neue Informationen erhalten. Also habe ich zwei Wochen, um zu entscheiden, ob mein Plan machbar oder ein Hirngespinst ist.

Auf einen geistigen Befehl hin wickelt sich Sabre um mich und ich marschiere los. Zeit, mich an die Arbeit zu machen.

***

Zwei Wochen. Zwei Levels während dieser Zeit. Die Boni für den hohen Level und die Dungeonwelt haben mir zusätzliche Erfahrungspunkte eingebracht, und dazu kommt noch die Tatsache, dass ich dem nächsten Level schon vorher ziemlich nahe war. Zwei Wochen, während derer ich nichts anderes tat, als zu jagen und zu kämpfen, haben mir eine Menge Erfahrung eingebracht, auch wenn ich am letzten Tag eine Pause zum Meditieren eingelegt habe. Für die bevorstehende Aufgabe möchte ich einen klaren Kopf haben.

Ich habe nicht nur aufgrund der Levels gejagt und gekämpft. Vor einer Weile habe ich einige neue Fähigkeiten und Spielsachen erworben, die ich nun testen kann, da ich allein kämpfe. Der Zauber Frostklinge ist interessant, aber nicht ganz so hilfreich wie erhofft. Er wirkt kumulativ, aber nicht direkt – er scheint den vorherigen Wert zu multiplizieren. Ein um fünf Prozent verlangsamtes Monster hätte also nach vier Treffern eine nur um zwanzig Prozent geringere Geschwindigkeit. Was immer noch gut, aber nicht gerade bahnbrechend ist. Zudem gibt es keine Garantie für die Maximaldauer von einer Minute, da Widerstände diesen Zeitraum in unterschiedlichem Umfang reduzieren können. Und das gelegentlich beim gleichen Monstertyp.

Da ich nur eine sehr begrenzte Zahl von Netz-Raketen besitze, teste ich sie nicht weiter. Ich kenne ihre Funktionsweise und habe sie oft genug eingesetzt. Der Schall-Impulsgenerator ist wahrscheinlich mein Lieblingsspielzeug, da seine Wirkung mir oft einen kurzen Zeitraum bietet, während dessen ich dem Gegner so richtig wehtun kann. Die Polarzone hilft etwas, ist aber auf der jetzigen Stufe nicht wirksam genug und verlangsamt Gegner nur minimal. Was ganz gut wäre, wenn ich den Kampf komplizierter machen oder eine Gruppe behindern möchte. Aber aufgrund der Manakosten wäre er bei Einzelgegnern weniger nützlich als Frostklinge. Selbstverständlich müsste ich zuerst einmal mit der Frostklinge zuschlagen, während es andererseits recht schwierig ist, einem verdammten Blizzard zu entkommen.

Sobald mein Opfer verlangsamt oder anderweitig geschwächt wurde, setze ich den Feuerball ein. Erst recht gegen die hier üblichen, mit

Frostwiderstand ausgestatteten Gegner. Der Blitzschlag verursacht den gleichen Schaden wie sonst, aber ohne den Vorteil der auf diesen Monstern wirkenden Elementarschwächen, und er ist situationsabhängiger. Der Feuerball erzeugt eine riesige Schadenskugel, während der Blitzschlag auf Angreifer einhämmert, die sich näher beieinander befinden.

Mir ist auch klar geworden, dass zu viele Optionen sich problematisch auswirken. Natürlich sind einige meiner Skills passiv, aber angesichts meiner Waffen, Fertigkeiten und Zaubersprüche steht mir für jeden Kampf eine Vielzahl an Möglichkeiten zur Verfügung. Und es verursacht mir Kopfschmerzen, die Mananutzung zwischen verschiedenen Skills und Zaubersprüchen aufzuteilen und dabei die beste Option zu wählen. Einige Male wurde ich sogar verletzt, während ich noch die optimale Taktik plante.

Insgesamt sollte ich wohl eine Weile nichts mehr kaufen, bis ich mich an die Verwendung dessen gewöhnt habe, was ich jetzt schon besitze. Oder ich konzentriere mich einfach auf die Upgrades der jeweiligen Fertigkeiten, Zaubersprüche und Waffen. Das würde es erleichtern, im Kampf Entscheidungen zu treffen.

Zwei Wochen harter Arbeit haben meinen Kampfstil deutlich verfeinert und mir zwei Levels eingebracht. Vor dem Verlassen dieses Gebiets sehe ich mir noch einmal den Statusmonitor an.

| **Statusmonitor** | | | |
|---|---|---|---|
| Name | John Lee | Klasse | Erethra-Ehrengarde |
| Volk | Mensch (M) | Level | 37 |
| **Titel** | | | |
| Monsterschreck, Erlöser der Toten | | | |

| Gesundheit | 1700 | Ausdauer | 1700 |
|---|---|---|---|
| Mana | 1310 | Mana-Regeneration | 98 / Minute |
| **Attribute** | | | |
| Stärke | 94 | Beweglichkeit | 161 |
| Konstitution | 170 | Wahrnehmung | 58 |
| Intelligenz | 131 | Willenskraft | 133 |
| Charisma | 16 | Glück | 30 |
| **Klassen-Fertigkeiten** | | | |
| Mana-Erfüllung | 2 | Klingenhieb | 2 |
| Tausend Schritte | 1 | Veränderter Raum | 2 |
| Zwei sind Eins | 1 | Entschlossenheit des Körpers | 3 |
| Größere Entdeckung | 1 | Tausend Klingen | 1 |
| Seelenschild | 2 | Versetzungs-schritt | 2 |
| Tech-Verbindung* | 2 | Sofort-Inventar* | 1 |
| Spalten* | 2 | Raserei* | 1 |
| Elementarhieb* | 1 (Eis) | | |

| Kampfzauber | |
|---|---|
| Verbesserter schwacher Heilzauber (II) | Größere Regeneration |
| Größere Heilung | Manatropfen |
| Verbesserter Manapfeil (IV) | Verbesserter Blitzschlag |
| Feuerball | Polarzone |
| Frostklinge | |

Schade, dass ich noch nicht Level 40 erreicht habe. Das war eines der Ziele, für die ich mich so sehr angestrengt hatte. Aber seit dem dreißigsten Level haben sich meine Aufstiege verlangsamt, und zwei Levels in zwei Wochen sind eine fantastische Leistung. Mein Systeminventar ist voll, mein Veränderter Raum ebenfalls und ich habe den Großteil meiner Munition und Raketen aufgebraucht. Zeit, nach Hause zu gehen und diese Aufgabe zu Ende zu bringen.

# Kapitel 18

Vor dem Erscheinen des Systems hätte die Fahrt nach Whitehorse etwa vier Stunden beansprucht. Ungefähr vierhundert Kilometer. Nach kanadischen Maßstäben ein kleiner Ausflug. Aber das war vorher, vor dem Winter und einem Highway, der seit fast einem Jahr nicht mehr repariert wurde. Jetzt stehen mir Monster, Schneewehen und eine Vielfalt von Gefahren im Weg.

Ich habe stets die Wahl, schnell oder langsam zu fahren. Und wenn man es so betrachtet, wähle ich natürlich das Tempo. Ich brause mit über hundert Kilometern pro Stunde die Straße entlang. Die Geräusche der Wildnis werden durch das Pfeifen des Winds übertönt. Ich rase an Monstergruppen vorbei, bevor diese reagieren und auch nur versuchen können, mehr als einige Angriffe zu starten. Und diese wenigen Angriffe prallen von mir ab.

Ali fliegt vor mir und achtet auf potenzielle Probleme. Und von denen gibt es tatsächlich so einige. Umgestürzte Bäume, die provisorische Barrikaden bilden. Schneewehen, die sich so hoch auftürmen, dass Sabre sie nicht mehr direkt durchqueren könnte. Im Hinterhalt liegende Monster – Zaubersprüche mit dem Ziel, Opfer zu verlangsamen oder einzufangen. Seile und Lianen, die den Fluchtweg versperren. Und einmal sogar die Leiche eines zuvor getöteten Riesen.

Ich habe einen Tag Zeit und bin vorgewarnt, daher gehe ich die Bedrohungen generell sofort an. Die Mehrheit der Kreaturen, die anderen einen Hinterhalt legen, verfügen über keine starke Abwehr. Wenn ich sie dann also überrasche, haben sie keine Chance. Viermal weiche ich einem Kampf aus. Der erste Gegner ist die sich wandelnde, amorphe humanoide Gestalt, die den Riesen tötete. Die Tatsache, dass sein Level für Ali nicht feststellbar war, war mir Warnung genug.

Beim zweiten Mal entdecke ich eine weitere Gruppe von Huldrekall, die neben der Straße um ein Glutbecken kauern. Die Erinnerung an ihren mächtigen Schildzauber bringt mich dazu, diesem Gefecht auszuweichen. Mir fehlt die Zeit, sie wegzulocken und es wäre keine gute Idee, diese Typen in einer vorbereiteten Stellung anzugreifen.

Die dritte Gefahr lauert an einem Fluss, wo sich eine Gruppe von Wasserelementaren unter einer wackeligen Brücke versteckt. Ich würde mich nie und nimmer auf einen Kampf mit Elementarwesen einlassen, die sich im Wirkungsbereich ihres Elementes aufhalten. Die letzte Gruppe besteht aus winzigen Humanoiden mit dem Aussehen von Kindern. Ihre Levels sind extrem niedrig, aber ich weigere mich, bestimmte Dinge zu tun – das Töten von Kreaturen, die Kindern gleichen, gehört dazu. Ich habe immer noch Albträume, in denen ich wieder durch die Korridore des Goblin-Dungeons wandle und kleine Körper sich gegenseitig umarmen, während wir das Notwendige tun.

Etwas mehr als einen Tag, um Whitehorse zu erreichen. Ich muss zugeben, dass es mir großes Vergnügen bereitet, die Mauern zu umgehen und in die Stadt zu schleichen. Natürlich könnte ich die Schutzschilde unmöglich umgehen, wäre ich nicht bereits registriert. Aber indem ich den Weg über die Klippen beim Flughafen wähle, vermeide ich es, Aufsehen zu erregen. Ich schleiche mich nach Einbruch der Dunkelheit in die Stadt und stelle sicher, nicht gesehen zu werden. Dann verkaufe ich im Stadtzentrum meine Sachen im Shop. Nachdem ich nun wieder Vorräte und Munition habe, verlasse ich den Shop. Vir wartet draußen auf mich.

„Abenteurer Lee“, sagt Vir und neigt kurz den Kopf.

„Vir.“ Als ich mich kurz umblicke, stelle ich fest, dass er alleine ist. „Roxley ist noch nicht zurück?“

„Es gab eine kleine Verzögerung. Er kommt in zwei Tagen an“, sagt Vir.

„Die anderen?“

„Nicht hier. Haben Sie verloren?“, fragt Vir mit einem nervösen Ausdruck.

„Hängt davon ab, was die anderen sagen. Wir mussten uns trennen“, antworte ich und presse dann die Lippen zusammen. „Die Pläne haben sich geändert.“

Vir verzieht das Gesicht, und seine Emotionen scheinen im Konflikt zu liegen. Am Ende nickt er resigniert. „Wie immer. Es wäre nicht gerade optimal, wenn Ihr Team verloren hätte.“

Nicht gerade optimal. Was für Euphemismen wir doch verwenden. „Kann Roxley auf seiner Seite alles erfolgreich abschließen?“

„Laut der letzten Meldung, die ich von ihm erhalten habe, läuft bei ihm alles gut“, antwortet Vir. „Wir werden in der Lage sein, den ersten Teil des Plans zu aktivieren.“

Dabei unausgesprochen bleibt die Tatsache, dass der erste Teil des Plans nutzlos sein wird, falls Teil Zwei nicht bereitsteht. Leider haben wir kaum eine Wahl – jeder Teil hat fast genauso viel Vorlaufzeit erfordert wie der andere. Jetzt bleibt uns nichts anderes übrig, als abzuwarten.

„Sollte ich?“ Ich mache eine Kopfbewegung in Richtung der Tür.

Vir schweigt und denkt über die Frage nach. Das kann ich verstehen. Ich sollte eigentlich nicht alleine hier sein. Meine Anwesenheit birgt das Potenzial, alles durcheinander zu bringen. Andererseits ist es immer verdächtig, wenn so viele Leute verschwinden. Wenn ich allein hier bin, gewinnen wir dadurch möglicherweise etwas Zeit. Und während dieser Zeit könnte mein Team auftauchen. Wenn wir gerade beim Thema sind ...

„Sollen wir?“ Mein Daumen deutet auf die schwebende Silberkugel, welche die Verbindung zum Shop darstellt.

„Vertrauen Sie Ihren Freunden, Abenteurer“, sagt Vir. „Sie zeigen sich besser nicht in der Öffentlichkeit. Dadurch würden garantiert Fragen aufgeworfen.“

„Und wenn man mich fragt?“

„Dann sind Sie eben so freundlich wie immer“, sagt Vir tonlos, was bei mir ein unterdrücktes Lachen auslöst.

Klar. Unhöflichkeit ist die Lösung. Sie bringt immer etwas.

***

Das Frühstück in der Nugget-Kneipe am folgenden Morgen ist etwas ganz Besonderes. Ein paar Leute starren mich an, aber niemand wagt es, mich anzusprechen und die Sphäre des Schweigens zu durchdringen, in der ich sitze. Dann wird das heiße und leckere Frühstück gebracht, und ich esse und esse.

„Labashi“, grüße ich den Major bei seiner Ankunft. Anscheinend hat meine Nachricht ihn endlich erreicht.

„Abenteurer Lee.“ Labashi lässt seinen großen, fetten, grünen Arsch auf einen Stuhl plumpsen. Er lässt den Blick schweifen und wirft einen Blick auf die Teller voller Essen, meine Getränke und mich.

„Ich habe etwas für dich.“ Ich nicke Ali zu. Der schwebt herbei und hält einige Sekunden lang die Hand über den Tisch, bevor das Klimpern fallender Elektronik und Metallteile erklingt. Bruchstücke und Erkennungsmarken plumpsen herab. Diese wurden den toten Hakarta abgenommen, die uns aufgelauert hatten.

„Ah ...“ Labashi betrachtet den Haufen und streicht mit den Fingern über die Stücke. Er verzieht die Lippen unter den Hauern, bevor er alles in sein Inventar steckt. „Vielen Dank.“

„Wie viel haben sie dir dafür bezahlt?"

„Genug."

„Du weißt schon, dass mich das nicht gerade beeindruckt hat. Ich verstehe den Grund, trotzdem bin ich enttäuscht. Für die entsprechende Summe tust du also alles, was?"

„Nicht alles. Das Corps würden wir niemals vernichten – weder physisch noch durch Handlungen, die den Abschluss zukünftiger Verträge unterbinden würden", sagt Labashi. „Was wir tun können und werden ist in unseren Verträgen festgehalten."

„Gut zu wissen. Und was unseren Vertrag angeht ..." Ich beuge mich nach vorn und blicke ihm in die Augen. „Meiner Ansicht nach hebt die Tatsache, dass du mich umbringen lassen wolltest, unsere vorherige Beziehung und den Vertrag so ziemlich auf."

„Und wenn ich nicht zustimme?"

„Dann halten wir hier und jetzt eine lebhafte Diskussion darüber ab." Ich öffne die Tore über meinen Emotionen und setze meine Wut frei, so dass sie für ihn sichtbar wird. Meine Hände ballen sich zu Fäusten, ich atme schneller und ich verlagere unwillkürlich das Gewicht auf meinem Sitz, um mich auf den Kampf vorzubereiten.

Der Hakarta bleibt völlig gelassen. Meine Reaktion scheint ihm keinerlei Sorgen zu bereiten, was keine wirkliche Überraschung ist. Was den Level angeht, ist er mir deutlich überlegen und seine Kampferfahrung übersteigt vermutlich meine Vorstellungskraft. Ich stelle garantiert keine ernsthafte Bedrohung für ihn dar. Andererseits geht es überhaupt nicht darum.

„Na schön", sagt Labashi, als er meinen entschlossenen Blick bemerkt. „Eigentlich schade, aber auch verständlich."

*Vertrag mit Labashi Ruka aufgehoben*

„*Sehr geschickt, mein Junge. Du hattest recht mit deiner Vermutung, dass er keinen Vertrag will, sobald du Widerstand leistest. Nicht mehr*“, sagt Ali telepathisch. „*Aber musstest du ihn auch noch bedrohen?*“

„*Müssen?* Nein. Wollen? *Ja.*“ Ich nicke Labashi zu und bestätige den Erhalt der Benachrichtigung. Dann lehne ich mich zurück und atme langsamer, während ich meine Wut unterdrücke.

„John ...“ Labashi runzelt die Stirn und spricht dann langsam weiter. „Dir ist doch klar, dass wir eure Pläne kennen. Deine und Roxleys?“ Ich brumme, während Labashi mit leiser Stimme spricht. „Mich herauszufordern ist zwar dumm, aber auch mutig. Es bei der Herzogin zu tun wäre völlige Vermessenheit. Sie weiß, dass Roxley zusätzliche Kredite aufgetrieben hat. Ihre Leute haben bereits Schritte zur Rückdatierung der Steuerschulden unternommen.

„Deine eigene Mission in den Eisfeldern ist offensichtlich nicht nach Wunsch verlaufen. Es wäre jammerschade, wenn ein vielversprechender Krieger wie du sein Leben in einem sinnlosen Kampf verlieren sollte.“

Während er das sagt, verziehe ich keine Miene. Da es mir schwerfällt, Reaktionen vorzutäuschen, wähle ich den stoischen Weg. Nicht gerade ideal, aber besser als nichts. In meiner Familie war es für mich fast selbstverständlich, meine Gefühle und Reaktionen zu zügeln. Ich lasse mich von Labashis Blicken durchbohren, und seine dunkelgrünen Augen suchen in meinen braunen nach einer Reaktion.

Der Major seufzt und schüttelt den Kopf. „Abenteurer Lee, es war ein interessantes Treffen. Und ich hoffe, dir ist klar, dass das nicht persönlich gemeint ist.“

„Nein. Nicht persönlich“, murmle ich und sehe ihm beim Gehen zu. Nur eine Katastrophe.

Während ich dem Major zusehe, ist mir die Notwendigkeit bewusst, in den nächsten Tagen hierzubleiben und Aufmerksamkeit auf mich zu ziehen. Ich muss auffallen, aber nicht zu interessant wirken. Wir möchten auf keinen Fall, dass unsere Gegner wirklich nachbohren.

***

Das Schiff sinkt aus der Atmosphäre herab und landet fast geräuschlos auf dem Flughafen. Es ist enorm, dreimal so groß wie eine Boeing 747, breit und wulstig. Das aus glänzendem grünem Stahl konstruierte Schiff hat eine dicke, seltsam verdrehte Form und verwendet Kraftfelder anstelle physischer Strukturen, um beim Anflug eine Stromlinienform zu bilden. Es ist ein Transporter, riesig und massiv, perfekt für Reisen zwischen den Sternen und gelegentliche Landungen. Für einen Raumtransporter verfügt das Schiff allerdings über auffallend viele Geschütze, die in sämtliche Richtungen weisen. Ich frage mich, ob Roxley dieses Schiff aufgrund der zusätzlichen Bewaffnung gewählt hat oder interstellare Reisen generell derart gefährlich sind.

Alle bedeutenden Persönlichkeiten sind anwesend und warten auf das Andocken des Schiffs. Capstan, Vir, Amelia, die Mehrheit der Jägergruppen und eine Reihe Schaulustiger. Und natürlich Labashi, sein Trupp, die Gesandte, der Waffenmeister und seine Wachen. Diese Leute tun so, als wären sie aus reiner Neugier hier und nicht etwa wegen eines riesigen Raumtransporters, der ihre Pläne durchkreuzt.

Als die Rampe ausfährt und die Tore sich öffnen, kommt Roxley heraus. Seine dunkelgrünen Haare umgeben die spitzen Ohren und dunkle Haut. Er trägt eine neue, links geknöpfte Uniformjacke in Silber und Gold. Allerdings fehlt darauf das Wappen seines Hauses, die kleine Stickerei mit gekreuztem

Schwert und Gewehr, die Truinnar-Worte bilden. Ich habe ihn nie nach der Bedeutung gefragt. Roxley verzieht die Lippen zu einem süffisanten Halblächeln, als er die Rampe nach unten geht. Knapp hinter ihm folgen zögernd weitere Truinnar. Die hinter ihm stehenden Personen sind im Körperbau extrem unterschiedlich, von kurz und untersetzt zu groß und elegant, von alt bis jung. Alle führen Waffen verschiedener Art mit sich, aber ihre Kleidung ist lässig und informell, ohne die von Jägern und Abenteurern verwendeten Panzerplatten.

Auch wenn Roxley so faszinierend wie immer ist, interessiere ich mich mehr für die Reaktion der Gesandten. Sie kneift die Augen zusammen, als Roxley nach unten schreitet. Sie nimmt Notiz von den Veränderungen an seiner Kleidung und dem zunehmenden Strom an Truinnar-Bürgern, die von Vir und Mr. Lakai hochoffiziell empfangen werden. Wenige Sekunden später geleitet man die neu angekommenen Truinnar zum Heck des Schiffs, wo ihre Besitztümer unter den wachsamen Augen eines früheren Gepäckabfertigers ausgeladen werden. Die für diese Aufgabe verpflichteten Hilfskräfte sind effizient, wenn auch nicht besonders gut ausgebildet.

„Lord Roxley“, sagt die Gesandte Lady Priya beim Näherkommen. Ihre Augen wandern über seine schlanke Form und verharren einen Augenblick an der Stelle mit dem fehlenden Wappen. „Was hat das zu bedeuten?“

„Eine kleine Veränderung. Ich bin nun nicht mehr Baron der Sieben Meere, Lady Priya“, sagt Roxley, dessen Augen humorvoll glitzern. Dabei hätte sie dies bereits durch einen prüfenden Blick erkannt.

„Also stimmt es. Sie haben Ihren Anspruch auf die Sieben Meere aufgegeben.“ Lady Priya starrt auf die Leute, die hinter ihm den Raumfrachter verlassen. „Und die Personen hinter Ihnen? Sind die ebenfalls Verräter?“

Neben ihr ballt der Waffenmeister die Fäuste, während Labashi gelangweilt wirkt.

„Keine Verräter. Lediglich Bürger, die das ihnen zustehende Recht der Freizügigkeit nutzen“, sagt Roxley.

„Sie haben Ihre Ländereien entvölkert“, zischt die Gesandte. „Sie haben hinter dem Rücken der Wachen alle mitgenommen. Die Baronie ist beinahe leer, dort leben kaum noch Bürger. Sie haben Ihr Haus geschwächt.“

„Wie bereits erwähnt handelt es sich nicht mehr um mein Haus.“ Roxley tritt vor und spricht nun leiser, aber auch entschlossener. „Sie, Ihre Herzogin und der Herzog haben mir keine Wahl gelassen. Haben meinem Volk in dessen Not weder Hilfe noch Beistand geboten. Als wir versuchten, die Lage zu verbessern, erhöhten Sie unsere Steuern und zwangen mich zu einer Entscheidung – im Elend zu leben oder nach etwas Besserem zu streben. Überrascht es Sie, dass wir nicht einfach nachgeben und sterben?“

„Und daher haben Sie die aus verrufenen und betrügerischen Quellen geliehenen Credits genommen und damit den Frachter gemietet, statt Ihre Steuern zu begleichen“, sagt Lady Priya, deren dunkle Augen funkeln. Kurz darauf lacht sie, und ihr lautes Gelächter hallt über die Landebahn. „Gut gemacht. Sehr gut. Sie haben einen unserer Pläne vereitelt. Und jetzt?“

„Jetzt gehen meine Leute zur Stadthalle und kaufen Wohnhäuser, Läden und Grundstücke in Whitehorse. Mit ihrer Hilfe und ihrem Geld dürften wir unser Ziel erreichen. Nun muss ich sicherstellen, dass mein Vertrag eingehalten wird“, antwortet Roxley, der die Hände hinter dem Rücken verschränkt.

„Ach ja, natürlich. Und damit wäre unsere juristische Machtposition verschwunden“, sagt Lady Priya und lächelt weiter. „Allerdings, na ja, Ms. Lafollet?“

Miranda tritt nach vorn. Die matronenhafte Frau trägt aufgrund der Kälte mehrere Pullover, Jacken und eine Mütze. „Lady Priya?“

„Ich glaube, wir sollten jetzt unser Geschäft abschließen“, sagt Priya gebieterisch und starrt die frierende ältere Frau an.

„Und deswegen haben Sie mich hierher befohlen? Das hätte ich zuhause tun können. Drinnen“, sagt Miranda, die sich wegen der Kälte vorbeugt. „Manche von uns haben keine Punkte in die Konstitution investiert, wissen Sie. Es ist jetzt mindestens minus vierzig Grad, wenn man den Windchill-Faktor berücksichtigt.“

„Ms. Lafollet, unsere Abmachung“, sagt die Gesandte. Ihre Stimme lässt die Luft noch eisiger wirken.

„Na gut. In Ordnung.“ Lafollet hebt die Hand. Nach einigen schnellen Berührungen einer Benutzeroberfläche, die nur für sie sichtbar sind, sagt sie: „Fertig.“

Priya wendet sich voller Schadenfreude Roxley zu, kneift dann aber die Lippen zusammen und liest sich den Text auf ihrem privaten Bildschirm durch. „Was ist das?“

„Das gesamte Land im Besitz des Stadtrats, wie vereinbart“, sagt Miranda. „Das Gebäude der Stadtverwaltung und die Kita.“

„Wo sind die Parks? Die Schlachthöfe?“, raunzt Priya. „Wenn Sie Ihren Teil des Vertrags nicht erfüllt haben–“

„Dann würde das System davon wissen und es registrieren“, sagt Miranda kopfschüttelnd. „Wenn Sie genau hinsehen, erkennen Sie, dass der Vertrag erfüllt wurde. Wir haben uns an die Abmachung gehalten. Jetzt gehe ich nach Hause und wärme mich auf.“

„Wie ...?“, beginnt die Gesandte und verengt die Augen zu Schlitzen.

Capstan, der bisher schwieg, knurrt nun eine Antwort: „Sie haben mit dem Stadtrat gesprochen, aber nicht mit dem Erweiterten Rat. All die

Grundstücke, die Sie haben wollen, werden vom Erweiterten Rat treuhänderisch verwaltet. Das Land der Stadt, das Eigentum der Stadt."

„Sie haben es verkauft ...", sagt Priya. „Nein. Unmöglich. Ich habe Shop-Benachrichtigungen aktiviert. Es war unmöglich, mich zu überbieten."

„Das haben wir nicht. Diese Grundstücke wurden lange vor Ihrer Ankunft überschrieben", sagt Capstan. „Wir hatten in der Vergangenheit gewisse ... Probleme mit dem Stadtrat. Aber seither hat sich viel verändert. Obwohl der Menschen-Stadtrat weiterhin existiert, trifft der Erweiterte Rat die Entscheidungen und besitzt einen Großteil dessen, was Sie haben wollen."

Ich kann praktisch sehen, dass die Gesandte am liebsten knurren oder mit den Füßen aufstampfen würde. Stattdessen bewegt sie die Finger und steuert die Benachrichtigungen im System. Kurz darauf wendet sie sich von den Bildschirmen ab und starrt Roxley an. Nun klingt ihre Stimme wieder gelassen. „Wie es aussieht, haben Sie diese Runde gewonnen. Sie werden Ihr Stadt-Upgrade erhalten. Herzlichen Glückwunsch."

Nach diesen Worten marschiert sie davon, gefolgt vom Waffenmeister und Labashi. Roxley beobachtet sie einen Moment lang und presst die Lippen zusammen.

„Das war ja ein voller Erfolg", sagt Ali, woraufhin Capstan ihn leicht anlächelt.

„Das ist erst der Anfang, Geist."

„Offensichtlich", sagt Ali.

Roxley kommt zu mir und spricht mit leiser Stimme. „Schön, dich zu sehen, John."

„Gleichfalls." Ich beäuge seine Haare. „Wieder eine neue Farbe?"

„Ja. Gefällt sie dir?" Der Truinnar bewegt den Kopf, so dass die Haare um ihn herumwirbeln. Ich stöhne angesichts dieser Geste, auch wenn ich eigentlich Gefallen daran finde. „Ich hielt es für angemessen, wenn man meinen neuen Status bedenkt."

„Was das betrifft ...", sage ich und lege eine Hand auf seinen Arm. „Bist du damit einverstanden?"

Roxley wirft mir einen zornigen Blick zu, bevor sein Gesicht und seine Stimme wieder Gelassenheit und Beherrschung ausdrücken. „Natürlich. Wie gesagt haben sie mir keine Wahl gelassen. Hier hat mein Volk zumindest die Chance, das eigene Lot zu verbessern."

„Tut mir leid ...", setze ich an, ohne zu wissen, was ich danach sagen soll. Roxley hat soeben sein Geburtsrecht, den Adelstitel, für sein Volk und diese Stadt aufgegeben. Ich habe keine Ahnung, wie sich das anfühlen muss – schließlich bin ich nur ein erbärmlicher Nichtadliger. Trotzdem muss es ihm schwergefallen sein, auch wenn er seine Gefühle hinter einer tapferen Fassade verbirgt.

„Unsinn. Ich musste es einfach tun." Roxley wendet sich ab und richtet den Blick auf seine Leute, die bereits die Treppe hinunter in Richtung der Stadt hinter den Klippen marschieren.

Ich knurre und schweige dann. Na schön. Wenn er so etwas nicht von mir hören will, dann eben nicht.

Aber beim Umdrehen höre ich seine letzten geflüsterten Worte. „Vielen Dank."

Da die Gesandte noch nicht losgelegt hat, habe ich momentan nichts zu tun. Noch nicht. Jetzt können wir nur noch abwarten, bis es losgeht.

***

„Mikito." Ich atme aus, als ich die junge Dame in der Wohnung entdecke, die wir uns teilen.

Sie senkt die Naginata und nickt mir grüßend zu, wobei ich bemerke, wie müde und erschöpft sie aussieht. Eine Hand bewegt sich und ich stoße einen überraschten Ruf aus, als ich die Benachrichtigung sehe.

„Du hast es geschafft“, sage ich erleichtert.

„Wir haben es getan“, antwortet Amelia, und ich zucke zusammen und wirble herum.

Ich lasse meine halb beschworene Waffe verschwinden und knurre die schwarzhaarige Frau aus den First Nations an. Sie grinst lediglich. „Lana?“

„Sie ist am Leben. Aber nicht in der Stadt“, antwortet Mikito und deutet nach draußen. „Ihre Tiere sind im Anschleichen nicht besonders gut. Sie ist bei der Abzweigung nach Carcross.“

Ich atme tief aus, und angesichts dieser Geste der Erleichterung löst sich eine Spannung in Schultern und Rücken, derer ich mir nicht bewusst war. „Verluste?“

„Keine weiteren. Der Drache blieb einige Tage in der Nähe, weshalb wir langsamer vorangekommen sind, als uns lieb war. Nachdem das Biest auf die Jagd ging und sich satt gefressen hat, konnten wir uns ohne größere Probleme auf den Rückweg machen. Wenn das alles ist, lege ich mich mal hin.“

Die beiden gehen zum Schlafzimmer, die langen Wochen unterwegs haben offensichtlich ihren Preis gefordert. Als die Tür geschlossen wird, sacke ich plötzlich gegen die Wand neben mir, da meine Knie nachgeben. Diese Sache könnte vielleicht sogar klappen.

# Kapitel 19

Weitere drei Tage vergehen ohne Zwischenfall. Die Neuankömmlinge werden in der Stadt willkommen geheißen und verdoppeln die Einwohnerzahl beinahe. Wie erwartet reichen ihre Credits und Landkäufe aus, um uns endlich über die Schwelle von 80 Prozent zu bringen. Dies löst den Prozess des Übergangs von Dorf zu Stadt aus und stabilisiert den Manastrom in der Umgebung. Ich glaube, die Integration der Neuankömmlinge läuft nun problemloser ab, weil die Leute sich nun durch die Stadt bewegen können, ohne ständig über die Schulter blicken zu müssen. Zumindest muss sich Amelia nun um weniger Zwischenfälle kümmern, auch wenn die Zahl der Aliens angestiegen ist.

Whitehorse ist nicht mehr als die Stadt von früher zu erkennen. Nach der Integration der Neuankömmlinge ist die allmähliche Umwandlung nun abgeschlossen. Läden im Besitz der Truinnar und Yerick haben die Innenstadt verwandelt. Viele von ihnen haben Türöffnungen verbreitert und die Architektur an den Geschmack unserer neuen außerirdischen Freunde angepasst. Einige der Veränderungen sind ausgesprochen subtil – Lichter, die etwas kühler als sonst leuchten und minimal erhöhte Theken. Andere Dinge sind drastischer, da unsere außerirdischen Gäste den eigenen Besitz in Szene setzen: automatische Stahltüren, durch Flüssigmetall abgesicherte Öffnungen oder geöffnete, durch transparente Schutzschilde abgeschirmte Läden.

Aber es ist nicht nur der Baustil, sondern auch die Bevölkerung. Es mangelt uns immer noch an einem öffentlichen Nahverkehrssystem, daher gehen viele zu Fuß. Natürlich erscheint gelegentlich ein Hightech-Auto, ein Truck, ein Motorrad oder ein riesiger Schützenpanzer, aber es sind überwiegend Fußgänger zu sehen. Eine Mischung aus Menschen, Truinnar, Yerick und gelegentlich Kapre oder anderen exotischen Aliens wandert durch die Straßen. Alle mit Ausnahme von Kleinkindern führen stets ein oder zwei Waffen mit sich, und ihre Bewegungen spiegeln eine resolute Wachsamkeit wider.

In den drei Tagen des relativen Friedens und der Ruhe verändert sich die Innenstadt rasch unter dem gemeinsamen Einfluss der Bevölkerung und des Systems. Drei Tage bis zum Ertönen des Alarms. Dank eingeübter Manöver sind die Straßen innerhalb von Minuten leer. Die Jäger eilen zu ihren Stellungen, während die Zivilisten sich bis zum Ende der Gefahr in Deckung begeben. Wer nicht weiß, was die Sirenen bedeuten, wird eiligst aufgeklärt. Niemand ist wirklich überrascht, aber diesmal geht es nicht um einen Schwarm. Diesmal ist es etwas viel Gefährlicheres.

„Wie viele?“, frage ich, als ich schließlich die Stadtmauer beim Robert Service Way erreiche.

Hier warten bereits Roxley, Capstan, Jim und weitere der üblichen Verdächtigen. Interessanterweise sind Vir und Amelia nicht dabei, aber ich nehme an, dass sie sich bei einer der anderen Stellungen befinden. Allerdings haben wir überhaupt nicht vor, zu kämpfen. Falls es notwendig wird, sitzen wir tief in der Tinte.

„Ein Großteil der Gruppe“, antwortet Roxley.

„Und das wäre?“, will ich wissen.

„Hundertdreiundzwanzig, mein Junge“, antwortet Ali laut und für alle hörbar. Ich bin froh darüber. Vermutlich hatten andere ebenfalls keine Ahnung.

„Ziemlich viele“, murmle ich. Das wäre mehr als die Gesamtzahl unserer Jäger, Abenteurer und Wachen. Ganz davon abgesehen, dass ihre Lieutenants und Sergeants unseren Leuten vermutlich im Level überlegen sind. Selbst einige ihrer gewöhnlichen Soldaten haben wohl eine mit uns vergleichbare Stärke.

„Nicht gerade unerwartet. Eine Machtdemonstration könnte uns dazu bringen, uns kampflos ihrem Willen zu beugen“, knurrt Capstan. „Mein Volk wird sich nicht in einen aussichtslosen Kampf stürzen, Lord Roxley.“

„Ich bin kein Lord mehr“, korrigiert ihn Roxley beiläufig, während er auf Bildschirme starrt, die nur für ihn sichtbar sind. „Und ich habe Verständnis. Ich werde keine unserer Leute in diese Lage manövrieren.“

Diese Aussage beruhigt die Gruppe, und wir stehen schweigend herum, während viele der Anwesenden über seine Worte nachdenken. Schließlich haben wir den Gesamtplan nicht allen mitgeteilt. Ich blicke auf meine Mini-Karte, auf der sich Punkte verschieben und bewegen und zeigen, was demnächst geschehen wird.

***

Die Gesandte steht an der Spitze der Kolonne, mit Labashi und Hondo neben ihr. Die Hakarta in ihren glänzenden schwarzen Uniformen marschieren in ordentlichen Reihen, gefolgt von zwei großen Schwebefahrzeugen, deren Kanonen eine einschüchternde Größe aufweisen. Eine Gruppe kleinerer Fahrzeuge befindet sich hinter den Artillerielafetten, und diese transportieren kleinere, aber ebenso gefährlich wirkende Waffen. Es sind nicht ganz so viele Fahrzeuge wie erwartet, aber die von Ali übermittelten Daten zeigen mir die wahre Geschichte. Jedes dieser Fahrzeuge ist handgefertigt und vollständig registriert. Die Mechaniker setzen beim Bau und der Wartung auf eine besondere Sorgfalt. Dadurch sind sie jeweils vier massengefertigten Fahrzeugen gleichwertig und verfügen wahrscheinlich über einige Tricks, die Ali noch nicht aufgefallen sind. Die gesamte Kolonne marschiert im Gleichschritt. Die Soldaten nehmen sich Zeit und lassen dadurch die volle Macht ihrer Präsenz auf uns einwirken.

Dann halten sie in einiger Entfernung an. Anschließend tritt die Gesandte vor, begleitet von ihren Untergebenen und erwartet von der Kompanie bewaffneter und gepanzerter Hakarta. Schließlich bleibt sie hundert Meter vor der Mauer stehen. Falls wir planen würden, auf sie zu schießen, wäre sie durchaus in Reichweite. Aber deswegen muss sie sich keine Gedanken machen. Wir werden das Feuer nicht als Erste eröffnen, und dessen ist sie sich bewusst.

Nach kurzem Zögern tritt Roxley vor und springt über die Mauer auf den Boden. Ich folge ihm eine Sekunde später und Ali schwebt neben mir herab. Der Rest unseres Teams bleibt oben, denn dieses Gespräch ... na ja, das wird unter uns bleiben.

„Mr. Roxley“, sagt Lady Priya emotionslos. „Wir sind hier, um die Stadt zu übernehmen.“

„Jetzt wird also der Fehdehandschuh hingeworfen, wie die Menschen sagen würden, oder?“ Roxley richtet seine Aufmerksamkeit auf mich. „Warum sagt ihr so etwas? Es wäre albern, einen Handschuh auf den Boden zu werfen, erst recht in diesem Klima.“

„Ich glaube, so haben die Menschen sich früher zu einem Duell herausgefordert“, antworte ich unbekümmert und ignoriere die Gesandte.

Ich sehe, wie der Waffenmeister angesichts dieser offensichtlichen Respektlosigkeit zusammenzuckt. Er tritt vor, aber die Gesandte hält ihn durch ein kaum merkliches Kopfschütteln zurück.

„Nach der Eroberung der Stadt wird Ihnen Ihr Verhalten keinen Gefallen tun“, sagt Lady Priya. „Ihr Starrsinn und Ihr kindisches Benehmen werden Ihre Leute in einem schlechten Licht erscheinen lassen.“

„Sparen Sie sich den Gefallen“, sagt Roxley, um dessen Lippen ein sardonisches Lächeln spielt. „Ich würde eine Eroberung der Stadt nicht überleben. Es würde Ihrer Herzogin nichts nützen, mich am Leben zu lassen. Aber vielleicht werden Sie mich auch in Ketten zu meinem ehemaligen Herzog schicken. Ich bin mir sicher, er möchte auf seine eigene Weise Vergeltung üben.“

„Möchten Sie wirklich kämpfen?“ Hondo tritt vor, und diesmal hält die Gesandte ihn nicht davon ab. Er grinst höhnisch. „Sie haben nicht genug Leute, um Labashi und seine Männer aufzuhalten. Und wenn Sie glauben, mich besiegen zu können–“

„Das wäre eigentlich meine Aufgabe“, unterbreche ich Hondo und trete zur Seite, um mir mehr Platz zu verschaffen. Sabre umschließt mich und umgibt mich mit seiner Panzerung und einem Schutzschild, der meinen eigenen ergänzt.

„Sie?“ Hondo blickt mich verächtlich an und streckt eine Hand aus. Die allzu bekannte Stangenwaffe erscheint. „Letztes Mal habe ich Sie besiegt, ohne auch nur ins Schwitzen zu geraten.“

„Ich. Wissen Sie, Typen wie Sie sind so berechenbar. Glauben Sie, wir wären keinen besonderen Aufwand wert?“, frage ich kopfschüttelnd. „Haben Sie nicht gedacht, wir würden Schritte gegen Sie einleiten? Wir haben genau dieses Vorgehen erwartet. Es war perfekt vorhersehbar. Daher brauchen wir eine Gegenmaßnahme.“

„Ihre Reise zu den Eisfeldern. Ja, das war uns bekannt. Sie sind um einige Levels aufgestiegen, aber für das Anheuern einer Söldnertruppe haben Sie nicht ausreichend Beute gesammelt. Für den Kampf fehlen Ihnen die finanziellen Mittel. Schade, dass Sie Ihre Anzahlung verlieren“, sagt Lady Priya. „Haben Sie wirklich erwartet, das würde klappen?“

„Nicht direkt. Es wäre nett gewesen, aber eigentlich haben wir nicht damit gerechnet." Ich betrachte Labashi aus glitzernden Augen. „Major, was würden Sie für einen Kampf mit einem Urdrachen verlangen?"

„Diese Aufgabe würde ich nicht annehmen", sagt Labashi. Obwohl er mit einem ironischen und gelangweilten Ton spricht, bemerke ich doch, wie er nach oben und zur Seite blickt. „Erwarten wir einen?"

Ich starre die Lady an. „Hängt davon ab, was die Gesandte entscheidet."

„Sind Sie jetzt mit dem Melodrama fertig? Vielleicht könnten Sie uns dann verraten, was Sie getan haben", meint die Gesandte.

Ich muss kichern. Ich schweige etwas länger und warte, warte, warte, bis sie kurz davor steht, wieder das Wort zu ergreifen. „Wir haben eine Bombe in der Drachenhöhle platziert. Und genügend Material hinterlassen, dass nach der Detonation ein klarer Hinweis auf den Täter zurückbleibt." Bevor sie die Gelegenheit zu einem Einwand erhalten, rede ich weiter. „Und, nein, die Bombe ist nicht stark genug, um den Drachen zu töten. Wahrscheinlich macht sie ihn einfach nur stinksauer. Aber sie wurde mitten im Schatz des Drachens versteckt, und die Explosion dürfte zumindest diesen beschädigen. Soweit ich weiß, mögen es Drachen überhaupt nicht, wenn ihrem Schatz etwas zustößt. Ich frage mich, was sie mit einer Person, Stadt oder Organisation tun würden, die es wagt, ihm Schaden zuzufügen?"

„Wir haben damit nichts zu tun", sagt Lady Priya, aber mir ist klar, dass in ihrer Stimme keine Überzeugung mitschwingt. Sie hat es verstanden.

„Nein. Und Sie dürfen die Stadt gerne erobern. Aber sobald Sie das tun, betätige ich den Auslöser."

„Und damit würden Sie sich und Ihre Freunde zum Tod verurteilen."

„Ja, das ist ein gewisser Nachteil. Aber seitdem Sie und das System beschlossen haben, zur Erde zu kommen, erscheint mir jeder Tag wie mein letzter. Auf diese Weise kann ich wenigstens behaupten, ich hätte einem

Drachen in die Fresse geschlagen“, sage ich mit ausdrucksloser Stimme. Das muss ich auch, denn in mir brodelt schon wieder die Wut. „Und bevor Sie danach fragen, meine Freunde sind eingeweiht. Alle von uns tun das aus freien Stücken.“

„Und die Zivilisten? Die Menschen unter Ihrem Schutz?“ Lady Priya dreht sich um und starrt Roxley an. „Ihr Volk?“

„Abenteurer Lee hat mir einmal von einer Ära in der Geschichte der Menschen erzählt, die man den Kalten Krieg nannte. Zwei Supermächte standen sich gegenüber, lebten aber viele Jahre lang in Frieden und Wohlstand. Ein Zustand, der auf das sogenannte Gleichgewicht des Schreckens zurückging.“ Roxley seufzt. „Aber Sie haben recht. So etwas könnte ich meinem Volk nicht antun. Deshalb hat Abenteurer Lee den Auslöser.“

Ach du Scheiße.

Hondo bittet überhaupt nicht um Erlaubnis, sondern bewegt sich blitzartig. Er rast auf mich zu und schwingt die Stangenwaffe, um mich durch diesen Angriff zu köpfen. Ohne meine mehrfachen Schutzschilde wäre es ihm auch gelungen. Mein reflexartiges Zucken weicht dem ersten Angriff nicht aus. Sabres Schild flackert auf und versagt, als die Waffe zuschlägt.

Es gelingt mir, den zweiten Angriff zu blockieren, wobei mein Schwert auf seine Stangenwaffe trifft und Funken sprühen, als die Klingen kollidieren. Ich behalte das Schwert in der Hand und beschwöre mit Tausend Klingen ein weiteres, um den nächsten Hieb mit der anderen Hand abzublocken. Danach ist alles nur noch ein wilder Wirbel von Waffen. Aufgrund der Klingen, meines Schutzschilds und Sabres Panzerung gelingt es mir, den ersten Ansturm ohne bedeutende Schäden zu überstehen.

Ich aktiviere den Schall-Impulsgenerator, und das Kreischen lenkt Hondo einen Sekundenbruchteil lang ab. Der Truinnar gibt nicht auf. Aber ich gewinne genügend Zeit, um meine Raketen abzufeuern. Aus der kurzen Entfernung zerhackt der hässliche Kerl ein paar davon, was aber diesmal dazu führt, dass ihre Nutzlast näher an mir explodiert, als mir lieb ist. Das meiste der Flüssigkeit bespritzt Hondo, aber ich bekomme auch etwas ab. Diese Mischung verlangsamt mich etwas, als ich versuche, auszuweichen. Ich bewege mich im Kreis um Hondo und streife die geringe Menge an Sofortkleber ab, während ich meine letzte zusätzliche Klinge beschwöre.

Gerade, als Hondo sich losreißt, löse ich mit allen drei Waffen Klingenhieb aus. Energiebahnen durchschneiden die Luft, und jede ist in das eisige Licht des Zaubers Frostklinge gehüllt. Der Truinnar tänzelt an den ersten beiden Hieben vorbei, wird aber vom dritten getroffen und dadurch etwas langsamer. Dann wieder und wieder, als ich weitere Angriffe auslöse. Jeder davon verlangsamt ihn etwas, wodurch der Kampf ausgeglichener wird.

Trotz seiner verringerten Geschwindigkeit erreicht er mich dennoch und stößt mit der Stangenwaffe nach mir, so dass ich gezwungen bin, meine Angriffe abzubrechen. Jetzt halte ich vom Tempo her mit, bin sogar etwas schneller, aber seine Erfahrung übersteigt meine immer noch. Ein Hieb, den ich nicht kommen sehe, eine Gruppe von Angriffen, die den Schild schwächen. Dann ein mächtiger Schlag, der den Schild und meinen Brustpanzer durchdringt, so dass ich neben der Gesandten auf dem Boden lande. Ich fange seinen letzten Angriff mit meiner Klinge ab und verschiebe ihn gerade weit genug, dass er auf der rechten statt der linken Seite in meine Brust sticht.

Ich packe die Waffe und versuche den Waffenmeister daran zu hindern, sie herauszuziehen. Das gelingt mir auch, erst recht, weil der verdammte Kerl es gar nicht versucht. Stattdessen dreht er die Waffe, um meine Wunde zu vergrößern, so dass ich Blut schlucke und der Schmerz meinen Körper durchzuckt. Ich spüre, wie die Fertigkeit Raserei sich zu aktivieren versucht, um meinen Körper zu übernehmen und diesen Kampf zu beenden – aber ich unterdrücke sie. Noch. Nicht.

Als er die Klinge aus meinen schwachen Fingern zieht, schreie und gurgle ich vor Schmerz. Hondo hebt die Stangenwaffe und setzt zum letzten Hieb an, wobei er sich nicht einmal die Mühe macht, mich mithilfe einer Fertigkeit zu erledigen. Nur dank der Tatsache, dass sein Körper im letzten Moment zuckt und ich die Waffe leicht umlenke, hackt er mir nicht den Kopf ab und hinterlässt lediglich eine lange Schnittwunde auf meinem Gesicht, die ich kaum spüre. Die Stangenwaffe bohrt sich neben meinem Gesicht in den Boden und der Truinnar krümmt sich vor Schmerz.

„Das ist für Bill", faucht Ingrid und zieht ihre Dolche aus seinem Körper. „Und das für Luthien." Die nun vollständig sichtbare Assassine bohrt erneut einen durch eine Fertigkeit unterstützten Dolch in ihn.

Hondo ist zu hochstufig, als dass sie sich anschleichen könnte, solange er aufmerksam bleibt. Aber mitten im Kampf, bevor er gerade versucht, mich zu erledigen? Dazu ist sie offensichtlich gut genug. Trotz all ihrer Fertigkeiten und ihrer Angriffe steht der Bastard immer noch.

***Hondo Ehrish (Waffenmeister Level 39, Meister der Klingen und Gewehre, Töter der Orcs, Goblins und Unika, Zerstörer der Monster, Der Unbesiegte Krieger)***
*HP: 1.775/4.340*
*MP: 1.183/1.900*

Hondo erholt sich von diesem Angriff und zeigt, wozu er fähig ist. Er schüttelt die Frost-, Gift- und Schockeffekte ab, hebelt seine Stangenwaffe aus dem Boden und schlägt zu. Die Stange hämmert ins Zentrum ihres

Körpers, wobei der gedämpfte Aufprall und das deutlich lautere Brechen von Knochen weit hörbar sind. Der Schlag lässt die Assassine durch die Luft wirbeln, dann liegt ihr Körper zusammengekrümmt am Boden. Ihre verdrehte Position und der Winkel ihres Rückens lassen nichts Gutes ahnen.

Ich rapple mich auf und packe Hondo oben an der Rüstung, bevor er seinen Angriff fortsetzen kann. Dann ziehe ich ihn zu mir hin, während ich zusammensacke. Hondo lässt seine Stangenwaffe los und schlägt mit der Faust zu, so dass er meinen Helm aufbricht. Ein weiterer Schlag trifft mein Gesicht erneut, wirft meinen Kopf gegen den Boden und zerbricht meinen Kopfschutz. Ein dritter Treffer durch den Helm, und ich spüre meine Nase und einen Wangenknochen brechen.

„Ein Überraschungsangriff, Mensch? Das war alles? Tricks und Täuschung? Ich will eine Antwort!" Hondo unterstreicht diese Worte mit Schlägen gegen mein Gesicht, die Knochen zertrümmern und meine Gesundheitsanzeige rapide fallen lassen.

„Kann nicht. Konzentriere mich", stöhne ich mühsam.

Da. Genau da. Ich finde das Gesuchte in ihm, in seiner Nähe und um uns alle. Ich halte mich an der Verbindung fest, die ich durch meine Elementar-Affinität spüre und gebe ihr einen leichten Schubs. Genau so, wie ich es gelernt habe. Nur ein bisschen.

Meine Worte verwirren Hondo kurz, aber nun entscheidet er, die Angelegenheit zu Ende zu bringen. Er hebt die Hand, und seine Faust glüht aufgrund eines aktivierten Skills rot. In dem Moment, als er zuschlägt, stoße ich die Füße gegen seine Hüften und trete mit beiden Füßen mit voller Kraft nach oben. Der Tritt schleudert ihn in die Luft, schneller und höher, als selbst meine vom System unterstützten Muskeln es tun könnten.

Die Elementarverbindung zerfasert und droht zu verschwinden, während er schneller als eine abgeschossene Kugel davonrast. Ich halte die

Verbindung, so gut ich es kann und starre auf seinen verschwindenden Körper. Ich klammere mich mit aller Macht an diese Verbindung und richte meine Augen auf den glühenden Faden, der sich mit jeder Sekunde von meinem Körper abspult.

Im Nu ist Hondo außer Sichtweite. Nun bricht die Verbindung und ich stöhne, als der Rückstoß meinen Kopf dröhnen lässt. Eine Sekunde lang verschwindet alles. Dann überwältigen die Reaktion und die im Kampf erlittenen Schäden mein Bewusstsein, schleudern es zu Boden und trampeln darauf herum. Zum Glück injiziert mir die in Sabre integrierte Software Heiltränke, so dass ich langsam wieder zu mir komme und meine Gesundheit sich zeitweilig verbessert. Ali hält sich den Bauch vor Lachen.

„Was haben Sie getan?" Die Gesandte kommt zu mir und sieht mich mit großen Augen an.

Hondo ist verschwunden, nachdem er in großem Bogen durch die Luft geflogen und irgendwo gelandet ist. Selbst mit seinen verbesserten Fähigkeiten wird er für den Rückweg eine lange Zeit brauchen.

Ich blicke nach oben und muss heftig husten, während mein Körper die offenen Wunden heilt. Dabei spritzt etwas Blut auf Lady Priyas wunderschönes grünes Kleid. Ich strecke eine blutige Hand aus und ergreife ihre eine Sekunde lang, bevor sie sie mir empört entzieht und einen Schritt zurückweicht. Fertig.

„Reibung. Der Junge hier hat um den Rüpel herum jegliche Reibung aufgehoben." Ali lacht kopfschüttelnd.

„Sie ..." Die Gesandte zieht ihre Hand weiter zurück und blickt mich wutentbrannt an.

„*Schluss damit!*" Dieser Befehl, ausgesprochen mit der vollen Macht der Persönlichkeit und des Könnens, zu denen nur Roxley fähig sind, lässt alle eine Sekunde lang erstarren. „Das reicht, Lady Priya. Sollten Sie erneut angreifen, werde ich mich nicht zurückhalten."

Lady Priya nickt abrupt und weicht vor mir zurück, während sie nach hinten in die Richtung blickt, in die Hondo verschwunden ist. Ich sehe praktisch, wie sich die Zahnrädchen in ihrem Kopf drehen. „Ein derart komplexer Plan würde sich nicht nur auf den Abenteurer stützen."

„Das stimmt, Lady", sagt Ali. „Mehrere Leute haben den Auslöser, John eingeschlossen. Ihn zu töten würde die Bedrohung nicht eliminieren."

Ich sehe, wie Lady Priya die Situation überdenkt und jeden Aspekt neu beurteilt. Ich möchte etwas sagen, irgendetwas, schaffe es aber kaum zu atmen, geschweige denn zu sprechen.

„Und noch etwas. Wir haben Sie und den Waffenmeister nun markiert. Sollte der Abenteurer oder ein anderes Gruppenmitglied sterben, wird die Explosion im Drachenhort durch einen Totmannschalter ausgelöst und Sie und Hondo direkt dafür verantwortlich gemacht. Nebst den Abenteurern, natürlich", sagt Roxley und tritt nach vorn.

„Meine Herzogin–"

„Wird die von Ihnen und dem Waffenmeister geleisteten Dienste nicht für die leere Hülle einer Grenzstadt auf einer neuen Dungeonwelt eintauschen wollen. Dieser Tausch lässt sich nicht vermeiden", meint Roxley.

*„Hondo hat eine Bruchlandung hingelegt, Junge. Jetzt muss Roxley es noch zu Ende bringen."*

Ich möchte etwas sagen, aber meine Atemzüge sind immer noch abgehackt. Die Wunde, die Hondo mir geschlagen hat, hindert mich am Sprechen und all die Zaubersprüche und Angriffe haben mein Mana erschöpft. Per Gedankenbefehl löse ich eine zweite Dosis Sofortheilung aus. Ich weiß, dass die Reaktion darauf meine Regeneration reduzieren wird, aber momentan bin ich auf die Heilung angewiesen. Zumindest in ausreichender Menge ...

„Genug ...", krächze ich und spucke dann Blutklumpen aus. „Verschwinden Sie. Und lassen Sie uns in Ruhe."

„Ich werde ..."

Roxley tritt neben die Gesandte und spricht mit leiser Stimme. Er spricht Truinnar, und einen Moment lang verstehe ich überhaupt nichts. Dann übersetzt Ali und die Worte klingen vertraut, auch wenn das Ganze keinen Sinn ergibt.

„Verhandlung ... Wandlung ... Wanderung." Ich kichere leise und die Welt verschwimmt zeitweilig vor meinen Augen.

„Erlöser?" Capstan kommt zu mir, geht in die Hocke und verzieht das Gesicht. Er berührt vorsichtig meine Wunden und knurrt. Dann hebt er mich auf, während aus dem Wald das Geräusch brechender Bäume erklingt.

Hondo nähert sich uns mit einem fuchsteufelswilden Ausdruck. Bevor er uns erreicht, wird er von einem Wolf angesprungen, der zubeißt, um ihn zu lähmen. Als er dann stolpert, blitzt Feuer auf und wirft ihn zu Boden. Als er sich aufzurappeln versucht, kommt Lana vom Waldrand und feuert einen Schuss nach dem anderen aus ihrer Schrotflinte ab. Sie trifft ihn mehrmals, bevor er ihr ausweicht. Aber Mikito erwartet ihn bereits. Sie tanzen, Stangenwaffen kollidieren und wirbeln in Todeskreisen herum, die Ausweichmanöver um Haaresbreite auslösen.

„Hondo!"

Der Befehl lässt den Waffenmeister erstarren. Er bricht den Kampf ab und weicht rasch zurück. Mikito duckt sich und hält ihre Naginata vor sich. Sie beobachtet den Waffenmeister argwöhnisch und blutet aus einer Schnittwunde am Bein.

„Wir stehen unter den Regeln einer Friedensverhandlung“, sagt die Gesandte.

Ich lasse mich entspannt gegen das große, pelzige Kissen sinken, das mich trägt. Endlich.

# Kapitel 20

Die doppelte Dosierung der Heiltränke hat die Gifteffekte verstärkt, und der Schaden legte mich stundenlang flach. Vermutlich war der während der vergangenen Monate angesammelte Stress auch nicht gerade hilfreich. Die doppelte Dosierung setzte der systembasierten Regeneration so stark zu, dass es einige Minuten lang vermutlich hart auf hart ging, da die dauernde Blutung und die Gifteffekte mich schwächten. Zum Glück befanden sich an der Mauer sowohl ein Doktor aus der Zeit vor dem System als auch Nelia.

Später erfahre ich dann noch weitere Details. Die Hakarta haben sich nicht an Hondos Angriff auf mich beteiligt, da sie nur für einen Angriff auf die Stadt angeheuert wurden. Labashi bewegte sich in dieser Hinsicht auf einem schmalen Grat, bestand jedoch darauf. Die Gesandte wagte es nicht, einen Schritt zu unternehmen. Schließlich hatte Roxley ihren Angriff abgefangen, und alles ging so schnell, dass ihr keine Zeit blieb, die Vereinbarung mit Labashi neu auszuhandeln.

„Also sind sie gegangen?“, murmle ich Roxley zu, der mich in der Wohnung besucht. Ich bin vollständig angezogen und sitze auf einem bequemen Sofa, während ich den Elfen beobachte.

„Ja. Die Friedensverhandlung war ein Erfolg. Wir haben ein Abkommen getroffen, das sicherstellt, dass Whitehorse unter meiner Kontrolle bleibt“, sagt Roxley langsam. „Allerdings musste ich gewisse Zugeständnisse machen.“

Ich runzle die Stirn und starre dem Truinnar ins Gesicht. „Warum?“

„Du weißt schon. Die Drohung wird sie nur für eine gewisse Zeit fernhalten. Wir müssten immer noch ein Signal an die Bombe senden, und falls sie dieses Signal blockieren, stehen wir wieder ganz am Anfang. Es gab einen kurzen Zeitraum, in dem der Preis eines Kampfs mit uns höher war als die notwendigen Kompromisse“, sagt Roxley mit völlig gelassener Stimme.

„Was hast du ihnen versprochen?“, antworte ich, und in meiner Stimme schwingen Zweifel mit.

„Mich. Ich bin jetzt Lord Graxin Roxley des Yukon, oder werde es demnächst sein“, antwortet Roxley. „Als Herrscher von Whitehorse, Fairbanks und Juno bin ich der Herzogin unterstellt. Wir erheben Anspruch auf sämtliche Gebiete, die zwischen uns liegen und werden expandieren, bis wir de facto auch den Yukon beherrschen.“

Ich blinzle und überlege mir, warum sie ihn für diese Position anheuern würden. Erst recht nach allem, was geschehen ist. „Warum?“

„Anscheinend bewundert die Herzogin Männer mit Schneid und dem Potenzial, ihre Pläne zu durchkreuzen. Statt uns zu vernichten, würde sie es vorziehen, uns als nützliche Verbündete zu gewinnen. Unser ständiger Widerstand gegen ihre Bemühungen hat uns offenbar in diese Kategorie gebracht.“

„Dann haben sie also gewonnen“, fauche ich nach dem Abklingen des ersten Schocks. „Du hast ihnen alles überlassen. Im Austausch für einen Job.“

Roxley bleibt ruhig, aber seine Augen und die Körperhaltung drücken eine gewisse Vorsicht aus. Die meisten Menschen hätten diese Veränderung übersehen, ich hingegen habe genügend Zeit mit dem verdammten Elfen verbracht. „Es gab keinen anderen Weg zum Sieg. Wir hätten sie nie wirklich aufgehalten oder einen vollständigen Sieg errungen. Du kannst nicht erwarten, dass dein Plan ewig funktioniert hätte.“

„Nein, aber wir hätten die Möglichkeit gehabt, eine andere Lösung und einen anderen Ausweg zu finden. Hätten genug Credits verdienen können, um eine eigene Truppe anzuheuern.“

„Zu welchem Preis? Indem wir den Fortschritt der Stadt um Monate oder Jahre verzögert hätten? Auf diese Weise behalte ich die Kontrolle und kann sicherstellen, dass nichts Unerwünschtes passiert. Die Stadt wird wachsen und gedeihen, und das schneller und besser als zuvor", betont Roxley. „Diese Lösung ist die beste."

„Die Beste?" Ich lache verbittert und schüttle den Kopf. „Die Beste. Für dich vielleicht, Lord Roxley."

„Verdammt, John, für die Stadt. Auf diese Weise sind wir in der Lage, dir und Lana den Kredit aus den Mitteln der Stiftung zurückzahlen. Wir können die Stadt vergrößern und sicher machen. Damit sie wieder zu einem Ort wird, der ein angemessenes Leben ermöglicht", sagt Roxley und streckt eine Hand nach mir aus. „In dieser Hinsicht musst du mir vertrauen."

Ich weiche vor der ausgestreckten Hand zurück und deute zur Tür. Meine Stimme klingt tief und rau, da ich meine Gefühle unterdrücke. „Wir sind hier fertig."

„John ..."

„Geh."

Roxley geht zur Tür, bleibt stehen und dreht sich zu mir. Seine leise Stimme enthält deutlich hörbare Emotionen. „Verdammt noch mal, John. Deine Naivität und dein starrsinniger Wunsch, immer den eigenen Weg zu gehen, werden dich umbringen. Und irgendwann auch andere. Ich habe die richtige Entscheidung getroffen."

Anstelle einer Antwort drehe ich mich um und starre die Wand an.

Roxley steht schweigend da, bevor er in einem ruhigen, beherrschten Ton spricht. „Es gibt da noch etwas. Hondo ist wütend darüber, dass du ihn in aller Öffentlichkeit blamiert hast. In sechs Monaten kehren diese Leute zurück, um sich den Fortschritt der Stadt anzusehen. Es wäre besser, wenn du dann nicht mehr hier bist."

In der Stille der leeren Wohnung verzehrt mich ein tief in meinem Bauch liegender Schmerz, eine Leere in meiner Brust. Ich greife nach meinem Zorn, diesem vertrauten alten Freund und stelle fest, dass er vor mir flieht und sich versteckt. Ich schließe die Augen und ärgere mich über meine eigene Vertrauensseligkeit, während ich versuche, den Schmerz abzublocken. In diesem Fall trifft die Schuld niemanden. Nur mich. Ich hätte es wissen müssen.

Später findet mich Lana auf der Couch liegend vor, während ich an die Decke starre. Sie geht neben mir in die Hocke und legt eine Hand auf meinen Arm. „Tut mir leid. Ali hat erwähnt, dass Roxley es dir gesagt hat."

„Häh?"

„John ..." Lana betrachtet mich besorgt aus diesen lilafarbenen Augen, in die ich so gerne blicke. Sie drückt meinen Arm, bis ich meine Aufmerksamkeit auf sie richte. „Alles in Ordnung?"

„Nein", antworte ich wahrheitsgemäß und verziehe verärgert die Lippen. „Ich hätte es wissen müssen. Eric hat mich gewarnt. Hätte es wissen sollen ..."

„So einfach ist es nicht", sagt Lana und drückt erneut meinen Arm. „Das weißt du doch."

„Stehst du jetzt auf seiner Seite?"

„Ich stehe auf der Seite der Wahrheit."

„Aha." Ich starre ihr ins Gesicht, spüre den nagenden Schmerz in meiner Magengrube und fauche sie an. „Na schön. Dann geh doch."

„John ..."

„Lass mich einfach in Ruhe", sage ich, bevor ich meine Wut teilweise unter Kontrolle bringe. Ich strecke beschwichtigend eine Hand aus und bringe die Worte mühsam hervor. „Nicht, dass ich ... na ja, also ... ich brauche einfach etwas Zeit alleine. Bitte. Ich will kein Arschloch sein, aber momentan wäre ich einfach kein guter Gesprächspartner.“

Lana presst die Lippen zusammen und bemüht sich offensichtlich, nichts zu sagen, während sie mein Gesicht studiert. Schließlich steht sie auf. „Ich bleibe hier. Du musst das nicht alleine durchziehen, weißt du.“

Ich nicke ihr kurz zu. Sie hat recht. Aber auch wenn ich das nun anerkenne, bedeutet es nicht, dass ich bereit wäre, Hilfe anzunehmen. Schließlich entfernt sie sich und ich brüte alleine in der Dunkelheit vor mich hin. Mit Ausnahme von Ali, dem ich mit der Verbannung drohen muss, damit er endlich die Klappe hält. So viele sind gestorben und trotzdem befinden wir uns nun in der Gewalt der Herzogin. Wir haben keine Kontrolle und kein Mitspracherecht, sondern sind nur eine Gruppe von Sklaven eines gefühllosen Lords und des Systems.

Ich sitze da und denke an meine Entscheidungen und die Leben, die ich geopfert habe. All das für diesen bittersüßen Sieg.

# Epilog

*Herzlichen Glückwunsch! Der als Erde bezeichnete Planet ist nun eine vollständig integrierte Dungeonwelt.*

*Wir sind beeindruckt. 9,69 % der Menschen haben es geschafft, die Übergangsphase zu überleben. Einigen gelang es sogar, während dieses Jahres beeindruckende Städte zu errichten. Alle Überlebenden erhalten nun einen einmaligen Überlebensbonus von 20.000 Credits.*

*Da es sich um eine neue Dungeonwelt handelt, können gewisse Unregelmäßigkeiten bezüglich der Zonenlevel und spawnenden Monster entstehen. Nach der Stabilisierung der Manaströme sind neue und aufregende Einwanderer zu erwarten. Wir hoffen, dass ihr diese mit offenen Armen aufnehmen werdet und die notwendigen Informationen und Güter bereitstellt, um ihren Aufenthalt auf eurer Dungeonwelt angenehm zu gestalten.*

*Also, nochmals herzlich willkommen im Galaktischen Rat!*

In der Stadt ertönen Schreie und Jubelrufe, während Flaschen voller Bier, Wein und Sekt geöffnet und geteilt werden. Menschen, Yerick, Truinnar und Kapre feiern voller Begeisterung ihr Überleben, als diese Benachrichtigungen erscheinen. Vor allem die Menschen, sobald die Credits auf unseren Systemkonten auftauchen.

Auf der Bühne plaudert Roxley mit den Mitgliedern des Erweiterten Rats, schüttelt Hände und spricht Glückwünsche aus. Ich sitze in kurzer Entfernung auf Sabre und beobachte die Feier. Teller voller Essen werden aus dem Nugget und anderen Lokalen herbeigeschafft, die Band spielt und

Tänzer strömen auf die Straße. Sieht danach aus, als würde es eine verdammt wilde Party werden.

Ich sehe eine Weile lang zu, beobachte alles genau und merke mir die Szenen dieser Feier. Ich trinke sogar einen Krug Bier leer, den mir jemand reicht. Als der anfängliche Jubel abflaut, tippe ich die Kontrolle meines neuen Helms an, so dass diese Kopfbedeckung ausgefahren wird.

Ich bin nicht wütend über den Ausgang von allem – zumindest nicht allzu sehr. Ich fühle mich verraten und verletzt, aber nicht zornig. Nicht mehr. Wenn ich zurückgehen könnte ... aber diese Option habe ich nicht. So ist es eben, und Roxley hat recht – bei ihm ist die Stadt in besseren Händen als zuvor.

„Weißt du, wir könnten noch einen Tag warten", sagt Ali sehnsüchtig, während ich mit Sabre eine Kurve drehe und der lautlose Manamotor uns auf die Straße bringt, die aus der Stadt hinausführt.

Das könnten wir. Wir könnten bleiben, die Party genießen und so richtig feiern. Sogar einigen Leuten mitteilen, dass wir gehen. Ich bin mir sicher, manche würden sich verabschieden und mit Worten oder Geschenken auf meine Abreise reagieren. Aber so ist es besser – weniger Emotionen, weniger peinliche Szenen. Ich will ihren Dank nicht, brauche ihn nicht. Was ich getan habe, war letztlich für mich selbst. Mein Vater hatte generell wenig Bemerkenswertes zu sagen, aber ich erinnere mich an einen Spruch – wenn du etwas Gutes tun willst, solltest du keine Dankbarkeit erwarten. Du tust es, weil es richtig ist.

Die Fourth Avenue ist bis zur Stadtmauer völlig frei, da sich alle in der Innenstadt aufhalten. Die Wachen sind etwas überrascht darüber, dass ich die Stadt verlasse. Ich nicke ihnen zu und blende ihre neugierigen Blicke aus, als ich losfahre.

„Es wäre doch schade, so eine tolle Party zu verlassen. Vielleicht ein anderes hübsches Mädchen zu treffen ...", fährt Ali fort, obwohl ich ihn ignoriere.

Heute, jetzt, ist der perfekte Moment. Wenn ich schon gehen muss, sollte ich mich einfach auf den Weg machen. Die Stadt wird es überleben. Auch wenn mir Roxleys Entscheidung nicht zusagt, wird er die Stadt nicht zu sehr übers Ohr hauen. Nicht mehr als bisher. Letztlich trifft zu, was ich dem Stadtrat gesagt habe. Wenigstens ist uns dieser Teufel bekannt.

Als wir die Kuppe des Hügels am Ausgang von Whitehorse erreichen, starre ich die mich erwartende Gruppe an. Ich kneife die Augen zusammen und bemerke ein recht bekanntes motorradähnliches Objekt, auf dem Mikito sitzt. Dann richte ich den Blick auf Lana, die einen Hund am Bauch kratzt. Ich öffne den Mund und wirble dann herum, um Ingrid anzustarren, die sich soeben anschleicht.

Sie seufzt mit offensichtlicher Enttäuschung. „Wie hast du es gewusst?"

„Das zusätzliche Motorrad. Außerdem wirst du langsam berechenbar", antworte ich.

Sie grinst mich an.

„Was macht ihr alle hier?" Ich betrachte die an den Motorrädern befestigte Ausrüstung und die Hunde, die im Fall von Problemen rasch losgelassen werden können.

„Was glaubst du denn, du Knallkopf?", sagt Lana, während sie auf mich zukommt. In meiner Nähe angekommen, tritt sie mir heftig gegen den Fuß. Selbst durch die Panzerung schmerzt der Tritt etwas. „Hast du gedacht, wir lassen dich einfach gehen? Einfach so?"

„Lana ..."

„Ich habe hier nichts mehr. Kein Geschäft, keine Familie. Nur Erinnerungen an ein Leben, das ...“, sagt Lana und ist unfähig, den Satz zu beenden. „Ich komme mit, John.“

Als ich Mikito anblicke, formen ihre Lippen das Wort „Baka.“

Nicht einmal ich bin dumm genug, ihr zu widersprechen. Was Lana sagt, gilt für Mikito doppelt.

„Glaub mir, ich wäre lieber zuhause. Aber da ich dem Arschloch einen Stich in die Nieren verpasst habe und er nicht abgekratzt ist, verschwinde ich mal besser, bevor er wieder auftaucht“, sagt Ingrid.

„Wie habt ihr davon gewusst?“, murmle ich.

Ali grinst mich einfach an. Natürlich. Wieder einmal bin ich verraten worden. Aber diesmal rege ich mich nicht einmal darüber auf.

„Gehen wir also, oder wollen wir nur herumsitzen und flennen?“, sagt Ali und stupst mich an.

Als Antwort darauf rolle ich mit Sabre die Straße entlang. Howard duckt sich und Lana packt seinen Nacken, um sich dann auf seinen Rücken zu schwingen. Einige Augenblicke später bewegt sich die gesamte Gruppe über den schneebedeckten Highway nach Süden. Ich werfe noch einen Blick auf Whitehorse und die Welt, die ich zurücklasse, bevor ich mich wieder der Straße zuwende und beschleunige. Ich lächle, als ich den Highway betrachte und spüre, wie manche der Sorgen und Lasten, die ich mit mir herumgetragen habe, nun von mir abfallen. Die Straße erstreckt sich offen vor mir und eine neue Welt erwartet mich. Zudem muss ich noch ein Versprechen einlösen.

„Also, wohin gehen wir?“

###

**Ende**

Folgen Sie John und Alis weiteren Abenteuern in

Cities in Chains (Buch 4 der System-Apokalypse)

# Hinweis des Autors

Damit ist der erste Abschnitt der System-Apokalypse und auch unsere Zeit in Whitehorse beendet. Städte in Ketten, das 4. Buch der System-Apokalypse, beginnt einen neuen Handlungsbogen außerhalb des Yukon. Das Buch ist hier erhältlich:

- Städte in Ketten (Buch 4 der System-Apokalypse) https://books2read.com/stadte-in-ketten

Ich möchte erneut erwähnen, dass ich für die Unterstützung dankbar bin, die ich von allen erhalten habe. Auch wenn ich Johns Geschichte in Gedanken weiterspinnen würde, würde ich keine Zeit darauf verwenden, sie niederzuschreiben. ☺

Wenn Ihnen dieses Buch gefallen hat, dann bewerten Sie es bitte und schreiben Sie eine Rezension. Es hilft meinen Verkaufszahlen – und, ja, das ist der Grund dafür, dass ich Bücher schreibe!

Werfen Sie als Ergänzung doch auch einen Blick auf die weiteren Serien, Adventures on Brad (traditionellere LitRPG-Fantasy), Verbogene Wünsche (eine GameLit-Serie im Bereich Urban Fantasy), und A Thousand Li (eine von chinesischen Wuxia- und Xianxia-Romanen inspirierte Kultivierungs-Serie). Hier ist das jeweils erste Buch dieser Serien:

- A Thousand Li: The First Step
  https://books2read.com/atl-first-step
- A Healer's Gift (Adventures on Brad)
  https://books2read.com/healers-gift
- Eines Gamers Wunsch (Verborgene Wünsche)
  https://books2read.com/eines-gamers-wunsch

Interessante Informationen über LitRPG-Serien finden Sie in diesen Facebook-Gruppen:

- LitRPG Society
  https://www.facebook.com/groups/LitRPGsociety/
- LitRPG Books
  https://www.facebook.com/groups/LitRPG.books/
- Deutschsprachige LitRPG
  https://www.facebook.com/groups/deutsche.litrpg/

# Über den Autor

Tao Wong ist ein begeisterter Leser von Fantasy und Science Fiction, der im Norden Kanadas wohnt und dort schreibt. Er hat viel zu viele Jahre mit dem Training aller möglichen Kampfsportarten verbracht. Da er sich dabei zu oft verletzt hat, verbringt er seine Zeit nun mit der Erschaffung von Fantasy-Welten.

Informationen über diese Serie und weitere Bücher von Tao Wong (sowie besondere Kurzgeschichten) finden Sie auf der Website des Autors: http://www.mylifemytao.com

Abonnenten von Taos Mailingliste erhalten exklusiven Zugriff auf Kurzgeschichten in den fiktionalen Universen von Thousand Li und der System-Apokalypse: https://www.subscribepage.com/taowong

Oder besuchen Sie seine Facebook-Seite:

https://www.facebook.com/taowongauthor/

# Über den Verlag

Tao Wong ist der alleinige Eigentümer und Betreiber von Starlit Publishing. Dieser Verlag für Science Fiction und Fantasy konzentriert sich auf die Genres LitRPG & „Cultivation". Er will neue, vielversprechende Autoren in diesen Genres fördern, deren Texte die existierenden Stereotypen herausfordern, dabei aber dennoch ein fantastisches Lesevergnügen bieten.

Weitere Informationen über Starlit Publishing finden Sie auf unserer Website: https://www.starlitpublishing.com/

Sie können sich auch bei der Mailingliste von Starlit Publishing anmelden, um über neue, aufregende Autoren und Bücher informiert zu werden. https://starlitpublishing.com/newsletter-signup/

# Glossar

## Fähigkeitenbaum Erethra-Ehrengarde

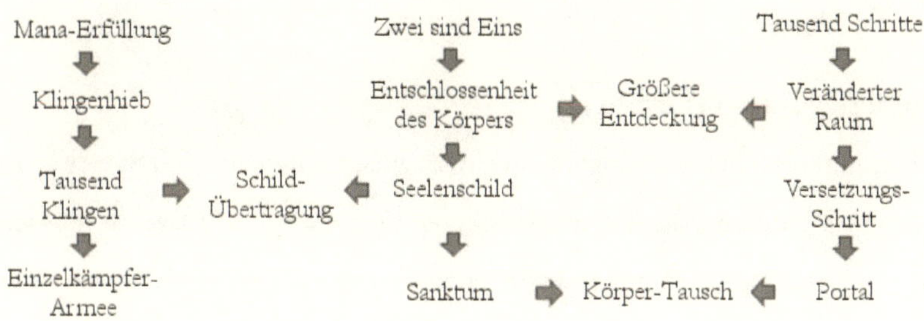


## Johns Fertigkeiten

**Mana-Erfüllung (Level 1)**

Die seelengebundene Waffe ist nun dauerhaft mit Mana erfüllt und bewirkt bei jedem Schlag zusätzlichen Schaden: +10 Grundschaden (Mana). Ignoriert Rüstung und Widerstände. Manaregeneration permanent um 5 Mana pro Minute reduziert.

**Klingenhieb (Level 2)**

Indem sie zusätzlich Mana und Ausdauer in einen Schlag strömen lässt, trifft die seelengebundene Waffe des Erethra-Ehrengardisten ihr Ziel in bis zu 6 Metern Entfernung.

Preis: 35 Ausdauer + 35 Mana

**Tausend Schritte (Level 1)**

Solange diese Fertigkeit aktiviert ist, erhöht sich das Bewegungstempo des Ehrengardisten und von Verbündeten um 5 %. Diese Fähigkeit kann mit anderen Bewegungs-Skills kombiniert werden.

Preis: 20 Ausdauer + 20 Mana pro Minute

**Veränderter Raum (Level 2)**

Der Ehrengardist hat nun Zugang zu einem außerdimensionalen Speicherort mit einem Volumen von dreißig Kubikfuß. Dort gelagerte Objekte müssen berührt werden, um sie herbeizuwünschen. Dies darf keine Lebewesen oder Objekte umfassen, auf die momentan nicht zum Ehrengardisten gehörende Auren einwirken. Manaregeneration permanent um 10 Mana pro Minute reduziert.

**Zwei sind Eins (Level 1)**

Wirkung: 10 % des Gesamtschadens vom Ziel auf sich selbst übertragen

Preis: 5 Mana pro Sekunde

**Entschlossenheit des Körpers (Level 3)**

Wirkung: Steigert natürliche Gesundheitsregeneration um 35 %. Laufender Gesundheitsstatuseffekt um 33 % verringert. Ehrengarde kann nun verlorene Gliedmaßen regenerieren. Manaregeneration permanent um 15 Mana pro Minute reduziert.

**Größere Entdeckung (Level 1)**

Wirkung: Benutzer kann System-Kreaturen nun aus einer Entfernung von bis zu einem Kilometer entdecken. Allgemeine Informationen über die Stärke werden nach der Entdeckung geliefert. Verstohlenheit, Klassen-

Fertigkeiten und die Dichte des Mana in der Umgebung beeinflussen die Wirkung dieser Fertigkeit. Manaregeneration permanent um 5 Mana pro Minute reduziert.

**Tausend Klingen (Level 1)**

Erzeugt zwei Duplikate der gewählten Waffe des Benutzers. Die Duplikate wirken den Grundschaden des kopierten Objekts. Kann mit Mana-Erfüllung und Schild-Übertragung kombiniert werden. Manakosten: 3 Mana pro Sekunde

**Seelenschild (Level 2)**

Wirkung: Erzeugt einen veränderbaren Schutzschild, der den Körper des Zauberwirkenden oder des Ziels abschirmt. Der Schild besitzt 1.000 Trefferpunkte.

Preis: 250 Mana

**Versetzungsschritt (Level 2)**

Wirkung: Sofortige Teleportation über die Sichtlinie hinweg. Kann die Sichtlinie des Geists mit einschließen. Maximale Reichweite – fünfhundert Meter.

Preis: 100 Mana

**Raserei (Level 1)**

Wirkung: Durch Aktivierung wird der Schmerz um 80 % reduziert, Schaden um 30 % gesteigert und die Ausdauer-Regenerationsrate um 20 % erhöht. Die Mana-Regeneration sinkt um 10 %.

Die Raserei endet erst, wenn alle Feinde getötet wurden. Bei aktivierter Raserei können Benutzer nicht fliehen.

**Spalten (Level 2)**

Wirkung: Physische Angriffe bewirken einen um 60 % erhöhten Grundschaden. Effekt kann mit anderen Klassen-Fertigkeiten kombiniert werden.

Preis: 25 Mana

**Sofort-Inventar (Maximiert)**

Ermöglicht es dem Benutzer, jedes vom System anerkannte Objekt ins Inventar zu legen oder herauszunehmen, falls genügend Platz vorhanden ist. Inklusive automatischer Verschiebung des Inventarplatzes. Der Benutzer muss Objekt berühren.

Preis: 5 Mana pro Sekunde

**Elementarhieb* (Level 1 - Eis)**

Wirkung: Erfüllt eine Waffe mit Frostschaden. Steigert den Grundschaden von Angriffen um +5 und bietet eine Chance von 10 %, die Geschwindigkeit nach Kontakt um 5 % zu senken. Hält 30 Sekunden an.

Preis: 50 Mana

**Tech-Verbindung (Level 2)**

Wirkung: Die Tech-Verbindung ermöglicht es dem Benutzer, seine Fähigkeit bei der Verwendung eines technologischen Geräts zu steigern und den Nutzen und die Vielfältigkeit dieser Geräte zu verbessern. Die Effekte unterschieden sich je nach Gerät. Generell liegt die Effizienzsteigerung bei 10 %. Die Mana-Regeneration sinkt um 10 %

Vorgesehene technologische Geräte: Neuralverbindung, Sabre

## Zaubersprüche

**Verbesserter schwacher Heilzauber (III)**

Wirkung: Verleiht 35 Gesundheit pro Einsatz. Das Ziel muss während der Heilung in Kontakt bleiben. Abklingzeit 60 Sekunden.

Preis: 20 Mana

**Verbesserter Manapfeil (IV)**

Wirkung: Erzeugt vier Pfeile aus reinem Mana, die auf ein Ziel gerichtet werden können und dieses schädigen. Jeder Pfeil wirkt 15 Schaden. Abklingzeit 10 Sekunden

Preis: 25 Mana

**Verbesserter Blitzschlag**

Wirkung: Ruft die Macht der Götter herbei, den Blitzschlag. Der Blitz trifft je nach Nähe, Ladung und anderen vorhandenen leitenden Materialien möglicherweise noch weitere Ziele. Bewirkt 100 Punkte elektrischen Schadens.

Der Blitzschlag kann kontinuierlich kanalisiert werden, um den Schaden um 10 weitere Schadenspunkte pro Sekunde zu steigern.

Preis: 75 Mana.

Preis für kontinuierliche Wirkung: 5 Mana pro Sekunde

Blitzschlag kann durch die Elementar-Affinität der elektromagnetischen Kraft verstärkt werden. Pro Affinitäts-Level wird der Schaden um 20 % erhöht

**Größere Regeneration**

Wirkung: Steigert die natürliche Gesundheitsregeneration des Ziels um 5 %. Auf jedem Ziel kann jeweils nur einer dieser Zauber aktiv sein.

Dauer: 10 Minuten

Preis: 100 Mana

**Feuerball**

Wirkung: Erzeugt eine explodierende Feuerkugel. Alle innerhalb der Kugel erleiden 150 Punkte Feuerschaden. Die Feuerkugel dehnt sich auf (durchschnittlich) 1,5 Meter Radius aus. Abklingzeit 60 Sekunden.

Preis: 100 Mana

**Polarzone**

Wirkung: Erzeugt einen Blizzard mit 30 Metern Durchmesser, in dessen Wirkungsbereich sämtliche Ziele einfrieren. Bewirkt 10 Punkte Frostschaden pro Minute und verringert die Geschwindigkeit der betroffenen Personen um 5 %. Abklingzeit 60 Sekunden.

Preis: 200 Mana

**Größere Heilung**

Wirkung: Verleiht 75 Gesundheit pro Einsatz. Während der Heilung muss das Ziel nicht berührt werden. Abklingzeit von 60 Sekunden pro Ziel.

Preis: 50 Mana

**Manatropfen**

Wirkung: Steigert die natürliche Gesundheitsregeneration des Ziels um 5 %. Auf einem Ziel kann jeweils nur einer dieser Zauber wirken.

Dauer: 10 Minuten

Preis: 100 Mana

**Frostklinge**

Wirkung: Verzaubert eine Waffe mit einem Verlangsamungseffekt. Ein erfolgreicher Treffer bewirkt eine Verlangsamung von 5 %. Dieser Effekt ist kumulativ und hält 1 Minute an. Abklingzeit von 3 Minuten.

Dauer des Zaubers: 1 Minute

Preis: 150 Mana

## Sabre-Ausrüstung

**Omnitron III Persönliches Kampffahrzeug der Klasse II (Sabre)**

Kern: Omnitron Mana-Maschine der Klasse II

CPU: Klasse D Xylik Core CPU

Panzerstärke: Stufe IV (durch Adaptiven Widerstand modifiziert)

Befestigungspunkte: 5 (5 benutzt)

Software-Anschlüsse: 3 (2 benutzt)

Erfordert: Neuralverbindung für erweiterte Konfiguration

Akkukapazität: 120/120

Attribut-Boni: +35 Stärke, +18 Beweglichkeit, +10 Wahrnehmung

**Inlin Typ II Projektilgewehr**

Grundschaden: -- (je nach Munition)

Munitionskapazität: 45/45

Verfügbare Munition: 250 Standard, 150 panzerbrechende Patronen, 200 Sprengpatronen, 25 Leuchtpatronen

**Ares Typ II Schildgenerator**

Schildwirkung: 2.000 HP

Regenerationsrate: 50/Sekunde ohne Verbindung, 200/Sekunde mit Verbindung

**Mkylin Typ IV Mini-Raketenwerfer**

Grundschaden: -- (je nach verwendeten Raketen)

Akkukapazität: 6/6

Nachladerate mit internen Akkus: 10 Sekunden

Verfügbare Munition: 12 Standard, 12 Sprengraketen, 12 panzerbrechende Raketen, 4 Napalm

**Typ II Netz-Minirakete**

Grundschaden: --

Wirkung: Schleudert nach Aufprall oder Aktivierung sofort wirkendes Netz um sich. Deckt 3 Kubikfuß ab.

Preis: 500 Credits

**Shinowa Typ II Schall-Impulsgenerator**

Grundschaden: 25 pro Sekunde

Zusätzliche Wirkung: Stört während des Einsatzes den gehörbasierten Gleichgewichtssinn des Gegners. Es gibt eine geringe Chance, dass diese Wirkung auch danach anhält.

Preis: 25.000 Credits

## Sonstige Ausrüstung

**Schwert Stufe II (Seelengebundene persönliche Waffe eines Erethra-Ehrengardisten)**

Grundschaden: 71

Haltbarkeit: -- (persönliche Waffe)

Sonderfähigkeiten: +10 Manaschaden, Klingenhieb

**Silversmith Mark II Strahlenpistole (upgradefähig)**

Grundschaden: 18

Akkukapazität: 24/24

Nachladerate: 2 pro Stunde pro GME

Preis: 1.400 Credits

**Neuralverbindung Stufe IV**

Die Neuralverbindung kann bis zu 5 Anschlüsse unterstützen.

Momentane Anschlüsse: Omnitron III Persönliches Kampffahrzeug der Klasse II

Installierte Software: Rich'lki Firewall Klasse IV, Omnitron III Klasse IV Controller

**Ferlix-Doppelstrahlengewehr Typ II (modifiziert)**

Grundschaden: 57

Akkukapazität: 17/17

Nachladerate: 1 pro Stunde pro GME (momentan 12)

www.ingramcontent.com/pod-product-compliance
Lightning Source LLC
Chambersburg PA
CBHW030626310726
48979CB00003B/902

* 9 7 8 1 9 8 9 9 9 4 0 7 8 *